PAVANE
파반

PAVANE
by Keith Roberts
Copyright © 1966, 1968 by Keith Roberts
Korean Translation Copyright © 2012 Human & Books
All rights reserved.

The Korean edition is published by arrangement with Wildside Press, LLC, through Shin Won Agency Co.

이 책의 한국어판 저작권은 신원 에이전시를 통해 저작권자와 독점 계약한 도서출판 사람과책이 소유합니다. 신 저작권법에 의하여 한국 내에서 보호를 받는 저작물이므로 무단전제와 무단복제, 전자출판 등을 금합니다.

파반

지은이	키스 로버츠
옮긴이	김미정
펴낸날	2012년 6월 15일 • 1판 1쇄
펴낸곳	도서출판 사람과책
펴낸이	이보환
기획편집	이장휘, 허지혜
마케팅	이원섭, 이봉림, 신현정
등록	1994년 4월 20일 (제16-878호)
주소	서울시 강남구 역삼1동 605-10 세계빌딩 5층
전화	02-556-1612~4
팩스	02-556-6842
전자우편	man4book@gmail.com
홈페이지	http://www.mannbook.com

ⓒ 도서출판 사람과책 2012
Printed in Korea

ISBN 978-89-8117-132-2 03840

잘못된 책은 바꾸어 드립니다. 책값은 뒤표지에 있습니다.

PAVANE
파반

키스 로버츠 지음
김미정 옮김

사람과책

이미 오래전에 헌정했어야 한
그레이엄 워커 경에게 이 책을 바칩니다.

이제 밤이네, 이제 밤이네.
이제 밤과 어둠뿐.
불, 마루, 촛불
그리고 그리스도가 당신의 영혼을 거둬 주시나니……

— 철야의 장송가[01]

---

01 위 인용문은 고대 잉글랜드 요크셔 지방의 노래로, 인간의 영혼이 지상을 떠나 어려움을 극복한 뒤 천국에 도달한다고 믿는 종교적 내용을 담고 있다. 또한 노래의 제목 중 철야(Lyke-Wake)는 사망한 시점부터 장례식을 치르기 전까지 죽은 자를 밤새 돌보는 것을 의미한다.

차례

프롤로그 ___ 9

첫 번째 소절	마거릿 아가씨	___ 13
두 번째 소절	신호수	___ 67
세 번째 소절	화이트 보트	___ 113
네 번째 소절	존 수사	___ 145
다섯 번째 소절	영주들과 아가씨들	___ 189
여섯 번째 소절	코프 게이트	___ 231

코다 ___ 303

프롤로그

1588년 무더운 7월의 어느 날 저녁, 런던 그리니치 왕궁. 한 여인이 가슴과 복부에 자객이 쏜 탄환을 맞고 바닥에 쓰러졌다. 주글주글한 얼굴, 시커먼 치아. 죽음은 이 여인에게 조금의 위엄도 보태 주지 않았다. 그러나 망자의 마지막 숨결은 메아리치며 반구를 뒤흔들었다. 잉글랜드 최고의 통치자 '요정' 엘리자베스 여왕 1세는 더는 이 세상 사람이 아니었다.[01]

잉글랜드인들의 분노는 국경을 넘어섰다. 수군거림과 탄식이 넘쳐났다. 어리석은 젊은이는 군중에게 짓밟히면서도 교황청의 은총을 청했다. 백성들에게 부담금을 쥐어짜던 잉글랜드 가톨릭은 스코틀랜드 여왕[02]을 추도하는 한편, 잉글랜드 북부에서 있었던 유혈 봉기[03]를 떠올리며 의기충천해서 대학살과 마주했다. 그들은 정당방위라는 명목으로 마지못해 백성들에게 무기를 들이댔다. 마치 월싱엄 경[04]의 숙청에서 촉발된 불길이 잉글랜

---

01 본 소설은 대체 역사소설이다.
02 스코틀랜드 여왕이자 가톨릭 신도인 메리 스튜어트를 이름. 메리는 헨리 7세의 적손임을 내세워 잉글랜드의 정통 계승자임을 주장하며 엘리자베스 1세와 맞섰다. 이들은 결국 군사적으로 격돌하게 되고, 메리는 1587년 사형장에서 참수당했다.
03 1569년 잉글랜드 북부의 귀족들이 반란을 일으켰으나 신속히 진압되었다.
04 엘리자베스 1세 때 국무장관을 역임한 자. 죽을 때까지 엘리자베스 여왕의 죽음을 노리는 가톨릭교도들의 음모를 적발하고 분쇄하는 일을 했다. 메리 스튜어트를 처형한 장본인.

드 전역으로 번져 화형식을 알리는 음흉한 경고의 횃불로 옮겨 붙은 것 같은 모습이었다.

부고는 파리와 로마를 넘어 널리 퍼져 나갔다. 잉글랜드 침공을 두고 여전히 고심 중인 스페인 펠리페 2세의 처소, 에스코리알[05]로는 유달리 빨리 전해졌다. 찢기고 갈린 한 나라의 소식은 리저드 곶을 지나 파르마 공작군과의 협공을 위해 플랑드르[06] 연안에 대기 중인 스페인 무적함대에까지 닿았다. 시도니아 공작 사령관이 '산마르틴' 갑판을 거닐던 그 하루 동안, 이 세상의 반구는 운명의 갈림길에 서 있었다. 그리고 그는 결단을 내렸다. 갤리온, 무장 상선, 갤리, 초대형 보급선이 줄지어 잉글랜드로 진격했다. 수백 년 전 역사가 쓰인 현장인 헤이스팅스와 고대의 전투지인 샌트래시가 있는 북으로 향했다. 그 결과, 펠리페 2세는 잉글랜드의 통치자로 등극했다. 해협 너머에서의 승전보에 고무된 프랑스 기즈 가[07]의 추종자들은 마침내 쇠락한 발루아 왕가를 폐했다. 3앙리 전투[08]가 신성동맹의 승리로 끝나자 교회는 다시금 과거 권력을 쥐게 되었다.

승자에게는 이권이 따르게 마련. 가톨릭교회가 득세하자 신흥국 그레이트브리튼은 로마교황을 섬기기 위해 온 힘을 쏟으며, 네덜란드 프로테스탄트를 멸하고 지리멸렬하게 계속되던 루터 전쟁에서 독일 도시국가의 세력을 꺾었다. 북아메리카 대륙의 뉴 월드[09] 사람들은 여전히 스페인의 지

---

05 마드리드 근교에 있는 건축물. 왕궁의 묘소, 예배당 등이 있다.
06 현 벨기에.
07 프랑스의 가톨릭 귀족 가문. 앙리 2세가 죽은 후 9세의 나이로 아들 샤를이 왕위에 오르자 앙리 2세의 부인이자 샤를의 어머니인 이탈리아 출신 카트린 드 메디시스는 섭정을 시작, 프랑스 내부에서의 입지 강화를 위해 기즈 가와 결탁했다.
08 16세기 말 프랑스의 마지막 종교전쟁. 프랑스의 왕 앙리 3세, 가톨릭 귀족 가문인 기즈 공작 3세인 로렌의 앙리 1세, 후일 앙리 4세가 되는 부르봉가의 엔리케인 등 3명의 앙리가 싸운 전쟁.
09 아메리카 대륙.

배에서 벗어나지 못했다. 잉글랜드의 항해가 쿡은 베드로의 권좌[10]의 코발트빛 깃발을 오스트랄라시아[11]에 꽂았다.

고대와 근대에 한 발씩 걸친 잉글랜드는 마치 원시시대처럼 분열되었다. 언어, 계급, 인종 장벽은 물론 여전히 건재한 중세 시대의 성들로도 쪼개졌다. 끝도 없이 빼곡히 늘어선 숲은 다른 시대의 창조물을 숨기고 있었다. 어떤 이들에게 지나가 버린 세월은 신이 마지막으로 계획한 전성기였다. 또 어떤 이들에게는 죽거나 잊히는 게 최고인 것들, 바로 곰과 스라소니, 무시무시한 늑대와 요정 들이 출몰하는 새로운 암흑시대였다.

로마교회는 그 기다란 팔을 여기저기 뻗어 상과 벌을 내렸다. 전투의 교회[12]는 최고의 자리에 군림했다. 그러나 20세기 중반에 접어들자 널리 팽배한 불만의 목소리가 터져 나오기 시작했다. 반란의 기운이 또 다시 공중에 떠돌았다.

---

10 교황을 뜻한다.
11 오스트레일리아, 태즈메이니아, 뉴질랜드 및 그 부근의 남태평양 제도를 통칭하는 말.
12 그리스도의 재림 때까지 하느님의 나라를 반대하는 세력과 싸우는 교회를 일컫는다.

첫 번째 소절
마거릿 아가씨

1968년, 잉글랜드 더노바리어.

약속된 아침이 왔다. 그들은 엘리 스트레인지를 묻었다. 검은색과 자주색 천을 양쪽에서 당기자 관은 무덤 속으로 천천히 내려갔다. 흰 가죽 끈이 관을 운구하는 사람들의 손 사이에서 미끄러져 내렸다. 성부와 성자와 성령의 이름으로…… 흙은 흙으로 되돌아갔다. 멀리 떨어진 곳에서 강철 마거릿이 차갑게 울면서 증기에 휩싸인 채 우렁찬 파도가 밀려오는 듯한 소리를 내며 언덕을 가로지르며 굴러갔다.

오후 3시, 차고는 다가오는 밤으로 인해 이미 어둑어둑했다. 희미한 불빛이 긴 채광창으로 스며들자 앙상한 철골들이 연결되어 있는 지붕의 이음매가 적나라하게 드러났다. 증기 트럭들은 그 아래에서 깊은 생각에 잠겨 있는 것처럼 묵묵히 대기 중이었다. 높이만 해도 사람 키의 두 배는 더 될 정도로 덩치가 커서 지붕의 덮개가 서까래를 스칠 정도였다. 한쪽에 있는 보일러 가죽 끈과 다른 쪽에 있는 관성바퀴(Flywheel)의 별 모양 돌기에서 시작된 불빛이 뭉툭한 원추형 모양으로 안을 비추었다. 거대한 로드휠이 그림자 진 물웅덩이에 박혀 있었다.

한 남자가 어둠을 뚫고 걸어 들어왔다. 그는 살짝 다문 입술 사이로 휘파람을 불었다. 부츠 징이 바닥에 깔린 낡은 벽돌에 부딪혀 삐걱댔다. 그는 청바지와 커다란 운송 회사 리퍼의 재킷을 입고 있었다. 추위를 막기 위해 재킷의 깃을 세운 채였다. 머리에는 한때는 붉은색이었지만 지금은 기름 때와 검댕이로 잔뜩 얼룩진 모직 모자를 쓰고 있었다. 모자 아래로 숱 많은 검은색 머리카락이 보였다. 그의 머리 위에서 앞뒤로 살짝 흔들리는 램프가 깜빡이며 원추 모양의 빛이 운송 회사의 고동색 재킷을 비추었다.

그는 맨 끝의 증기 트럭 앞에 서서 경적판에 램프를 매달려고 위쪽으로 손을 뻗었다. 육중한 증기 트럭들을 잠시 바라보던 그는 자기도 모르게 두 손을 비벼 몸에 항상 배어 있는 매연과 기름 냄새를 맡았다. 그러곤 펄쩍 뛰어 증기 트럭 발판에 올라가 화실 문을 연 후 쭈그리고 앉아 능숙하게 일하기 시작했다. 갈퀴로 화실 빗장을 풀고 난 뒤 숨을 내쉬자 어깨 위로 가느다랗게 하얀 김이 피어올랐다. 그는 조심스레 불 붙인 종이를 집어 넣었다. 이어 막대기를 겹쳐 놓은 후 두 팔로 탄수차에서 석탄을 리드미컬하게 퍼 담았다. 불이 처음부터 너무 세도 안 되지만, 그렇다고 보일러가 너무 차가워도 안 된다. 갑자기 온도를 올리면 보일러가 급작스럽게 팽창해 연관의 이음매 주위가 갈라져서 끝없이 말썽이 이어진다. 최고의 성능을 얻으려면 증기 트럭을 세심하게 돌보고 구슬리고 설득해야 한다.

남자는 삽을 옆에 내려놓고 화실 입구로 가 통에 든 파라핀을 헝겊에 끼얹었다. 그리고 흠뻑 젖은 헝겊에 성냥불을 붙였다. 성냥이 환하게 타면서 타다닥거렸다. 기름은 꺼지려는 불꽃을 붙들었다. 그는 문을 닫고 통풍 조절판을 열었다. 그리고 일어나 면 걸레에 손을 닦고 발판에서 내려가 기계적인 동작으로 증기 트럭을 닦기 시작했다. 머리 위에 걸린 긴 명패에는 뻐기는 듯 휘몰아치는 필체로 회사 이름이 멋들어지게 쓰여 있었다. 도싯[01]의 스트레인지 앤 선스 운수회사. 커다란 증기 트럭 옆면에는 증기 트럭의

....
01 잉글랜드 남서부에 있는 주.

이름이 적혀 있었다. '마거릿 아가씨(Lady Margaret)'. 놋쇠 플레이트에 다다르자 누더기 천이 멈추었다. 그는 애정 어린 손길로 플레이트에 광을 냈다.

마거릿이 부드러운 소리를 내자 재받이 주위에서 불빛이 새어 나왔다. 차고 주임은 그날 오후 마거릿의 보일러와 동체, 탄수차를 채웠다. 마거릿은 구내를 가로질러 창고 선적 구역 옆에 선 채 대기 중이었다. 운전사는 타오르는 보일러에 연료를 좀 더 넣고 압력이 구동 수위를 향해 천천히 올라가는 것을 지켜보았다. 그는 무거운 오크 핸들 굄목을 치운 후 검수관 옆에 있는 증기 발생기 안에다 집어넣었다. 증기 트럭의 연통은 경고음을 내면서 기관사실 쪽으로 희미한 열기를 뿜어냈다.

그는 생각에 잠긴 채 고개를 들어 하늘을 보았다. 12월 중순. 신은 언제나 빛을 아까워하기 때문에 흐릿한 회색 눈을 깜빡하는 사이에 낮이 되었다가 순식간에 어두워진다. 얼마 지나지 않아 서리가 단단히 내려앉을 것이다. 이미 사방은 꽁꽁 얼어붙었다. 바닥의 물웅덩이에 부츠 바닥이 닿자 얼음이 깨져 빠지직거렸다. 어젯밤 생겨난 얼음은 거의 녹지 않고 그대로였다. 운전하기에 나쁜 날씨라 이미 많은 운전사가 짐을 꾸려 돌아간 상태였다. 지금은 늑대가 안식처를 찾아 떠나 녀석들이 머물던 곳이 비어 있지만 노상강도들이 출몰할 시기였다. 그들에겐 지금이 제철이다. 겨울은 값나가는 화물들을 싣고 운행하는 마지막 로드 트레인[02]들을 급습해 덮치기에 딱 좋은 때였다. 남자는 두꺼운 코트를 입은 몸을 잔뜩 웅크렸다. 만약 저 길 너머 심술쟁이 영감 서전슨이 아끼는 파울러[03] 트리플 컴파운드 엔진으로 잽싸게 나서지만 않는다면 최소한 한 달 남짓간은 이번이 해안까지 다녀올 마지막 운행이 될 것이다. 마거릿은 또 다시 운행에 나설 것이

---

02 뒤에 짐칸이 붙어 있는 화물 트럭.
03 트럭 제조사 이름.

다. 왜냐하면 스트레인지 앤 선스는 해안으로 운행하는 마지막 운행을 맡을 것이기 때문이다. 늘 그래 왔고, 앞으로도 계속 그럴 것이다.

구동 수위는 1인치당 150파운드. 운전사는 연실 앞에 있는 밀대 브래킷 위에 손전등을 걸어 놓고 다시 발판으로 올라갔다. 그리고 기어가 중립 상태인지 확인한 후 실린더 마개를 열고 속도 조절기를 조금씩 움직였다. 마거릿 아가씨가 잠에서 깨어났다. 피스톤이 왕복 운동을 하면 가이드 안의 크로스헤드가 미끄러지면서 낮은 천장 밑에서 급격한 굉음을 내며 증기를 배출했다. 뒤쪽에서 증기가 용솟음치자 까만색 연기가 목구멍에 걸렸다. 운전사의 입꼬리가 살짝 올라갔지만, 즐거워서 웃는 것 같지는 않다. 시동 거는 기술은 그의 일부분이자 마음속에서 타오르는 불꽃 같은 것이다. 기어 체크, 실린더 코크, 속도 조절기…… 그는 예전에 딱 한 번 이 과정을 까먹은 적이 있다. 어렸을 때 실린더 코크를 잠근 채 4마력짜리 견인 전차 '로비'의 시동을 걸었다가 피스톤 앞쪽에 응축돼 있던 물이 실린더 내경 끝까지 내뿜어졌다. 금이 간 강철을 보며 그의 가슴도 함께 무너져 내렸다. 늙은 엘리는 그때도 징이 박힌 허리띠를 차고 있다가 이러다 죽겠구나, 하는 생각이 들 때까지 제시를 후려 팼다.

그는 코크를 잠그고 역전 레버를 앞으로 완전히 젖힌 후 속도 조절기를 다시 열었다. 구내 주임인 늙은 디킨이 차고의 어둠 속에서 나타났다. 마거릿이 증기를 내뿜고 시끄러운 소리를 내며 주차돼 있던 구내를 가로지르며 움직이자 그는 육중한 문을 뒤로 세게 당겨 열어젖혔다.

이 추위에도 코트 하나 걸치지 않은 채 디킨은 링크 장치를 마거릿 아가씨의 연장봉에 걸고 브레이크 유니언을 제자리에 끼웠다. 화물량 3대와 탄수차. 이번 운행을 무사히 마칠 만큼 충분한 연료. 주임은 엉덩이께 손을 대고 서 있었다. 반바지에 단정하지 못한 차림새. 주름진 셔츠. 굽이진 회색 머리칼은 옷깃에 닿을 정도로 길다.

"나도 같이 가면 정말 좋으련만, 제시 사장."

제시는 무겁게 고개를 저으며 입술을 앙다물었다. 그들은 전에도 이랬던 적이 있다. 그의 아버지는 직원을 많이 둬야 한다고 생각한 적이 단 한 순간도 없었다. 아버지는 달랑 몇 명의 직원만 고용한 후 자신이 주는 월급만큼 본전을 뽑았다. 그래서 얼마나 버티겠어? 라고 다들 궁금해할 정도였다. 아버지는 정비사 조합에서도 늘 그렇게 빡빡하게 굴었다. 엘리는 죽기 며칠 전까지 직접 차를 몰았다. 제시가 직접 마거릿을 몬 것은 채 일주일도 되지 않는다. 그는 브리드포트 언덕 기슭의 마을을 돌며 양모 짜는 사람들에게 서지 모직물과 소모 직물을 받아 실었다. 화물 중에는 풀[04]로 향하는 물건들도 있었다. 사무실 의자에 앉아 노닥거린 적이 없던 늙은 스트레인지가 죽자마자 회사는 일손 부족에 시달렸다. 지금은 무턱대고 초짜 운전사에게조차 일을 맡기고 있지만, 이제 며칠만 있으면 이번 시즌도 끝난다. 제시가 디킨의 어깨를 잡았다.

"당신을 쉬게 그냥 둘 수는 없어요, 디킨. 구내를 뛰시라고요. 저기 제 어머니도 괜찮아 보이죠? 아버지가 원한 게 바로 저런 거라고요." 그는 싱긋 웃으며 눈을 찡그렸다. "여태 마거릿을 데리고 나갈 수 없었는데, 이제야 녀석에 대해 배울 수 있게 되었네요."

그는 차 뒤쪽으로 걸어가며 방수포 줄을 당겼다. 탄수차와 1번, 2번 화물량이 단단하고 단정하게 고정됐다. 전날 몇 시간에 걸쳐 화물을 직접 실었기 때문에 선적 화물을 확인할 필요는 없었다. 하지만 항상 그랬듯 화물을 확인한 뒤 후미등과 번호판 램프가 들어오나 점검한 다음 디킨에게서 화물 적하 목록을 받아들었다. 그는 발판으로 올라가 바닥에 가죽을 덧댄 두꺼운 운전사용 벙어리장갑을 두 손에 꼈다.

---

04 Poole. 잉글랜드 도싯에 있는 도시.

디킨이 덤덤한 시선으로 제시를 바라봤다. "노상강도를 조심해. 몹쓸 노르망디 녀석들 같으니라고."

제시는 투덜거렸다. "녀석들, 나타나든가 말든가. 물건이나 잘 보세요. 내일 봐요."

"신의 은총이 함께하길."

제시는 속도 조절기를 앞쪽으로 풀었다. 땅딸막한 몸이 뒤로 점점 기울어지자 한쪽 팔을 들어 올렸다. 마거릿과 화물량은 작업장 게이트 아치 밑을 덜거덕거리며 통과한 후 바퀴 자국이 깊이 팬 더노바리어 거리로 나섰다.

마을로 증기 트럭을 몰아가면서 제시는 마음속엔 온갖 생각이 떠올랐다. 이 순간만큼은 노상강도에 대한 걱정조차 그의 생각 중 가장 작은 부분에 불과했다. 아버지의 죽음을 맞닥뜨렸을 때의 날 선 슬픔이 무뎌지면서 그는 모두가 엘리를 얼마나 그리워하는지 깨닫기 시작했다. 회사는 그의 목을 옥죄는 무거운 짐이 되었다. 그리고 반갑지만은 않은 변화가 닥칠 조짐이 보였다. 교회가 근무 시간은 짧게, 임금은 많이 지급하라고 주장하는 조합의 시끄러운 목소리를 대놓고 지원하는 통에 운수회사들의 이윤이 형편없이 줄어들었다는 사실은 하늘도 땅도 모두 알고 있다. 그들은 다시 한번 허리띠를 바짝 졸라매야 할 것이다. 게다가 증기 트럭에 대한 추가 규제가 생길 것이라는 소문까지 돌았다. 트레일러 수를 최대 여섯 대로 제한하고, 거기에 급수차는 한 대만 허용한다는 내용이었다. 대도시 주변의 정체가 심해져 불평이 제기되고 있다는 이유에서였다. 사실 도로 상태가 심각하기는 했다. 그렇지만 이 나라 세수의 절반이 교회용 금제 식기를 사는데 들어가는 판국에 무엇을 기대할 수 있단 말인가. 제시는 씁쓸하게 자문했다. 기제비우스에 의해 시작된 200년 전의 불황처럼, 아무리 지금이 새로운 무역 불황 시대의 초기라고 해도 그렇다. 그때의 기억은 서유럽 사회에 사무치게 남아 있었다. 잉글랜드 경제는 실로 오랜만에 안정기에 접어든 상태였다. 안정이란 곧 부, 금 보유량을 의미했다. 그러나 소문으로 전해지는 바티칸 금고 이외의 다른 장소에 쌓여 있는 금은 곧 위험을 의미했다.

몇 달 전부터 엘리는 욕을 내뱉으면서 새로운 규제에서 빠져나갈 준비를 하기 시작했다. 그는 인장봉(drawbar) 바로 뒤에 있는 안연 도금 탱크 안에 물 190리터를 담을 수 있도록 열 대 남짓한 화물량을 개조했다. 탱크 옆에는 공간적 여유가 전혀 없었기 때문이다. 나머지 화물량은 유효 탑재량을 위해 남겨 두었다. 이것은 주 장관의 권위를 충분히 채워 줄 정도였다. 제시는 그 늙은 악마가 승리에 도취해서 시끄럽게 지껄이는 모습을 떠올려 보았다. 그러나 그는 그런 모습을 보여 줄 만큼 오래 살지 못했다. 땅 속에 묻힌 관을 다시 열 수는 없지만, 그는 어쩔 수 없이 아버지가 생각났다. 그는 아버지의 마지막 모습을 떠올렸다. 밀랍 같은 회색 코가 흰 천 위로 엿보였다. 엘리의 운전사들은 조문객 틈에 끼어 낡은 집 거실을 향해 줄을 섰다. 그러나 죽음도 엘리 스트레인지를 나약하게 만들지는 못했다. 죽음이 그의 얼굴을 파괴했을지언정 엘리는 모든 사람에게 채석장 절개지처럼 강렬한 인상을 남겼다.

그런데 정말로 이상한 건 운전을 하다 보면 생각할 시간이 많아진다는 점이다. 심지어 손수 운전을 하면서 보일러 게이지, 증기 헤드, 불까지 살펴봐야 할 때도 그렇다. 제시의 손은 핸들 테두리에서 익숙한 진동을 느꼈다. 장거리 주행에서 비롯되는 약간의 스트레스로 인해 어깨와 등이 쓰라렸다. 그래도 이번에는 장거리 주행이 아니다. 울까지 갔다가 그레이트 히스를 거쳐 풀로 돌아오는 대략 35킬로미터 정도 되는 거리다. 마거릿 아가씨에게 이번 운행은 뒤에 30톤의 화물을 싣고 주행하는 내내 평평한 길을 달리는, 가벼운 화물에 비교적 평이한 운행이었다. 증기 트럭의 기어는 달랑 2단이다. 제시는 시동을 걸 때나 정차를 할 때나 기어를 2단에 놓았다.

마거릿의 기준 마력은 10마력이지만, 이 기준은 오래된 것이었다. 1마력은 둘레 10인치짜리 피스톤과 같은 것으로 여겨졌다. 브레이크를 풀면 뷰렐[05]은 70~80마력을 내는데, 이 정도면 130톤 화물은 거뜬했다. 그 정도 화물은 늙은 엘리가 전에 딱 한 번 내기를 하려고 끌었던 무게였다. 그리고 그는 내기에서 이겼었다.

제시는 거의 기계처럼 임무를 수행하면서 압력계를 확인했다. 최대 압력에서 10파운드 못 미치는 수준. 당분간은 괜찮을 것이다. 운행하면서 불을 지피면 된다. 전에도 여러 번 그런 적 있었다. 아직은 그럴 필요가 없다. 첫 번째 교차로에 다다르자 그는 좌우를 살피고 핸들을 감으며 뒤따라오는 화물량들이 각각 동일한 지점에서 제대로 회전하는지 살폈다. 좋아. 엘리였더라면 저런 코너를 좋아했을 것이다. 경사진 노면에서는 화물량의 화물이 한쪽으로 쏠린다는 사실을 알지만, 그가 걱정하는 건 그것이 아니었다. 램프가 켜져 있지만 화물차를 못 본 운전사들이 자칫 육중한 마거릿과 추돌할 수도 있었다. 40톤이 넘는 화물차가 지나가자 큰 소리가 났다. 나비 차[06] 같은 건 바짝 붙었다간 재수 없는 일이 생길 수도 있었다.

제시는 대부분의 운전사가 내연 기관차를 진저리 칠 정도로 경멸한다는 사실을 알고 있었지만, 그래도 찬성 혹은 반대하는 말들에 모두 충분히 귀를 기울였다. 어느 날 갑자기 휘발유 추진 장치가 다른 장치로 바뀌어 디젤이라고 불리는 새로운 기관이 보편화될지도 모른다. 물론 그러기 위해서는 교회의 간섭부터 끝나야 했다. 휘발유 사용을 금지한 1910년 교서는 내연 기관 엔진의 용량을 최대 150cc로 제한했다. 그때부터 운수회사들 사이의 실질적인 경쟁은 사라졌다. 휘발유 차량은 주행하기 위해 화려한 돛을

---

05 트럭 제조회사명.
06 속도를 더 내기 위해 돛을 단 차를 말하는 것으로, 작가의 상상 속 산물이다.

맞춰 차체에 달아야만 했다. 짐을 싣고 운반한다는 것은 이들에게 상당히 고약한 농담이었다.

성모마리아시여, 날씨가 춥군요! 제시는 코트 속으로 몸을 더욱 움츠렸다. 마거릿 아가씨에겐 화려한 번호판이 없다. 물론 다른 증기 트럭들은 화려한 번호판을 달고 있었고 스트레인지 앤 선스의 차량 한두 대도 그랬지만, 엘리는 마거릿에게 그런 번호판을 달지 않겠노라고 맹세했다. 마거릿 아가씨는 예술 작품처럼 그 자체로 완벽했다. 마거릿은 공장에서 나온 상태 그대로 유지되어야 했다. 번지르르한 모습으로 마거릿을 치장한다는 생각만 해도 노인은 몸에 통증을 느낄 정도였다. 그랬다간 마거릿도 엘리가 경멸하는 로드 트레인들처럼 보일 터였다. 제시는 타들어가듯 날카로운 바람을 맞으며 실눈을 떴다. 그는 회전 속도계를 내려다봤다. 시속 24킬로미터. 회전 속도 150. 장갑을 낀 손으로 역전 레버를 잡아 당겼다. 시내에서의 제한 속도는 시속 16킬로미터. 제시는 그보다 빨리 달릴 생각은 추호도 없었다. 스트레인지 앤 선스는 경찰과 늘 원만한 관계를 유지했는데, 이것은 이 회사가 성공한 비결 중 하나였다.

시내 중심가의 기다란 도로로 들어서자 그는 엔진을 다시 차단했다. 엔진이 차단된 마거릿은 절망에 빠진 것처럼 천둥소리를 냈다. 그 소리는 뒤쪽으로 울려 퍼져 회색 석조 건물의 정면에 부딪혔다. 부츠 밑창으로 인장봉이 서서히 당겨지고 브레이크 휠이 회전하는 것이 느껴졌다. 차량이 두 동강 난다면 운행 기록에 최악의 오점을 남길 것이다. 후미등 뒤에 달린 반사경이 위를 향해 깜빡거리자, 순간 빛이 두 겹으로 반짝였다. 브레이크가 맞물렸다. 보정기(compensator)는 선적 화물부터 끌어당긴 다음 화물량들을 일직선으로 만들었다. 제시는 역전 레버를 살짝 풀었다. 피스톤 앞쪽으로 분사되는 증기로 마거릿의 속도를 짐작할 수 있었다. 저 앞쪽으로 그의 눈높이보다 꽤 높은 곳에 도시 중앙의 가스램프가 보였다. 그리고 그 너머로 성벽과 동쪽 문도 보였다.

근무 중인 경사가 미늘창을 들고 간단한 인사를 건네며 뷰렐을 앞으로 보냈다. 제시는 레버를 밀어 넣고 브레이크를 바퀴에서 풀었다가 감았다. 발에 힘이 너무 많이 들어가면 로드 트레인 어딘가에서 불이 붙을 수도 있다. 게다가 이번 화물은 대부분 가연성이었다.

그는 마음속으로 적하 목록을 훑어 내려갔다. 마거릿은 서지 모직물 화물을 싣고 있었다. 부피로 치면 이번 화물의 대부분을 차지했다. 잉글랜드 모직물은 유럽에서 매우 유명하다. 서지를 짜는 사람들은 잉글랜드 남서부에서 가장 강력한 산업 단체라 할 수 있었다. 그들의 공장과 창고 주변에서 수만 킬로미터 안에 마을들이 촘촘히 생겨났다. 바로 이 무역을 독점함으로써 늙은 엘리가 라이벌 중에서 선두로 내달리게 된 것이다. 그리고 멜스에 있는 앤서니 하코트의 염색 실크도 실려 있었다. 하코트의 솜씨는 바다 저 너머의 파리에서까지 찾을 정도였다. 이 밖에 반품된 제품이 들어 있는 나무 상자, 더노바리어의 이라스무스 콕스와 제드 로버츠, 그리고 마틴 스타운의 제미아 스트링거 같은 마을에 사는 평범한 사람들의 물건도 여러 개의 상자에 들어 있었다. 아일랜드 총독의 봉인 아래 실린 정금(正金), 로마로 향하는 이번 분기의 마지막 조세, 기계 부품, 고급 치즈, 각종 재료들, 점토 파이프, 뿔로 만든 단추, 리본과 테이프, 비민스터에 있는 '뉴 월드' 재정 회사에서 만든 체리우드 성모마리아상이 실려 있었다. 이름이 뭐라더라. '카머스 오드 더 솔 상사'라던가? 탄수차 꼭대기에는 모직과 소모 직물이 실려 있었고, 나머지 화물들은 두 번째 화물량에 실려 있었다. 화물은 돌볼 필요가 없었다. 그냥 저희들 스스로 알아서 잘 있을 것이 분명했다.

저 앞으로 동쪽 문과 어두운 색의 육중한 담이 보였다. 제시는 미리 속도를 줄이며 준비를 했지만, 사실 그럴 필요는 없었다. 이렇게 쓸쓸한 밤에도 날씨에 맞서 용감하게 달리는, 돛을 단 요상한 모양의 소형차들은 미늘창을 든 경비병의 신호에 제지당해 위험한 길에서 빗겨 서 있기 때문이다. 마거릿은 경적을 울리며 뒤쪽에 증기 구름을 남기고 달려 나갔다. 증기는 저녁 하늘을 배경 삼아 반짝이고 있었다. 트럭은 성벽을 지나 저 너머 황무지와 언덕으로 내달렸다.

제시는 분사 장치 밸브를 조절하려고 몸을 구부렸다. 연실의 연장관 통로를 통해 이미 데워져 있던 물이 빙빙 돌며 보일러로 들어갔다. 그는 속력을 냈다. 더노바리어가 어두운 뒤편으로 멀어지자 불빛도 재빨리 사라졌다. 좌우 양쪽에 펼쳐진 대지는 별 특징 없이 어둡기만 했다. 앞쪽에서 크랭크축이 빙빙 도는 모습이 살짝 보였다. 엔진은 굉음을 냈다. 그는 웃으면서 신나게 차를 몰았다. 화실 문 주위에서 빛나는 불빛이 넓적하고 다부진 턱과 고르고 숱이 많은 검은 눈썹 아래 움푹 팬 눈을 비추었다. 서전슨 노인네를 마지막 운행에 데려올 걸 그랬나. 그럼 마거릿은 파울러를 매달고 언덕을 오르내렸겠지. 그리고 엘리는 갓 만들어진 무덤 안에서 흐뭇하게 웃었을 테고…….

마거릿 아가씨. 제시의 마음속에 초대받지 않은 장면이 떠올랐다. 어린 시절 자신의 모습이 보이고 살짝 갈라진 목소리가 들렸다. 저게 언제였던가? 8살, 아니 10살? 아무도 눈치채지도 세 보지도 않은 사이에 세월은 한 해씩 차곡차곡 쌓여 갔다. 그렇게 젊은이는 늙은이가 되는 것이다. 그는 마거릿이 마당에 처음으로 들어온 아침을 기억했다. 마거릿은 증기를 내뿜으며 더노바리어를 지나 달려왔다. 저 멀리 떨어진 셋포드의 뷰렐 공장에서 갓 출시돼 페인트는 번쩍거렸고 경적 소리는 청명했으며 태양 빛에 놋쇠가 휘황찬란하게 빛났다. 10공칭마력[07]의 복합 증기 트럭으로, 플라이휠 장식에서부터 고정 방전 체인까지 모든 것을 일일이 명시해서 주문했

---

07 엔진이나 보일러 따위에 과세하거나 매매할 때 부르는 마력.

다. 스퍼드 팬, 벨리 팬, 양수기…… 엘리는 그가 원하던 서유럽 최고의 증기 트럭을 갖게 되었다. 그는 이 트럭을 직접 가져오려고 여러 나라를 거쳐 노포크까지 건너갔다. 자부심 덩어리인 이 트럭을 데려오기에는 그 누구도 믿음직스럽지 않았기 때문이다. 그때부터 이 트럭은 그만의 증기 트럭이 되었다. 만약 엘리가 지구상에서 가장 사랑한 것이 낡고 단단한 동체라고 한다면, 그것은 바로 이 거대한 뷰렐이리라.

제시는 이 트럭을 구경하려고 남동생 팀은 물론 다른 형제들과 같이 기다리고 있었다. 제임스와 미카—신이시여, 그들의 영혼을 굽어살피소서—는 브리스톨에서 흑사병으로 둘 다 세상을 떠났다. 그는 아버지가 발판을 흔들면서 살아 있는 생명체처럼 가만히 서서 온몸을 부르르 떨며 증기를 내뿜는 증기 트럭을 올려다보던 모습을 떠올렸다. 회사의 이름은 페인트로 이미 거기에 쓰여 있었다. 멋있게 흘려 쓴 글씨는 덮개 모서리를 따라 번쩍거렸다. 그러나 뷰렐은 아직 자기만의 이름을 갖지 못했었다. "이 녀석을 뭐라고 부를 거예요?" 시끄러운 소음 위로 그의 어머니가 가만히 서서 외치는 목소리가 들렸다. 엘리는 머리카락을 헝클어뜨리며 벌건 얼굴을 찌푸렸다. "젠장, 내가 그걸 어떻게 알겠어……." 선더, 아포칼립스, 발라드 다운, 웨스트 스트렝스 등의 이름은 이미 쓰이고 있었다. 기계를 싣고 다니는 트럭에는 강하게 발음되는 이름이 제격이다. "젠장, 내가 그걸 어떻게 알아……." 늙은 엘리가 웃으며 말했다. 순간 제시의 목소리가 허락도 없이 튀어나왔다. 그는 마치 사춘기 소년이 요들송을 부르듯 더듬거리며 말했다. "마거릿 아가씨 어때요? 마거릿 아가씨……."

묻지도 않았는데 말하는 건 야단 맞을 만한 행동이었다. 엘리는 모자를 들어 올리며 머리를 북북 긁다가 제시를 쳐다봤다. 그러더니 한바탕 웃음을 터뜨렸다. "그거 괜찮군. 뭐 안 될 리 있겠어……." 운전사들의 항의와 늙은 디킨의 반대를 무릅쓰고 그 트럭은 그렇게 '마거릿 아가씨'가 되었다. 디킨은 고약하게 여자 이름을 트럭에 붙였다며 "정말 재수 없다"고까지 투덜거렸다. 제시는 그때 귀가 발갛게 달아올랐던 것이 떠올랐지만 그게 수치심 때문이었는지, 아니면 자부심 때문이었는지 분간할 수 없었다. 그 이름이 그렇게 마음에 쏙 든 것은 아니지만, 트럭의 이름은 그렇게 붙여졌다. 엘리는 그 이름을 마음에 들어 했다. 사실 전성기가 지나갔다고 하더라도 그 누구도 늙은 엘리의 의견을 무시할 수는 없었다.

그런 엘리가 이제 세상을 떠났다. 아무런 조짐도 보이지 않았다. 그저 의자 팔걸이를 손으로 부여잡고 기침을 하던 아버지의 얼굴이 평소와 달라 눈여겨보았을 뿐이다. 엘리는 갑자기 시커먼 피를 토했고 쌕쌕거리는 소리가 나면서 폐가 들끓기 시작했다. 그렇게 노인네는 새카맣게 타들어 간 안색으로 침대에 몸져누웠다. 램프 하나가 달랑 켜진 그의 옆에는 신부가 서 있었다. 제시의 어머니는 멍한 표정으로 엘리를 바라보았다. 토머스 신부는 냉랭한 얼굴로 늙은 죄인을 못마땅한 듯 내려다보고 있었다. 심한 서리를 동반한 바람이 집을 휘감으며 한숨을 내쉬었다. 그러는 동안 성직자의 입술은 기계적으로 노인의 죄를 사하며 은총을 내렸다. 그러나 죽음은 그런 게 아니었다. 죽음은 끝 그 이상의 것이었다. 마치 화려한 무늬가 그려진 천에서 실을 풀어내는 것 같다고나 할까. 낡은 집 처마 밑의 자기 침실이 차지한 면적만큼이나 엘리는 제시의 삶에서 한 부분을 차지하고 있었다. 죽음은 추억이라는 과정을 붕괴시키다가 혼자 남겨지는 순간 가장 괜찮은 화음을 울린다. 미동도 없던 아버지의 거친 얼굴, 세월의 풍상을 견뎌낸 손, 눈까지 깊숙이 눌러쓴 기름에 전 운전사의 버클 캡을 떠올리기 위해 굳이 노력할 필요는 없었다. 멜빵 근처까지 내려와 양 끝이 묶인 머플러, 두꺼운 외투, 낡고 두툼한 코듀로이 작업복. 그가 아버지를 그리워하는 건 바로 여기, 그의 눈을 아리게 하는 뜨거운 기름 냄새와 시끄러운 소음과 어둠 속에서였다. 그는 앞으로도 계속 그럴 것임을 알았다. 아마 이것이 그가 원하던 것이리라.

짐승에게 먹이를 줄 시간이다. 제시는 앞으로 쭉 뻗어 있는 길을 다급하게 바라보았다. 증기 트럭은 경로를 지켜야 했고, 나선관 스티어링을 뒤로 젖힐 수도 없었다. 그는 화실 문을 잽싸게 열고 삽을 쥐었다. 빠르고도 효과적으로 불을 지피면서 화력을 최대한 높이기 위해 그 안을 오목하게 만들었다. 그러고 나서 문을 닫고 몸을 일으켰다. 증기 트럭이 꾸준히 내는 천둥 같은 소리는 이미 그의, 그리고 그의 혈류의 일부분이 되었다. 그가 일하는 동안 부츠 발바닥으로 철판의 뜨거운 열기가 전해졌다. 화실의 열기가 역으로 불어와 그의 얼굴에 대고 더운 숨을 내뿜었다. 세월이 그의 뼈를 갉아먹고 서리가 내릴 시간이 다가올 것이다.

제시는 더노바리어 외곽에 있는 낡은 집에서 태어났다. 그가 태어나기 직전, 아버지는 쟁이질 하는 기계, 탈곡기, 증기 트랙터 등을 취급하는 사업을 막 시작했다. 네 형제 중 셋째인 제시는 자신이 스트레인지 앤 선스의 재산을 물려받을 것이라곤 전혀 진지하게 생각해 보지 않았다. 그러나 신의 뜻은 산처럼 헤아릴 수 없는 법. 엘리의 아들 둘은 새카맣게 타들어간 얼굴로 아브라함의 품으로 돌아갔고, 이젠 엘리까지도 떠나 버렸다. 제시는 여름 내내 집에 머무르기 위해 돌아갈 궁리를 하던 중이었다. 그해 여름에는 엔진 차고가 뜨겁게 달아오르고, 연기와 기름까지도 들끓었다. 그는 트럭들이 왔다가 떠나는 모습을 보면서, 창고 계단에서 하역 작업을 돕고 끝없이 쌓여 있는 나무 상자와 짐짝들 위를 기어오르며 그곳에서 시간을 보냈다. 그곳에선 여러 가지 냄새가 났다. 살구, 무화과, 건포도 등 상자 속에 들어 있는 말린 과일의 풍성한 향기, 신선한 소나무와 전나무의 달콤한 냄새, 삼나무의 향취. 럼주에 절인 담배 냄새. 사치품인 샴페인과 포트와인, 코냑, 자수가 놓인 망사. 오렌지와 파인애플, 고무와 칠레 보석, 황마와 삼……

가끔 그는 증기 트럭을 타고 풀이나 버본 마우스까지 내려갔다가 브리드포트를 가로질러 웨이머스까지 갔다. 때론 서쪽으로 내려가 이스카, 린디니스에도 갔다. 론디니움[08]에 들렀다가 또 다시 북동쪽에 있는 카물로두놈까지 간 적도 있다. 뷰렐과 클레이톤과 포덴[09]은 거리를 점령했다. 제시는 그렇게 먼 길을 내달리며 경적을 울리고 증기를 내뿜는 오래된 증기 트럭에 실려 있는 짐 위에 올라타는 일을 즐겼다. 그는 통행료 징수인에게 요금을 내려고 멀리서부터 허둥거렸고, 그들이 희고 붉은 줄무늬가 새겨진 긴 막대기로 게이트를 닫는 것을 거들기 위해 뒤에서 기다렸다. 그는 바퀴 자국이 깊게 팬 도로에서 먼지가 뽀얗게 인다고 많은 운전사가 불평하던 일을 떠올렸다. 먼지가 길 양쪽과 산울타리에 내려앉아 도로는 땅을 가로질러 생긴 허연 흉터처럼 보였다. 집을 떠나서 보낸 이상한 밤, 그가 술집 한쪽 구석에서 쪼그리고 앉아 있는 동안 아버지는 계속 홍청거렸다. 엘리는 제시에게는 2층에 있는 침대로 올라가라고 때리면서도 다른 사람들에게는 포용력 있고 호탕하게 굴었다. 그는 자기가 어렸을 때는 증기 트럭의 보일러 앞쪽에 샤프트가 있었는데 그 사이에서 말들이 트럭을 끌었다고 허풍을 떨기도 했다. 제시는 여덟 살 때 브레이크 보이를 했고, 열 살 때는 단거리 주행에서 키잡이를 했다. 그런 제시를 집에서 멀리 떨어진 학교로 보내는 것이 엘리에게는 고통이었다.

제시는 엘리가 무슨 생각을 했을지 궁금했다. 그는 "열심히 공부해라"라고 말했다. "그게 중요하다, 아들아." 제시는 그때 어떤 기분이 들었는지 기억이 났다. 그리고 자신이 집 위쪽에 있었던 과수원을 돌아다니던 방법과 오른쪽으로 기울어져 올라가기 좋던 우악스럽게 생긴 늙은 나무에서 체리가 빽빽하게 열리던 모습이 떠올랐다. 사과, 브람리스, 레인스, 헤일

---

08 런던이라는 지명은 소택지의 성을 뜻하는 켈트어 린딘(Lyndyn)에서 기인한다. 로마인이 이를 라틴어로 론디니움(Londinium)이라고 말한 데에서 비롯되었다.
09 모두 트럭 제조회사다.

리의 오렌지. 벽에 매달린 거칠거칠한 폭탄처럼 9월의 태양 볕을 받아 잘 익은 코모도레의 배. 예전엔 늘 제시가 수확을 도왔다. 그러나 그해는 그렇게 하지 못했다. 그의 형제들은 마을의 작은 학교에서 읽고 쓰고 계산하는 법을 배운 게 전부였다. 그러나 제시는 유서 깊은 대학 도시인 셔본에 머물며 대학을 다녔다. 그는 언어와 과학에 매진했고, 사실 성적도 꽤 좋았다. 바로 그게 뭔가 잘못된 것이었다. 자신의 손이 기름에 찌든 철을 그리워하고, 자신의 콧구멍이 증기 냄새를 필요로 한다는 사실을 깨닫기까지 몇 년이 걸렸다. 그는 짐을 싸 들고 고향으로 돌아와 여느 운전사들처럼 일하기 시작했다. 엘리는 한마디도 하지 않았다. 칭찬도, 욕도 하지 않았다. 제시는 고개를 저었다. 그는 마음속 깊은 곳에서부터 자신이 앞으로 할 일을 의심의 여지 없이 분명히 알고 있었다. 그는 뼛속까지 운전사였다. 팀, 디킨, 그리고 늙은 엘리처럼. 그게 전부였다. 그리고 그것으로 충분했다.

마거릿은 언덕을 올라갔다가 아래로 덜컹거리며 내려갔다. 제시는 무릎 근처에 있는 기다란 검수관을 쳐다보다가 시각보다는 본능으로 분사 장치의 밸브를 열어 보일러로 물을 흘려 보냈다. 증기 트럭의 섀시는 너무 낡은 상태였다. 이 말은 언덕을 내려갈 때 주의할 필요가 있다는 뜻이다. 보일러 안의 물이 너무 적으면 차체가 앞쪽으로 기울면서 화실 천장이 까지고 거기 있는 가용 플러그가 녹아내린다. 모든 증기 트럭은 여분의 플러그를 가지고 다니지만, 그걸 교체하는 일은 피해야만 했다. 플러그를 교체한다는 것은 불을 가까이 해야 한다는 뜻이기 때문이다. 통구이가 될 정도로 뜨거운 화실 속으로 기어 들어가 어둠 속에서 화기와 끝없이 씨름해야만 한다. 제시도 다른 초짜들과 마찬가지로 운행 중 플러그를 태워 먹은 적이 있다. 이 일로 그는 화실을 보호해야 한다는 교훈을 배웠다. 반대로 수위가 너무 높으면 물이 스팀 배출구까지 흘러나온다. 그러면 뜨거운 연기가 굴뚝에서 뭉게뭉게 피어나오는 가운데 내리막길을 달려야 한다는 뜻인데, 제시는 그런 일 역시 겪은 적이 있다.

그는 밸브를 돌려 분사 장치에서 나는 쉿 소리를 멎게 했다. 마거릿은 내리막길을 시끄럽게 내달리며 속도를 올렸다. 제시는 역전 레버를 뒤로 당기고 브레이크를 비틀며 차량의 상태를 확인했다. 증기 트럭이 내리막길에 저항하느라 뒤로 증기를 내뿜자 달라진 박자 소리가 들렸다. 대낮이든 밤이든 그는 도로 구석구석을 환하게 꿰고 있었다. 능력 있는 운전사라면 그래야 한다. 저 앞에 보이는 한 줄기 빛이 그가 울에 다다랐다는 사실을 알려 주었다. 마거릿은 경고의 표시로 도시를 향해 비명을 내지르며 덧문을 내린 시골집 사이를 우르릉거리며 누볐다. 이제부턴 직진 도로고, 황무지를 가로지르면 풀밭이 나온다. 마을 입구까지는 한 시간 정도 걸리고, 부두까지 내려가려면 30분 더 걸린다. 노상강도들만 나대지 않으면 좋으련만……. 제시는 손을 비비며 어깨를 움츠렸다. 점차 추위가 다가오면서 관절 속까지 냉기가 파고드는 것이 느껴졌다.

그는 길 양쪽을 바라보았다. 깜깜한 밤. 그레이트 히스는 칠흑처럼 어두웠다. 그는 저 멀리 냄새 나는 습지에 떠돌아다니는 도깨비불을 보았다. 아니, 본 것 같았다. 차가운 바람이 공허한 벌판에서 신음 소리를 냈다. 뷰렐의 규칙적인 피스톤 운동 소리에 귀를 기울이자 예전에 보았던 배의 이미지가 떠올랐다. 빛과 열기에 범벅된 마거릿이 황무지를 가로지르며 서서히 앞으로 나아갔다. 마치 광활하고 사악한 바다를 가로지르는 배처럼.

지금은 20세기, 이성의 시대다. 그러나 황무지는 여전히 미신에 사로잡힌 공포의 본고장이었다. 늑대와 마녀, 전설과 요정이 출몰했다. 그리고 노상강도들도. 제시는 입술을 안으로 깨물었다. '몹쓸 노르망디 놈들 같으니라고.' 디킨은 그들을 그렇게 불렀다. 그것은 아주 정확한 표현이었다. 그들은 자신들이 노르만 혈통이라고 주장했다. 지금 가톨릭의 지배를 받는 잉글랜드는 노르만족, 색슨족, 원조 켈트족이 절망적으로 뒤섞여 피비린

내 나는 정벌이 있었던 시기에서 무려 1000년이나 지나 있었다. 200년 전 위대한 기제비우스의 인종 정책에 따라 다시 도입된 기존 구분 방법은 약간 자의적이었다. 대다수의 사람이 이 땅에 존재하는 5개 정도의 언어를 대충 구사했다. 지배계급의 노르만 프랑스어, 교회의 라틴어, 상업과 무역업자들의 근대영어, 시골뜨기들의 오래된 중세영어와 켈틱어. 물론 다른 언어들도 있었다. 교회가 양성한 게일어, 콘월어, 웨일즈어는 거의 사용되지 않는데도 불구하고 수세기가 지난 뒤까지 여전히 살아남아 있었다. 지역을 조금씩 나누고 계급은 물론 언어의 장벽까지 쌓은 건 괜찮았다. 사실 '나누어 지배하라'라는 표어는 로마의 비공식 정책이다.

노상강도들은 수많은 전설의 주인공이었다. 남서부에서는 항상 노상강도가 나타났고, 아마 앞으로도 계속 그럴 것이다. 노상강도들은 밀수하고, 훔치고, 로드 트레인을 약탈했다. 언제나 그런 건 아니지만, 그들은 살인까지 저지르지는 않았다. 몇 년 동안 운전사들은 이들로 인해 다른 이들보다 심하게 고통을 겪어야만 했다. 제시는 마거릿이 어느 날 까만 밤을 뚫고 절뚝거리며 집으로 돌아온 때를 기억해 냈다. 그때 운전사는 석궁에 맞아 돌아오자마자 죽었고, 차체의 절반이 불에 타 버렸다. 늙은 엘리는 죽음과 파멸로 복수하겠다는 맹세를 했다. 저 멀리 떨어진 소르비오두눔에서 파견 나온 군대가 며칠간 황무지를 이 잡듯 샅샅이 뒤졌지만 아무런 소득이 없었다. 강도들은 흩어졌다. 엘리의 추측이 맞는다면 이들은 집으로 돌아가 신을 두려워하는 순박한 민간인의 모습을 하고 있을 터였다. 황무지에서는 아무것도 발견되지 않았다. 소문난 무법자의 본거지는 아예 존재조차 하지 않는 것 같았다.

제시는 코트 속에서 몸을 떨며 다시 불을 지폈다. 마거릿에는 총기가 실려 있지 않았다. 노상강도가 덮치더라도 사람들은 그들과 맞서 싸우지 않았다. 살고 싶지 않아서 그런 건 아니었다. 엘리는 자신의 생각을 행동으로 옮길 만큼 오래 산 건 아니었지만, 그래도 노상강도에 대해서 자기만의 생각을 가지고 있었다. 제시는 입을 다물었다. 만약 그들이 온다면, 오는 것이다. 그들이 스트레인지 앤 선스의 모든 것을 앗아 가려고 든다면 얼마든지 가져가도 괜찮다. 나약한 기반 위에 이 회사를 쌓아 올린 게 아니다. 잉글랜드 땅에서의 운수업이란 그렇게 호락호락한 업종이 아니다.

약 2킬로미터 앞에 프롬 강의 지류인 개울이 길을 가로지르며 흐르고 있었다. 이런 곳을 지나는 운전사들은 모두 멈춰 탱크에 물을 가득 채웠다. 황무지에는 저수지가 없다. 이런 곳에 저수지를 만드는 것은 비용이 무척 많이 들었다. 웅덩이에 고인 물에는 소금기가 없지만 더럽기 때문에 보일러를 채우기에 적합하지 않았다. 그렇다면 개울을 콘크리트로 둘러쳐야 한다는 얘긴데, 그렇게 하려면 누군가의 반 년치 연봉을 쏟아부어야 한다. 시멘트 회사들은 로마에 의해 엄격하게 조종당했고, 시멘트 가격은 상당히 비쌌다. 이런 조치는 당연히 고의적인 것이었다. 시멘트로 손쉽게 방위 거점을 건설할 수 있기 때문이다. 과거 이 나라에서는 반란이 너무 자주 일어났기 때문에, 심지어 사제들에게까지도 훈계를 받았다.

앞을 내다보니 물인지 얼음인지 아무튼 뭔가가 반짝거렸다. 제시는 역전 레버와 차량 브레이크로 손을 가져갔다. 마거릿은 작은 다리 위에 멈춰 섰다. 난간에는 '과적 화물'에 대한 엄중한 경고가 씌어 있었지만, 적어도 날이 어두워지면 운전사들은 그것에 거의 신경을 쓰지 않았다. 그는 풀쩍 뛰어내려 묵직한 강화 호스를 보일러 옆쪽에서 풀어서 그 끝을 다리 너머로 휙 집어 던졌다. 와지직, 하는 소리와 함께 얼음이 깨졌다. 양수기가 시끄러운 소리를 내면서 구멍에서 증기를 내뿜었다. 몇 분 후 작업이 끝났다. 마거릿은 풀까지도, 혹은 그곳을 지나서까지도 아무 문제없이 거뜬히 갈 수 있을 것이다. 제값을 하는 운전사라면 넘치기 직전까지 탱크를 든든히 채워 놓았더라도 진정한 안도감을 느끼지 못한다. 특히 날이 어두워지면

공격당할 위험이 있기 때문이다. 증기 트럭은 만반의 준비를 갖추고 길고도 힘겨운 운행을 할 준비가 되었다.

제시는 호스를 감고 탄수차의 가동 램프들을 껐다. 보일러 양옆에 하나씩, 앞 차축에 두 개, 이렇게 총 네 개의 램프가 달려 있었다. 그는 램프를 제자리에 걸고, 카바이드 위로 밸브를 돌린 다음, 전면 유리를 들어 아세틸렌 냄새를 맡았다. 램프는 앞에서 선명한 하얀 빛을 내뿜고 있었고, 옆의 도로 표면에는 서리 결정체가 반짝이고 있었다. 다시 출발하는 제시. 추위는 더욱 매서워졌다. 그는 서리만 봐도 몇 도인지 알 수 있었다. 이제 곧 최악의 밤이 시작될 것이다. 추위를 적으로 받아들이는 것은 운행의 한 부분을 차지했다. 추위는 숨통을 조이고, 차가운 발톱으로 운전사의 등을 할퀸다. 추위는 몸과 머리로 끊임없이 맞서 싸워야 할 대상이다. 추위는 사람을 놀라게 하고, 발판 위를 얼어붙게 만들어 화력이 약해서 증기가 배출되지 않는 상황에서 연료를 태워야 한다는 기본적인 생각까지 잊어버리게 할 수 있다. 전에도 그런 적이 있었다. 매년 한 명 이상의 운전사가 그런 식으로 도로에서 목숨을 잃었다. 그런 일은 언제든 일어날 수 있었다.

마거릿이 계속 큰 소리로 울부짖었다. 바람은 황무지를 가로지르며 구슬피 울었다. 풀의 집들과 오두막들이 광활한 누벽과 수로 뒤편에 옹기종기 모여 있었다. 방어벽을 따라 화톳불용 기름통이 불타고 있었다. 불빛은 황무지를 가로질러 수 킬로미터 떨어진 곳에서도 보였다. 마거릿은 연속해서 불꽃을 번쩍거리며 일으켰다가 서서히 꺼뜨렸다. 마을의 서쪽 문이 시야에 들어오자 제시는 브레이크 휠을 돌리며 욕을 해 댔다. 횃불에 비쳐 희미하게 보이는 누벽에서부터 차들이 쭉 늘어서 있었기 때문이다. 버로, 에이블링, 클레이톤, 파울러 등 육중한 화물량을 매단 증기 트럭들이 서로 뒤엉켜 있었다. 경찰이 황급히 달려 왔다. 증기는 하늘 위로 기둥처럼 피어올랐다. 많은 엔진이 숨 죽여 천둥소리를 냈다. 마거릿 아가씨는 천천히 숨을 내쉬듯 하얀 구름을 내뿜으며 형형색색 머천트 어드벤처러스[10]의 색이 칠해진 10마력짜리 파울러를 따라 그 혼잡 속에 끼어들었다.

제시는 입구에서 50미터 떨어져 있었다. 정체가 풀리려면 한 시간은 족히 걸릴 것 같았다. 대기는 소음으로 가득 찼다. 엔진의 소음, 키잡이와 운전사들의 외침, 시 사령관들과 교통 감독관들의 고함 소리. 교황의 천사 부대는 거대한 차량들 사이를 누비며 캐럴을 부르고 헌금함을 높이 치켜들었다. 제시는 지친 듯 보이는 경찰관을 불렀다. 경찰관은 미늘창을 내려놓고 마거릿 아가씨의 화물을 돌아보더니 웃었다.

"블레이즈 주교의 축복을 또 다시 싣고 가는군요."

제시는 고개를 끄덕이며 투덜거렸다. 옆에 있는 파울러가 귀가 터질 것 같은 야유를 쏟아붙였다.

"동작 중지!" 경찰관이 외쳤다. "대체 뭘 실었기에 그렇게 재촉하는 거요?"

머플러와 두꺼운 코트로 몸을 꽁꽁 싸맨 작은 체구의 운전사가 담배꽁초를 밖으로 내뱉었다. "조개가 좀 신선해야 말이죠." 그가 비꼬았다. "조개가 오늘밤 로마를 불태울 테니까요." 용병들이 플로렌스를 약탈할 당시 굴을 먹고 있었던 올란도 교황의 이야기는 이미 전설이 되었다.

경찰관은 화가 나서 소리쳤다. "그렇게 계속 입을 나불거리다간 당신 코앞에서 문이 닫히는 꼴을 당하게 될 거요. 밤새 황무지에 누워 있다가 노상 강도들의 밥이나 되든가. 자, 이제 저 쓸데없는 짐짝을 끌고 가쇼. 끌고 가라니까!"

저 앞에서 틈이 벌어졌다. 파울러는 얕보듯 큰 소리를 내며 그 틈을 비집고 들어갔다. 제시도 뒤따라 들어갔다. 요리조리 비키며 경적을 울리다 보니 마침내 병목 지점을 빠져나올 수 있었다. 그는 풀의 주요 간선 도로를

---

10 Merchant Adventurers. 중세 말기에서 근세 초기에 걸쳐 반제품 모직물 수출을 독점했던 영국의 상인 조합.

따라 트럭을 몰았다.

스트레인지 앤 선스는 관세청에서 그리 멀지 않은 부두에 보세 창고를 두고 있었다. 마거릿은 적재 구획에 넘쳐흐르는 물건 더미 사이에서 조금씩 움직이며 창고까지 길을 헤치며 나아갔다. 그즈음이면 부두는 꽤 늦게까지 분주했다. 제시는 스코틀랜드 석탄선과 초대형 독일 화물선, 프랑스인 한 명을 지나쳤다. 뉴 월드에서 온 사람 한 명, 전직 노예상, 잘생긴 스웨덴 이발사가 돛 아래 반항적인 모습으로 서 있었다. 그리고 시대에 뒤떨어진 복잡한 수은 보일러를 장착한 네덜란드 부정기 화물선 흐로닝언도 보였다. 마침내 그는 증기 트럭을 솜씨 좋게 운전해 회사 창고로 들어갔다. 예정보다 무려 한 시간이나 늦은 시각이었다.

돌아갈 때 실을 화물은 이미 정해져 있었다. 제시는 수고스럽게도 화물량들을 뒤져 화물 적재 목록을 회사 대리인에게 넘기고 새로 실을 화물 쪽으로 돌아왔다. 그는 또 다시 짐이 안전하게 선적되는 과정을 지켜본 뒤, 증기를 피운 후 출발했다. 추위는 이제 그의 살 속까지 파고들었다. 해안가에 늘어선 술집 창문이 온기와 술, 뜨거운 음료로 제시를 유혹했다. 그러나 오늘밤 마거릿은 풀에서 묵을 수 없었다. 누벽에 도착한 시간은 거의 8시. 교통 체증은 이미 풀린 뒤였다. 경찰관이 뿌루퉁한 얼굴로 문을 열었다. 제시는 트럭을 몰아 탁 트인 도로로 향했다. 달이 높게 걸린 채 청명한 하늘을 미끄러져 가고 있었다. 추위는 매서웠다.

남서쪽으로 향하는 긴 도로는 풀 항구의 가장 높은 곳을 지나갔다. 웨어햄에서 왼쪽으로 빠지면 더노바리어행 도로가 나온다. 제시는 그 근방에서 트럭을 다독거렸다. 제멋대로 달리게 내버려두자 마거릿은 탁 트인 도로에서 시속 30킬로미터를 넘어섰다. 웨어햄으로 들어가려면 철길 교차로가 있어서 고생스레 커브를 돌아야 한다. '블랙 베어'라고 섬뜩하게 조각된 이정표를 지나 프롬까지 가면 바다가 나오는데, 그곳은 퍼벡 섬의 북쪽

경계선을 긋고 있었다. 그러고 나면 다시 황무지가 펼쳐졌다. 스토보로, 슬리페, 미들베리, 노르덴. 텅 비고 광활한 벌판은 앵앵거리는 바람으로 가득 찼다. 마침내 저 앞에 도로를 벗어나 저 멀리 오른쪽으로 반짝이는 불빛이 보였다. 마거릿은 큰 소리를 내며 코베스기트로 들어갔다. 이곳은 퍼벡 언덕을 관통하는 오래된 도로였다. 정사각형으로 잘려서 도로를 차지하고 앉은 거대한 코프 게이트 성은 언덕 꼭대기에 자리 잡고 있었는데, 창문이 마치 사람의 눈처럼 반짝거렸다. 퍼벡의 영주가 손님들에게 크리스마스 선물을 받으며 저곳에 살고 있을 듯했다.

증기 트럭은 작은 숲의 가파른 비탈길을 빙빙 돌면서 저 너머 마을로 올라갔다. 마거릿이 광장을 통과하자 차륜과 엔진에서 나는 공허한 아우성이 그레이하운드 여관 정면에 반사되었다. 마거릿이 다시 황무지로 이어지는 기다란 간선도로에 오르자 바람과 별 들이 출몰하는 황량한 평야가 기다리고 있었다.

스와나지 로드. 제시는 추위에 취해 마거릿이 꽁꽁 얼어붙은 지옥에 묶여 저주받은 영혼들처럼 깜깜한 어둠을 향해 공허한 입김을 내뿜으며 달리고 있다는 생각과 싸웠다. 그는 그 어떤 생명의 흔적이라도 환영했을 것이다. 그게 비록 노상강도라고 할지라도. 그러나 아무것도 없었다. 끝없이 쓰라린 바람, 도로 양편에 펼쳐진 어둠. 그는 장갑 낀 손을 휘젓고, 발판에서 발을 굴렀다. 어둠을 배경으로 흔들리는 높이 쌓인 화물을 돌아보고, 저 멀리에서 반사되는 후미등의 희미한 불빛을 바라보았다. 그는 자신을 바보라고 저주하는 짓을 오래전에 그만두었다. 그는 풀에서 묵은 후 다음 날 새벽에 떠났어야 했다. 그 사실을 너무나도 잘 알고 있었다. 오늘 밤, 그는 자신이 운전하는 게 아니라 운전당하고 있음을 희미하게 느꼈다.

그는 밸브를 돌려 물을 예열기로 보낸 후 불을 때고 다시 밸브를 잠갔다. 언젠가 이런 고체 버너는 유류 구동 기계로 대체될 것이다. 유류 설비는 이미 오래전에 만들어졌다. 그러나 유류 구동 기계는 로마 교황청의 허가를 기다리고 있었기 때문에 이론적으로는 여전히 불확실한 상태였다. 어쩌면 내년엔 결정이 내려질 수도 있고, 아니면 그 다음 해가 될 수도 있다. 어쩌면 영영 불가능할 수도 있다. 모교회의 방침은 상식을 벗어났다. 하지만 목자들조차도 이의를 제기하지 않았다.

늙은 엘리는 오일 버너를 끼운 후 성직자들의 얼굴에 저주를 퍼부으려 했지만, 곧 뒤따를 제명 때문에 운전사들과 조타수들이 만류했다. 스트레인지 앤 선스는 무릎을 꿇었지만 그게 처음도, 그렇다고 마지막도 아니었다. 제시는 자신이 또 다시 아버지를 떠올리고 있음을 깨달았다. 마거릿은 힘겹게 언덕을 올랐다가 다시 내려갔다. 참 요상한 일이다. 바로 순간, 그는 그 늙은 노인에게 말할 수 있을 것 같았다. 이제야 그의 희망과 공포를 설명할 수 있을 것 같았다. 하지만 너무 늦었다. 엘리는 죽어서 가슴 위에 2미터나 되는 두께의 흙이 쌓여 있기 때문이다. 그것이 세상의 이치일까? 사람들은 왜 언제나 말할 수 있다는 사실을 뒤늦게 깨닫는 것일까?

롱턴마트라버스 외곽에는 석재 회사의 넓은 마당이 있었다. 높이 올려 쌓은 돌이 삐죽이 나와 있고 증기 트럭의 램프 불빛이 희미하게 보이자 마침내 죽음 같은 황무지의 공허함이 깨졌다. 제시는 경적을 울렸다. 뷰렐의 목소리가 우렁차고 구슬프게 지붕을 가로질렀다. 이곳은 망자의 마을처럼 버려져 있었다. 킹스헤드 오른편으로 희미한 불빛이 보였다. 표지판이 바람에 흔들거리며 불편한 듯 삐거덕거렸다. 마거릿의 바퀴가 자갈을 밟고 지나갔다. 제시는 계속 브레이크를 돌리며 역전 레버를 뒤로 젖혀 피스톤의 전원을 차단시켰다. 서리가 빽빽하게 얼어붙어 있어서 도로는 마치 유리판 같았다. 스와나지 로드로 가는 언덕 위에서 그는 조절 장치를 돌려 차동 장치를 잠갔다. 증기 트럭은 서서히 속도를 줄이며 더듬거려 안식처를 찾았다. 바람은 날카로운 울음소리를 내면서 헤드라이트 불빛에 반사돼 반짝이는 눈의 결정들을 띄워 올렸다.

　작은 마을의 지붕들은 서리로 만들어진 망토 아래 모여 있는 것 같았다. 어디선가 나타난 어린아이들이 증기 트럭을 뒤쫓으며 소리를 질렀다. 저 앞에 교차로가 있었다. 조지 호텔 앞에 노란 램프가 켜 있었다. 제시는 마당 입구를 향해 천천히 증기 트럭을 몰았다. 연통이 머리 위 통로를 북북 긁으며 지나갔다. 이곳에서 그는 친구가 필요했다. 뷰렐이 뿜어내는 증기가 한정된 공간을 채우자 시야가 흐려졌다. 어린아이들이 사라졌다. 그는 역전 기어를 어루만지며 서서히 속도를 줄였다. 트럭 소리가 뒤쪽 벽에 반사되었다. 이제 시야가 선명해졌고, 마거릿은 우르릉거리며 마당을 가로질렀다. 이곳은 몇 년 전 로드 트레인을 받기 위해 확장 공사를 했다. 제시는 가레트, 6마력 클레이톤, 셔틀워스 사이에 차를 대고 속도 조절기를 잠갔다. 마침내 피스톤 운동이 멈췄다.

　운전사는 얼굴을 문지르고 스트레칭을 했다. 그는 코트 어깨에서 얼음을 털어낸 후 뻣뻣한 몸을 숙여 트럭 차륜 밑에 굄목을 밀어 넣고 램프 밸브를 잠갔다. 호텔 마당은 황량했다. 바람이 주변의 지붕들을 쾅쾅 두드려 댔다. 증기 트럭의 보일러가 조용히 끓고 있었다. 제시는 과도하게 들어온 증기를 후후 입으로 불어 날린 뒤 불씨를 묻고 통풍 조절판을 닫았다. 앞 차축 옆에 서서 양동이를 엎어서 굴뚝 위에 걸었다. 마거릿은 안전하게 밤을 보낼 것이다. 그는 뒤로 물러나 여전히 온기를 내뿜는 차체를 바라보았다. 희미한 불빛이 재받이 주변에서 반짝거렸다. 그는 기관사실에서 배낭을 집어 들고 조지 호텔에 체크인 하러 걸어 들어갔다.

　종업원들은 제시를 안내해 준 뒤 자리를 떠났다. 그는 화장실에 들어가 얼굴과 손을 씻은 후 호텔을 나섰다. 도로에서 약간 떨어진 펍의 창문이 진홍빛으로 빛났다. 커튼 틈새로 불빛이 스며 나왔다. 간판에는 '머메이드 인'이라고 적혀 있었다. 그는 터벅터벅 걸어 안으로 들어갔다. 펍 안은 시끌벅적했다. 그곳의 공기는 담배 냄새로 가득 차 있었다. 머메이드는 운전사들의 펍이다. 제시가 아는 남자 대여섯 명이 보였다. 파워스토크의 톰 스키너, 웨이 마우스의 제프 홀로이드, 서전슨의 오래된 직원 둘. 도로에선 소문이 빨리 퍼진다. 사람들은 그를 에워싸고 말을 걸었다. 그는 투덜거리며 대충 대답한 후 사람들을 헤치고 바로 향했다. 맞다. 아버지가 급작스러운 뇌출혈을 일으켰다. 아니다. 아버지는 그 후 오래 버티지 못하셨다. 그다음 날 오후 5시 사망……. 그는 코트를 열어젖혀 지갑을 꺼낸 후 주문했다. 그리고 맥주와 더블 스카치를 받아들었다. 큰 잔 속에 자극적인 향료를 넣어 에일 맥주를 데웠다. 부드러운 거품이 컵 옆면을 타고 흘러내렸다. 술은 제시의 목구멍을 태우고 눈을 쓰라리게 했다. 취기가 확 올랐다. 그가 불 앞에 무릎을 벌리고 쭈그려 앉자 사람들이 그를 위해 자리를 비워 주었다. 쭉 들이켠 술의 후끈한 열기가 가랑이를 공격했다가 창자 속으로 옮겨가는 느낌이 들었다. 아무튼 그의 마음속에선 여전히 뷰렐의 두드림이 들리고, 손끝에서는 여전히 바퀴의 떨림이 느껴졌다. 수다와 질문의 시간이 계속됐다. 처음에는 훈훈했다. 사람이라면 훈훈해야 한다.

그녀는 간신히 사람들을 비집고 들어와 그의 뒤에 섰다. 그리고 그가 그녀의 존재를 알아채기도 전에 말을 건넸다. 그는 손을 비비적거리다가 어색하게 일어섰다. 그제야 자신의 키와 자세를 의식하기 시작했다.

"제시, 안녕……."

그녀는 알까? 늘 그런 생각이 들었다. 그가 지은 뷰렐의 이름에 숨어 있는 사연을. 예전에 그녀는 키가 멀쑥하게 크고 눈만 보이던 어리바리한 애송이였다. 그러나 지금은 그의 말대로 '아가씨'였다. 그녀는 그의 피 끓던 사춘기 시절, 밤마다 출몰하던 환영이었다. 그는 정원의 꽃향기 속에서 그녀의 향취를 쫓았다. 엘리가 그 끔찍한 내기를 하던 순간, 제시는 증기 트럭에 앉아 바보처럼 울고 있었다. 뷰렐은 힘겹게 마지막 비탈길을 올랐지만 아버지에게 금화 50기니를 따 주지 못한 채, 헐떡거리며 마거릿의 영광을 내뿜었다. 이제 마거릿은 이제 더 이상 애송이가 아니다. 램프가 그녀의 갈색 머리칼을 밝게 비추었다. 그녀는 눈을 깜박이며 입술을 오물거렸다…….

그는 그녀에게 불쑥 말을 건넸다. "안녕, 마거릿…….."

그녀는 음식을 가져와 코너의 테이블에 차려 놓은 후 그가 먹는 동안 곁을 지켰다. 그는 목이 메어 음식을 삼킬 수 없었다. 그는 이것이 아무 의미 없는 행동임을 기억하기 위해 애썼다. 살면서 매주 아버지를 잃을 수는 없지 않은가. 그녀는 밝은 푸른빛이 도는 원석이 달린 두툼한 수공예 반지를 끼고 있었다. 그녀는 말을 하면서 버릇처럼 쉴 새 없이 손가락 사이에서 반지를 돌렸다. 손가락이 가늘고 손톱이 납작하고 윤기가 났지만, 손은 소년의 손처럼 넓적했다. 그는 그녀의 손가락이 머리카락을 매만지고 식탁을 두드리고 담뱃재를 재떨이 안으로 털어 넣는 것을 바라보았다. 그리고 그 손으로 쓸고, 먼지를 털고, 청소하는 모습을 상상했다. 그리고 여자들이 자신에게 하는 은밀한 행동을 떠올렸다.

그녀는 무엇을 몰고 왔느냐고 물었다. 그녀는 늘 그렇게 물었다. 그는 '아가씨'라고 운전사들 사이의 은어를 써서 짧게 말했다. 그러고는 그녀가 혹시 그 뷰렐을 봤는지, 그리고 그게 바로 '마거릿'라는 사실을 아는지 또 다시 궁금해졌다. 그리고 만약 알고 있다면, 그것이 그녀에게 어떤 의미를 갖는지 알고 싶어졌다. 그러는 동안, 그녀는 술을 한 잔 더 가져와 공짜라고 하더니 이제 바로 가 봐야겠다며, 나중에 보자고 했다.

그는 그녀가 뿌연 연기 속에서 남자들과 어울려 웃는 모습을 바라보았다. 그녀의 웃는 모습은 매우 특이하다. 윗입술을 뒤로 당겨 치아를 보이며 단조로운 톤으로 깔깔거리지만 눈은 비웃는 모습이다. 그녀는 꽤 괜찮은 술집 여주인, 마거릿이다. 그녀의 아버지는 나이 많은 운전사로, 20년 전 이 술집을 열었다. 그의 아내는 몇 년 전 세상을 떠났다. 다른 딸들은 결혼

해서 이사를 나갔지만, 마거릿은 이 집에 남았다. 그녀는 자매들을 보면 마음이 여려졌다. 적어도 운전사들 사이에는 그렇게 알려져 있었다. 그러나 그것은 미친 짓이었다. 술집을 운영한다는 건 녹록지 않은 일이다. 일주일 내내 영업 시간이 길다. 끊임없이 광내고, 닦고, 고치고, 바느질하고, 요리하고……. 물론 이런 궂은일을 도와주는 여자를 두기는 했지만 말이다. 제시는 자기가 마거릿에 대해 거의 모든 것을 알고 있다고 생각했다. 그는 그녀의 구두 사이즈도 알고, 생일이 5월이라는 것도 안다. 그녀의 허리둘레가 24인치고, 샤넬을 좋아하고, 조라는 이름의 강아지를 키운다는 것도 안다. 그리고 그녀가 절대로 결혼하지 않겠다고 말한 것도 안다. 그녀는 '머메이드'를 운영하면서 남자에 대해 잘 알게 되었다고 말했다. 그리고 카운터에 5000파운드만 내 놓으면 그녀의 서비스를 받을 수 있지만, 그 이외의 것은 절대로 안 된다고 했다. 그녀는 그 절반이라도 내놓을 수 있는 사람을 만나 보지 못했다며, 자신을 비난하지 말라고 했다. 그렇지만 아마 진짜 그녀가 그렇게 말한 것은 아닐 것이다. 마을은 언제나 소문들로 술렁거렸고, 그중에서도 운전사들은 여자 세탁부처럼 쉬지 않고 지껄여 댔다.

제시는 접시를 옆으로 치웠다. 느닷없이 자멸감이 치솟았기 때문이다. 마거릿은 거의 모든 것에 대한 이유였다. 그녀는 그가 수 킬로미터를 돌아 돈도 별로 되지도 않는 냉동 생선 몇 박스를 싣기 위해 트럭을 몰고 스와나지까지 온 이유였다. 그는 단지 그녀가 보고 싶었고, 그렇게 그녀를 만났다. 그녀는 그에게 말을 걸며 그의 옆에 앉았다. 이제 다시 그의 곁으로 오지 않으리라. 이제 그는 떠날 수 있었다. 그는 또 다시 갓 만들어진 무덤의 옆 모습과 엘리의 관 위로 흙이 뿌려지던 모습을 떠올렸다. 그것은 소위 그를, 그리고 하느님의 모든 자녀를 기다리는 일이다. 그는 술을 마시고 나른한 술기운의 갈색 아지랑이 속에서 그 장면을 지워 버리고 싶었다. 그러나 여기, 여기에서는 아니었다……. 그는 문으로 향했다.

그는 낯선 이와 부딪치자 사과를 한 후 다시 앞으로 걸었다. 그때 누군가가 그의 팔을 붙잡았다. 그는 고개를 돌려 촉촉한 갈색 눈으로 곧게 뻗은 코와 잘생긴 얼굴을 노려보았다.

"아니." 낯선 이가 말했다. "아니, 이게 누구야! 이런! 제시 스트레인지……."

잠깐 동안, 그는 상대방의 쾌활해 보이는 콧수염 때문에 당황했다. 그러다 자신도 모르게 싱긋 웃음이 터져 나왔다. "콜린." 그가 천천히 말했다. "콜린 드 라 헤이……."

콜린은 팔을 들어 제시의 팔뚝을 잡았다. "이런, 젠장." 그가 말했다. "제시, 좋아 보이는데……. 술을 마셔서 그런가. 친구, 여긴 웬일이야? 젠장, 정말 좋아 보여……."

서본에 있는 대학을 다닐 때 제시와 콜린은 믿음직스러운 친구 사이였다. 둘은 서로의 다른 매력에 이끌렸다. 제시는 말투가 느리고 성실하고 조용해서 사교적인 콜린을 잡아끌었다. 서부 사업가의 아들인 콜린은 페미니스트로, 몸이 약한 편이었다. 그의 선생들은 콜린이 필딩[11] 소설의 주인공처럼 교수형 당하기 위해 태어난 사람이라고 장담했다. 대학을 졸업한 후, 제시는 그와 연락이 끊겼다. 그는 어렴풋이 콜린이 가업을 잇는 것을 포기했다는 소문을 들었다. 수입업과 창고업은 그의 성에 찰 정도로 돈이 충분히 빨리 벌리지 않는 일이었다. 그는 부랑하는 시인처럼 시간을 보내기도 했고, 단 한 번도 나온 적이 없지만 민요 책을 내겠다고도 했으며, 론디니움에서 6개월간 무대에 섰다가 매음굴에서 벌어진 난투극의 피해자가 되어 귀가 조치를 당하기도 했다. "내가 흉터를 보여 줄게." 콜린은 섬뜩하게 웃으며 말했다. "그런데 약간 흉측하긴 해, 친구." 아무튼 그는 나중에 이스카

---

11 잉글랜드의 소설가이자 극작가.

에 있는 한 회사의 운전사가 되었다. 그렇지만 역시 오래 가지 못했다. 근무를 시작한 첫 주가 반쯤 지났을 때, 그는 8마력짜리 클레이톤과 셔틀워스를 타고 브리스톨에 들어가 호스를 풀어 시내 중심에 있는 회사의 말구유에서 물을 퍼 올리다가 경찰관들에게 제지당했다. 다행히 클레이톤은 폭발하지 않았지만, 거의 폭발 직전까지 갔었다. 그는 또다시 일을 해 보겠다고 자신의 이름이 잘 알려지지 않은 아쿠아 술리스까지 올라갔다. 그는 그곳에서 6개월가량 버텼지만, 깨진 검수관 때문에 발목 주위의 피부가 홀딱 벗어지자 일을 그만두고 말았다. 콜린은 '좀 덜 위험한 일자리'를 찾으며 자리를 옮겨 다녔다. 제시는 낄낄대며 고개를 흔들었다.

"그래서 지금은 뭐 하는데?"

오만한 시선으로 그를 바라보던 콜린은 웃으면서 되받아쳤다. "사업." 그가 가볍게 말했다. "뭐든지 다 해. 경기가 힘드니까 돈이 되는 건 다 해. 먹고살려면 다 해야지. 마시자, 친구. 다음 잔은 내가 사지……."

둘이 그간의 이야기를 세세히 말하는 동안, 마거릿은 술잔을 가져다주고 돈을 집어 가면서 콜린을 바라보며 눈썹을 치켜올렸다. 콜린은 술김에 용기를 내 교수가 아끼는 호두나무를 없애기로 마음먹었던 밤의 이야기를 꺼냈다. "내 기억엔 그때가 꼭 어제 같아." 콜린이 행복하게 말했다. "그날도 달이 얼마나 사랑스럽던지, 대낮처럼 환했어……." 제시가 사다리를 붙잡았고, 콜린은 그 위를 올라갔다. 그러나 그가 나뭇가지를 붙들기도 전에 나무는 마치 허리케인이라도 만난 듯 마구 흔들렸다. "호두가 우박처럼 미친 듯 떨어졌지." 콜린이 낄낄거렸다. "너도 기억나지? 제시? 기억날 거야. 그때 그랬잖아. 그 못돼 먹은 토비 와릴로가 큰 책을 들고 거기에 앉아 있다가 발을 나무에 딱 붙이고는 마구 나무를 흔들어 댔잖아." 그 일 있은 뒤, 콜린이 법에 저촉되는 일을 전혀 하지 않는데도 기숙사 학생 전체가 거의 한 달 가까이 호두를 배 터지게 먹을 수 있었다.

수녀 두 명이 셔본 수녀원에서 물건을 훔쳤다. 두 사람은 콜린에게 뒤집어씌우려고 했지만 그게 여의치 않았다. 누가 한 일인지는 누구나 다 아는 공공연한 비밀이었다. 전에도 수녀들이 이따금씩 제명당한 적이 있었지만, 두 명을 동시에 잡아낸 건 콜린이 유일했다. 그리고 '시인과 농부' 사건도 있다. 한 여관의 여주인이 기이하게도 커다란 원숭이를 줄에 묶어 외양간에서 키우고 있었다. 콜린은 난동을 부려 쫓겨난 밤 녀석의 목줄을 베어버렸다. 신에게 버림받은 녀석은 근 한 달간 수많은 문제와 공포를 야기했다. 사람들은 중무장을 하고 여자들은 밖으로 나오지 못했다. 결국 녀석은 방에서 수프를 먹던 한 시민에게 총살을 당하고 말았다.

"그럼, 넌 지금 무슨 일 하고 있어?" 콜린이 여섯 번째 잔인지 일곱 번째 잔인지 되는 맥주를 벌컥벌컥 한입에 들이켜며 물었다. "그럼 이제 네 회사인 거야, 아닌 거야?"

"아니." 제시는 곰곰이 생각하면서 손을 맞잡고 턱으로 손마디를 툭툭 건드렸다. "앞으로는 내 회사가 되겠지 뭐, 아마도."

콜린은 그의 어깨에 팔을 둘렀다. "괜찮을 거야." 그가 말했다. "넌 괜찮은 친구야. 뭐가 그렇게 슬픈 거야? 이봐, 내가 이야기 하나 해 줄게. 이제 괜찮은 여자만 얻으면 그때부터는 아무 문제없어. 그게 바로 지금 너에게 필요한 거라고, 친구. 신호가 보인다니까." 그는 친구의 갈비뼈에 주먹을 한 방을 먹인 후 웃음을 터뜨렸다. "이불을 잔뜩 덮는 것보다는 포근한 밤이 훨씬 더 좋지 않겠어? 그런데 그렇게 꾸역꾸역 먹지 좀 마, 알아?"

제시는 살짝 놀랐다. "글쎄, 잘 모르겠는데……."

"이런, 젠장." 콜린이 말했다. "그게 바로 문제라고. 나도 이런 건 처음 봤다니까." 그는 엉덩이를 흔들며, 눈을 감고 손으로 모양을 더듬어 그리며 기발하면서도 음탕하게 보이려고 애를 썼다. "지금은 괜찮아, 제시. 너 취했어, 알아? 젠장, 넌 그럴만한 자격이 있어. 여자들이 소문을 듣고 달려올

걸. 그럼 넌 밀대 막대기로 물리치면서 싸워야 할 거야. 안 그래?" 그는 또다시 유쾌해졌다.

금방 밤 11시가 되었다. 제시는 코트를 입고 몸부림치다가 콜린을 따라 펍 옆에 있는 길을 걸었다. 찬바람이 그를 가격하는 순간, 그는 자신이 얼마나 취했는지 깨달았다. 그는 콜린의 발에 걸려 벽에 부딪쳤다. 그들은 웃으며 거리를 휘청거리며 걷다가 결국 조지 호텔 앞에서 헤어졌다. 콜린은 목청껏 약속을 외치며 어둠 속으로 사라졌다.

제시는 마거릿의 뒷바퀴에 몸을 기대고 받침대에 머리를 대고 섰다. 머릿속에서 맥주 냄새가 진동했다. 눈을 감자 세상이 부드럽게 출렁이기 시작했다. 두 발로 딛고 선 땅이 앞뒤로 기울어지는 듯한 느낌이 들었다. 젠장, 그래도 마지막 시간은 좋았다. 다시 대학 시절로 돌아간 것 같았다. 그는 하릴없이 낄낄거리며 손등으로 이마를 훔쳤다. 콜린은 하찮은 녀석이긴 해도 괜찮은 사람이다. 제시는 희미하게 눈을 뜨고 로드 트레인을 바라보았다. 그리고 그는 조심스럽게 움직이면서 손으로 차체를 쓸어 손바닥으로 보일러의 온도를 쟀다. 그는 발판으로 뛰어 올라 화실 문을 열고 석탄을 넣고 통풍 조절판과 검수관을 확인했다. 모두 정상. 그는 주차장을 지그재그로 걸으면서 차가운 눈 알갱이가 얼굴을 찌르는 것을 느꼈다.

그는 자물쇠에 꽂힌 열쇠를 만지작거리며 문을 열어젖혔다. 방은 어둡고 얼음처럼 썰렁했다. 그는 랜턴을 켜고 창문을 조금 열었다. 촛불이 찬 공기에 몸을 떨었다. 그는 침대에 대자로 누워 노란 불빛이 앞뒤로 흔들리는 모습을 보았다. 잠이나 자고 아침 일찍 출발하는 게 낫겠어……. 배낭은 그가 내던진 그대로 의자 위에 있었지만, 짐을 챙기고 싶은 마음은 없었다. 그는 눈을 감았다.

거의 본능적으로 어떤 모습이 소용돌이쳤다. 그의 머릿속 어딘가에서 뷰렐이 피스톤 운동을 하고 있었다. 그는 손을 오므려 손 안에서 떨리는 핸들을 느꼈다. 그렇게 증기 트럭은 한참 동안 그를 사로잡았다. 몇 시간 동안 두드리고 또 두드리는 소음은 그의 일부가 되어 피와 뇌를 타고 흘러 결국 소음 없이는 살 수 없는 지경이 됐다. 새벽에 일어나 길을 나선 후 멈출 수 없을 때까지 운전하는 일. 론디니움, 아쿠아 술리스, 이스카. 퍼벡 채석장에서 캐낸 원석, 키머리지의 석탄, 모직물과 곡식과 소모 직물, 밀가루와 와인, 양초, 성모마리아상, 삽, 버터 뜨는 기구, 화약과 총탄, 금, 납, 주석. 군대와 교회에 납품하는 물품……. 실린더 코크, 통풍 조절판, 속도 조절기, 역전 레버. 흔들리는 강철 발판…….

그는 투덜대며 허둥지둥 움직였다. 머릿속 색채는 더욱 선명해졌다. 밤색과 금색 제복, 아버지의 턱에 흐르던 시뻘건 침, 신선한 흙 위에 밝게 빛나던 꽃, 증기와 램프 빛, 촛불, 언덕 뒤의 높은 하늘.

그는 콜린의 이야기와 그의 웃음소리가 들리던 추억을 장난삼아 떠올렸다. 숨을 쌕쌕거리며 들이마시다가, 눈을 질끈 감고, 어깨를 움츠리고, 카운터를 주먹으로 내치는 동안 날카로운 기관총 소리가 울려 퍼졌다. 콜린은 더노바리어에서 보자고 한 약속을 잊지 않겠노라고 외치며 비틀비틀 사라졌다. 그래도 그는 까먹을 것이다. 그는 정신 놓고 어떤 여인과 키득거리다가 모든 일을, 만나자는 약속조차 다 까먹을 테니까. 왜냐하면 콜린은 제시와 다르기 때문이다. 콜린에겐 어떤 계획도 기다림도 없으며, 곤경에서 벗어나기 위해 세심하게 힘쓰는 일 따위도 없다. 매 순간 강렬하게 살아온 그이기에 앞으로도 결코 변하지 않을 것이다.

증기 트럭이 쿵쾅거리는 소리를 내며 크랭크를 돌리고 크로스헤드를 움직이자 축받이 쇠가 번쩍이며 바람에 덜커거렸다.

제시는 일어나 앉아 머리를 흔들었다. 랜턴은 여전히 타고 있었다. 희미하고 긴 불꽃의 끝부분이 살랑살랑 흔들렸다. 그는 귀를 기울이며 숫자를 셌다. 12번의 왕복. 인상이 찌푸려졌다. 그는 잠을 자면서 꿈을 꿨다. 거의 새벽이라고 생각했는데, 길고 까만 밤이 이제 막 시작되고 있었다. 그는 투덜거리며 다시 누웠다. 이상하게도 잠이 달아나 버렸다. 그는 더 이상 맥주를 마실 수 없었다. 두려웠기 때문이다. 뭔가가 더 있을 것 같았다.

그는 멍하니 콜린이 했던 말을 되새김질했다. 여자를 꼬이는 일. 그건 미친 짓이다. 콜린이 늘 하던 짓이다. 콜린에겐 전혀 문제가 없지만, 제시에게는 작은 소녀가 한 명 있었다. 그리고 그녀는 손에 닿지 않았다.

그의 생각은 맴돌다가 확인받으려는 듯 잠시 멈췄다. 그는 짜증을 내며 혼잣말을 했다. 그만해. 안 그래도 복잡하잖아, 그냥 흘려 버려……. 그러나 그의 어떤 부분이 고집스럽게 복종하기를 거부했다. 이것은 정신의 숙박부를 넘겼다 젖혔다 하면서 그의 정신세계로 우악스럽게 쑤시고 들어왔다. 그는 콜린을 저주하며 맹세했다. 한때 주입된 생각이 그를 떠나려고 하지 않았다. 이제 몇 주간, 아니 몇 년간 그를 따라다닐 것이다.

그는 자포자기하는 심정으로 편안하게 잠들어 꿈을 꾸었다. 그녀는 그에 대해 모든 것을 알고 있다. 그건 확실하다. 여자들은 이런 일을 금세 눈치챈다. 그는 백 번, 천 번 본심을 드러냈다. 사소한 일들, 시선, 몸짓, 말 한마디 전부 그랬다. 그는 몇 년 전 딱 한 번 그녀에게 키스한 적이 있다. 딱 그때 한 번뿐이었다. 그래서 그 순간이 그의 마음속에 날카롭고도 분명하게 머물러, 지금도 여전히 그 순간을 생생하게 떠올릴 수 있었다. 그건 거의 우발적으로 벌어진 일이었다. 한 해의 마지막 날, 환하고도 시끄러운 펍에서 열댓 명의 마을 사람이 새해 맞이를 하려고 모여 있었다. 새해가 밝았음을 알리는 교회 시계가 울리자 마을 거리의 문들이 열리고 사람들은 민스파이와 와인을 먹고 마시며 어둠 속에서 서로에게 소리를 치며 키스를 했다. 그녀는 들고 있던 쟁반을 내려놓고 그를 바라보았다. "우리도 빠질 수는 없잖아, 제시." 그리고 이렇게 말하는 그녀. "우리도 해……."

마치 운전사가 증기를 피우면 증기 트럭이 증기를 내뿜는 것처럼, 그는 심장의 급작스러운 두근거림을 기억했다. 그녀가 그에게로 고개를 돌려 가져가자 입술이 벌어지는 것이 보였다. 그녀는 그에게 입술을 세게 밀착시키고 혀를 이용하며 목 깊은 곳에서 작은 신음 소리를 냈다. 그는 왜 그녀가 고양이의 털을 쓰다듬을 때 나는 소리를 매번 그렇게 버릇처럼 내는지 궁금했다. 그리고 그녀는 그의 손을 가슴으로 이끌었다. 그의 손은 봉긋한 그녀의 가슴 위에 머물렀고, 드레스 밑의 뜨거운 젖가슴이 손바닥을 덥혔다. 그는 등 뒤로 팔을 둘러 그녀를 꼭 껴안아 그녀가 까치발 들게 했다. 그러자 그녀가 헐떡거리며 꿈틀거렸다. "휴~" 그녀가 말했다. "잘했어, 제시. 휴~ 정말 잘했어." 그녀는 그를 보고 다시 웃으며 머리를 매만졌다. 그리고 모든 과거의 꿈과 미래의 희망이 시간의 융점에서 만났다.

  그는 증기 트럭이 주행을 하는 오랜 시간 내내 지치지 않고 불을 때는 법을 기억해 냈다. 바람이 노래하는 동안 차륜은 반짝이는 보석 같은 풍경을 통과했다. 그리고 그 장면이 다시금 떠올랐다. 그는 수천 번도 넘게 달콤한 순간 속에서 마거릿을 애무하고 만지고 옷을 벗기며 그녀가 웃는 모습을 상상했다. 그리고 그는 갑자기 어떤 운전사의 결혼식을 기억해 냈다. 그것은 그의 형 미카가 스터민스터뉴턴 출신의 한 여자와 올린 불행한 결혼식이었다. 트럭들은 차양까지 윤기가 흘렀고, 훈장과 깃발을 단 채 하얗게 빛나며 깨끗이 정돈된 평상형 트레일러를 매달고 있었다. 빛나는 눈처럼 종이 꽃가루가 흩뿌려지고, 사제는 웃으며 와인 잔을 들고 서 있었다. 늙은 엘리의 머리칼은 기적적으로 머리에 판판하게 딱 달라붙어 있었다. 어색하게 차려입은 흰 칼라의 셔츠는 목 주변이 꽉 꼈다. 그는 번들대는 붉은 얼굴로 마거릿의 발판 위에 서서 맥주를 마시며 손을 흔들었다. 그러다가 갑자기 그 장면이 사라졌다. 일요일에나 꺼내는 정장을 입고 손에는 큰 잔을 든 채 머리에 기름을 바른 엘리가 바람 부는 시커먼 공간 속으로 빙빙 빨려 흘러 내려갔다.

"아버지!"

제시는 헐떡이며 일어나 앉았다. 작은 방에서 너울거리는 촛불이 어둡고 침침하게 깜빡였다. 밖에서 시계가 12시 반이 되었음을 알렸다. 그는 가만히 침대 구석에 쪼그리고 앉아 머리를 두 팔로 감싸 쥐었다. 그에겐 그 어떤 결혼식도 즐겁지 않았다. 내일 그는 아직도 어둡고 침통한 집으로 돌아가야 한다. 아버지의 해결되지 않은 걱정, 가업, 그리고 늘 변함없이 똑같은 끔찍한 일상으로…….

마거릿은 어둠 속에서 홀로 타는 불꽃처럼 춤을 췄다.

그는 몸이 제 맘대로 움직이는 것에 깜짝 놀랐다. 그의 발은 나무 계단을 찾아 아래로 내려갔다. 그는 얼굴에 차가운 바람이 닿는 것을 느꼈다. 그는 자신을 설득하려 했지만, 그의 다리는 더 이상 그에게 복종하지 않았다. 그는 갑자기 기쁨과 한 줄기 빛을 느꼈다. 누구나 영원히 치통을 참을 수는 없는 법. 그렇다면 이발소[12]에 가서 지긋지긋한 고통을 극심하고 짧은 고통과 맞바꾼 후 축복된 평화를 누려야 한다. 그는 충분히 오랫동안 버텨 왔고, 이제 다 끝났다. 이제 더 이상 버틸 필요가 없었다. 그는 동물처럼 묵묵히 원하던 10년간의 희망과 꿈을 스스로에게 말했다. 그는 되물었다. 그녀가 어떻게 하기를 기대하는가? 그녀는 그에게 달려와 애원하지도, 몸을 내던져 그의 발목을 붙들지도 않을 것이다. 여자들은 그렇게 생겨 먹지 않았다. 그녀도 자존심이 있다. 그는 그와 마거릿 사이에 꼼짝도 하지 않는 벽이 있다는 사실을 기억했다. 그는 스스로에게 이렇게 말했다. 절대 안 돼. 어떤 징표나 말로도 안 된다고……. 그는 그녀에게 단 한 번의 기회도 주지 않았다. 만약 그녀가 긴 세월 동안 그를 기다려 왔다면? 청혼을 받기 위해 그저 기다린 거였다면……. 그건 사실이어야만 했다. 그는 진정 그것이 사

---

12 예전에는 이발소에서 치과 치료를 했다.

실이라고 생각했다. 그는 거리를 따라 걸으며 노래를 부르기 시작했다.

손에 미늘창을 든 야간 경비원이 입구에서 어렴풋이 모습을 나타내며 짙은 그림자를 드리웠다.

"괜찮으십니까, 선생?"

그 목소리는 마치 먼 곳에서 들려오듯 주위의 공기를 관통하며 제시를 갑자기 세웠다. 그는 숨을 들이켜고 고개를 끄덕이며 웃었다. "네, 그럼요……." 그는 엄지손가락으로 뒤를 가리켰다. "저 아래 트럭을 가져왔어요……. 더노바리어에 있는 스트레인지라고요……."

경비원이 뒤로 물러섰다. 그는 단조로운 목소리로 말했다. "이 사람도 거지군……." 그가 거칠게 말했다. "그럼 잘 걸어가시죠, 선생. 저 안으로 뛰어 들어가면 안 됩니다. 자정이 훨씬 지났으니까요. 아시죠……?"

"난 가던 길 가겠습니다, 경관님." 제시가 말했다. "내 갈 길 가겠다고요." 제시는 거리를 따라 열 걸음 정도 떼어 놓은 후 뒤를 돌아보았다. "경관님…… 혹시 결혼하셨나요?"

그의 목소리는 단호했다. "그냥 가시죠, 선생……." 목소리의 주인공은 어둠 속에서 사라졌다.

작은 마을은 잠들어 있었다. 서리가 지붕 위에서 반짝이고, 도로의 물웅덩이에는 바퀴 자국이 얼어붙어 있었고, 집들은 문이 굳게 닫힌 채였다. 어디에선가 올빼미가 울었다. 아니면, 저 멀리 어느 길가에 떨어져 서 있는 차의 엔진 소리인지도 모른다……. 머메이드는 고요했고 불빛 하나 보이지 않았다. 제시는 문을 두드렸다. 무반응. 그는 더 크게 두드렸다. 길 건너편에서 달칵 불이 켜졌다. 그는 흐느끼기 시작했다. 그가 모두 다 잘못했기에 그녀는 문을 열지 않을 것이다. 대신 경비대에 전화를 하겠지……. 하지만 그녀는 누가 문을 두드리는지 알고 있을 것이다. 여자들은 늘 그렇다. 나무 문을 두드리며 그는 겁이 났다. "마거릿……."

그때 노란 불빛이 반짝이며 움직이더니 문이 열렸다. 순간 그는 화들짝 놀랐다. 그는 몸을 세우고 거칠게 숨을 쉬면서 눈의 초점을 맞추려고 했다. 그녀는 목 주위에 머플러를 휘감고 있었고, 머리칼은 헝클어져 있었다. 그녀는 램프를 높게 쳐들고 이렇게 말했다. "너……." 그녀는 쿵하고 문을 닫고 빗장을 채운 후 그에게 고개를 돌렸다. 그녀는 화난 목소리로 나지막하게 말했다. "지금 뭐하자는 거야?"

그가 뒤로 물러섰다. "나…… 있잖아. 나……." 그는 그녀의 얼굴이 변하는 것을 봤다. "제시." 그녀가 말했다. "무슨 일이야? 어디 아파? 왜 그래?"

"나…… 미안해." 그가 말했다. "너를 꼭 만나야만 했어, 마거릿. 더 이상 기다릴 수 없어……."

"쉿." 그녀가 입술에 손가락을 댔다. "그러다가 아버지 깨실라. 너 때문에 벌써 깨셨을지도 몰라. 그런데 대체 무슨 소리를 하는 거야?"

그는 벽에 기대선 채 머리가 빙빙 도는 것을 막으려고 했다. "5000파운드." 그가 탁한 목소리로 말했다. "그거…… 별거 아니야, 마거릿. 더는 안 돼. 마거릿, 있잖아 나…… 돈 많아. 하늘이 도우셨거든. 이제 그런 건 문제도 아니야."

"뭐?"

"길에서." 그가 절망적으로 말했다. "운전사들이 하는 이야기가…… 네가 5000을 원한다고……. 마거릿, 난 1만 파운드도 줄 수 있어."

그녀는 그의 말을 겨우 이해한 것 같았다. 그런데 아뿔싸, 그녀가 웃기 시작했다. "제시 스트레인지." 그녀는 머리를 흔들며 말했다. "너 지금 무슨 말을 하고 싶은 거야?"

그리고 마침내 그 말을 내뱉었다. "널 사랑해, 마거릿." 그는 간단히 말했다. "생각해 보면 언제나 그랬어. 그리고…… 나는 네가 내 아내가 되어 줬으면 좋겠어."

그녀는 웃음을 거두고 가만히 서서 너무나 피곤한 듯 눈을 감았다. 그리고 조용히 앞으로 다가와 그의 손을 잡았다. "자." 그녀가 말했다. "잠깐만, 이리 와 앉아."

바 뒤쪽에서 불꽃이 죽어 가고 있었다. 그녀는 벽난로 옆에 고양이처럼 몸을 말고 앉아 그를 바라보았다. 그녀의 눈은 어둠 속에서도 부리부리해 보였다. 그리고 제시는 말했다. 그는 그녀에게 모든 것을 다 이야기했다. 그가 단 한 번이라도 말할 수 있을 거라고는 상상도 하지 못했던 이야기들이었다. 그가 그녀를 얼마나 원하고 갈망하는지, 그리고 그게 아무 소용이 없다는 것을 알고 있다고도 말했다. 그가 그 오랜 세월 동안 어떻게 기다려 왔고, 그녀가 그의 마음을 채우지 않았던 때를 기억조차 할 수 없을 정도라고. 그녀는 잠자코 앉아 그의 손을 잡고 엄지손가락으로 그의 손등을 쓸어 주었다. 그리고 그는 곰곰이 생각에 잠겼다. 그는 그녀에게 그녀가 한 집의 여주인이 되어 정원을 가꾸는 모습, 체리 꽃이 활짝 피어 있는 과수원, 장미꽃이 가득한 테라스, 하인들. 그리고 은행의 인출 계좌가 어떨지에 대해 말했다. 그녀는 다른 일이 아닌, 그저 마거릿 스트레인지, 그의 아내로서의 임무만 수행하면 되는 것이다.

침묵은 길어졌다. 그가 말을 끝내자마자 바에 있는 시계가 커다랗게 울렸다. 그녀는 따뜻한 재를 발로 휘휘 저으며 발가락을 꼬물거렸다. 그는 그녀의 발등을 부드럽게 잡으며 엄지손가락을 펴서 뼘으로 쟀다. "정말 사랑해, 마거릿. 진심으로……." 그가 말했다.

그녀는 조용히 움직이지 않은 채 희미한 눈으로 초점 없이 바라보았다. 그녀는 어깨에서 숄을 떨어뜨렸다. 그는 그녀의 젖가슴을 보았다. 유두가 얇은 나이트가운 위로 솟아 있었다. 그녀는 인상을 쓰며 입을 오므리고 뒤돌아서서 그를 보았다. "제시, 내가 말을 다 마치고 나면, 날 위해 뭔가 해 줄래? 약속해 주겠어?" 그녀가 말했다.

그는 더 이상 술기운이 느껴지지 않았다. 핑 돌던 취기가 사라지면서 온몸이 떨렸다. 그는 어디에선가 증기 트럭이 다시 경적이 울리고 있음을 확신했다. "응, 마거릿. 그게 네가 원하는 거라면……." 그가 말했다.

그녀가 다가와 그의 옆에 앉았다. "가까이 와." 그녀가 속삭였다. "네가 이 공간을 다 차지하고 있잖아." 그녀는 떨림을 보았다. 그녀는 그의 재킷 안에 손을 넣어 부드럽게 문질렀다. "떨지 마. 그러지 마, 제시. 제발……."

경련이 지나갔다. 그녀는 팔을 뒤로 한 다음 숄을 가볍게 쳐서 가운을 드레스 사이로 모았다. "내가 뭘 할 건지 이야기하면 가겠다고 약속해 줄 수 있어? 아주 조용히 말이야. 그리고 제발 나 때문에 소란 좀 피우지 말아 줄래? 제발, 제시. 내가 널 안으로 들어오게 했으니까 말이야."

"괜찮아. 걱정 마, 마거릿. 괜찮아." 그의 목소리는 낯선 사람의 것처럼 들렸다. 그는 그녀가 하겠다는 말을 듣고 싶지 않았다. 그렇지만 이야기를 듣는다는 것은 그가 그녀의 곁에 조금이라도 더 가까이, 그리고 조금이라도 더 오래 머물 수 있다는 뜻이기도 했다. 그는 교수대에 매달기 전 사형수에게 담배 한 대를 준다는 사실이 갑자기 떠올랐다. 담배 한 모금은 또 다른 삶을 의미하는 것이리라.

그녀는 깍지를 끼고 카펫을 내려다보았다. "난…… 이걸 바로잡고 싶어……. 난 있잖아. 똑바로 말할게. 제시 난 너에게 상처 주고 싶지 않아. 나도 네가 참 좋아. 나도 물론 그걸 알고는 있었어. 전부터 쭉 알고 있었지. 그래서 널 들어오라고 한 거야. 그건 말이야. 내가 널 아주 많이 좋아하기 때문이야, 제시. 그리고 네게 상처 주고 싶지 않거든. 이제 봤지. 난 널 믿어 왔어. 그러니 날 실망시키면 안 돼. 난 너랑 결혼 못 해, 제시. 그건 내가 널 사랑하지 않기 때문이야. 그리고 앞으로도 절대로 그렇게 될 리 없어. 무슨 말인지 알지? 네 기분이 어떤지 잘 알아. 이런 말을 네게 어떻게 해야 할지 정말 많이 고민했지만, 난 말해야겠어. 왜냐하면 절대로 그럴 가능성이 없으니까. 언젠가 이렇게 되리란 것을 알고 있었어. 나도 전에 자다 말고 일어나 네 생각을 했었거든. 정말 그런 적 있었어. 그렇지만 아무 소용없어. 그냥…… 그렇게는 안 될 테니까. 그게 다야. 그래서…… 정말 미안하지만, 그건 불가능해."

어떻게 꿈과 인생의 균형을 잡을 수 있을까? 어떻게 한 남자가 이렇게까지 바보가 될 수 있을까? 꿈이 산산조각 나면 어떻게 살아가야 할까?

그녀는 그의 표정이 바뀌는 것을 보고 다시 그의 손을 잡았다. "제시, 제발…… 난 네가 이 순간을 절실히 기다려 왔을 것이라고 생각해. 그리고 나도 돈 이야기는 들었어. 네가 왜 그 이야기를 꺼냈는지도 알아. 아마 날 호강시켜 주고 싶어서 그랬겠지. 날 그렇게까지 생각해 주다니 넌 정말 자상해. 너라면 아마 그렇게 해 줄 수 있을 거야. 그렇지만 그렇게는 안 돼. 음, 그건 너무하니까……."

꿈이라는 것을 알고 깨어 나오려고 애쓰지만 거기에서 빠져 나올 수는 없다. 이미 깨어 있기 때문이다. 그 꿈은 사람들이 인생이라고 부르는 것이다. 당신은 꿈속에 들어와 이야기한다. 심지어 마음속 그 무언가로 인해 온몸을 비틀며 죽고 싶을 만큼 괴로움을 느끼더라도. 그는 그녀의 무릎을 문지르며 단단하고 부드러운 감촉을 느꼈다. "마거릿, 네가 성급하게 결정하지 않았으면 좋겠어. 한 두어 달 지난 뒤 내가 다시 올게……." 그가 말했다.

그녀는 입술을 깨물었다. "난 네가…… 그렇게 말할 줄 알고 있었어. 하지만 안 돼, 제시. 그런 생각을 해 봐야 아무 소용없어. 나도 노력해 봤지만 그렇게 될 수 없었어. 게다가 그런 것은 원하지 않아……. 그리고 이런 일을 다시 겪고 싶지도 않고……. 다시는 너에게 상처 주기 싫어. 또 다시 나에게 묻지 마, 절대로."

그는 멍하니 생각했다. 그는 그녀를 설득할 수 없었다. 그녀의 마음을 얻을 수도, 살 수도 없었다. 그는 그녀의 성에 차는 남자가 아니었기 때문이다. 그건 명백한 진실이다. 그는 그저 그녀가 원하는 남자가 아닌 것이다. 그는 오랫동안 마음속 깊이 알고 있었지만, 단 한 번도 그 사실을 직시하지 않았다. 그는 밤마다 베개에 키스하며 마거릿을 향한 사랑을 속삭였다. 왜냐하면 밝은 대낮에는 감히 진실을 끄집어 낼 수 없었기 때문이다. 이제 그는 앞으로 남은 시간 동안 이 일을 잊으려고 노력해야 할 것이다.

그녀는 아직도 그를 쳐다보고 있었다. 그리고 말했다. "제발 이해해 줘……."

그는 기분이 좀 나아졌다. 신이 그를 지켜 주는 듯, 갑자기 무거운 짐을 내려놓은 것처럼 입에서 말이 나왔다. "마거릿, 정말 멍청한 소리 같지만 무슨 말을 해야 할지 모르겠어……."

"무슨 말이든 괜찮으니까 해 봐……."

그는 말했다. "난 널 주저앉히고 싶지 않아. 그건 너무 이기적이야. 마치 새장에 새를 가두고 소유하는 것 같지. 사실 그렇게까지는 생각하지 않았어. 난 널 정말 사랑해. 그런 일이 너에게 생기지 않기를 원해. 너를 가슴 아프게 하는 일 따위는 절대로 하지 않을 거야. 걱정 마, 마거릿. 다 괜찮을 거야. 이제 괜찮아질 거야. 그럼…… 난 네 인생에서 빠져 줄게……."

그녀는 머리로 손을 가져갔다. "아, 너무 싫다. 이럴 줄 알았어. 제시, 그러지 마. 제발 가 줘. 여길 나간 뒤 다시는 돌아오지 마. 난 있잖아…… 널 정말 좋아해, 물론 친구로서. 만약 네가 오지 않는다면, 나는 굉장히 섭섭할 거야. 하지만 이제 예전 같은 사이는 될 수 없겠지. 예전처럼 네가 날 보러 와서 만날 수 있을 것 같아? 그렇다고 지금 당장 가지는 마, 제발……."

그는 생각했다. 그렇게까지라도. 그렇게 할 거야.

그녀가 일어섰다. "자, 이제 가 줘. 부탁이야……."

그는 멍하니 고개를 끄덕였다. "괜찮아질 거야……."

그녀가 말했다. "제시. 더 이상 깊어지는 건 싫어. 하지만……." 그녀는 그에게 재빨리 키스를 했다. 이번에는 아무 느낌도 없었다. 불꽃이 튀지도 않았다. 그녀가 그를 보낼 때까지 그는 서 있었다. 그리고 재빨리 문 밖으로 나왔다.

그는 어렴풋이 부츠 바닥이 거리에 닿아 울리는 소리를 들었다. 저 멀리 어딘가에서 희미한 한숨소리와 속삭임이 들렸다. 그의 귀에 흐르는 피일 수도 있고, 바다일 수도 있다. 집 현관과 어두운 불빛이 드리워진 창문이 그를 향해 비틀거리며 다가오다가 뒤로 물러나는 것같이 보였다. 그는 영혼이 죽음의 개념을 이해하지 못해서 그것을 인식하기가 너무 버거울 것이라고 생각했다. 이제 마거릿은 더 이상 없다. 마거릿은 없는 거야. 이제 그는 사람들이 결혼하고 사랑하고 짝을 찾고 서로에게 중요한 사람이 되어 가는 성인의 세계를 떠나, 기름과 강철이 있는 어린 시절로 다시 돌아가야 한다. 그런 날들은 다가올 것이고, 그리고 그런 날들은 지나갈 것이다. 그리고 그런 날 중 어느 날 그는 숨을 거둘 것이다.

그는 조지 호텔 밖 도로를 건넌 다음, 주차장 입구 아래를 지나 계단을 올라가 그의 방문을 다시 열었다. 불을 끄고 구디 톰슨의 산뜻한 침대보 냄새를 맡았다. 침대는 마치 무덤처럼 차갑게 느껴졌다.

거리를 돌아다니며 물건을 파는 여자 생선 장수가 그를 깨웠다. 어디에선가 버터 제조기가 돌아가는 소리가 들리고, 주차장의 차가운 바람 속에서 야윈 목소리가 들렸다. 그는 가만히 엎드려 있다가 텅 빈 시간을 관통한 후 차갑고 냉랭한 슬픔의 나락으로 떨어졌다. 그는 자신이 죽는 순간을 상상해 보았다. 일어나 옷을 입었지만 몸에는 차가운 공기가 느껴지지 않았다. 세수를 하고 낯선 자의 파리한 얼굴을 면도한 후 뷰렐을 타러 나갔다. 뷰렐의 동체는 희미한 태양 빛에 빛났고, 그 위에는 밝게 빛나는 얼음이 덮여 있었다. 그는 화실을 열어 재를 긁어 내고 불을 피웠다. 그는 전혀 식욕을 느끼지 못했다. 그렇지만 부두로 내려가 생선을 사기 위해 멍하니 흥정한 후, 조지 호텔로 배달해 달라고 부탁했다. 그는 때마침 교회의 늦은 예배에 쓰일 물건들로 가득 찬 상자를 보고 고해를 하기 위해 교회에 잠시 머물렀다. 물론 머메이드 근처에는 가지 않았다. 그는 이곳을 떠나 다시 도로를 달리는 것 외에는 아무것도 원치 않았다. 그는 마거릿을 다시 확인한 후 명패와 축, 플라이휠에 광을 냈다. 그러고는 상점 진열창에서 그가 사고 싶었던 물건을 봤다는 사실을 떠올렸다. 성모마리아, 요셉, 무릎을 꿇은 목자들, 구유에 담긴 아기 예수가 그려진 작은 그림이었다. 그는 문을 두드려 가게 주인을 불러내 그림을 산 후 포장해 달라고 했다. 그의 어머니는 이런 물건으로 가득 찬 큰 가게를 차렸다. 그곳이 아니더라도 크리스마스 즈음에 찬장 위에 올려놓으면 괜찮아 보일 터였다.

점심때가 되었다. 그는 실을 먹는 것 같은 음식을 목구멍으로 쑤셔 넣었다. 그리고 거의 의식하지도 못한 채 값을 치렀다. 식사값을 도싯의 스트레인지 앤 선스 계좌 앞으로 달았다. 식사를 마친 후, 조지 호텔에 있는 바에 가서 입 안의 텁텁함을 씻어 내리려고 했다. 자기도 모르게, 그는 기다렸다. 발소리를, 기억 속의 목소리를 기다렸다. 마거릿이 그에게 가지 말라고, 마음이 바뀌었다고 말하는 전갈의 목소리였다. 이런 생각을 하는 건 좋지 않지만 자기 마음을 어찌 할 수 없었다. 그러나 결국 아무 전갈도 오지 않았다.

거의 3시가 다 돼서야 그는 뷰렐로 걸어가 증기를 피웠다. 그는 마거릿을 분리해 돌려 놓고, 짐을 튀어 나온 고리에 묶은 후 원래대로 도로를 향해 돌려 놓았다. 어려운 일이지만 그는 아무 생각 없이 해냈다. 그는 증기 트럭을 분리해 한 바퀴 돌려 다시 갈고리에 걸고 역전 레버를 앞으로 잡아당긴 후 속도 조절기를 조금씩 열었다. 마침내 바퀴가 우르릉거렸다. 그는 이제 다시는 퍼벡으로 돌아오지 않으리란 것을 확실히 알았다. 비록 약속했지만 그럴 수 없었다. 팀이나 다른 운전사를 보낼 것이다. 그의 마음속에 담긴 일은 사라지지 않고 남아 있으리라. 그가 그녀를 다시 만나려면 그 일을 깡그리 잊어야만 한다. 그리고 그런 경험은 한 번으로 족했다.

그는 펍을 지나쳤다. 굴뚝에서 연기가 났지만 전혀 인기척이 없었다. 그의 뒤에서 굉음을 내는 트럭은 굉장히 순종적이었다. 50미터쯤 지나 그는 경적을 울려 마거릿의 커다란 강철 목소리를 깨웠다. 거리는 증기로 가득 찼다. 유치하긴 했지만 어쩔 수 없었다. 그러다 마음이 정리됐다. 그가 황무지를 향해 올라갈수록 스와나지는 저 뒤로 멀어졌다. 그는 속도를 냈다. 늦었다. 저 다른 세상에서 너무 늦게 출발했기에, 디킨 노인네가 아마 걱정하고 있을 것이다.

왼편으로 길을 나서니 신호기가 하늘을 향해 황량하게 서 있었다. 그는 그쪽을 향해 모든 운전사가 하듯 길게 두 번 경적을 울렸다. 신호기는 잠시 죽은 듯 멈춰 있었다. 곧 신호기가 두 팔을 올리며 승인해 주는 모습이 보였다. 저곳에서 차이스 망원경으로 들여다보고 있는 신호수들이 뷰렐의 소식을 연달아 전할 것임을 알았다. 길드 신호수가 응답해 주었다. 이제 곧 전갈은 마을의 작은 탑을 따라 북으로 질주할 것이다. 마거릿, 증기 트럭, 더노바리어의 스트레인지 앤 선스. 스와나지를 출발, 코베스키트로 향하는 중. 15시 30분. 이상 없음.

금세 밤이 되었다. 밤이 되자 타 들어가는 듯한 서리가 내렸다. 제시는 웨어햄 앞에서 서쪽으로 기수를 돌려 황무지의 정중앙을 가로질렀다. 뷰렐은 여전히 천둥 같은 소리를 내며 7피트 동륜으로 땅을 쥐었다 놓으며 어둠 속에 희미한 증기의 망령을 남겼다. 그는 다시 차를 세워 탱크를 채우고 램프를 밝힌 후 트럭을 몰아 황무지로 향했다. 환한 안개 혹은 서리 내린 연기가 만들어졌다. 거친 대지의 분지로 내려앉은 것들이 트럭 옆면의 램프 빛을 받아 이상하게 빛났다. 바람이 휘몰아치며 모든 것을 위협했다. 좁은 해안 도로에서 떨어진 퍼벡의 북부 지방은 겨울이면 바람이 매섭고 맹렬했다. 내일 아침이 되면 황무지를 통과하지 못할 수도 있고, 도로가

60센티미터가 넘는 눈에 파묻혀 버릴 수도 있다.

스와나지에서 한 시간 떨어진 곳에서 마거릿은 여전히 지치지도 않고 힘차게 노래를 부르고 있었다. 제시는 적어도 마거릿이 믿음을 갖고 있다고 어렴풋이 생각했다. 신호기가 어둠 속에서 마거릿을 놓쳤다. 마거릿이 본사로 돌아가기 전까지 이제 더 이상의 신호는 없을 것이다. 그는 늙은 디킨이 화톳불을 들고 주차장 문 앞에 서서 트럭의 숨소리를 들으려고 목을 쭉 빼고 있는 모습을 상상했다. 증기 트럭은 울을 통과했다. 이제 곧 집이다. 집. 편안함이 남아 있는 곳…….

생각에 잠겨 있던 그는 갑작스러운 손님 때문에 깜짝 놀랐다. 언덕 봉우리 근처에서 속도를 줄이고 있는데, 한 남자가 길을 따라 달려와 발판 계단을 향해 돌진했다. 제시는 구두가 길에 끌리는 소리를 들었다. 어둠 속에서 인기척이 느껴진다고 직감이 그에게 경고했다. 삽을 들고 낯선 이의 머리를 향해 휘두르자 고통스러워하는 비명이 들렸다.

"이봐, 친구, 옛 친구도 못 알아보나?"

제시는 휘청거리며 투덜거린 후 조타를 잡았다.

"콜린…… 대체 여기에서 뭐하는 거야?"

콜린은 여전히 숨을 몰아쉬면서 옆쪽 창문에 반사된 그의 모습을 보며 싱긋 웃었다. "나도 같이 여행이나 갈까, 친구. 저기서 네가 오는 게 보이는데 어찌나 반갑던지. 있잖아, 약간 문제가 생겨서 오늘 황무지에서 밤을 보낼 생각이었거든……."

"무슨 문제?"

콜린이 말했다. "내가 아는 어떤 곳으로 가는 도중이었지. 컬리포드 외곽에 있는 농장 말이야. 그곳에서 친구들과 함께 크리스마스를 보내려고. 그 집 딸들도 착하고, 제시, 알지?" 그는 제시의 팔을 툭 치면서 웃기 시작했다. 제시는 입을 다물었다. "그런데 말은 어떻게 된 거야?"

"끔찍한 일이 생겼어. 다리가 부러졌어."

"어디서?"

"저 아래 도로에서." 콜린은 대강 설명했다. "그래서 내가 녀석의 목을 베어 버리고 도랑에 묻었어. 노상강도들의 눈에 띄면 안 되잖아. 그러다 꼬리라도 밟히는 날에는……." 그는 손을 턴 뒤 화실로 뻗었다. 양피 코트 안의 몸은 사시나무처럼 떨렸다. "젠장 춥군, 제시. 지랄같이 추워. 넌 어디까지 가지?"

"집에 가. 더노바리어."

콜린은 그를 쳐다봤다.

"아, 그거 좋군. 그런데 어디 아파, 제시?"

"아니."

콜린은 계속 그의 팔을 흔들었다.

"무슨 일이야, 친구? 내가 뭐 도와줄 일이라도 있어?"

제시는 그를 무시하고 앞쪽 도로를 살폈다. 콜린이 갑자기 크게 웃음을 터뜨렸다. "맥주였군. 맥주 맞지? 이봐 제시, 뱃골이 줄어들었군!" 그는 주먹을 들어 올렸다. "이렇게 뱃골이 줄어든 거지, 안 그래? 이제 왕년의 제시가 아니군. 인생은 끔찍한 거야……."

제시는 압력계를 내려다보며 보조 연결 탱크 코크를 돌린 후 도로에서 물이 빠지는 소리를 들으면서 분사 장치 조절판을 만졌다. 보일러에 점점 추진력이 붙자 증기가 나오는 게 보였다. 반복되는 피스톤 운동의 박자는 규칙적이었다. 그는 차분히 말했다. "생각해 보니 맥주 때문인 것 같아. 그래도 운전은 할 수 있어. 나도 늙었나 봐."

콜린은 그를 다시 흘낏 보고는 힘차게 말했다. "제시, 너 무슨 문제 있지? 무슨 일이야? 어서 뱉어 봐."

그 지긋지긋한 직관은 아직도 그를 떠나지 않았다. 그는 대학 시절부터 줄곧 그랬다. 상대방의 머릿속에 어떤 생각이 떠오르는 순간, 무슨 생각을 하는지 곧장 아는 듯했다. 그건 콜린의 대단한 무기였다. 그는 이 무기를 여자들에게 사용했다. 제시는 씁쓸하게 웃었다. 그리고 갑자기 이야기가 술술 쏟아져 나왔다. 말하고 싶지 않았지만 밑바닥에 남아 있는 마지막 한 마디까지 모조리 쏟아 냈다. 일단 시작하니 멈출 수 없었다.

콜린은 조용히 이야기를 들었다. 그러고는 몸을 떨기 시작했다. 그 떨림은 웃음이었다. 그는 기관사실에 몸을 기대고 칸막이 기둥을 부여잡았다. "제시, 넌 어른이야. 젠장, 하나도 안 변했잖아. 끔찍한 색슨족이라니……." 그는 신선한 웃음을 터뜨리며 눈을 비볐다. "그래서…… 그 여자가 너에게 예쁜 거시기를 보여 주든? 제시, 넌 어른이야. 그걸 언제 깨달을래? 그 여자한테 이렇게 가야지……." 그는 마거릿의 경적을 울렸다. "그리고 네 얼굴은 너무 순진하고 검어, 제시. 네 얼굴에 다 씌어 있어. 이봐, 그 여자는 네가 강철 같은 표정을 짓는 것을 원하지 않아. 젠장, 그게 아니야. 내가 어떻게 해야 하는지 알려 줄게……."

제시는 입꼬리를 내렸다. "제발 닥치지 못해……."

콜린은 그의 팔을 흔들었다. "자, 잘 들어. 화내지 말고 잘 들어. 그 여자에게 구애해, 제시. 여자는 그런 걸 좋아한다고. 알지? 멋진 옷을 입고 끝내주는 차를 몰아야 해. 금으로 된 날개를 다는 거야. 여자들, 그런 거 좋아한다. 가서 그 여자에게 조르지도 말고, 아무것도 부탁하지 마. 그냥 네가 뭘 원하는지만 말하고, 그걸 얻겠노라고 말하는 거야……. 그리고 맥주값을 금 기니[13]로 내라고. 잔돈은 위층에서 받겠다고 해. 그 여잔 그럴 만한 자격이 있어. 바로 그거라고. 어쨌든 그 여자 괜찮더라……."

"지옥에나 가 버려."

---

13 잉글랜드의 옛 금화.

"그 여자 갖고 싶지 않아?" 콜린은 상처 받은 것처럼 보였다. "그냥 돕고 싶어서 그런 건데, 친구. 이젠 관심 없어졌나?"

"응, 이젠 관심 없어." 제시가 말했다.

"아······." 콜린이 한숨을 내쉬었다. "그거 참 마음 아프군. 첫사랑이 망가져 버렸다니······. 그래도 있잖아." 그는 환하게 웃으며 말했다. "네가 나에게 좋은 아이디어를 줬어, 제시. 그 여자가 필요 없다면 내가 갖는 건 어때, 괜찮지?"

통곡 소리를 듣는다는 것은 아버지가 돌아가셨기에 그의 손으로 크로스헤드[14] 가이드를 닦아야 한다는 말이었다. 세상이 붉게 번쩍이며, 두개골 속에서 북 소리가 들리고, 눈은 앞쪽 도로를 향하고, 손가락은 조용히 운전대를 잡는다. 제시는 무미건조하게 울리는 자신의 목소리를 들었다. "넌 거짓말이나 지껄이는 나쁜 녀석이야, 콜린. 늘 그랬어. 그 여잔 너 따위 좋아하지 않을 거야······."

콜린은 손가락을 꺾더니 발판 위에서 춤을 추었다. "이봐, 반쯤은 성공했군. 맞아. 그 여자 괜찮더라······. 어젯밤에 보니 눈이 반짝이던걸. 쉬워, 쉽다고. 있잖아, 분명히 그 여잔 침대에서 새디스트일 거야. 뭐 그래도 멋지긴 하던데······." 그의 몸짓은 환희의 순간을 암시했다. "난 하룻밤에 그녀를 다섯 가지 체위로 취할 거야. 그리고 너에게 증거를 보내 주지, 오케이?"

아마 진심은 아닐 거야. 거짓말하는 걸 거야. 하지만 저건 완전히 거짓말은 아닐걸. 난 콜린을 알아. 콜린은 거짓말을 안 해. 특히 여자에 관해선. 하겠다고 하면 꼭 하는 녀석이야. 제시는 이를 드러내며 미소를 지었다. "그래, 해 보시지, 콜린. 그녀를 자빠트려 봐. 그러면 내가 그 여자를 너에게서

----

14 피스톤의 꼭대기.

떼어 놓지. 알았어?"

콜린은 웃더니 그의 어깨를 잡았다.

"제시, 넌 어른이야. 맞지? 안 그래?"

풀이 무성한 저 앞, 오른쪽에서 빛이 번쩍거렸다. 콜린은 주위를 돌아보더니 빛이 번쩍거리는 곳을 노려보며 다시 제시를 바라봤다.

"봤어?"

희미하게.

"응."

콜린은 신경질적으로 발판 주위를 살폈다.

"총 있어?"

"왜?"

"저 끔찍한 불빛은…… 노상강도야."

"총으로 노상강도와 어떻게 싸워."

콜린은 고개를 흔들었다.

"친구, 네가 지금 무슨 짓을 하고 있는지 좀 깨달았으면 좋겠다."

제시는 화실 문을 비틀어 빛과 열기를 내보였다.

"불을 지펴……."

"뭐라고?"

"불을 지피라고!"

"좋아, 알았어." 콜린이 말했다. "좋아, 알았다고." 그는 삽을 앞뒤로 휘두르며 불을 지폈다. 그리고 발로 차 문을 닫고 몸을 일으켰다. "사랑이 곧 너를 떠날 거야. 저 빛을 통과할 때, 만약 우리가 저 빛을 통과하면……."

무슨 신호처럼, 그 빛은 다시는 반짝이지 않았다. 황무지는 텅 비고 칠흑 같은 어둠이 뻗어 있다. 앞에 긴 산등성이가 보였다. 마거릿은 크게 고함을 치며 어둠의 맨 앞을 헤치고 나갔다. 콜린은 불안한 듯 주변을 돌아본 뒤

기관실에 매달려 화물량들을 바라보았다. 방수천의 높은 어깨가 어둠 속에 희미하게 보였다.

"방수천 아래 뭘 싣고 가는 거야, 제시? 물건을 실은 건가?"

제시는 어깨를 으쓱했다.

"덩치가 커. 가축용 고형 사료, 설탕, 말린 과일……. 신경 쓸 것 없는 물건들이지."

콜린이 걱정스러운 듯 고개를 끄덕였다.

"짐칸 안에는 뭐가 들어 있어?

"브랜디, 실크, 담배 약간에다가 수의 용품, 동물 거세기가 들어 있어." 그는 옆을 보았다. "코드 그립이라 피가 안 나."

콜린은 조금 놀란 듯 보였지만 웃기 시작했다. "제시, 넌 어른이야. 아주 멋진 남자라고……. 게다가 물건들이 정말 좋군. 고르기도 잘 골랐네."

제시는 헛헛한 마음으로 고개를 끄덕였다. "금화 10만 파운드는 될걸. 한 100파운드 정도 넘치거나 모자라거나 할 거야."

콜린이 휘파람을 불었다.

"좋아, 아주 짐을 잘 실었군……."

트럭은 빛이 나타났던 그 지점을 지나쳤다. 그 지점은 왼쪽 뒤로 멀어졌다. 거의 두 시간을 달려 왔기에 앞으로 달려야 할 거리는 별로 남지 않았다. 마거릿은 내리막길을 지나 두 번째 언덕을 올랐다. 달은 구름을 젖히고 미끄러져 나와 저 앞의 구불구불한 긴 길을 보여 주었다. 두 사람이 황무지를 거의 빠져나오자 지평선 너머로 더노바리어가 보였다. 제시는 달빛 속에서 저 앞에 말발굽 자취가 왼쪽으로 휘어 나 있는 것을 보았다. 달은 자취를 가리면서 어둠에 다시 길을 돌려주었다.

콜린이 그의 어깨를 잡았다.

"이제 괜찮을 거야. 나쁜 녀석들도 지나갔으니 괜찮을 거야. 나 이제 내린다, 친구. 태워 줘서 고마워. 기억해. 그 여자 말이야. 박력이 있어야 해. 알지, 그렇게 말해, 오케이?"

제시는 고개를 돌려 그를 바라보며 말했다.

"너나 잘 지내, 콜린."

그는 계단 위에 훌쩍 매달렸다. "좋아, 알았어." 그는 트럭에서 내려 어둠 속으로 사라졌다.

그는 뷰렐의 속도를 잘못 판단했다. 콜린은 앞으로 구르다 거친 수풀 위에서 공중제비를 넘고는 웃으면서 일어나 앉았다. 증기 트럭 짐칸의 불빛은 이미 도로 저 아래쪽으로 사라지고 없었다. 주변에서 시끄러운 소리가 들렸다. 말을 탄 여섯 명의 남자가 어두운 하늘을 배경으로 모습을 나타났다. 그들은 안장이 비어 있는 일곱 번째 말을 끌고 나타났다. 콜린은 총신과 커다란 석궁을 재빨리 훑어보았다. 노상강도다. 그는 웃으며 남아 있는 안장 위로 뛰어올랐다. 저 앞에서 증기 트럭이 낮게 깔린 짙은 안개 속에서 모습을 감추고 있었다. 콜린이 팔을 들었다. "마지막 칸이다!" 그는 발 뒤축으로 말 옆구리를 때리며 납작 엎드린 채 질주하기 시작했다.

제시는 검수관을 봤다. 최대치였다. 보일러의 출력 150파운드. 그는 여전히 입술을 앙다물고 있었다. 그것으로는 충분하지 않을 것이다. 이번 내리막길을 내려갔다가 저기 긴 언덕 중반에 오를 때쯤 그들에게 따라잡힐 것 같았다. 그는 속도 조절기를 최대치로 돌렸다. 마거릿이 갑자기 속도를 내기 시작하자 차륜이 바퀴 자국에 걸려 덜컹거렸다. 마거릿은 내리막길에서 25를 찍었고, 짐칸의 무거운 무게를 느끼자 엔진이 느려지는 것 같았다.

그때 옆면 경적판을 무엇인가가 쾅하고 때렸다. 화살이 머리 위로 날아오고 하늘에서는 불빛이 번쩍거렸다. 제시는 미소를 지었다. 왜냐하면 이젠 더 이상 아무것도 중요하지 않았기 때문이다. 마거릿은 들끓어 오르며 큰 소리로 울부짖었다. 이제 말에 올라 양옆에서 질주하는 사람을 알아볼 수 있을 정도였다. 양피 코트 테두리에서 희미한 빛이 보였다. 또 다른 진동이 느껴졌다. 그는 등 뒤에서 날아오는 석궁의 충격 때문에 긴장했다. 그러나 화살은 날아오지 않았다. 그건 콜린 드 라 헤이의 전형적인 모습이었다. 그는 남의 여자는 훔쳐도 남의 위엄은 훔치지 않는다. 그는 화물량의 화물은 훔쳐도 남의 목숨은 훔치지 않는다. 다시 화살이 날아왔지만, 이번엔 증기 트럭 기관실 쪽으로 쏜 게 아니었다. 화물량을 노리고 쏜 화살은 몸을 떨며 불타고 있었다. 제시는 짐칸의 어깨를 지나 고개를 빼고 방수천 옆쪽에 불이 붙은 것을 보았다.

 언덕을 반쯤 올랐다. 마거릿 아가씨는 분노로 헐떡거렸다. 화마는 혀를 앞쪽으로 날름거렸다. 그 혀는 다음 화물량을 차례로 집어삼켰다. 제시는 몸을 숙였다. 그는 천천히 비상 해제 장치를 돌렸다. 위쪽으로 돌리자 물림 장치가 풀리는 것이 느껴졌다. 화물량이 멀어지자 엔진의 심장 박동이 느려지는 소리가 들렸다. 트럭은 속도를 줄이고 헐떡이며 나머지 화물량들과 멀어지기 시작했다. 말을 탄 사람들은 내리막길에서 점점 가속이 붙어 달리는 화물량을 잡으려고 냅다 내달렸다. 그들은 불에 탄 덮개 위쪽을 후려쳐 벗겨 낸 후 화물량 주위에 모여들었다. 콜린은 달려와 무리를 지나친 후 안장에서 훌쩍 뛰어내렸다. 쟁탈전과 그에 따른 고함 소리가 들렸다. 노상강도들은 웃음을 터뜨리며 괴성을 질렀다. 움직이는 짐칸 위에서 손을 휘저으며 두목은 불꽃 위에다 용감하게 오줌을 내질렀다.

 머리 위에서 비구름이 하얀 섬광과 함께 빛날 때쯤 마거릿 아가씨는 정상에 올랐다. 폭발음은 끔찍한 채찍 소리처럼 들렸다. 충격적인 힘이 짐칸을 가격해 멀리 떨어져 있는 트럭 기관실까지 기우뚱하게 만들었다. 제시는 휘청거리는 트럭 기관실을 바로잡으며, 저 멀리 언덕에서 울려 퍼지는 으르렁거리는 메아리를 들었다. 그는 발판에 기댄 채 몸을 쭉 빼서 어깨 높이쯤 오는 화물량 너머 저 아래를 바라보았다. 저 뒤에 헬버너와 고운 화약

이 담긴 40여 개의 작은 나무 통을 벽돌과 맥주 통으로 감싼 것이 실려 있었다. 이것들이 가공할 만한 폭발을 일으키며 계곡에 있던 목숨들을 깡그리 해치워 버렸다.

물이 얼마 남지 않았다. 그는 분사 장치를 작동하며 검수관을 확인했다. "어떻게든 우리는 살아야 해." 그는 그 말 소리를 듣지도 못하면서 중얼거렸다. "우리는 어떻게든 끝까지 살아남아야 해." 스트레인지 앤 선스는 거저 세워진 회사가 아니다. 스트레인지에서 무슨 물건을 훔쳐 내든, 그냥 갖고 있기만 하면 된다.

어디에선가 신호기가 비상 상황임을 알리는 딱딱거리는 소리를 내며 양팔에서 화톳불을 빛냈다. 마거릿 아가씨는 뒤에 트레일러를 매달고 프롬[15]의 희미한 은색이 도는 굽이진 강가에 집들이 옹기종기 모여 있는 저 앞쪽의 더노바리어를 향해 달려갔다.

----
15 잉글랜드 남서부 도싯에 있는 강.

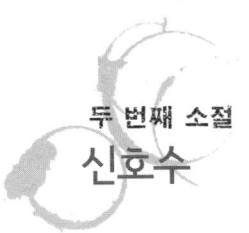
두 번째 소절
신호수

작은 산 한편에 대지가 기다랗게 얼룩덜룩하게 뻗어 있었다. 드넓은 대지가 서리 낀 연기 속에 어슴푸레 펼쳐져 있었다. 먼 산의 윤곽은 하늘의 응고된 우유 덩어리와 엉켜 있다. 황무지 너머에서 씁쓸하게 불던 바람은 서늘하게 탄식하다가 세차게 부는 눈보라로 바뀌었다. 눈보라는 차츰 잦아들더니 텅 빈 지평선 위에서 유일하게 살아 움직이는 유령처럼 사라졌다.

나무는 무리 지어 자라고, 작은 잡목들은 바람에 기울어져 있었다. 마치 보호라도 하려는 듯 잔가지들이 서로 부둥켜안고 있어서 전체적인 윤곽은 무딘 쟁기의 날처럼 부드러웠다. 이런 숲이 작은 산 정상을 뒤덮고 있었다. 그리고 첫 번째 나뭇가지 밑, 바람이 들이치지 않는 곳에 한 소년이 눈밭에 엎드려 있었다. 미동도 없지만 의식을 완전히 잃지는 않았다. 소년의 몸은 간혹 충격을 받은 듯 경련을 일으켰다. 대략 16~17살 정도 되는 나이에, 금발머리 밑부터 발끝까지 국방색 가죽 제복을 입고 있었다. 제복은 어깨에서 등을 따라 허리까지, 그리고 엉덩이와 허벅지를 가로지르며 여기저기 쭉 찢겨 있었다. 찢긴 틈 사이로 소년의 갈색 피부와 반짝거리며 천천히 흐르는 피가 보였다. 가죽은 피에 흥건히 젖어 있었고, 긴 머리칼은 헝클어져 있었다. 그 옆에 놓여 있는 쌍안경 케이스. 신호수 길드 대원이나 훈련병이라면 늘 차고 다니는 차이스 쌍안경이다. 단검도 보였다. 단검의 칼날은 붉게 물들어 있었다. 칼자루 끝은 그의 오른손에서 몇 센티미터 정도 떨어져 있었다. 손바닥에도 상처를 입어 손바닥에서부터 엄지손가락까지 깊은 열상을 입은 채였다. 엄지손가락 주위의 흰 눈밭에는 희미한 분홍빛을 띤 피가 퍼져 나가고 있었다.

세찬 바람이 불어와 머리 위 나뭇가지를 뒤흔들자 어디선가 항의하는 듯한 소음이 길게 들려왔다. 소년은 또 다시 몸을 떨며 아주 천천히 비비적거리며 움직이기 시작했다. 손을 쭉 펴 앞을 짚은 후, 몸무게를 가슴 밑에 싣고 한 번에 조금씩 앞으로 밀면서 기었다. 그러다 눈밭 위에서 허우적거리며 손으로 반원을 그리는 바람에 그 테두리가 붉은 피로 물들었다. 푸념인지 신음인지 그 중간쯤 되는 소리를 내면서 그는 팔꿈치를 지레 삼아 힘이 모이기를 기다렸다. 그리고 몸을 살짝 뒤집기 위해 몸통을 앞뒤로 흔들다가 멀쩡한 왼쪽 팔에 몸무게를 실었다. 그는 눈을 감은 채 고개를 떨어뜨렸다. 힘겨운 숨소리가 숲으로 퍼져 나갔다. 그는 쥐가 날 정도로 힘을 주어 몸을 일으킨 후 나무 기둥에 등을 대고 버티고 앉았다. 눈 때문에 얼굴이 얼얼해진 탓인지 약간 정신이 돌아오는 듯했다.

그는 눈을 떴다. 두 눈은 고통에 시달려 공포에 떨렸다. 고개를 들어 나무를 올려보았다. 침을 삼켜 입술을 축인 후 고개를 돌려 주변의 황량한 눈밭을 응시했다. 왼손으로 배를 움켜잡고 오른손을 그 위에 포갠 다음 손목으로 배를 꾹 눌렀다. 찢어진 손바닥이 닿지 않게 하기 위해서였다. 그는 잠시 눈을 감았다. 그런 후 손을 내려 피에 젖은 가죽 제복을 잡고 허벅지에서 떼어 냈다. 그러다가 뒤로 나자빠진 후 방금 본 모습에 울컥 울음을 터뜨렸다. 축 처진 손이 나무껍질에 긁히면서 엄지손가락 밑에 난 상처가 쩍 벌어져 구역질 나는 고통이 다시금 치밀어 올랐다.

그가 누운 곳에서는 단검이 손에 닿지 않았다. 그는 천천히 엎드리며 그냥 이대로 움직이지 않고 조용히 죽기를 바랐다. 칼은 여전히 손에 닿지 않는 거리에 놓여 있었다. 그는 모로 몸을 밀었다. 칼끝에 손가락이 닿자 그는 나무로 되돌아가 다시 일어나 앉았다. 헐떡이며 숨을 몰아쉬었다. 왼손을 무릎 밑으로 밀어 넣은 후 위로 잡아당기자 반쯤 마비됐던 다리가 구부러졌다. 그는 두 손을 들고 칼 다루는데 집중한 후 칼날을 타탄체크 제복 바지에 대고 천천히 위에서 아래로, 발목까지 그었다. 그리고 허벅지 둘레에도 그어 가죽 천을 완전히 도려냈다.

이제 진이 빠질 대로 빠졌다. 몸에서 기가 빠져나가는 것이 느껴졌다. 검은 날개가 눈앞에서 퍼덕거리듯 정신이 들었다 나갔다 했다. 그는 가죽을 자기 쪽으로 끌어당겨 한쪽 모서리를 이로 꽉 문 다음 끈 모양으로 북북 찢었다. 더디고도 서툰 작업이었다. 그러다 두 번이나 상처를 건드렸지만 더는 고통이 느껴지지 않았다. 마침내 작업이 끝났다. 그는 허벅지에 길게 난 상처를 수습하려고 끈을 길게 연결한 후 그 둘레를 빙빙 동여맸다. 바람이 끝도 없이 불었다. 헉헉거리는 숨소리 이외에 다른 소리는 전혀 들리지 않았다. 땀방울이 맺힌 얼굴은 하늘처럼 하얗게 질린 채였다.

그는 자기가 할 수 있는 일을 모두 다 했다. 등에서는 화끈거리는 통증이 느껴졌고, 등을 기댄 나무 기둥에서는 붉은 피가 흘러내렸다. 하지만 등에 난 상처에까지는 손이 닿지 않았다. 그는 손가락으로 마시막으로 매듭을 지은 후 여전히 끈을 타고 흘러내리는 피를 보며 몸서리를 쳤다. 그는 단검을 내려놓고 일어서려 했다.

몸을 일으켜 세우려고 버둥거리기를 몇 분. 그의 두 다리는 여전히 자신의 몸무게를 감당해 내기를 거부했다. 그는 고통에 치를 떨며 손을 위로 뻗어 나무의 거친 줄기를 더듬거리며 찾았다. 머리에서 60센티미터 위에 나지막하게 휜 가지가 만져졌다. 피범벅된 손은 미끄러졌지만, 또 다시 가지를 찾아 더듬거렸다. 가지를 잡아당기자 손바닥에 난 상처가 오므라졌다가 벌어지면서 뻐근한 통증이 느껴졌다. 그는 강한 팔과 어깨를 가지고 있었다. 몇 시간씩 신호수로 근무하면서 단련되었기 때문이다. 그는 잠시 가지에 힘껏 매달리면서 머리로 나무 기둥을 밀치고 등을 웅크린 채 온몸을 바르르 떨었다. 눈 속에서 발뒤꿈치로 버티고 설 만한 곳을 찾은 순간, 몸이 똑바로 세워졌다.

그는 똑바로 선 채 휘청거렸다. 바람이 불지 않았지만, 시커먼 서지[01]가 밀려왔다 밀려가는 것을 알 수 있었다. 머리가 지끈거리고, 맥박이 빨라졌다. 그는 복부와 허벅지가 차가워지고, 지독한 욕지기가 치밀어 올랐다. 그는 고개를 돌려 머리를 숙인 뒤 잠수부처럼 조심스럽고 천천히 걷기 시작했다. 그는 여섯 발짝 뗀 후 멈춰 섰다. 여전히 몸은 휘청거렸지만 어설픈 발걸음을 서서히 떼었다. 쌍안경 케이스는 원래 떨어져 있던 눈밭 위에 놓여 있었다. 그는 어기적거리며 되돌아갔다. 발걸음을 뗄 때마다 뇌의 노력이 필요했고, 몸을 마음대로 가누려면 대단한 의지가 필요했다. 그는 웅크려 앉으면서 케이스를 집었다가는 큰일날 것임을 어렴풋이 알았다. 혹시나 그랬다간 앞으로 고꾸라져서 다시는 꼼짝달싹 못하게 될 터였다. 그는 다리를 뻗어 쌍안경 케이스의 어깨끈을 발에 걸었다. 그것이 그가 할 수 있는 최선이었다. 다시 걷자 가죽 끈이 팽팽하게 당겨지면서 발등까지 올라갔다. 그가 숲을 벗어나 산 아래로 향할 무렵 쌍안경 케이스는 등 뒤에서 달그락거렸다.

더는 눈을 뜨고 있을 수 없었다. 눈보라가 지름이 무려 2미터가 넘는 원통을 만들며 휘몰아치고 있었다. 흐릿한 눈으로는 테두리가 시커멓게 보일 뿐이었다. 걸음을 옮기자 눈보라는 빙빙 돌면서 점점 다가왔다가 뒤로 물러났다. 휘몰아치는 눈을 가로지르고 나자 희미한 윤곽이 드러났다. 그건 그가 디딘 발자국이었다. 소년은 멍하니 발자국을 따라갔다. 뇌 뒤편이

||||||||||||||||
01 급격한 기압의 변화.

잠시 번쩍하며 그의 움직임을 저지했지만, 의식의 나머지 부분은 이미 사라지고 없었다. 충격으로 온통 멍한 채였다. 그가 몸을 이끌자 가죽 케이스가 발뒤꿈치에서 미끄러지며 달그락거렸다. 그는 왼손으로 배를 움켜잡고 사타구니까지 몸을 구부렸다. 오른손을 천천히 휘적거리며 위태롭게 균형을 잡았다. 그의 발자국 뒤로 희미한 핏방울 꼬리가 남아 있었다. 핏방울은 눈밭에서 봄맞이 꽃처럼 활짝 피어났다가 희미한 분홍색 얼룩으로 퍼지면서 얼음 결정체로 얼어붙었다. 핏자국과 발자국은 너저분하게 질질 끌리며 줄을 긋다가 다시 제자리를 맴돌았다. 앞에서 불어오는 바람은 대지를 가로지르며 휘몰아쳤고, 눈은 얼굴을 때렸다. 짧은 조끼에는 얄팍하게 살얼음 막이 끼었다.

  끝없는 고통을 느끼며 천천히 움직이자 질질 끌리던 핏자국이 숲과 함께 뚝 끊겼다. 핏자국 뒤로 숲이 어렴풋이 보였는데, 저물어 가는 태양의 장난 때문인지 숲에서 멀어질수록 키가 점점 커지는 것 같았다. 바람이 소년의 체온을 끌어내리자 고통이 조금씩 빠져나갔다. 고개를 들어 앞을 보니 나지막한 오두막집 위로 솟아 있는 신호수 기지의 탑이 보였다. 기지는 약간 눈에 띄는 언덕배기에 서 있었다. 오르막의 경사를 느끼자 몰아쉬는 숨으로 몸이 반응을 보였다. 그는 더 천천히 터벅터벅 걸음을 옮겼다. 다시 눈물이 흘렀다. 그는 훌쩍이며 아무 의미 없는 동물 같은 신음 소리를 냈다. 턱으로 침이 흘러 번질거렸다. 오두막집에 도착하자 뒤편으로 회색 하늘을 배경 삼아 서 있는 숲이 보였다. 그는 숨을 삼키며 판자 문에 기대서서 나뭇결을 흐리멍덩한 눈으로 바라보았다. 그는 손잡이에 매달린 가느다란 끈을 더듬어 찾은 후 당겼다. 문이 열리자 그는 무릎을 꿇으며 안으로 고꾸라졌다.

  밖에는 눈이 내렸지만 오두막집 안은 어두웠다. 소년은 엉금엉금 네 발로 기면서 마루 위를 돌아다녔다. 찬장이 보였다. 찬장을 더듬거리다가 안경과 컵을 쓸어 버렸다. 바닥에 떨어져 깨지는 소리가 몽롱하게 들렸다. 그는 필요한 것을 찾은 후 코르크 병마개를 이로 잡아 뽑은 다음 벽에 웅크리고 기대고 앉아 그것을 마시려고 했다. 술은 턱을 타고 흘러내려 가슴과 배까지 적셨다. 술이 목구멍을 흠뻑 축이자 잠시 정신이 돌아왔다. 그는 기침을 해서 술을 토해 내려고 했다. 그는 두 발로 버티고 서서 아까 놓고 온 단검을 대신할 칼을 찾았다. 벽 쪽에 있는 나무 상자 안에 담요와 침대보가 들어 있었다. 그는 침대보를 펼쳐서 끈 모양으로 길게 죽 찢었다. 이번에는 아까보다 더 길고 넓게 잘라 허벅지에 대고 둘렀다. 가죽 끈으로 만든 지혈대에 손을 대자 미칠 지경이었다. 하얀 천은 바로 피에 물들었다. 끈을 더 길게 묶어 가져다대자 천이 피에 젖어 번들거리기 시작했다. 나머지 침대보로는 패드를 만들어 사타구니에 덧댔다.

다시 욕지기가 치밀어 올랐다. 그는 구역질을 하다가 중심을 잃고 바닥에 대자로 뻗었다. 눈 위로 보이는 침대가 안식처처럼 보였다. 저기 저 침대까지 가서 욕지기가 가실 때까지 가만히 좀 누워 있어야지……. 그는 억지로 몸을 일으켜 오두막집을 가로질러 침대 모서리에 걸터앉은 후 안쪽으로 몸을 굴렸다. 칠흑 같은 어둠의 물결이 그를 맞이하려고 몰려왔다. 마치 심연처럼.

한참 동안 누워 있었다. 남아 있는 의지의 조각들이 자신들의 존재를 주장했다. 그는 마지못해 주저앉은 눈꺼풀을 억지로 들어 올렸다. 이제 날이 거의 저물었다. 멀리 오두막집의 창문이 어둠 속에서 희미한 회색 사각형으로 보였다. 그 앞에서 신호기의 손잡이가 수영을 하는 것처럼 흔들렸다. 나무 손잡이는 닳아서 반질반질하게 광이 났다. 그걸 바라보던 그는 문득 자신의 어리석음을 깨달았다. 그는 침대에서 몸을 굴려 일어나려고 했다. 하지만 담요가 등에 쩍 달라붙어서 그의 움직임을 방해했다. 다시 몸을 굴렸다. 이번에는 추위로 몸이 벌벌 떨렸다. 난로는 꺼져 있고, 오두막집 문은 살짝 열린 채여서 그 사이로 바람이 새 들어와 마룻바닥 위로 얼음 알갱이가 굴러다녔다. 밖에서는 맹혹한 바람이 울부짖었다. 소년은 버둥거렸다. 그의 노력이 또 다시 고통을 깨워 욱신거리고 으르렁거리는 아픔이 되살아났다. 신호기 손잡이가 두 개, 여섯 개로 겹쳐 보이더니 이제는 아예 반짝거리는 은색 다발로 보였다. 그는 숨을 헐떡였다. 눈물이 흘러 입 속으로 들어왔다. 그는 눈을 감았다. 그는 온갖 색채, 불꽃, 번쩍임, 빛의 파도가 출렁거리는 시끄러운 공간으로 빨려 들어갔다. 그는 입을 벌리고 빛을 바라보면서 욱신거리는 등이 침대 매트리스 속으로 신선한 피를 뿜어내는 것을 느꼈다. 잠시 후, 고통은 점차 사라졌다.

한 아이가 긴 수풀에 엎드려 누워 있었다. 짧은 가죽 조끼를 뚫고 들어와 어깨를 태우는 햇빛의 열기가 느껴졌다. 앞쪽에 보이는 고깔처럼 생긴 산 위에 서 있는 신비한 물건이 마치 새의 날개처럼 자랑스럽고도 느긋하게 팔을 펄럭거렸다. 그것은 키가 대단히 컸고 꼭대기에 막대기가 달려 있었다. 푸른 여름 하늘로 나무의 덜그럭거리는 소리가 멀리 퍼져 나갔다. 양팔의 움직임은 그에게 최면을 걸었다. 그는 고개를 끄덕이고 눈을 깜박이며 두 손으로 턱을 괴고 멍하니 바라보았다. 위로 아래로, 위로 아래로, 파닥파닥…… 그러더니 다시 아래로 내려와 빙그르 돌고, 다시 위로 올라갔다가 멈춰 섰다가, 조금도 가만히 있지 않았다. 신호기는 마치 살아 있는 생명체 같았다. 그곳에 자리 잡고 서서 아무도 이해할 수 없는 이상한 말을 떠들어 대고 있었다. 그러나 그 말들은 《근대영어 입문서》에 실린 단어처럼 의미와 신비로움으로 가득 차 있었다. 아이는 머리를 이리저리 돌렸다. 단어는 이야기를 만들어 낸다. 지금 저 언덕 위에 홀로 서 있는 탑은 무슨 이야기를 하는 것일까? 왕과 난파선, 투쟁과 추적, 요정, 묻힌 금궤 이야기……. 그는 신호기가 말하고 있다는 사실을 조금도 의심하지 않았다. 속삭이고 지껄이며 나란히 늘어선 다른 신호기들에 메시지를 보내고 받았다. 줄지어 늘어선 신호기들은 사람들의 생각이 미치는 잉글랜드 전역에 뻗어 있어서 어디에서나 볼 수 있었다.

그는 제어봉을 쳐다봤다. 정찰대의 빛나는 근육처럼 미끈했다. 그가 살던 에이브버리에서부터 많은 탑이 보이기 시작해서 대평원을 가로질러 남쪽으로 내려가다가 서쪽 말버러 다운즈 고원 위로 올라갔다. 크기가 더 크긴 하지만, 그 커다란 물건은 맑은 날이면 16킬로미터 이상 떨어진 곳에서도 보일 수 있게 신호를 보내는 신호수 여럿을 거느렸다. 그들이 신호기를 작동하면 관절로 연결된 팔은 천둥처럼 삐걱거리는 소리를 내며 천천히, 그리고 우아하게 움직였다. 이렇게 작은 마을에 있는 탑들은 약간 더 다정해서 새벽부터 일몰 때까지 떠들고 재잘거렸다.

길고 긴 여름 날 소년은 혼자서 놀 거리가 많았다. 그는 해야 할 일이 있었기 때문에 대개 몰래 짬을 냈다. 학교 수업, 숙제, 집안의 잡다한 일거리를 처리하거나 저 아래 마을 한쪽에 있는 형들의 소작 농지에 내려가야 했기 때문이다. 혼자서 몽상에 빠지고 싶을 때면 저녁이나 이른 새벽에 몰래 빠져나왔다. 가끔은 돌들이 그에게 신호를 보냈다. 다이아몬드 모양의 커다란 돌들이 작은 마을을 에워싸고 있었다. 소년은 옛날에 수도원이 있던 자리의 배수구를 따라 내달리기도 하고, 때론 아침 태양을 맞으며 춤추는 돌로 쌓인 계단식 내벽에도 올랐다. 혹은 평원을 가로질러 동쪽으로 쭉 뻗어 있는 기다란 길을 걸으면서 자기가 사제나 신이 되어 비와 태양에 제물을 올리는 상상을 하기도 했다. 누가 처음 이 돌들을 쌓아 올렸는지 아무도 알지 못했다. 혹자는 한창 세력을 날리던 요정이라고도 했고, 다른 이들은 이들의 이름을 입에 올리는 것만으로도 죄악이 되는 신들이라고 했고, 또 어떤 이들은 악마라고도 했다.

모교회는 사탄의 유적이 파괴되는 것을 못 본 척 넘어갔으나, 마을 사람들은 그 사실을 너무나 잘 알고 있었다. 도노반 신부는 반대했으나, 그가 할 수 있는 건 거의 없었다. 사람들은 열심히 그곳을 찾았다. 그들은 쟁기로 이정표 표시를 파냈고, 물과 불로 거석을 부수고, 송곳을 사용해 메마른 돌담을 메웠다. 몇 세기 동안 계속해 이렇게 하자 원형경기장은 황폐해지면서 점점 틈이 벌어졌다. 그래도 돌은 많았다. 원형도 남아 있었다. 바람 부는 언덕 위에 자리 잡은 고분 속에서 망자는 뼈가 부러진 채 묵묵히 누워 있었다. 소년은 언덕에 올라 모피와 보석을 두른 왕들의 꿈을 꾸었다. 피곤할 때면 그는 신호수들과 그들의 신비한 삶에 또 다시 이끌렸다. 그는 두 손으로 턱을 괴고 조용히 누웠다. 눈에는 졸음이 가득했다. 그가 있는 곳 위쪽에 있는 실버리[02] 973번가는 잘게 조각난 채 언덕 위에 우르르 허물어져 있었다.

 소년은 자신의 어깨를 짚는 손에 놀라 꿈에서 깼다. 그는 긴장한 채 주변을 돌아보며 도망갈 태세를 취했다. 그러나 주변에는 도망갈 곳이 전혀 없었다. 붙들린 소년. 그는 씩씩거리며 위를 올려다 보았다. 통통하고 작은 소년의 긴 머리칼이 이마를 뒤덮었다.

 남자는 키가 컸다. 소년이 보기에는 너무나 컸다. 그의 얼굴은 태양과 바람에 그을린 갈색이고, 눈가에는 주름이 자글거렸다. 움푹 팬 눈은 짙은 청색으로 피부색과 대조되어 눈길을 끌었다. 그 남자의 눈은 아주 청명한 하늘을 보았을 때의 바로 그 색 같았다. 오래전부터 돌처럼 두꺼운 안경 뒤에 꽁꽁 감추어 온 아버지의 눈과는 전혀 달랐다. 이 남자의 눈은 장거리를 보는 데 익숙하고, 남들이 놓칠 법한 것들까지 정확하게 꿰뚫어 보는 힘을 지니고 있었다. 그 눈의 주인공은 낡은 어깨 장식과 가는 끈이 달린 신호수 길드의 국방색 제복을 입고 있었다. 엉덩이에는 신호수의 상징인 차이스

---

[02] 잉글랜드 남부 지역의 대표적인 선사 고적 유적지.

쌍안경이 매달려 있었다. 케이스 뚜껑은 반쯤 열려 있었는데, 그 속으로 낡았지만 광이 나는 놋쇠로 만든 커다란 쌍안경이 보였다.

길드 신호수는 웃고 있었다. 질질 끌듯 말하는 그의 목소리는 느긋했다. 그것은 시간에 대해 알고 있는 사람의 목소리였다. 시간은 영원하기에 서두르거나 부산 떨지 않고 일하면 된다는 것을 알고 있는 자의 목소리였다. 그는 소년의 아버지가 알지 못하는 고대 유적에 대해 알고 있을 것만 같았다.

"음…… 스파이를 잡은 것 같군. 넌 누구냐, 꼬마야?" 남자가 물었다.

소년은 입을 축이고 쫓기듯 재잘거렸다.

"레, 레이프 빅랜드요."

"그런데 여기에서 뭐하는 거지?"

레이프는 다시 입술을 축이고 탑을 바라보면서 안쓰럽게 입술을 삐죽 내밀었다. 그리고 그 옆에 있는 숲을 쳐다보다가 다시 신호수를 돌아본 후 서둘러 입을 열었다.

"전…… 그러니까 전…….”

소년은 멈췄다. 언덕 위에서는 탑이 삐걱거리며 펄럭이고 있었다. 하사관은 쭈그리고 앉아 참을성 있게 기다렸다. 여전히 은근한 미소를 띤 채 반짝거리는 눈으로 소년을 바라보았다. 그는 갖고 있던 가방을 잔디 위에 내려놓더니 그것을 깔고 앉았다. 레이프는 그가 점심 식사를 가지러 마을로 가던 중이라는 것을 알았다. 에이브버리에 사는 한 아주머니가 근무 중인 신호수들에게 식사를 대는 계약을 맺었다. 그녀는 실버리 기지에서 무슨 일을 하는지 거의 알지 못했다.

잠시 후 두 번째로 질문을 받자 소년은 대답해야만 했다. 레이프는 사소한 일에 필사적으로 버티고 있었다. 그는 자기 목소리가 낯설게 들렸다. 마음 한쪽으로는 혀가 생각의 간섭을 받지 않고 제 맘대로 소리를 내뱉는 게 놀라웠다.

"꼭 듣고 싶으시다면요, 사실, 타, 탑을 보고 있었어요…….."
"왜지?"
"그건 제가……."

또 대답하기가 어려웠다. 이걸 어떻게 설명한담. 길드의 신비로움은 이 방인에게 드러나서는 안 되는 것이었다. 신호수의 암호와 다른 은밀한 비밀은 샘나게도 국방색 제복을 입은 명문가에만 전수되었다. 하사관이 스파이라고 한 것도 사실은 일리 있는 말이었다. 하지만 그 소리는 불길하게 들렸다.

길드 신호수는 소년을 채근했다.
"너 암호를 읽을 수 있어, 레이프?"

레이프는 거세게 고개를 저었다. 평민은 탑을 읽을 수 없었다. 앞으로도 그럴 수 있는 평민은 아무도 없을 것이다. 그는 배 속 저 밑에서부터 울리는 떨림을 느꼈지만 그의 목소리는 다시금 의지와 달리 툭 튀어나왔다. "아니오, 아저씨. 그렇지만 정말 배우고 싶어요." 그는 몸을 벌벌 떨면서 단호하게 말했다.

하사관은 눈썹을 추어올렸다. 그는 웅크리고 앉아 무릎에 손을 자연스럽게 내려놓고 웃기 시작했다. 한참 웃고 난 후에 그는 고개를 저었다. "그래, 배우고 싶구나……. 아, 수십 명의 왕과 많은 고관대작이 침대에 편안히 누워 탑을 읽곤 했지." 그의 얼굴이 갑자기 일그러졌다. "너, 우리를 놀리려는 거구나." 그가 말했다.

레이프는 또 다시 묵묵히 고개를 내저었다. 하사관은 여전히 쭈그려 앉은 채 소년을 더욱 노려보았다. 레이프는 은밀한 꿈속에서조차 단 한 번도 신호수가 된다는 상상은 해 본 적 없다고 말하고 싶었다. 그렇지만 소년의 혀는 제 멋대로 나불거리며 말도 안 되는 어리석은 대답을 지껄였다. 소년은 더 이상 말을 할 수 없었다. 국방색 제복 앞에서 소년은 꿀 먹은 벙어리가 됐다. 침묵은 길어졌다. 그는 잔디를 줄기째 뒤흔들며 후드득 떨어지는 빗방울을 하염없이 바라보았다. 그러고 있는데 또 다른 질문이 이어졌다.
"네 아버지는 누구시냐?"

레이프는 침을 삼켰다. 이제 흠씬 두드려 맞겠군. 그는 탑 근처에 가는 것도, 게다가 또 다시 구경하러 오는 것도 금지당할 것이다. 눈 안쪽이 찡한 것이 금방이라도 눈물이 솟을 것만 같았다. "에이브버리의 토머스 빅랜드입니다. 윌리엄 마셜 경의 서기로 일하세요."

하사관은 고개를 끄덕였다.

"그러니까 네가 탑에 대해 배워서 신호수가 되고 싶다, 이 말이지?"

"네, 아저씨."

대답은 당연히 근대영어로 했다. 이 언어는 장인들과 상인들의 언어로, 소작농들이 지껄이는 딱딱한 연구개음이 아니었다. 레이프는 가끔 신호수들도 사용하는 오래된 근대영어로 쉽게 대답했다.

하사관이 불쑥 말했다. "너 책 읽을 줄 아니, 레이프?"

"네, 아저씨." 그리고 더듬거리며 이렇게 말했다. "문장이 너무 길지만 않으면요……."

길드 신호수는 다시 웃으며 소년의 등을 두드렸다. "흠, 레이프 빅랜드 선생. 앞으로 산호수가 되고 싶고, 문장이 너무 길지만 않으면 책을 읽을 수 있단 말이지? 내가 책에서 배운 건 '하느님이 알고 계시리니', 정도로 아주 짧단다. 내가 널 도와주지. 만약 네가 거짓말만 하지 않는다면 말이야. 이리 오렴."

그리고 그는 일어서서 탑을 향해 걷기 시작했다. 레이프는 망설이다가 눈을 꿈쩍인 후 일어나 그의 뒤를 따랐다. 순간 머릿속이 궁금증으로 빙빙 도는 것 같았다.

두 사람은 언덕 주위를 비스듬히 돌아 오르는 좁은 길로 올라갔다. 걷는 동안 하사관이 말을 꺼냈다. 실버리 973번지는 론디니움 인근, 아쿠아 술리스로 가는 길을 따라 폰테의 주요 중계역에서 전해 오는 C급 체인의 일부라고 했다. 그리고 그곳의 정원은…… 레이프는 정원이 몇 명인지 잘 알고 있었다. 하사관을 포함해 신호수는 총 다섯 명으로, 그들의 숙소는 마을 중심부에서 떨어진 작은 언덕 위, 고립된 곳에 있었다. 신호수들의 숙소는 대개 그런 곳에 위치해 있었고, 이런 점은 길드의 신비로움을 지키는 데 일조했다. 길드 신호수들은 지역 점유지에 대한 십일조를 내지 않았고, 그들의 계급을 제외한 그 어떤 것에도 복종하지 않았다. 이론적으로 그들은 관습법의 영향을 받아야 하지만, 실제로는 그렇지 않았다. 그들은 그들 나름의 숭고한 규칙에 따라 스스로를 다스렸다. 잉글랜드에서 가장 부유한 길드에 맞서는 것은 용자, 아니면 멍청이였다. 하사관이 말한 내용은 아주 정확했다. 왕들도 평민들처럼 애타게 메시지를 기다리는 판에 그들이 두려워할 것은 거의 없었다. 사제들이 트집을 잡으며 신호수의 독립성을 시기했지만, 로마가 직접 유럽 대륙 전역에 걸쳐 있는 신호수 탑의 연락망에 지나칠 정도로 의지하는 한 간청하고 불평하는 것 이상은 할 수 없었다. 전투의 교회가 다스리는 세계 어디에서든 신호기가 보이는 한, 길드 신호수들은 자유로웠다.

레이프가 아무리 꿈속에서 신호수 기지 내부를 실컷 봤다고 하더라도, 사실 그 안에 직접 발을 들인 적은 없었다. 그는 나무 계단 앞에 서자 요새를 만지기라도 한 듯 마음속에서 경외심이 솟구쳤다. 소년은 숨을 죽였다. 이렇게까지 가까이에서 신호수 탑을 본 적은 단 한 번도 없었다. 팔의 분주한 움직임과 쿵하는 소리, 작은 이음매에서 나는 재잘거림은 그의 귀에 마치 음악처럼 들렸다. 오두막집 지붕 너머로는 어렴풋이 신호기의 끝만 겨우 보였다. 매끈한 나무 뼈대가 배의 돛처럼 오렌지색으로 반짝였다. 하늘을 향해 올라갔다가 내려오는 신호기의 팔은 하늘과 대조되는 검은색이었다. 그는 팔 끝에 매달린 나사못과 고리를 보았다. 중요한 메시지를 꼭 보내야 하는 흐린 날이나 어두운 밤이면 그곳에다가 화톳불용 기름통을 매단다. 전에 왕이 붕어했을 때 대평원 너머 저 멀리에서 반짝거리는 불빛을 한 번 본 적이 있다.

    하사관은 문을 열더니 소년더러 들어오라고 말했다. 그는 문지방 앞에 꼼짝도 하지 않고 서 있었다. 그곳에서는 깔끔한 향내가 풍겼다. 광택제와 기름, 담배 냄새가 뒤섞인 약간 남성적인 냄새였다. 안은 배와 비슷한 모양이었다. 오두막집은 바람이 잘 통하고 지붕이 낮았으며, 언덕 기슭에서 봤을 때보다 안이 더 넓은 것 같았다. 지금은 텅 비어 있지만 흑색 도료가 칠해지고 놋쇠가 반짝거릴 정도로 광을 낸 난로도 있었다. 입구에는 붉은 주름 종이가 쫙 펼쳐져 있었다. 살짝 나뉜 문은 좀 세련돼 보였다. 나무 벽은 밝은 회색으로 칠해져 있었다. 난로 연통 주위의 가슴 높이 정도 되는 부근에 근무자 명부가 핀으로 깔끔히 고정되어 있었다. 방 한쪽 구석에는 액자에 끼워진 다양한 색깔의 수료증이 걸려 있었다. 그 아래에는 오래된 은판 사진이 있었다. 심하게 색이 바랜 사진 속의 남자들은 아주 키가 큰 신호기 탑 앞에 서 있었다. 오두막 한쪽에는 발치에 깔끔하게 사각으로 접은 이불이 놓여 있는 침대가 있었다. 그 위에는 손으로 그린 미소 짓는 소녀 그림이 걸려 있었다. 국방색 길드 캡 모자를 쓴 소녀는 왜소했다. 레이프의 눈은 어린아이의 살짝 당황하는 무관심으로 그것을 스쳐지나갔다.

    하얗고 네모난 방 한가운데에는 신호기 돛대의 토대가 있었다. 그 주변에는 잡목으로 만든 매끈하고 작은 연단이 있었는데, 그 위에 두 명의 길드 신호수가 올라서 있었다. 그들은 머리 위에 있는 신호기를 조종하는 기다란 손잡이를 붙들고 있었다. 조종기 막대기는 거기에서부터 위를 향해 하얀 밧줄 고리가 달린 천장을 뚫고 올라갔다. 양쪽으로 열린 채광창으로 후끈한 7월의 공기가 안으로 들어왔다. 근무 중인 3번 신호수는 오두막집의 동쪽을 바라보고 서서 눈에 쌍안경을 대고 조용히 끊임없이 중얼거렸다. "5…… 11…… 13…… 9……." 신호수들은 조합을 반복해 말하면서 커다란 핸들을 조작해 머리 위 신호기의 팔에 몸무게를 실은 다음, 신호기를 각각 아래로 내려 다음 번 암호를 보내기 위한 자세를 잡는 데 도움이 되도록 거들었다. 다들 집중하는 분위기이긴 했지만 긴장감은 없었다. 모두 편안하고 숙달돼 보였다. 신호수들 앞에는 지붕의 버팀목이 떠받치고 있었다. 보면 금세 알 수 있을 정도로 팔의 자세를 반복적으로 취했지만, 신호수들은 그런 사실을 거의 눈치채지 못했다. 그들은 수년간의 훈련 덕분에 발레의 스텝이나 자세와 거의 흡사해 보이는 동작을 유연하게 해치웠다. 몸을 돌리며 확인하고 아라베스크 자세를 취하며 움직였다. 삐걱거리는 나무와 희미하게 울리는 신호는 마치 쉬지 않고 윙윙거리는 벌 떼의 소리처럼 공간을 가득 채웠다.

아무도 레이프와 하사관에게 관심을 보이지 않았다. 길드 신호수들은 다시 조용히 말하기 시작했고, 무슨 일이 벌어지는지 설명했다. 거의 한 시간에 걸쳐서 보낸 장문의 메시지는 현재 식량의 목록과 론디니움 현지의 비육 가축 시세였다. 길드 시스템은 이 나라의 복잡한 경제를 규정 지었다. 농부와 상인은 론디니움 시세를 척도로 삼아 직거래 시 얼마를 줘야 하는지 정확히 알 수 있었다. 레이프는 아무런 생각도 할 수 없었다. 그는 속으로 그 단어를 듣고 그것들을 기록해서 멀리 보내고 있었다. 그의 눈은 길드 신호수들에 의해 바뀌어 가는 모양을 바라보았다. 그들이 조종하는 기계는 대부분 찍찍거리거나 딱딱거리는 소리를 냈다.

하사관이 '공개 메시지'라고 부르는 실제로 전송되는 정보는 신호기의 임무 중 극히 일부분에 지나지 않는다. 메시지는 안전한 배포를 위해 필요한 암호로 가득 차 있었다. 현재의 숫자가 특정 센터, 일례로 아쿠아 술리스에 해 질 녘까지 도착해야 한다고 치자. 이 경우 메시지가 어떻게 도착하느냐, 도중에 어떤 루트로 전달하느냐 등은 암호가 통과하는 기지에 있는 지부 신호수들의 큰 걱정거리였다. 이미 메시지를 전달하느라 혼잡한 라인을 피해 신호를 발송하려면 수년간의 경험과 어느 정도의 직관력이 요구된다. 물론 라인이 한쪽 방향으로 사용 중이고, 현재 복잡한 메시지가 동쪽에서 서쪽으로 이동 중이라면, 라인을 거꾸로 사용하기란 대단히 어렵다. 사실 동시에 두 가지 메시지를 다른 방향으로 전송하는 것은 가능하다. A급 탑에서는 종종 그렇게 한다. 그런 경우가 생기면, 북쪽으로 향하는 세 번째 암호는 남쪽으로 향하는 또 다른 신호의 일부일 수도 있다. 기지들은 앞뒤로 밀려드는 메시지에 파묻혀 열심히 전송한다. 그러나 동쪽 방향으로 전송되는 신호는 길드 신호수들조차 대단히 꺼려한다. 일단 라인을 깨끗이 비워야 하고, 적합한 암호를 맞춰야 한다. 두 명의 보초를 세워 교대로 신호수들에게 방향을 전해 준다. 가장 잘 운영되는 기지에서조차 작은 실수로도 큰 혼란이 야기되므로, 그럴 경우 루트를 완전히 비우고 처음부터 다시 시작하는 조치가 필요하다.

하사관은 손으로 무질서한 탑에서 사용되는 긴급 정지 신호를 설명했다. 기둥 양쪽 측면에 달린 신호기를 세 번 수평으로 쫙 펴는 동작이었다. 그는 근엄하게 웃으며 말했다. 만약 그런 일이 생기면, 총책임자가 어디에선가 관리한다고 했다. A급 기지는 최소한 경력이 20년 이상인 신호수 소령급의 통제를 받는다. 그는 실수를 하지 않고, 부하 직원에 의한 그 어떠한 실수도 나오지 않도록 관리한다. 레이프는 다시 머리가 뱅글뱅글 돌며 어지러웠다. 소년은 하사관의 낡은 국방색 제복을 존경의 눈길로 바라보았다. 그는 이제 신호수가 무슨 일을 하는지 어렴풋이 알 수 있었다.

신호기의 팔을 탁탁 때리는 큰 소리가 나더니 마침내 메시지가 끝이 났다. 보초는 제자리를 지켰지만 기수는 자리에서 내려와 처음으로 레이프에게 관심을 보였다. 신호기 레버를 내려놓고 나니 그들은 훨씬 평범해 보였고 무섭지도 않았다. 레이프는 그들을 잘 알았다. 그에게 기지로 가는 길을 종종 물은 로빈 휠러, 축제 날 마을에서 곤봉을 휘두르다가 여러 사람의 머리통을 부셔 놓은 보브 카무스. 그들은 소년에게 암호 책을 보여 주었다. 그 안에는 번호가 매겨진 검은색 네모 위에 붉은색으로 인쇄된 암호가 잔뜩 적혀 있었다. 소년은 그들과 같이 식사를 했다. 어머니가 걱정을 할 테고 아버지도 짜증이 났을 테지만, 그는 집 생각을 거의 하지 않았다. 저녁이 되어 갈 무렵, 또 다른 메시지가 서쪽에서 날아왔다. 그들은 소년에게 이건 경찰 관련 일이라고 하면서 날갯짓 하듯 조종기를 가볍게 치면서 메시지를 전송했다. 레이프는 해 질 녘이 되어서야 기지를 나섰다. 기둥 꼭대기는 구름 속에 감춰졌고, 달랑 페니 동전 두 개가 주머니 속에서 짤랑거렸다. 침대에 누워 잠을 청하면서 그는 오래된 꿈이 마침내 이뤄졌다는 사실을 깨달았다. 그는 마침내 잠이 들었다. 그는 신호수 탑에 가서 양팔에 화톳불용 기름통을 매달고 검푸른 하늘을 향해 두 팔을 휘적거리는 꿈을 꾸었다. 그는 그 동전을 절대로 쓰지 않았다.

일단 실현 가능성이 보이자 신호수가 되겠다는 그의 꿈은 점점 더 커져 갔다. 그는 기이한 선사시대 이전의 유적이 남아 있는 높은 언덕에 앉아 실버리 기지에 갈 수 있다는 꿈을 꾸며 대부분의 시간을 보냈다. 그의 부재는 아버지의 날카로운 반대를 초래했다. 부동산 서기로 일하는 빅랜드 씨의 봉급은 일곱 형제를 부양하기엔 빠듯했다. 가족들은 먹을거리를 직접 키웠는데, 그러려면 일손을 한 데 모으는 일이 매우 중요했다. 아무도 레이프가 자주 잠적해 버리는 이유를 추측하지 못했다. 레이프는 그에 대해 단 한 마디도 하지 않았다.

그는 혼자서 30여 가지에 이르는 신호기 팔의 기본 동작과 가장 흔히 사용되는 복합 동작을 익혔다. 그런 다음 실버리 힐 근처에 누워 그 숫자들을 혼자 중얼거렸다. 숫자를 알려 주는 코드가 없으면 그는 입을 꾹 다물었다.

메시지가 말버러 다운즈 고원 너머에서 건너올 때, 그레이 하사관이 그에게 무려 30분 동안이나 관찰자 역할을 맡긴 적이 있다. 레이프는 그저 뻣뻣이 서 있었다. 큼지막한 차이스 쌍안경을 쥔 손에는 땀이 찼다. 뒤에 서 있는 신호수들을 위해서 소년은 할 수 있는 한 정확하고 확실하게 암호를 읽어 냈다. 하사관은 오두막 저쪽 끝에서 그의 보고서를 꼼꼼히 확인했다. 그는 실수를 하지 않았다.

10살 무렵, 레이프는 비슷한 계급의 가정에서 자녀들이 받는 정규 교육만큼 교육을 받았다. 그리고 마침내 직업을 결정해야 하는 중요한 시기가 찾아왔다. 가족들은 둘러앉아 가족 회의를 열었다. 아버지, 어머니, 세 명의 형들. 레이프는 아무런 감정도 느낄 수 없었다. 그는 가족들이 그를 위해 고른 운명을 몇 주 전부터 알고 있었기 때문이다. 그는 마을에 있는 네 명의 재단사 중 한 명의 견습생이 될 예정이었다. 그들은 약간 허리가 굽은 노인네들로, 헝겊 더미 뒤에 은둔자처럼 다리를 꼬고 앉아서 싸구려 양초 불빛 아래 그들의 인생을 한 땀씩 멀리 꿰매 버린 자들이었다. 그는 이 문제에 대해 자신의 이야기를 들어줄 거라는 기대는 거의 하지 않았다. 아무튼 형식적으로라도 그는 가족들 앞에 불려가 무엇을 하고 싶은지 질문을 받았다. 폭탄선언을 할 시간이 다가온 것이다.

"제가 뭐가 되고 싶은지 전 확실히 알고 있어요. 바로 신호수예요." 레이프가 단호하게 말했다.

충격적인 침묵의 시간이 흘렀다. 곧 웃음이 터져 나왔고, 그 소리는 점점 커졌다. 길드는 진입 장벽이 높은 직종이었다. 레이프의 아버지는 아들을 재단사로 키우기 위해 기꺼이 돈을 지불할 사람이었다. 그런데 신호수라니……. 그동안 빅랜드가에서 신호수가 나온 적은 단 한 번도 없었고, 앞으로도 그럴 것이다. 그 이유는…… 뭐랄까……. 하지만 그렇게 되기만 한다면 가문의 위상이 올라갈 것이다! 마을 전체가 국방색 제복을 입은 아들을 둔 그들을 우러러 볼 것이다. 터무니없는 상상이긴 하지만…….

　레이프는 가족들의 말이 끝날 때까지 입술을 앙다물고 볼이 발그레해진 채 조용히 앉아 있었다. 소년은 가족들이 이럴 줄 알았고, 자신이 뭘 어떻게 해야 하는지도 알았다. 그의 침착한 모습을 보자 가족들은 안절부절못했다. 가족들은 목소리를 낮추고 그에게 진심이냐고, 그리고 어떻게 그 꿈을 이룰 것이냐고 물었다. 이제 두 번째 폭탄을 투하할 시간이다.

　"공통 입학시험을 쳐서 길드 신호수가 되겠어요." 그는 이렇게 말한 다음 기계적으로 외운 말을 입에 올렸다. "실버리 기지의 그레이 하사관이 저를 위해서 이야기해 주실 거예요."

　어색한 침묵 속에서 당황한 아버지의 기침 소리가 들려왔다. 빅랜드 씨는 늙은 양처럼 안경 너머로 눈을 끔뻑이며 앉아 듬성듬성한 콧수염을 매만졌다. 그리고 입을 열었다.

　"음…… 글쎄다……. 잘 모르겠구나…… 글쎄……."

　하지만 레이프는 이미 명예라는 현란한 가능성에 현혹된 아버지의 눈이 번뜩이는 것을 보았다. 내 아들에게 국방색 제복을 입혀야 해…….

　가족들의 마음이 바뀌기 전에 레이프는 공식 서한을 써서 실버리 기지에 직접 가져갔다. 편지에는 매우 정확하게 쓰여 있었다. 그레이 하사관께서 직접 빅랜드 씨의 집에 방문해 그의 아들이 론디니움에 있는 신호수 대학에 들어갈 수 있을지 의견을 나눌 수 있으면 감사하겠다는 요청이었다.

　하사관은 레이프의 말처럼 좋은 사람이었다. 그는 홀아비로, 딸린 자식이 없었다. 레이프는 속으로 그에게 없는 아들이 되겠다고 마음먹었다. 하사관은 소년을 통해 자신이 어린 시절에 느꼈던 열정을 다시 한 번 되새기는 것 같았다. 그는 다음 날 저녁 마을 거리를 조용히 걸어와 빅랜드 씨의 집 대문을 두드렸다. 가족들과 함께 쓰는 침실에서 베란다 너머를 바라보니, 동네 사람들이 입을 쩍 벌리고 목을 쭉 빼고 쳐다보고 있었다. 레이프는 그 모습에 미소를 지었다. 가족들은 모두 정신없이 들락날락했다. 집에 있는 돈을 긁어모아 와인과 양초, 은 식기를 샀고 거실에 깔 새 리넨 천도 사들였다. 다들 가장 좋은 인상을 주려고 안달이 났다. 빅랜드 씨도 물론 이런 분위기에 동참했다. 한 시간 후 하사관이 떠날 때 그는 자기 혁대에 허락한다는 사인을 해 주었다. 레이프는 신호수 대학의 연간 시험을 치르기 위해 필요한 입학 원서를 론디니움에 요청하는 신호를 보내는 신호기를 직접 지켜보았다.

길드는 해마다 딱 12명만 입학할 수 있는데, 그 자리를 놓고 치열한 경쟁이 벌어졌다. 몇 주 동안 레이프는 독하게 벼락치기 공부를 해야만 했다. 하사관은 레이프가 논리적으로 알아야 할 신호기에 관련된 모든 지식을 그에게 가르쳤다. 마을의 신부[03]는 레이프의 책을 정리해 주었고, 소년의 지끈지끈한 머릿속에 노르만 프랑스어 기초를 주입시키려고 애썼다. 결국 레이프는 입학 허가를 따내고 말았다. 그는 불합격할 가능성은 생각해 보지도 않았다. 그런 생각을 하는 것만으로도 견딜 수 없었기 때문이다. 그는 집에서 가장 가까운 센터인 소르비오두눔에서 시험을 쳤다. 일주일 후 그의 입학을 허가하는 전갈이 왔다. 필요한 책과 옷가지 목록은 물론, 입학까지 채 한 달도 남지 않은 신호수 대학에 다니기 위한 준비를 하라는 내용이 담겨 있었다. 새로 산 망토를 두르고 길드에서 제공한 말을 타고 적갈색 코트를 입은 길드 하인 두 명 대동한 채 론디니움으로 떠나는 날, 소년은 마을 전체의 부러움을 샀다. 실버리 탑의 팔들은 조용했다. 그러나 그가 지나가자 팔들은 '주목'을 알리기 위해 정신없이 펄럭였고, 곧이어 그의 태생과 고향에 관련된 암호가 뒤따랐다. 레이프는 안장 위에서 몸을 돌리는 순간 눈물이 핑 돌았다. 그는 재빨리 일반 메시지로 보낸 문자를 쳐다봤다.

---

[03] 소설 속의 교회는 성공회다. 성공회는 가톨릭에서 독립한 분파로, 개신교에 속하지만 목회자를 신부라고 부른다.

'행운을 빈다…….'

　에이브버리를 지나서 만난 론디니움은 활기도 없고 시끄럽고 낡아 보였다. 대학은 도시 성벽 바로 안쪽의 낡고 쓰러질 듯한 건물 안에 자리 잡고 있었다. 론디니움이 이미 오래전부터 예전의 경계를 넘어서 남쪽으론 강을 건너고 북으로는 티번 트리[04]까지 뻗어 나갔다. 길드 자녀들도 여느 난투극의 관중과 같았다. 그들은 어느 업종에서든 견습생으로 일하며 코를 질질 흘리는 버르장머리 없는 녀석들이나 마찬가지였다. 국방색 제복 가문의 아들들은 명예라는 높은 위치에 서서 상상을 초월할 정도로 평민 입학생들을 무시했다. 레이프 역시 고생길을 걸어야만 했다. 그는 힘겹게도 기숙사에서 피를 보는 싸움을 연달아 벌였다. 그리고 결국 빅랜드가의 아들 레이프는 그냥 가만히 내버려 두는 게 상책이란 사실을 동기 학생들에게 증명해 보였다. 그는 대학 사회에서 인정받는 학생으로 자리 잡게 되었다.

　특히 최근 들어 길드는 점점 더 이론적 학문에 큰 가치를 두느라 2년의 수학 기간은 집중 과정이었다. 학생들은 노르만 프랑스어에 능숙해야 했다. 앞으로의 교육 과정을 통해 그들은 어쩔 수 없이 명문가로 편입되어야만 하기 때문이었다. 콘월어, 게일어, 근대영어 같은 잉글랜드의 다른 언어들도 구사할 수 있어야 했다. 길드 신호수들은 최종적으로 어디로 배치될지 아무도 모르기 때문이다. 길드 역사도 배웠다. 기계와 암호에 관련된 내용은 물론 이쪽 분야에서 가장 실용적인 지식이기도 했지만 훈련 기지가 잉글랜드의 남해와 서해 해안과 웰시 마치즈를 따라 퍼져 있기 때문에 반드시 필요했다. 심지어 마술도 어느 정도 배워야 했다. 레이프는 종잇조각을 잡아당기면 어떻게 광이 나는 호박색 막대기로 바뀌는지 알 수 없었지만, 신호수 작업에도 적용할 수 있을 것 같았다.

---

04 영국 미들섹스에 있는 마을.

아무튼 그는 열심히 공부했고, 모든 시험을 높은 점수로 통과해 교수들을 만족시켰다. 그는 곧바로 도싯의 세인트 에드헬름에 있는 A급 복합 훈련 기지에 배정받았다. 게다가 짜릿할 정도로 기쁘게도, 대학 시절 절친한 친구와 같은 곳에 배정받았다. 조시 코프는 검은색 머리칼을 가진 거친 친구로, 더럼의 광부 집안 아들이었다. 그 역시 평민 입학을 한 터였다.

두 사람은 파울러가 끄는 로드 트레인을 히치하이킹이라는 유구한 역사를 지닌 방법으로 얻어 탄 후 세인트 에드헬름에 도착했다. 레이프는 처음으로 바라본 기지의 광경을 절대로 잊지 못할 것 같았다. 그건 그가 생각했던 것보다 훨씬 규모가 컸다. 신호기는 완만한 벼랑의 정상을 가로지르며 두 팔을 쫙 펴고 서 있었다. 기지들은 편의상 전달하는 메시지의 중요도에 따라 등급이 매겨졌다. 세인트 에드헬름은 B, C, D라인용 삭제 센터를 갖춘 것은 물론, 둥그렇게 쌓을 이룬 A급 탑들이 그보다 작은 신호기를 원형으로 둘러선 채 태양 빛을 받으며 딱딱 소리를 내고 있었다. 탑 옆에는 밝은색 원과 사각형을 연속으로 전달하는 암호를 보여 주는 장비가 세워져 있었다. 레이프는 저 위에서 신호기가 중도 메시지를 일반 메시지에서 복합 코드 23으로 바꾸느라 빙글빙글 돌면서 서쪽으로 노란 벤드 시니스터[05]를 표시하는 모습을 바라보았다. 그는 조시를 힐긋 바라보았다. 그는 밝게 웃으며 엄지손가락을 치켜세웠다. 두 사람은 어깨에 가방을 짊어진 채 정문으로 다가가 임무를 수행하러 왔다고 보고했다.

처음 몇 주간 두 소년은 서로의 동행에 한껏 기뻐했다. 두 사람은 곧 대학의 분위기와 현장 기지의 분위기는 사뭇 다르다는 사실을 깨달았다. 시끄럽고 늘 싸움이 붙기 일쑤던 대학과 비교하면 이곳은 마치 수도원 같았다. 길드 신호수의 훈련은 끝없이 계속되는 뱀 사다리 게임 같았다. 레이프

---

05 좌경평행선 문장.

와 조시는 또 다시 계급 구조의 맨 밑바닥으로 떨어졌다. 광내고, 갈고, 문지르고, 닦느라 피로에 찌든 생활이 끝없이 이어졌다. 오두막집 청소, 자갈길의 잡초 뽑기, 몇 킬로미터나 되는 청동 레일을 반짝거릴 때까지 문질러서 광내기 등등. 세인트 에드헬름은 모범 기지로, 자주 시찰을 받았다. 신호수 총본부장과 주지사가 직접 방문한 적도 있다. 그들이 오기 몇 주 전부터 때 빼고 광내느라 정신없었던 것은 물론이다. 그리고 탑도 정비했다. 최고의 제어봉에 매달린 캔버스 천으로 만든 밧줄 고리를 교체하고, 파이프 점토를 표백하고, 신호기 팔에 페인트칠을 하고, 베어링을 청소하고, 기름 치고, 가로 날개의 뼈대를 아래로 끌어내려 다시 정비했다. 이 모든 일은 낮의 신호수 임무를 끝낸 후 날씨가 가장 고약한 밤에 주로 행해졌다. 신호수 길드는 어느 정도 군대 같은 규율이 필요했고, 긴 활과 석궁처럼 허리에 차는 무기 훈련과 사격까지도 배워야 했다. 이런 구식 무기들은 유럽 전쟁에서 지금까지도 종종 쓰이고 있었다.

 기지는 그 자체로도 레이프의 야심찬 꿈을 짓눌렀다. 언제나 10명쯤은 있게 마련인 훈련병들을 포함해서 기지의 보충 대원은 100명이 넘었다. 이들 중 80명가량은 항시 근무, 혹은 대기 중이었다. A급 규모의 대형 신호기는 12명의 대원들에 의해 작동되었다. 각각 6명으로 나눈 두 팀은 신호수 단장의 메시지 조율을 담당하고 관찰자에게서 받은 암호를 전송했다. 수용 능력의 최대치에 가깝게 운영되는 기지의 모습은 매우 인상적이었다. 일렬로 선 신호수들은 무용수들처럼 동작이 딱딱 맞았다. 신호수 단장의 고함 소리, 허연 마루 바닥을 구르는 발걸음 소리, 삐걱거리고 우르릉대는 제어봉, 지붕 30미터 위에서 천둥처럼 들리는 높은 주파수의 신호 소리. 격분한 담당 장교에 따르면 그것은 신호 작업이 아니라 '비과학적이며 힘겨운 목재 운반'을 위한 것이라고 했다. 스톤 소령은 대부분의 근무 연한을 페나인 산맥 인근 소규모 C급 탑에서 보낸 후 뜻밖의 진급으로 현재 신임

받는 기지에 배치받은 상태였다.

A급 메시지는 세인트 에드헬름에서 스와이어 헤드를 거쳐 워바로 절벽이 내려다보이는 높은 지대에 세워진 게드 클리프에 이르는 짧은 코스를 거쳐 전송되었다. 워바로 절벽에서 해안을 따라 골든캡까지 와서, 기지는 어촌 마을인 라임스에서 지상 180미터 높이에 위치해 있었다. 서쪽으로 한참 가면 서머셋과 데본, 그리고 더 멀리 콘월이 나오고, 북쪽으로 다시 대평원의 고지대를 지나면 웨일즈가 나온다. 레이프는 메시지가 고지대를 지날 때 에이브버리의 고대 원형경기장이 보이는 곳을 통과한다는 사실을 알았다. 그는 종종 부모님과 그레이 하사관에게서 받은 사랑을 생각했다. 그렇지만 그가 향수병에 시달린 것은 벌써 오래전 일이다. 그의 일상은 그런 생각을 하기에는 너무나도 정신이 없었다.

세인트 에드헬름에 도착한 지 12개월이 흘렀고, 길드에 입학한 지도 3년이 지났다. 그들은 그제서야 마침내 신호기 막대기를 조종해도 좋다는 허락을 받았다. 사실 조시는 더는 참을 수 없다며 몇 달 전부터 한밤중이면 그가 마음에 들어 하는 작은 마을 탑 중 한 곳에서 유쾌한 내용의 메시지를 전송하며 마음을 달래는 중이었다. 그 때문에 눈 밖에 난 조시는 국방색 가죽 벨트 버클에 맞아 익숙하면서도 쓰라린 쓸림을 경험했고, 다른 사람이 아닌 바로 스톤 소령에 의해 쫓겨났다. 우악스럽게 생긴 신호수 상등병 두 명이 몸부림치며 울부짖는 광부의 아들을 제압했다. 훈련 과정 중 특정 시점까지 길드가 단호한 태도를 취해야 한다는 방침은 심지어 조시까지도 수긍하도록 만들었다.

신호를 배우는 건 또 다른 시작이었다. 레이프는 신호기 레버가 재미 삼아 잡아당기고 옮길 수 있는 수동적인 물건이 아니라는 사실을 금세 깨달았다. 팔에 달린 큼지막하고 시커먼 돛 아래로 바람이 불면 기수는 10미터짜리 장비의 반동을 이용해 신호기 레버를 굴려 연단에서 완전히 떨어져 있어도 되는 기회를 만들었다. 한편 A급 탑의 경우 대원들의 협업이 제대로 이뤄지지 않았다가는 치명적일 수도 있었다. 과거를 되돌아보면 그것이 얼마나 치명적인지 쉽게 알 수 있었다. 사실 몇 시간만 손에 멍이 들도록 연습하면 요령을 터득할 수 있었다. 등이나 팔 근육 대신 레버에 몸무게를 실으면 신호기가 떨리며 다음 번 암호를 보내기 위해 자동으로 자리를 잡는다. 그렇지만 반동을 이용하는 대신 신호기와 맞서 싸우다가는 아무리 힘이 센 사내라도 몇 분 만에 땀으로 흠뻑 젖어 버리고 만다. 하지만 숙달되고 나면 반나절을 일하고 나도 별로 피곤하지 않다. 레이프는 열심히 임무를 수행했다. 6개월 동안 근무하다가 쇄골이 부러지는 부상을 입었지만, 그는 이 기술을 연마한 자기 자신이 자랑스러웠다. 그때 그는 동쪽 방향으로 신호를 보내는 작업이 지독히 복잡하다는 사실을 처음으로 알게 되었다.

그 기지에서 2년간 근무한 후, 훈련병들은 마침내 번듯한 신호수로서 졸업할 준비가 되었다. 그리고 가장 힘든 시험을 치러야 했다. 세인트 에드헬름 헤드로부터 800미터쯤 떨어진 낮은 언덕에 약 40미터 간격으로 서로 마주보고 서 있는 오두막집이 딸린 두 개의 D급 탑이 있었다. 조시와 레이프는 시험에서 서로 파트너가 되었다. 두 사람은 아침 일찍 시험장으로 가서 문제지를 받아 들었다. 처음과 끝에 '주목', '확인', '메시지 종료'라는 신호를 적절히 섞어 느헤미야서[06]의 연도 형식의 시 전문을 일반 메시지로 서로 전송하는 것이 문제였다. 몇 번 10분간의 휴식이 허용되었지만 그들은 쉬지 않는 편이 낫다는 이야기를 넌지시 들었다. 일단 연단을 뜨고 나면 지친 몸을 이끌고 다시 신호기를 잡지 못할 수도 있었기 때문이다.

작은 언덕 주변에는 분 단위로 작업이 얼마나 정확하게 이뤄지는지, 메

---

06 기원전 5세기경 유대 지도자.

시지를 얼마나 얼버무려 전달하는지 확인하는 관찰자가 있었다. 그들이 만족할 만한 수준으로 메시지를 작성한 훈련병들은 그곳을 떠나 스스로 신호수라고 칭할 수 있게 되었다. 하지만 그전까지는 그럴 수 없었다. 그들이 임무를 완수하기 전에 포기하더라도 막는 사람은 아무도 없었다. 그리고 누구도 비난의 말을 단 한마디도 하지 않았다. 처벌도 없었다. 그렇지만 그날 길드를 떠나면 다시는 복귀하지 못할 수도 있었다. 진짜로 떠난 훈련병들도 몇 있었다. 쓰러진 훈련병들도 있었는데, 이들에게는 또 다시 기회가 주어졌다.

  레이프는 쓰러지지도, 떠나지도 않았다. 물론 쓰러지고 싶고 떠나고 싶은 적이 여러 번 있었다. 그가 일을 시작했을 때 해는 아직 뜨지도 않았었다. 처음 두세 시간은 아무것도 아니었다. 그러나 시간이 흐를수록 어깨, 등, 엉덩이, 장딴지 등 온몸 곳곳에서 통증이 느껴졌다. 그의 세계는 점점 좁아졌다. 그는 태양도, 저 먼 바다도 보지 않았다. 그에게는 오로지 신호기, 손잡이, 눈앞에 보이는 메시지, 창문만 보일 뿐이었다. 그는 오두막집을 구분하는 공간 건너편에서 조시가 끝도 없고 쓸모도 없는 임무를 수행하느라 신호기를 노려보는 모습을 쳐다보았다. 레이프는 탑, 신호수 길드, 자기 자신, 그동안 했던 일들, 실버리에서의 추억을 떠올렸다. 그리고 그레이 하사관이 점점 미워지기 시작했다. 그 무엇보다, 멍하고 허연 얼굴을 한 조시와 머리 위에서 딱딱거리는, 멍청한 그의 모습을 닮은 신호기가 지긋지긋해졌다. 피로가 쌓이자 논리적인 사고가 정지되고, 행동하는 이성이 마비되어 몽롱한 상태가 되었다. 앞으로 살아가는 동안 그저 연단 위에 서서 레버를 작동하며, 신호기의 진동을 느끼고, 몸으로 확인하고, 흔들림을 감지하는 것밖에는 할 일이 전혀 없을 것이다. 사물이 두 겹, 세 겹으로 겹쳐 보이다가 앞에 놓인 메시지 문장을 읽을 수 없을 정도로 눈이 부셨다. 시험은 지겹도록 계속됐다.

오후 내내 레이프는 손에 닿기만 한다면 친구를 죽여 버리겠다고 생각했다. 하지만 친구 근처에도 가지 못했다. 발을 연단에 딱 붙인 채, 손은 신호기의 레버를 놓을 수 없었기 때문이었다. 신호는 우르릉대고 삐걱거렸다. 그의 숨소리는 엔진 소리처럼 거칠게 들렸다. 앞이 까매졌다. 메시지를 전하는 반대편 신호기가 허공에서 허우적거렸다. 그는 육체에서 영혼이 이탈하는 것 같은 기분이 들었다. 사지의 감각이 둔해지고 모든 것이 혼란스럽게 타 들어가는 것만 같았다. 아무튼 고통스럽던 메시지 전송이 끝났다. 그는 덜그럭거리며 책의 마지막 문장을 전송한 후, '메시지 종료'라는 사인을 보내고 손잡이에 몸을 기댔다. 아직도 생각할 수 있는 몸의 일부분은 그가 지금이라도 그만둘 수도 있다는 사실을 어렴풋이 인지했다. 순간 시커멓게 치밀어 오르는 분노를 참지 못한 그는 역사상 그 기지에서 지금껏 단 한 명의 훈련병만 저질렀다는 일을 저지르고 말았다. 그는 다시 레버를 잡고 '주목'이라는 신호를 날린 후, 지독할 정도로 정확하게 한 자, 한 자 또박또박 메시지를 전송했다. "신이시여, 여왕을 구원하소서." 그리고 '메시지 종료'라는 신호를 보냈다. '확인'이라는 답신을 받는 대신, 그는 레버를 위로 들어 올려 '긴급—송수신 고장' 자리에 고정했다. 그렇게 하면 신호기 체인에서 최초 발송 기지로 경고가 통보되고 후속 정보는 우회하며 고장의 진상을 조사하기 위해 분대가 파견된다.

레이프는 레버를 멍하니 바라보았다. 가만히 보니 레버 위에서 황당하게 반짝거리는 물줄기는 다름 아닌 그의 피였다. 그는 손바닥이 홀랑 까진 것을 보더니 팔꿈치로 문을 밀고 나가 다가오는 대원들을 밀치고 20미터를 걸어가 그만 풀밭에 풀썩하고 쓰러졌다. 그는 카트에 실려 세인트 에드헬름으로 되돌아간 후 침대에 눕혀졌다. 그는 내리 잠을 잤다. 정신을 차리고 보니 조시와 그는 훈련병들이 입는 적갈색 짧은 조끼 대신 길드 신호수들이 입는 국방색 제복을 머리에서부터 발끝까지 걸칠 수 있는 권리를 갖게 되었다. 두 사람은 그날 밤 붕대를 감은 양손으로 커다란 맥주잔을 어색하게 들고 맥주를 마셨다. 그리고 두 번째이자 마지막으로, 그들을 집에까지 데려다주기 위해 기지에서 카트가 동원되었다.

그다음 훈련 과정은 순수한 즐거움뿐이었다. 레이프는 조시에게 작별을 고하고 두 달간 휴가를 얻어 고향으로 돌아갔다. 그리고 휴가가 끝날 무렵, 피츠기번에 배치받았다. 피츠기번은 사우스웨스트에 있는 유서 깊은 가문으로, 이곳에서 12개월 동안 신호기 호출병으로 근무해야 했다. 임무는 대체로 의례적이었다. 국가적 위기가 닥치더라도 그곳에서 그저 그곳의 책임만 분명히 완수하면 됐다. 곱게 자란 가문 사람들은 대부분 능력이 되면 길드에서 권리를 구입해 그들이 소유한 대지 아무 곳에나 그들만의 작은 기지를 세웠다. 이 E급 탑은 레이프가 졸업한 D급보다 훨씬 규모가 작았다.

쉽게 식별되는 거리라 신호 라인이 없는 장소에서는 기지 한두 곳을 그 주변 지역에 세운 후, 암호를 해독할 권한이 없는 보조 신호수를 배치한다. 피츠기번 가문의 장엄한 H자 저택은 스와이어 헤드 바로 아래, 바다를 향해 탁 트인 골짜기에 경사진 채 세워져 있었다. 레이프는 도착하던 날 아침, 저택의 지붕을 내려다보며 싱긋 웃었다. 굴뚝 기둥들 사이로 그가 담당할 신호기가 있는 게 보였기 때문이다. 위쪽을 보니 그곳에서 한 2킬로미터 떨어진 곳에 A급 반복기가 있었는데, 그것은 언덕 바로 너머에 있는 그의 세인트 에드헬름 기지를 위한 단거리용 탑이었다. 그는 양발의 뒤꿈치로 말 옆구리를 찬 후 천천히 말을 몰았다. 다른 우회 라인이 없었기 때문에 그는 곧장 A급 탑에 신호를 보낼 것이다. 그는 세인트 에드헬름이나 골든캡에서 버터, 달걀 여섯 묶음, 구두 수선을 요청하는 메시지를 받을 소령의 얼굴이 떠올라 웃음을 멈출 수 없었다. 그는 기지에 정중히 존경을 표한 후 새로운 임무를 수행하기 위해 계곡을 따라 내려갔다.

새 임무는 그가 생각했던 것보다 훨씬 수월했다. 피츠기번 씨는 법원 고

위층이 되어 거의 집을 비웠기 때문에, 집안 살림은 아내와 10대 딸 둘이서 도맡아 했다. 레이프의 예상대로, 그가 전송해야 하는 메시지는 대부분 지극히 사적인 내용이었다. 그는 그와 같은 직급에 있는 젊은 길드 대원들이 누리는 특권을 즐겼다. 밤이 되면 따뜻한 부엌의 제일 좋은 자리를 차지했고, 갓 구운 고기의 첫 번째 토막을 먹을 수 있었다. 게다가 그의 옷을 수선하고 머리를 매만져 주는 아리따운 하녀들을 시중을 받기도 했다. 아주 가까운 바다에서 해수욕을 즐기고, 축제 날이면 더노바리어와 본머스까지 다녀왔다. 아무리 작은 축제라 해도 일단 열리기 시작하면 연례행사로 자리를 잡았다. 레이프는 증기 트럭용 기름과 재주 부리는 곰에게 먹일 고기를 요청하기 위해 A급 탑에 신호를 보내며 달콤한 반 시간을 보냈다.

1년은 금방 지나갔다. 늦가을이 되자 상등병 신호수로 진급한 레이프는 다른 곳으로 재배치받았다. 레이프는 말을 타고 서쪽으로 가서 도싯 남부 지역에 나무들이 빽빽이 솟아 있는 산 속으로 들어갔다. 그는 그곳에서 처음으로 진정한 지휘를 하게 될 것이었다.

이 기지는 구불구불한 고지대를 넘어 서머셋까지 가는 D급 체인의 일부였다. 겨울에는 낮이 짧고 시야가 나빠서 탑을 사용하지 않았다. 레이프는 그 사실을 잘 알았다. 그는 완전히 고립되었다. 산 속에서의 겨울은 잔혹했다. 폭설로 통행이 거의 불가능하고 몇 주씩 잇달아 서리가 내렸다. 그는 차가운 겨울이면 서쪽에서 출몰한다고 알려진 전설적인 노상강도를 전혀 두려워하지 않았다. 이 기지는 어떤 도로에서든 완전히 동떨어져 있고, 오두막집에는 신호수들이 차고 다니는 차이스 쌍안경 말고는 아무것도 없어서 돈이 궁한 사람들을 끌어들일 만한 매력적인 요소가 없었다. 늑대나 요정이 더욱 위협적이었다. 늑대는 남쪽 지방에서는 사실상 자취를 감췄다. 게다가 그는 요정 이야기를 듣고 웃어넘길 만큼 충분히 나이를 먹었다. 그는 막 임기를 끝내고 따분해하던 상등병에게 인수인계를 받은 후 신호기 체인으로 자신의 부임을 알리는 신호로 보내고, 상황을 꼼꼼히 살피려고 자리를 잡고 앉았다.

보고서를 모두 죄다 읽고 나니 이런 1인 기지에서 보내는 첫 번째 겨울은 인내심 시험보다 훨씬 혹독할 것이 분명해 보였다. 이것은 분명히 시험이었다. 앞으로 닥칠 어두운 몇 달 동안 가끔씩, 혹은 하루에 몇 시간씩 메시지는 마감 시간을 따라 서쪽이나 동쪽에서 올 것이다. 레이프는 메시지를 받아 전송하기 위해 거기에 있어야 했다. 1분 늦게 '확인' 신호를 보내면 론디니움으로부터 공식적인 힐난이 발송될 수도 있다. 그랬다간 진급은 몇 년 후, 아니 영원히 물 건너갈 수도 있다. 신호수 길드의 기준은 상당히 수준 높기에 절대로 긴장을 풀 수가 없다. A급 기지를 담당하는 소령도 눈 밖에 나기 쉬운 판에, 이름도 없는 상등병은 그러기가 얼마나 더 쉽겠는가. 대신 하루 근무 시간은 딱 여섯 시간으로 짧았다. 그리고 12월부터 1월까지 가장 음침한 달에는 다섯 시간 근무다. 그 기간 동안에는 짧은 휴식을 제외하고는 계속 경계 상태를 유지해야 했다.

혼자 근무를 하면서 맨 처음 한 행동은 작은 작동 골조에 오르는 것이었다. 기지의 구조는 독특했다. 부족한 높이를 메우기 위해 지붕 아래를 가로지르는 좁은 통로가 설치되어 있었다. 작동 연단은 그 중앙에 위치했고, 양쪽 끝에 나 있는 창문으로 각각 서쪽과 동쪽의 풍경이 보였다. 그 사이를 신호기의 손잡이가 지나다니느라 나무판자에 1센티미터 정도 팬 자국이 나 있었다. 앞으로 몇 달간 레이프는 이 자국이 더 깊이 패도록 할 것이다. 그는 이쪽 창문에서 저쪽 창문으로 왔다 갔다 하면서 같은 라인에 있는 인근 탑들의 팔을 확인할 것이다. 성냥개비 같은 신호기가 잘 보이지 않았지만, 그는 족히 3킬로미터는 떨어져 있는 신호기들을 판독할 수 있었다. 그는 시력을 총동원하고 차이스 쌍안경의 정확성까지 대동해서 흐린 날에도 메시지를 모두 읽어 내려고 했다. 신호기들은 번갈아 움직이기 때문에 근무 시간 내내 이들을 분 단위로 지켜봐야 했다. 그는 웃으면서 그만의 신호기 레버를 매만졌다. 그런 경우가 생기면 탑이 '주목'하라는 신호를 채 마치기도 전에, 그는 '확인' 신호를 덜그럭거렸다.

그는 쌍안경으로 다른 기지들을 냉철히 살폈다. 봄이면 그는 새로운 임무를 처리하기 위해 말을 타고 밖으로 달려가 다른 기수들을 만나기도 했다. 그러나 그전에는 그렇게 하지 않았다. 낮에는 다른 기수들이나 그나 신호기 골조에 매달려 있어야 했기에, 밤에만 시간이 나지만 늦은 시간에 움직이는 건 위험한 일이었다. 아무튼 그는 그런 일을 해서는 안 되었다. 그것은 불문율이었다. 필요할 경우, 절실히 필요할 경우 그는 신호기를 통해서만 도움을 요청할 수 있었다. 하지만 다른 이유는 안 된다. 이것이 길드 신호수들의 실제 삶이었다. 론디니움의 부산함, 피츠기번가의 푸근함과 편안함 정도가 유일한 재미였다. 이곳은 다음 같은 생활의 결정판이었다. 고요함, 적막함, 낡음, 산속에서의 끝없는 소통. 그는 돌고 도는 생활을 했다.

자고 일어나 관찰하는 패턴이 그의 생활로 자리 잡았다. 해가 점점 짧아지고 날씨는 더욱 고약해졌다. 꽁꽁 얼어붙은 안개가 기지 주위로 휘몰아쳤고, 마침내 첫 눈이 내렸다. 근무 종료를 앞둔 몇 시간 동안 동축과 서축의 탑들은 연무 속에서 그 모습이 전혀 보이지 않았다. 만약 이럴 때 메시지가 오면 신호수들은 화톳불용 기름통에 불을 밝혀야 했다. 레이프는 근심스럽게 장작더미를 준비했고, 이것들을 묶어서 철통에 넣고 그 위에 끼얹어 불을 붙일 파라핀도 함께 문 옆에 마련해 두었다. 그는 메시지가 오는데 날씨가 흐려 놓칠까 봐 걱정에 사로잡혔다. 때론 두려움이 썰물처럼 빠져나가기도 했다. 신호수 길드는 엄격하지만 공정했다. 그 어떤 신호수도 겨울 내내 슈퍼맨이 되리라고는 기대하지 않았다. 만약 총사령관이 갑자기 기지에 들이닥쳐서 왜 이런저런 메시지에 응답하지 않았느냐고 추궁하더라도 이미 마련해 둔 횃불과 이미 기름을 보면 적어도 레이프가 최선을 다하고 있음을 알아 줄 것이다. 하지만 아무도 찾아오지 않았다. 날씨는 청명해졌지만 탑은 여전히 적막했다.

매일 밤 빛이 사라진 후, 레이프는 신호기를 확인하고 팔을 털어 바람을 타고 와 들러붙은 얼음 막을 떼어냈다. 어둠 속에서 얄팍한 날개를 당겼다 놓는 일은 기분이 좋았다. 어둠 속에서 메시지를 보내는 일은 너무나 황홀했다. 그는 부모님에게, 그리고 나이 든 그레이 하사관에게 전갈을 보냈고, 피츠기번가에 머물 당시 스쳐 지나가는 것 이상의 관심을 보인 어린 하녀에게 음탕한 말을 건네기도 했다. 일주일에 두 번, 그는 점심시간 때 탑에 올라 축의 패킹 기름을 확인했다. 그렇게 점검을 하던 어느 날, 그는 제어봉에 생긴 가는 균열을 발견하고 사색이 되었다. 그것은 철이 녹슬어 갈라졌다는 첫 번째 신호였다. 그는 그날 밤 기구 전체를 교체했다. 창고에서 새 부품을 꺼내와 위로 옮긴 후 급조한 손 램프 불빛 아래에서 그들을 조였다. 손이 꽁꽁 얼어붙는 어렵고도 위험한 작업이었다. 몰아치는 바람이 그의 등을 물어뜯어 지붕 밑으로 내동댕이쳐질 뻔했다. 훤한 대낮에 라인을 정지시켜 놓고 '수리'라는 신호를 보내면 빛을 이용할 수 있지만, 자존심이 그를 가로막았다. 그는 동 트기 두 시간 전에 작업을 끝낸 후 탑을 테스트했고, 일지에 기록한 후 눈을 붙이러 갔다. 동이 트는 첫 번째 빛에 잠이 깨는 신호수로서 자신의 감각을 믿기로 했다. 그리고 그의 감각은 그를 실망시키지 않았다.

길고 긴 어둠의 시간이 열어지기 시작했다. 수선하고 세탁하는 일은 비번의 일과 중 아주 작은 부분을 차지했다. 그는 쌓인 책을 읽고 또 읽다가 옆으로 치워 놓은 후, 자기 자신을 위한 임무를 고안하고, 식량과 연료 비축분을 다시금 확인했다. 어둠에 잠긴 지붕 위에서 바람의 늘어지는 울음소리가 들리자 요정이라든가 황무지에 산다는 전설의 생명체들의 이야기가 그리 비현실적으로 생각되지 않았다. 이제는 탑이 밝고 푸른 하늘을 향해 느긋하게 딱딱거리는 소리를 냈다. 빛을 내며 불타는 모습의 여름은 상상하기조차 힘들었다. 오두막집에는 권총 두 정이 있었다. 레이프는 권총 두 정이 모두 질서정연하게 장전된 채 발사 준비가 되어 있는 모습을 바라보았다. 그는 지붕 위에서 나는 삐걱거리는 소리에 두 번이나 잠에서 깼다. 무언가가 안으로 들어오려고 벽을 벅벅 긁는 듯한 소리였다. 하지만 알고 보니 그건 그저 채광창을 때리는 바람일 뿐이었다. 그는 창문에 캔버스 천을 덧댔다. 덕분에 매서운 날씨에 창문에 얼음이 끼어도 다시는 잠을 방해받지 않았다.

그는 이동식 난로를 관찰 창문 옆에 올려놓으면 한쪽 눈만 뜨고도 수행할 수 있는 임무가 상당히 많아진다는 사실을 알게 되었다. 커피나 차를 우려내는 일은 간단했다. 가끔 따끈한 간식거리도 만들었다. 점심시간에는 요리보다 다른 일을 하는 게 더 좋았다. 무엇보다 그는 활동성이 떨어지는 생활 환경 때문에 살이 찔까 봐 두려웠다. 그런 기미는 전혀 보이지 않았지만 그는 그 어떤 가능성도 남겨 두고 싶지 않았다. 날씨가 허락하면 그는 나무 판잣집에서 나와 그 주위를 빙글빙글 돌았다. 숲이 우거진 완만한 산 정상에서 그의 시선을 잡아끄는 것이 보였다. 그는 그쪽을 향해 가볍게 걸어갔다. 그가 콧김을 내뿜자 엉덩이에 매달린 쌍안경이 덜렁거렸다. 바로 이 잡목 숲에서 운명이 그를 기다리고 있었다.

스라소니는 전나무 가지에 매달린 채 그가 다가오는 것을 바라보았다. 눈은 증오로 가득 찼고 얼굴은 사악했다. 그 누구도 녀석의 생각을 읽을 수 없었다. 아마 녀석은 자신이 공격당하는 모습을 상상하는 것 같았다. 매서운 추위 때문에 녀석들이 미친다는 이야기가 사실인 듯했다. 이제 서쪽에는 스라소니가 채 몇 마리 남지 않았다. 이 녀석들은 대부분 웨일즈의 산악지대, 즉 최북단 정상까지 밀려났다. 이런 녀석이 살아 있다는 건 그 자체로도 상당히 기괴했고, 시대착오적인 일이었다.

녀석은 레이프가 지나갈 길에 휘늘어진 나무 위에 웅크리고 있었다. 그는 고개를 약간 숙여 구부정한 상태로 앞만 보고 걷는 데 몰두했다. 그가 다가가자 스라소니는 소리 없이 으르렁거리며 입술을 말아 올려 벌건 입을 넓게 브이 자로 벌리며 송곳처럼 날카로운 긴 이빨을 드러냈다. 이글거리는 눈. 납작한 귀가 옆에 딱 붙어 둥근 털북숭이 공처럼 보이는 머리. 레이프는 야생동물을 본 적도 없고, 줄무늬 가죽이 거친 나뭇가지와 눈밭에서 완벽하게 어우러진 모습도 본 적 없었다. 그가 나무 아래로 발을 내딛는 순간, 녀석이 달려들었다. 녀석이 어깨 위에 달라붙자 그 모습은 마치 어깨를 꽁꽁 감싼 숄처럼 보였다. 고통이 뇌로 전해지기도 전에 녀석은 그의 목과 등가죽을 벗겨 놓았다.

그는 충격으로 휘청거렸다. 비명을 내지르며 비틀거렸다. 스라소니는 그의 반응을 보고 움찔했지만, 순식간에 다시 달려들어 그의 배를 위쪽으로 쭉 찢었다. 그는 뜨거운 피가 뿜어 올라오는 것을 느꼈다. 세상이 핏빛 연무로 가득 차 공포스러웠다. 대기는 맹수의 절규로 가득 찼다. 그는 단검을 집어 들었지만 그만 손을 물리는 바람에 떨어뜨리고 말았다. 그는 정신없이 더듬거려 칼을 다시 쥔 후 이리저리 휘두르다가 녀석의 급소를 찔렀다. 스라소니는 비명을 지르며 눈밭을 굴렀다. 그는 피가 나는 무릎을 억지로 밀어 녀석의 등 쪽으로 가서 다시 칼을 꽂았다. 그리고 칼을 밑으로 찍어 내리면서 그 광기 어린 목숨을 물어뜯었다. 맹수는 절룩거리고 피를 튀기며 도망가다가 최후의 경련을 멈출 것이다. 그 후 숲 속 어딘가에서 숨이 끊길 것이다. 이제 칠흑 같은 어둠이 내릴 시간이 되었다. 그는 기지로 돌아가기 위해 죽기 살기로 기기 시작했다. 그도 죽어 가고 있었다. 신호기를 만지지 못하면 이제 끝이라는 사실을 그는 알았다. 그는 절망적으로 숨을 몰아쉬며 빽빽하게 내려앉는 어둠 속으로 더 깊이 파고들었다.

어둠 속에서 소리가 들렸다. 집에서 나는 소리였다. 규칙적으로 드르륵 딸깍, 드르륵 딸깍. 갈퀴가 벽난로 빗장을 가로지르며 긁는, 아침에 나는 소리였다. 레이프는 투덜거리다가 온몸에 퍼지는 온기에 느긋해졌다. 날이 밝아 오면서 오렌지색 빛이 깜박였다. 그는 계속 눈을 감고 있었지만 눈을 감고도 반짝이는 빛이 보였다. 이제 곧 엄마가 부르시겠지. 이제 일어나 학교에 가라, 아니면 들판에 나가야 할 시간이다, 하는 소리가 들릴 것이다.

경쾌한 음악 같은 간지러움 때문에 고개를 돌렸다. 그의 몸은 머리부터 발끝까지 여전히 욱신거렸지만, 아무튼 그렇게까지 지독히 아픈 건 아니었다. 그는 눈을 깜빡였다. 그는 에이브버리 시골집에 있는 그의 낡은 방이 보일 거라고 예상했다. 커튼은 바람에 살랑거리고, 태양 빛이 열린 창으로 쏟아져 들어오고 있겠지. 순간 신호기 오두막집이 눈앞에 보였고, 기억은 재빨리 제자리를 찾아 돌아왔다. 그는 눈을 뜨고 쳐다보았다. 신호기 손잡이 아래 골조가 보였고, 막대기가 지붕을 뚫고 나간 것도 보였다. 전날 그가 파이프 점토를 하얗게 발라 놓은 밧줄 고리도 보였다. 밤이면 창문을 가로질러 걸어 놓는 사각 방수천도 보였다. 문에는 빗장이 걸려 있었고, 양쪽에서 램프가 타고 있었다. 난로는 훤하게 빛났고 문이 열려 있어서 온기가 퍼졌다. 그 위에는 주전자와 팬이 보글보글 끓고 있었다. 그리고 그것들을 한 여자가 내려다보고 있었다.

그가 고개를 돌리자 여자는 그를 바라보았다. 그는 깊고 눈 주위가 검은 여자의 눈을 들여다보았다. 다급함과 초초함이 담겨 있는 것이 마치 짐승의 눈 같았다. 긴 머리를 살짝 솟은 귀 뒤로 넘겨 묶고 있어서 얼굴이 가려지지 않았다. 그녀는 진기한 푸른색이 감도는 사각거리는 원피스를 입고 있었다. 피부는 견과류 같은 갈색이었다. 몇 주간 일광욕을 하더라도 그렇게까지 그을릴 수는 없을 것이다. 그녀가 쳐다보는 순간 레이프는 움찔했다. 그는 마음 속 깊은 곳이 뒤틀리며 고함을 지르고 싶었다. 그는 갈색 피부에 이상한 여름 드레스를 입고 있는 그녀가 이곳 황무지에 있으면 안 된다는 사실을 알았다. 아무리 모교회가 진실을 말한다고 믿더라도 그는 그녀가 올드 원[07]들 중 하나며, 사람들이 반신반의하는 존재이자, 황무지의 출몰자이며, 인간 영혼의 소유자라는 사실을 알았다. 그는 입술에서 '요정'이라는 말을 꺼내고 싶었지만 그럴 수 없었다. 피가 스민 입술이 거의 움직이지 않았기 때문이다.

시야가 다시 뿌예졌다. 그녀는 그를 향해 사뿐하게 살랑살랑거리며 다가왔다. 어지러운 눈에는 그 모습이 불꽃처럼 보였다. 뭔가 부자연스러운 불꽃이라 살짝 숨만 내쉬어도 꺼질 것만 같았다. 하지만 그녀의 손길은 천상의 것 같은 느낌이 전혀 들지 않았다. 손은 단단하고 거칠었다. 그녀는 손으로 그의 입술을 닦고 뜨거운 얼굴을 쓸어내렸다. 그녀가 가고 난 후에도 그 서늘함은 여전히 남아 있었다. 레이프는 그녀가 이마에 젖은 물수건을 올려놓았다는 사실을 알았다. 그는 그녀를 큰 소리로 부르려고 했다. 그녀는 뒤돌아 그에게 미소를 지었다. 아니 지은 것 같았다. 그리고 그녀는 노래를 불렀다. 하지만 가사는 없었다. 그저 그녀의 목구멍에서 아름다운 곡조가 흘러나왔는데, 그 소리는 졸린 아이의 귓가에서 흥얼거리며 돌아가는 바퀴 소리 같았다. 가사는 입 밖으로 나올 준비를 하고 있었지만, 결코 나오지 않았다. 그는 그녀에게 스라소니에 관해 간절히 말하고 싶었다. 얼마나 무서웠는지 말하고 싶었지만, 그녀는 그가 마음에 담고 있는 이야기를 이미 알고 있는 것처럼 보였다. 그녀는 김이 모락모락 나는 팬을 들고 돌아와 침대 옆 의자에 앉았다. 그녀는 콧노래를 멈춘 후 그에게 말을 걸었다. 그러나 그 말을 알아들을 수 없었다. 그 말은 바위 위로 떨어지는 물방울처럼 부딪힌 후 그냥 튕겨 나갔다. 그는 그 말이 올드 원들의 말일까 봐

---

[07] Old one. 고대의 것들, 고대의 존재들이란 뜻으로 태초의 종족이라고도 하며 신과 같은 존재로 여겨진다.

다시금 두려웠다. 그렇지만 음절이 저절로 신호수 길드에서 쓰이는 근대 영어로 바뀌었기 때문에, 문제는 그의 귀에 있는 것이 틀림없었다. 말은 달콤하고 빨랐으며, 그 밑에 감추어진 의미를 암시하는 아무 의미도 없는 단어들로 가득 찼다. 그의 지친 마음으로는 그것들을 알아들을 수 없었다. 그 말은 숲에서 그를 기다리고 있다가 갑자기 나무에서 그에게 달려든 운명에 대해 말했다. "노른[08]이 인간, 혹은 스라소니의 운명의 바퀴를 돌리는구나. 신들은 우주수[09] 아래 앉아 작업하네. 첫 번째 여신은 실을 짜고, 두 번째 여신은 크기를 재고, 세 번째 여신은 그 끝을 잘라 낸다네." 그렇게 여신들의 손은 언제나 매만지고 부드럽게 만드느라 쉬지 않았다.

레이프는 이 여자가 미쳤거나 무엇에 홀렸다고 생각했다. 그녀는 모교회가 금지한 어둠과 냉기 속으로 영원히 밀려난 신들에 대해 말했다. 갖은 애를 써서 간신히 들어 올린 손으로 그녀 앞에서 성호를 그었다. 그러나 그녀는 그의 손목을 쥐고 웃으며 그 손을 내렸다. 그리고 갈기갈기 찢긴 손바닥을 치료하고 갈라진 상처에서 흘러내린 피를 닦아 주었다. 그녀는 그의 허리띠를 느슨하게 해서 타탄체크 바지를 편안하게 풀어 헤쳤다. 그녀가 사타구니와 허벅지를 감고 있던 흠뻑 젖은 가죽을 잘라 내자 레이프는 눈물을 줄줄 흘렸다. "아…… 으악……." 그녀는 그의 신음소리에 동작을 멈추고 인상을 찌푸리며 난로에서 뭔가를 가져와 조심스레 턱을 받치고 그에게 먹였다. 그 음료가 그의 목구멍을 타고 내려가자 소량의 마취제를 맞은 것처럼 온몸과 사지에 그 기운이 퍼지며 달래 주는 듯했다. 그는 찌르는 듯한 온갖 고통을 겪은 후 다시금 푸근함을 느꼈다. 그녀가 다리를 드레싱하면서 나지막한 목소리로 웅얼거리는 것이 들렸다. 그는 더 깊은 잠으로

---

08 운명을 맡아 보는 세 여신 중 하나.
09 우주를 떠받치고 있다는 거대한 물푸레나무.

빠져들었다.

　서서히 날이 밝았고, 다시 밤이 되어 천천히 어두워졌다가, 또 다시 날이 밝았다가, 또 다시 어둠이 찾아왔다. 그는 시간과 동떨어진 것 같았다. 누운 채로 졸았다가 깼다가 하면서 몸을 감싼 붕대의 편안함을 느꼈다. 깨끗한 리넨에 감싸인 채 그는 신호기 손잡이가 150킬로미터나 떨어진 곳에서 빛나는 것을 바라보았다. 그곳에 가고 싶었지만 움직일 수 없었다. 여자가 다가오면 가끔은 그녀를 가까이 잡아 당겨 푸근한 엄마 품 같은 그녀의 허벅지에 얼굴을 파묻고 싶다는 생각을 했다. 그러면 그녀는 그의 머리를 쓰다듬고 이야기하고 노래를 해 주겠지. 잠잘 때나 깨어 있을 때나, 언제나 그녀의 목소리가 귓가를 떠나지 않았다. 가끔은 귀에서도, 뜨거운 꿈속에서도 그녀의 목소리는 그의 마음속에 울려 퍼졌다. 그녀의 목소리는 힘찬 모험담을 만들었다. 한 번도 들어 보지 못한 그녀의 이야기는 살면서 결코 상상조차 할 수 없는 내용이었다.

　그것은 지구의 이야기였다. 지구와 땅, 그리고 이곳은 그녀의 마을 사람들이 '앵글랜드[10]'라고 부르는 곳이었다. 단 한 번 '앵글랜드'가 없었던 때가 있었다. 그때는 지구도, 태양도 없었다. 시간을 제외한 그 무엇도 존재하지 않은 그 시기. 시간, 그리고 무(無). 시간이 무였고, 무가 시간 그 자체인 시기였다. 무는 점차 색, 반짝임, 한 줄기 빛으로 움직였다. 콧노래 소리와 외침, 오르간 악보처럼 그의 몸에서 튕기던 곡조가 생겨나 이들을 한데 뒤섞은 후 결국 하나로 녹여 버렸다. 가끔 그는 꿈속에서 목 놓아 울고 싶었다. 하지만 여전히 말을 할 수 없었다. 신에 대한 아름다운 불경이 오랫동안 계속되었다. 뒤이어 밀려오는 안개가 속삭이며, 안개 속에 빛나는 물이 보였다. 차갑고 끝없이 이어지는 거친 바다, 대양이라는 새로운 세

---

[10] 앵글로 족이 사는 나라라는 뜻으로 앵글랜드(Angle-Land)라고 불리었다. 이 이름에서 오늘날 '잉글랜드'가 유래되었다.

계. 그러나 꿈 자체가 뒤흔들렸다. 반짝이던 이미지가 변하더니 서서히 서로 뒤섞여 근엄한 장소를 만든 후 어둠 속으로 사라졌다. 언덕이 다가와 구르고 잠시 머물렀다가 꿈틀거리며 솟았다가 몸서리를 쳤고, 다시 가라앉아 모래로 되돌아갔다. 바다 밑바닥에 깔린 모래 속에서는 100만 년 된 죽어 가는 작은 생명체들이 눈보라처럼 풍성하게 쌓여 있었다. 작은 달팽이 집은 스러지면서 코러스와 노래의 일부분이 되어 가냘프고 달콤한 화음을 이루었다.

그리고 그곳에는 이미 신들이 있었다. 강력하고 막강한 올드 원들은 아래를 굽어보며 손가락으로 모래를 휘젓고 휘몰아치는 갈색 어둠이 바다를 갈라 파도치게 만들었다. 이 모든 것이 새벽녘 차갑고도 희미한 빛 속에서 행해졌다. 언덕은 몸을 떨며 움츠러들었다가 몸을 웅크린 황금빛 동물처럼 튕겨 올라 양옆에 있는 바다를 뒤흔들었다. 태양은 그 위에 따스하게 서서 안개에 김을 더해 바다가 어른어른 반짝이며 춤추게 만들었다. 신들은 웃었다. 웃고 또 웃다가 모호하게 또는 확실하게 모래에서 솟구쳤다가 또다시 모래로 가라앉았다. 언덕은 몸부림치면서 형태 없는 땅의 형태를 갖추었다. 목소리는 바퀴처럼 빙빙 돌면서 노래를 불렀다. '앞'도 '뒤'도 없었다. 오직 연속이라는 감각, 어마어마한 개발, 거대한 시간의 영속성이라는 감각만 있을 뿐. 언덕은 무너졌다 솟구쳤다. 풀잎이 태양을 멀리 쓸어보내자 태양 빛은 반사되어 물속에서 파도치면서 나무를 가라앉혔다 굴리고 들어올렸다. 그리고 다시 가라앉았다가 또 다시 흠뻑 젖었다가 솟구치며 새로이 반짝거렸다. 바위는 뭉치고 깨졌다가 다시 뭉쳤고, 단단해졌다가 다시 녹아내려 무형의 땅을 만들었다. '앵글랜드'는 여전히 그 이름이 없었지만, 긴 목장과 초원, 잔디가 펼쳐진 고요한 언덕이 있었다. 레이프는 끝이 보이지 않을 정도로 많은 가축이 태양 아래 목장을 가로지르며 이동하는 모습을 보았다. 그리고 처음으로 어슴푸레하게 사람들의 모습이 보였다. 그들은 분노에 사로잡혀 있었다. 사람들은 땅을 파헤치고 자르고, 바람과 허공 속에서 돌 회오리를 일으키다가, 결국 허연 고원에서 신의 형체를 되찾았다. 모든 과정이 다 끝나기도 전에 신들은 지치고 말았다. 얼음이 북쪽에서 몰려와 대지를 두드리며 울부짖었다. 태양이 그 피 속으로 가라앉으며 죽어 가자 추위와 어둠, 공허함과 겨울이 생겨났다.

이 공허함 속에서 그분이 나타났다. 그분은 크리스토스[11]도, 모교회의 신도 아니었다. 그는 발데르[12]였다. 사랑스럽고 젊은 발데르. 대지를 가로지르며 거니는 그의 얼굴은 태양처럼 환하게 타올랐다. 올드 원들은 엎드려 그에게 경의를 표했다. 바람은 돌 회오리를 건드려 모두 서리로 태워 버렸다. 어둠 속에서 사람들은 봄을 찾으며 울부짖었다. 그가 우주수로 다가갔다. 레이프의 마음도 절절히 울고 있었다. 그는 확인한 후에 웃으며 분노가 담기지 않은 목소리로 말했다. "위대한 우주수, 그 가지는 천국의 층위를 꿰뚫고, 그 뿌리는 지옥을 온통 뒤흔드는구나." 발데르는 우주수 곁으로 갔다. 그는 신들과 인간들의 죄를 대신해 죽어야 했다. 사람들은 그의 손바닥에 못을 박아 그 나무에 그를 매달았다. 그의 피가 뚝뚝 떨어지며 환한 얼룩이 지자 사람들이 와서 숭배하기 시작했다. 그의 발밑에는 트롤[13]과, 서리와 불과 산의 거인들의 지옥이 있었고, 그의 머리 위에는 그간 행해진 전지전능한 일들에 놀란 발할라[14]에서 몸서리를 친 티우[15], 투노[16], 보탄이 사는 일곱 개의 천국이 있었다.

----

[11] 그리스어로 'Christos'. '기름 바른 자'란 뜻. 히브리어로 메시아와 같은 뜻이다. 그리스어를 사용하는 이교도들이 그리스도교로 개종하자 크리스토스는 구세주의 이름 중 하나로 이해되기에 이르렀다.
[12] 고대 스칸디나비아 신화에 등장하는 빛과 미의 신.
[13] 지하나 동굴에 사는 초자연적인 괴물.
[14] 북유럽 신화에 나오는 이상향.
[15] 외팔이 전사 신이자 전쟁의 절차와 법의 신.
[16] 우뢰, 농업, 전쟁의 신.

그의 피로부터 다시 온기가 뿜어 나오자 잔디, 태양, 초원의 꽃, 발정이 나서 우는 고양이, 짝짓는 새들이 되돌아왔다. 그리고 마침내 교회가 생겨나 저 동쪽 끝까지 발을 구르며 종소리를 내고, 제단 위에는 청동으로 만든 결혼식 케이크가 올려졌다. 한편 사람들은 싸우고 화내며 그들의 피로 땅을 검게 물들였다. 그러면서 도시를 세우고, 신호기 탑과 빛나는 성을 지었다. 올드 윈들과 요정, 황무지의 출몰자, 성에 있는 사람들은 뒤로 물러나 사랑스럽게 피를 흘리는 그를 맞이했다. 사제들은 그를 애타게 크리스토스라고 불렀다. 크리스토스는 해골의 땅, 골고다[17]에 있는 나무에서 돌아가셨다고 했다. 로마 해군들은 전 세계를 누볐다. 잉글랜드는 잠에서 깨어나 작은 시골 마을에서까지 증기를 내뿜으며 떠들썩한 소음을 냈다. 한편 발데르의 피는 여전히 흘러내리며 매년 새로이 봄을 만들었다. 그리고 이런 이야기 속에서 며칠, 몇 주가 지나자 거대한 전설은 멈추고 고립되더니 결국 끝나 버렸다.

　난로가 꺼졌다. 오두막집에서는 서늘하고 상쾌한 냄새가 풍겼다. 조용히 누워 있던 레이프는 자신의 상태가 상당히 심각했다는 것을 깨달았다. 오두막집은 갈색과 밝은 파란색이 칠해져 있었다. 목공은 짙은 갈색, 조종 손잡이는 오렌지 빛이 도는 갈색, 마룻바닥은 허옇게 바랜 갈색이었다. 창문과 문으로 뻗어 들어온 한 줄기 푸른 빛 때문에 오래전부터 죽어 있던 신호기에서 희미한 방추 모양의 빛이 반사됐다. 그리고 여자도 갈색과 푸른색이었다. 피부는 갈색, 원피스와 리본은 서늘한 푸른색이었다. 그녀는 웃으며 그를 향해 몸을 숙였다. 초조함이 싹 사라졌다. "좋아졌군요, 이제 좋아졌어요. 이제 당신은 괜찮아요." 여자는 노래하듯 말했다.

|||||||||||||||
[17] '해골의 땅'이란 뜻으로, 예수가 십자가에 못 박힌 곳.

그는 일어섰다. 몸에서 전혀 힘이 느껴지지 않았다. 그녀가 담요를 옆으로 치우자 차가운 물방울이 한 방울씩 떨어지듯 그의 피부에 공기의 흐름이 따끔하게 느껴졌다. 침대 모서리로 다리를 내리자 그녀가 그를 부축했다. 몸이 축 처졌지만 그는 웃으면서 휘청거리는 몸을 지탱하고 다시 일어났다. 발바닥에 오두막집의 나뭇결이 느껴졌다. 그는 자신의 몸을 바라보았다. 복부와 허벅지에 벌건 십자가 모양의 상처가 보였다. 그리고 음모를 헤집고 멋진 성기가 불쑥 솟아 있었다. 그녀는 웃으며 조끼를 건네고 이리저리 잡아당기며 그가 옷 입는 것을 거들었다. 그녀는 그에게 소매 없는 외투를 주고 목 주위를 단단히 여민 후 신발을 신겨 주었다. 그는 약간 숨을 헐떡이며 침대에 기댔다. 힘이 좀 나는 것 같았다. 신호기가 보였다. 그녀는 고개를 저으며 그를 얼러 문으로 나가라고 부추겼다. "어서요, 잠깐이면 돼요."

그녀는 다시 밖으로 나가 쭈그리고 앉아 눈을 만졌다. 순간 촉촉한 바람이 서쪽에서 거세게 몰아쳤다. 눈부시게 고요하고 포근한 언덕이 보였다. 그녀가 노래했다. "발데르는 죽었네. 발데르는 죽었네." 순간 레이프는 낄낄거리는 백만 가지의 해빙기 목소리가 들리고, 반투명한 눈을 뚫고 다채로운 싹이 밀려 올라오는 모습이 보이는 것 같았다. 그는 고개를 들어 탑의 신호를 바라보았다. 그 신호가 낯설게 보였다. 마치 지나간 과거의 겨울처럼 분명 그들도 녹아내려 어떤 흔적도 남기지 않을 것이다. 신호는 과거의 삶이자 오래된 방식의 일부분이었다. 그는 처음으로 아무 고뇌 없이 신호기를 등질 수 있었다. 여자는 그에게서 떨어져 움직였다. 목이 낮은 신발을 신은 탓에 눈이 발목까지 차올랐다. 레이프가 뒤따랐다. 처음에는 망설였지만 나중엔 선뜻 따라나섰다. 걸음을 걸 때마다 새로운 힘이 솟아났다. 뒤에는 신호기 오두막집이 외로이 서 있었다.

말을 탄 두 남자가 말에게 길을 맡긴 채 계속 움직이고 있었다. 젊은 기수가 몇 걸음 앞서 걸었다. 그는 목에 망토를 두른 채 모자 챙 아래 드러난 눈으로 지평선을 쳐다보고 있었다. 다른 일행은 조용히 말 위에 구부정하게 앉아 있었다. 그는 백발 머리에 바람과 햇볕에 그을린 갈색 피부를 하고 있다. 그의 앞 안장머리 너머엔 차이스 쌍안경 케이스가 걸려 있고, 그 반대편에는 머스캣 권총집이 있었다. 총의 몸체는 말의 목 옆에 걸려 있고, 개머리판은 그의 손 바로 아래 허공에 불쑥 튀어나와 있었다.

왼쪽 저 멀리 정상이 숲으로 뒤덮인 작은 언덕이 보였다. 그 앞 계곡에 있는 신호수 오두막집이 검은 반점처럼 보였고, 그 위로 탑이 희미하게 솟아 있었다. 장교는 조용히 고삐를 쥐고 케이스에서 쌍안경을 꺼내 그곳을 살폈다. 아무것도 움직이지 않았다. 굴뚝에서 연기조차 나지 않았다. 렌즈로 보니 닫혀 있는 창문이 그를 노려보고 있었다. 죽은 새의 날개처럼 시커먼 브이 자 모양을 한 채 아래로 접혀 있는 신호기 팔이 보였다. 상등병은 참을성 있게 기다렸다. 말이 초초하게 콧김을 뿜었지만, 신호수 총사령관은 서두르지 않았다. 그는 마침내 쌍안경을 내리고 말을 몰았다. 말은 말발굽을 고르며 조심스레 내려갔다.

이곳의 눈은 더 두툼하게 쌓여 있었다. 계곡은 눈으로 갇혀 있었는데, 대낮에 잠깐 비치는 햇빛에 녹은 부분이 얼어 얄팍한 얼음으로 뒤덮여 있었다. 그들이 슬로프를 따라 오두막집까지 오르자 말들이 버둥거렸다. 문 앞에 다다른 총사령관은 말에서 내려 고삐를 늘어뜨렸다. 그는 앞으로 걸어가 대들보와 판자를 바라보았다.

사방에 마크가 그려져 있었다. 문, 창틀, 벽을 따라 온통 그려져 있었다. 원 안에 게 모양이 그려져 있었다. 이것은 문장일까, 아니면 상형문자일까. 그건 황무지 사람들만이 알 수 있으리라, 이것은 그들이 사람들에게 남기는 유일한 메시지였다. 총사령관은 전에도 이것을 여러 차례 본 적 있었다.

그는 이것을 봐도 놀라지 않았다. 하지만 상등병은 놀랐다. 늙은 남자는 거칠게 숨을 들이마시는 소리와 권총을 장전할 때 나는 딸깍하는 소리를 들었다. 그는 재빨리 본능적으로 손을 움직이며 악마의 눈으로부터 피하는 동작을 취했다. 그는 흐릿하게 웃으며 멍한 상태로 문을 열었다. 그는 그곳이 전혀 위험하지 않다는 것을 알고 있었다.

오두막집 안은 춥고 어두웠다. 길드 신호수들은 안을 천천히 돌아본 뒤 손을 허리에 대고 마루 위를 걸었다. 밖에서는 말이 우적거리고 재갈을 달랑거리면서 추위 속에 콧김을 내뿜었다. 그는 고리에 걸린 쌍안경, 청소된 바닥, 광택 나는 난로, 깔끔하게 쌓인 땔감을 보았다. 요정의 표시가 곳곳에서 춤추고 있었다.

그는 앞으로 걸어가 침대에 있는 무엇인가를 내려다보았다. 이것이 흘린 피는 서리와 함께 얼어붙어 시커멓게 변해 있었다. 복부의 상처는 나뭇잎 모양을 한 채 입술처럼 벌어져 있었고, 눈은 퀭한 채 희미했다. 그리고 한 손은 아직도 2미터 위에 있는 신호기 레버를 향해 뻗어 있었다.

그의 뒤에서 상등병이 공포를 감추려는 듯 화를 내며 거칠게 말했다. "저기…… 그들이 여기 왔었습니다. 그들이 이런 게 분명합니다……."

총사령관은 고개를 저으며 천천히 말했다. "아니…… 살쾡이 짓이야."

상등병은 진지하게 말했다. "그래도 그들이 여기 왔던 건 사실입니다……." 그는 다시 분노가 치밀어 올랐다. 문득 밟힌 흔적이 없던 눈이 기억났다. "그런데 발자국이 보이지 않던데요……. 어떻게 여기에 들어왔을까요?"

"그럼 바람은 어떻게 들어왔을까?" 총사령관이 물었다. 이 질문은 절반쯤 그 자신에게 던지는 것이었다. 그는 다시 침대에 누워 있는 시체를 바라보았다. 그는 이 소년의 전적과 기록에 대해 좀 알고 있었다. 신호수 길드는 아까운 인재 하나를 잃었다.

그들은 어떻게 들어왔을까? 황무지 사람들……. 그는 백성들이 그들을 부를 때 사용하는 이름을 떠올렸다. 그들은 어떻게 생겼고, 언제 왔을까? 그들은 오두막집에 갇힌 채 죽어 가는 소년에게 무슨 말을 했을까? 왜 그들은 그들의 상징을 남겼을까?

그의 머릿속에서 그 질문에 대한 대답은 이미 떠올랐다. 그 대답은 마치 추위에 얼어붙어 살짝 달콤한 공기로 남아 있다가 바람이 불면 획하니 날아갈 것 같았다. 이 모든 것은 지나가리니. 그리고 꿈처럼 사라질 것이리니. 신호기 손잡이 위에 더 이상 피를 흘려서는 안 된다. 홀로 외롭게 보초를 서던 소년들이 더 이상 추위로 얼어 죽어서는 안 된다. 신호는 생각처럼 날개를 달고 대륙과 바다를 건널 것이다. 이 모든 것은 지나가리니. 좋든, 나쁘든…….

그는 마치 이곳에 들러붙어 있는 마법에서 벗어나려는 곰처럼 고개를 저었다. 그는 이 안의 광경을 보자마자 더 이상 아무것도 알아내지 못할 것임을 깨달았다. 황무지 사람들, 그리고 올드 원들. 그들은 마법과 미신과 함께 되돌아갔다. 여전히 남아 있는 어둠 속으로 되돌아갔다. 어느 날 그들은 사라질 것이다. 존재했으나 존재하지 않는 그들…….

그는 벨트에서 수첩을 꺼내 휘갈겨 쓴 다음, 맨 윗 장을 찢어 냈다. "상등병." 그는 나지막이 불렀다. "이걸 말이지…… 골든캡까지 발송하게."

그는 문으로 걸어가 밖을 내다보았다. 저 하늘 아래 언덕에 서 있는 동축탑이 성냥개비처럼 작게 보였다. 마음의 눈 앞에 지도가 펼쳐졌다. 그는 체인을 따라 메시지가 전해 내려가는 모습을 보았다. 기지는 저마다 메시지를 수신해 전송하느라 딸각거리고 있다. 메시지는 차갑게 펼쳐진 바다를 배경 삼아 거대한 신호기가 황량하게 서 있는 골든캡까지 전달될 것이다. 북으로는 A 라인을 따라 아쿠아 술리스까지 올라갔다가 다시 그레이트 웨스트 로드를 따라 내려갈 것이다. 그리고 한 시간 이내 실버리 힐에 있는 목적지에 도착할 것이다. 그럼 국방색 제복을 입은 엄숙한 표정의 사내가 에이브버리 마을로 내려가 문을 두드리겠지…….

상등병은 골조로 올라가 선반 위에 서서 메시지를 전송하려고 신호기 손잡이를 가볍게 앞으로 흔들어 살얼음을 털어 냈다. 그는 어깨를 구부정하게 숙이고 정확하게 팔을 당겼다. 죽었던 탑이 깨어나 고요함 속에서 팔을 덜커거렸다. '주목' '주목'……. 그리고 소년의 고향으로 신호를 보내기 위해 동축 라인으로 암호를 보냈다. 신호기의 팔이 움직이며 크리스털 같은 작은 얼음들을 떨어뜨렸다. 소리 없이 떨어져 나가는 얼음이 회색 하늘을 배경으로 반짝거렸다.

세 번째 소절
화이트 보트

베키는 작은 만이 내려다보이는 집에서 살았다.

작은 만은 시커멨다. 거의 석탄처럼 보일 정도로 시커먼 해안가의 바위를 바다가 오랜 세월에 걸쳐 갉아먹었기 때문이다. 파도는 바위를 조금씩 부수고 갈고 화석이 새겨진 혈암을 쪼개 잘게 부순 후, 등이 굽고 기울어진 곶과 해변에 짙은색 모래를 뿌려 놓았다. 수풀과 바다를 바라보며 초라하게 서 있는 작은 집들도 검은색을 물려받았다. 배와 방파제도, 들장미와 가시금작화도 모두 검게 물들었다. 심지어 여름 날 저녁에 절벽 끝 오솔길을 가로지르며 뛰어다니는 토끼들조차 그런 으스레한 색깔을 띠고 있었다. 오솔길은 이곳에서부터 점점 기울더니 급경사로 갑자기 바다로 뛰어 들었다. 대지는 온통 쏠려 첨벙거리다가 투덜거리면서 바다로 향할 준비가 된 것처럼 보였다.

어느 여름 날 저녁, 베키는 처음으로 하얀 배를 보았다. 소녀는 아버지의 작은 배를 타고 해안을 따라 꿰어 놓은 가재 그물에서 그날 수확량을 건지기 위해 바다로 나갔다. 그녀는 들쑥날쑥한 부표 사이를 스컬로 저으며 요령껏 작업하고 있었다. 배 밑에 달려 있는 바구니에는 하루 종일 잡아들인 가재가 잔뜩 담겨 있었다. 싱싱한 가재들은 비좁은 바구니 안에서 서로의 집게발을 부딪혀 가며 요란한 소리를 냈다. 절벽 아래 파도가 밀려와 흔들리고 출렁거리는 동안, 시커멓고 청회색이 도는 단단한 갑각류들이 달려들어 성난 집게발을 움찔거렸다. 베키는 녀석들을 가만히 바라봤다. 참 많이도 잡았네. 이 정도면 우리 식구가 앞으로 일주일은 충분히 먹을 수 있을 거야. 베키는 왠지 모를 뿌듯함에 살며시 미소를 지었다.

그녀는 천천히 움직이는 파도를 거스르며 밀었다 당겼다 리듬을 타며 마지막 그물을 끌어 올렸다. 그 안에는 백회색 미끼 넝마만 덩그러니 있을 뿐, 텅 비어 있었다. 그녀는 타르색 물이 밴 바구니를 엎어서 다시 바다로 내던진 후, 몸을 기댄 채 바구니가 유령처럼 용골 밑 뿌연 초록 바다 속으로 사라지는 모습을 물끄러미 바라봤다. 어깨와 팔이 살짝 뻐근하자 그녀는 눈을 가늘게 뜨고 석양이 아지랑이처럼 깔리는 바다를 쳐다봤다. 그 순간, 그 배가 보였다. 그때 소녀는 그 배의 이름이 '화이트 보트'인지 알지 못했다.

소녀는 조용히 바다를 헤치고 산등성이 같은 환한 거품을 일으키며 바다로 잽싸게 들어갔다. 큰 돛이 아래로 말려 있고, 삼각돛은 살랑살랑 바람을 만끽하고 있었다. 선원들의 외침이 바다를 가로질러 또렷하지만 작게 들렸다. 소녀는 본능적으로 지금 도망쳐야 한다는 사실을 깨닫고, 노를 저어 육지에 있는 보금자리를 향해 황급히 작은 배의 방향을 틀었다. 그녀는 암붕(岩棚)에 섰다. 이곳은 바위로 만들어진 천연 방파제로, 바다를 향해 쭉 뻗어 있었다. 그녀는 서둘러 배를 끌어 올려 묶은 다음 황급히 도망갔다. 급하게 서둘러 도망치느라 작업복과 긴 갈색 다리가 찢기면서 허리까지 흠뻑 젖고 말았다.

이따금씩 낯선 배들이 이 작은 만까지 들어오긴 했다. 그래 봐야 대부분 낚싯배가 전부로, 땅딸막한 노가 달리고 배 밑바닥이 둥근 선박들이었다. 그런데 이 배는 좀 달랐다. 베키는 배를 다시 돌아보며 꼼꼼히 살폈다. 배는 창백하게 주름진 바다의 순상지에 정박 중이었다. 배는 날렵하게 긴 경주용 요트였다. 아우트리거⁰¹가 달려 있는 키가 큰 돛대가 천천히 움직이는 모습이 회색 하늘을 배경으로 솟아 있는 연필처럼 보였다. 베키가 바라보는 동안, 작은 배가 움직이기 시작했다. 베키는 한 남자가 배에서 내려와 아웃보드⁰²를 준비하는 것을 보았다. 그녀는 잠금 쇠가 달린 무거운 바구니를 질질 끌며 서둘러 절벽 저 높이까지 올라갔다. 그리고 가시금작화 밭에 숨은 토끼처럼 배를 깔고 웅크린 채 부리부리한 갈색 눈으로 저 아래를 내려다보았다. 배는 바닷물에 휘청거리는 노란 작살처럼 반짝였다. 그녀가 눕자 석양은 불타다가 점점 사그라졌다.

이곳은 너무도 황량해서 애처로워 보이는 장소였다. 툭 튀어나온 절벽 너머로 영원한 수심이 매달려 있는 것 같았다. 수심은 점점 더 깊어졌다. 수수께끼, 오랜 죄악의 그림자. 오래전 미친 사제가 이곳에 와서 자신의 광기를 증명하기 위해 파도와 바람과 물을 불러들였다고 한다. 베키는 어머니의 무릎맡에서 그 이야기를 질리도록 들었다. 배를 타고 나간 그가 바다에서 죽었으며, 마을에는 군인들이 분주하게 돌아다녔고, 사제들은 그들의 눈에 무장한 반역자들처럼 보이는 자들을 잡아들여 취조해서 마을을 정화시키고 사람들에게 호소하기 위해 이곳에 왔다고 했다. 그러나 그것만으로는 그들의 성에 차지 않았다. 그렇게 이곳은 점차 조용해졌다. 질풍이 몰아쳤다가 잦아들고 멀리 나갔다가 시커멓게 변한 배는 또 다시 출항에 나섰다. 파도도, 바람도 무관심했다. 바위는 누가 배를 소유했는지, 로마가톨릭교회의 것인지, 아니면 영국 왕의 것인지 알지도 못했고, 관심을 갖지도 않았다.

베키는 그날 오후 늦게 집으로 돌아갔다. 아버지는 또 다시 투덜거리며

---

01 뱃전 밖으로 나온 안전용 부재.
02 선외 모터가 달린 보트.

욕을 했다. 게다가 이상한 짓거리를 하고 돌아다닌 게 틀림없다며 그녀를 때리려고 했다. 그녀가 암붕에 앉아 있는 것을 좋아한다는 사실은 그 누구보다도 아버지가 잘 알고 있었다. 거기에 앉아서 바위 속으로 돌돌 말려 들어간 스프링처럼 보이는 화석들을 만지고, 바람을 느끼고, 바다가 바위와 만났다가 부서지는 모습을 지켜보다 보면 시간 가는 줄 몰랐다. 그러나 그녀에게는 아기를 먹이고, 식사 준비를 하고, 집안 청소를 하고, 병들어 콜록거리는 아내를 간호하는 아버지가 있었다. 아버지가 보기에 소녀는 뼛속까지 쓸모없고 게으른 존재였다. 바람이나 쐬고 빈둥거리느라 시간을 낭비하다니. 론디니움의 부자들이라면 상관없겠지만, 아버지는 돈벌이를 해야 했다.

베키는 매를 맞지 않았다. 그리고 그 배에 대해서도 말하지 않았다.

베키는 밤에 잠을 이루지 못했다. 피곤했지만 잠이 오지 않았다. 어머니의 기침 소리를 들으며, 드리워진 블라인드 틈으로 희미한 청록빛 밤하늘을 바라보았다. 하늘은 새벽이 다가오자 어슴푸레하게 밝아졌다. 떠오르는 태양이 모든 것을 삼키기 직전에 반짝이는 행성 하나가 보였다. 피가 몸속을 흐르는 소리처럼 희미한 속삭임이 부드럽게 들렸다. 몇 킬로미터 떨어진 곳에서 천천히 한숨을 내쉬며 우렁차게 울리는 숨소리가 들렸다. 그것은 바다의 희미한 태곳적 소리였다.

배는 작은 만에 정박해 있었지만 아무 소리도 내지 않았다. 그리고 아침이 되자 떠났다. 베키는 그날 늦게 바다로 걸어갔다. 물가를 따라 뒹구는 돌멩이 사이를 맨발로 터벅이고 걸으며 오래된 거친 짠내를 맡고 파도가 철썩이며 낄낄대는 소리를 들었다. 저 위에서는 절벽의 사악한 속삭임이 끝없이 들려왔다. 빼앗겨 버린 그녀의 의식 속으로, 난생 처음 외로움이 밀려 들었다. 저 멀리 떨어진 여름 바다에서 생겨난 억압, 높고 시커먼 곳, 바다를 향해 불쑥 솟은 손가락 모양의 암붕. 처음은 아니지만, 그녀는 어떤 우주적 계획에 복종하듯 암붕이 휘면서 바위 산등성이가 되어 시커먼 해안을 기어올랐다가 떨어지는 절벽의 지층을 통과한 후 굽이치는 모습을 바라보았다. 어렸을 때 그녀는 또 다른 생명의 신호와 영혼들로 가득 찬 암모나이트를 모았다. 안토니 신부는 그녀를 꾸짖으며 경고했다. 하느님께서 이레 동안 바위를 만드셨으니, 그분께서 이런 마크까지 만드신 것이라고 단호히 말했다. 그녀는 물속에 발을 담그고 꼼지락거리며 곰곰이 생각하다가 굴러 떨어지는 뾰족한 돌이 찌르는 것을 느꼈다. 가녀린 체구에 어두운 피부를 가진 그녀는 14살. 이제 막 가슴이 원피스 위로 솟아오르기 시작하는 나이였다.

  몇 달 후 그녀는 다시 그 배를 보았다. 겨울은 북적거리는 무채색으로 왔다 갔다. 바람은 절벽을 잡아 뜯고, 누런 바위를 잡아당긴 후, 부수고 비틀어 해변으로 보내 버렸다. 베키는 해가 짧고 반짝이는 날이면, 작은 만을 거닐며 나무판자, 부서진 배 파편, 역청탄을 주워 땔감으로 썼다. 이따금씩 그녀는 바다를 살폈다. 옅은 갈색 얼굴과 반짝이는 눈으로 이해할 수 없는 것들을 두리번거리며 바닷가로 밀려 온 쓰레기 너머까지 살폈다. 봄이 되자 화이트 보트는 되돌아왔다.

  4월 저녁, 5월이 거의 다 되어서였다. 무슨 연유인지 몰라도 베키는 일손이 상당히 더뎌졌다. 커다란 검은 항아리들 속에서 딸각거리는 생명체를 퍼 담아 준비해 온 바구니로 옮기는 중이었다. 땅거미 속에서 미끄러지듯 나타나 꾸물거리는 엔진을 매달고 광활한 바다에서부터 다가오는 화이트 보트의 몸집이 점점 커졌다.

  "어이! 거기, 작은 배."

  베키는 작은 배에서 서서 쳐다봤다. 뒤로는 절벽이 움찔대는 바다와 함께 출렁거리고 있었다. 그녀의 앞에는 크고 너무 가까워서 위협적으로 보이는 바로 화이트 보트가 물살을 가르며 하얀 뱃머리를 내보이고 있었다.

그러다가 브이 자로 물거품을 일으킨 후 낄낄거리며 황혼 속으로 사라졌다. 배 바닥을 디딘 발에서 고통이 느껴졌다. 무릎 언저리에서 더러워진 치맛자락이 펄럭거렸다. 보트가 앞으로 나아가는 순간, 한 남자의 남루한 실루엣이 보였다. 그는 노를 젓다가 돛대 앞 밧줄을 한 손으로 쥐고 다른 편 손을 흔들며 소리쳤다.

"이봐, 거기 배!"

하활03에 깔끔하게 말려 있는 큰 돛대와 복잡한 선실 주변에 널려 있는 널빤지와 승강구, 삭구 등이 보였다. 가까이에서 보곤 화이트 보트의 페인트와 긴 삼각돛이 닳아 빠진 모습에 깜짝 놀랐다. 그녀는 그 배가 무게도 크기도 느껴지지 않는 환영이나 꿈에 불과할 뿐, 실제로 존재하지 않는 것처럼 생각했다.

작은 배는 커다란 선체와 반대 방향으로 기울었다. 베키는 비틀거리며 데크 위쪽을 부여잡았다. 두 손으로 꼭 쥐어 몸이 흔들리지 않게 했다. 커다란 스틸 돛대가 그녀 위쪽에서 거침없이 말리더니 화이트 보트가 파도를 타고 천천히 가까이 다가왔다.

"겁먹지 말고……."

"이봐 아가씨, 뭘 파는 거야?"

어디에선가 잔잔한 웃음소리가 들렸다. 베키는 침을 삼키고 위를 노려보았다. 남자들이 난간에 빽빽이 서 있었는데, 저녁 빛을 등지고 서 있어서 어두운 윤곽만 보였다.

"가재요, 싱싱한 가재요."

아버지가 분명히 좋아하실 거야. 뭐, 배에서 내리기도 전에 다 판 거야? 게다가 값도 제대로 받고? 마을에 가서 스미스 주인과 입씨름할 필요도 없

----

03 돛의 맨 밑에 댄 활죽.

고, 운전사들이 물건을 실어 갈 때까지 기다리지 않아도 된다. 뱃사람들은 값을 잘 쳐 주었다. 그들은 배 안으로 꽤 많은 금화를 던졌고, 그녀가 금화를 주으려고 우왕좌왕하자 웃음을 터뜨렸다. 그들은 그녀가 만을 향해 노를 저어 가자 또 다시 웃으며 소리를 쳤다. 그들의 거칠고 다듬어지지 않은 날카로운 목소리는 그녀에게 강한 인상을 남겼다. 이렇게까지 육지가 빨리 나타나 작은 배를 손쉽게 뭍으로 끌어 올린 적은 없었던 것 같다. 그녀는 서둘러 집으로 갔다. 바다에서 가재를 팔고 받은 돈을 손에 꼭 쥐고 있는 바람에 돈은 뜨듯했다. 뒤돌아보니 화이트 보트는 저 아래에서 땅거미 속으로 들어가고 있었다. 돛이 바다 밑바닥에 닿은 듯 첨벙하며 삐거덕거리는 소리가 들렸다. 배에는 이미 불이 켜져 있었다. 날카롭고 짜릿한 불빛은 눈알을 모아 놓은 것처럼 반짝였다. 불빛 위쪽에 있는 배의 삭구들은 어두워서 보이지 않았다. 은회색으로 기어가는 바다를 배경으로 금속 세공이 보였다.

아버지는 잡은 것을 다 팔았다며 욕을 했다. 그녀는 휘둥그레진 눈으로 뒤로 물러나 쳐다봤다.

"그 버뮤다 녀석들······." 아버지는 부엌을 어슬렁거리다가 지저분한 접시를 쾅하고 싱크대에 내려놓은 뒤 화를 내며 낡고 커다란 펌프 핸들을 돌렸다. "그 녀석들 근처엔 얼씬도 하지 마라."

"하지만 아버······."

그는 화가 나서 시커멓게 변한 얼굴을 홱 돌렸다. "그 근처엔 얼씬도 하지 말라고! 더 이상 말 꺼내지 마라."

그녀의 얼굴은 새까만 고양이 조각상처럼 꽁꽁 얼어붙었다. 그녀는 눈을 내리깔고 접시를 바라보았다. 위층 침실에서 괴로워하는 어머니의 기침 소리가 들렸다. 내일 아침이면 침대보에 분홍색 피를 토해 놓을 것임을 그녀는 알았다. 그녀는 한 발을 뒤로 빼 발가락과 더러운 정강이를 쓰다듬으면서 아무것도 깊게 생각하지 않으려고 했다.

그때 가재를 판 일이 결정적인 것은 아니었지만, 그 일은 몇 주 동안이나 베키의 머릿속에서 떠나지 않았다. 그녀는 이상한 배에 온통 마음을 빼앗겼다. 꿈에서 화이트 보트를 보았다. 그녀의 환상 속에서 배는 커다란 갈매기처럼 바람을 타고 날개를 펄럭이며 날아다니다가 바다와 곶에 출몰했다. 아침이면 절벽에는 울음소리가 울려 퍼졌다. 잠이 덜 깬 베키의 귀에는 새들의 울음소리가 마치 밧줄과 돛을 묶는 밧줄 크랭크[04] 소리처럼 들렸다. 그리고 가끔 곶이 어지러운 바다처럼 부드럽게 움직이며 구르는 것 같았다. 베키는 쪼그리고 앉은 채 팔을 비비고 몸을 떨면서 마술이 통과하기를 가만히 기다리며 죽음에 대해 걱정했다. 그리고 베키는 배 안에서 뒤집힌 칼날을 밟고 올라서서 묘한 경련과 격정이 절정에 다다르기를 기다렸다. 살이 베이는 충격과 붉은 피가 그녀를 순식간에 여자로 바꾸어 놓았다. 그녀는 몸을 닦으며 흐느꼈다. 아무도 보지 못했다. 그녀는 모든 비밀을 품에 안듯, 그 가녀린 몸으로 홀로 비밀을 품었다. 그리고 생각도, 꿈도 모두 품었다.

이 작고 시커먼 마을에 있는 작은 교회에서 딱 한 번 결혼식이 열린 적이 있다. 그때 베키는 이곳 사람들도 이 마을의 색깔에 물들어 있음을 어렴풋이 알았다. 허공에 둥둥 떠다니지만 눈에 보이지 않는 검댕이가 사람들을 모두 뒤바꿔 놓은 것 같았다. 꿈은 참신하면서도 더욱 사악한 모습으로 변했다. 일전에 그녀는 꿈을 꾸었다. 꿈속에서 마을 사람들, 부모, 그녀가 알고 있는 사람들이 모두 다 보였다. 그들은 정신없이 녹아내리더니 풍경으로 변해 버렸다. 절벽은 몸통과 뼈, 늙고 시커먼 손, 치아, 눈, 허물어진 늙은 이마로 변해 버렸다. 그녀는 이따금씩 작은 만이 두려웠지만, 작은 만은 자석 같은 힘

---

04 감아올리는 기계.

으로 끊임없이 그녀를 끌어당겼다. 그녀는 아직은 이해할 수 없는 것들을 생생히 느꼈다.

그녀는 깨지고 얼룩진 거울 앞에 앉아 당황스러운 듯 고개를 이리저리 돌리며 검은 머리칼을 짧게 잘랐다. 이제 소녀는 바닷가에 사는 거친 고기잡이 소년처럼 보였다. 짧게 잘린 머리칼을 어루만지는데, 그렁그렁하고 커다란 눈이 거울 속에서 그녀를 멍하니 쳐다보고 있었다. 그녀는 주변에 있는 덫과 그녀가 쓰던 가재 그물만큼 두껍고 시커먼 창살을 보았다. 그녀의 세상은 온통 육지, 작은 만의 곶, 사제의 목소리, 아버지의 발걸음에 둘러싸여 있었다. 오직 화이트 보트만이 자유로울 뿐. 배는 뱃머리를 스르르 밀며 제멋대로 다가와 반짝거리며 출렁댈 것이다. 사춘기라는 매우 중요한 시기에 피를 흘리는 자랑스러운 공포를 겪은 이후, 배는 그녀의 중요한 부분을 차지한 것처럼 보였다. 마치 밝고 신비로운 수평선 아래에서 떠오르듯, 배는 그녀를 지켜보면서 모든 것을 이해해 주는 것 같았다.

베키는 작은 만 위쪽에 뒤엉킨 가시나무 숲에서 내려다보면서, 다시금 배와의 밀회를 이어갔다.

이제는 바다는 바다 그 자체로도 그녀를 끌어당겼다. 밤이나 철회색으로 빛나는 새벽이면 그녀는 넓적한 바위 위에서 작업복을 머리 위로 벗어 던졌다. 그리고 타 들어가는 얼음 같은 바닷물 속으로 천천히 들어가 누워 파도에 몸을 맡겼다. 파도는 물 위에 뜬 그녀의 몸을 이리저리 흔들고 때렸다. 이럴 때면 작은 만은 광장 공포증을 앓고 있는 사람처럼 그녀를 향해 몰려와 광활한 하늘 아래 회색 곶의 높이만큼 밀려드는 것 같았다. 마치 이곳의 기를 그녀의 알몸에 전달하는 것 같기도 했고, 그녀를 재빨리 넘어뜨려 굴리며 쥐었다가 감싸 안는 것 같기도 했다. 그녀는 바닷물에서 급히 빠져 나와 급히 옷을 입었다. 옷 안에서 느껴지는 축축한 몸의 어색함이 큰 위로가 되었다. 절벽이 뒤로 물러났다가 다시 적당한 거리와 시야에 들어

왔다. 이제 훨씬 마음이 놓였다.

덕분에 그녀는 헤엄치는 법을 배웠다.

그것 자체가 미스터리였다. 그녀는 본능적으로 아버지와 교회가 인정하지 않을 것임을 느꼈다. 그녀는 안토니 신부를 피해 다녔다. 우상의 눈과 제단 위의 위대한 크리스토스는 여전히 예배 중에 그녀를 지적하고 쳐다보고 비난할 테니 말이다. 그녀는 헤엄을 치면서 자신의 몸이 공격받도록 내버려 두었고, 역시 헤엄을 치는 화이트 보트와 신비로운 관계를 맺었다. 그녀는 충만함, 그림자 진 바다의 충만함이 필요했다. 그녀는 호기심 가득한 혼돈을 경험했다. 이 죄책감은 형체가 없어서 규정되지 않아, 두려운 만큼 매혹적이었다. 근처에 고해소가 있었다. 그녀는 그림자 같은 세계와 깨지기 쉬운 거울 속을 조심스레 홀로 걸었다. 이제 그녀는 걷고 움직이고 일하면서 자연스레 자신의 몸을 만지고 누르다가 우연히 찾아오는 만족감을 피했다. 그녀는 딱히 정해진 방법은 없지만 적어도 악이라는 막연한 범위가 금지되기를 바랐다. 그리고 스스로에게 가하던 협박을 줄이고, 이제 그 대가로 자기 자신을 되찾고 싶었다.

찾지도, 원하지도 않았는데 문득 어떤 생각이 떠올랐다. 정박한 배가 신비스러운 바다 위에서 흔들거리는 모습을 바라보니, 그 생각이 서서히 그녀 안에서 자라났다. 이제 화이트 보트만이 내 안에서 나 자신을 구할 수 있을 거야. 그 배만이 날아올라 쌍둥이 곶을 벗어나 더 넓은 세계로 나가게 해 줄 수 있어. 그 배는 어디에서 왔을까? 그리고 신비롭게도 어디론가 사라졌다가 또 어디에서 돌아오는 것일까?

사제는 어머니 무덤 위에서 설교하며 하느님께서 하늘에서 굽어보신다고 했다. 하지만 베키는 이 땅이 그녀를 쥐어짜고 또 쥐어짜, 더 시커먼 혈암으로 만든다는 사실을 알았다.

배가 돌아왔다.

그녀는 이제 두렵고 불안했다. 예전에는 아이처럼 굳건히 믿어 의심하지 않았다. 배는 멀리 떠나더라도 다시 올 거야. 하지만 이제 그녀는 모든 것이 변하며, 변화가 영원히 계속될 것임을 알았다. 어느 날 배가 떠나 다시는 돌아오지 않으리라는 것도.

악에 대한 그녀의 호기심은 무관심으로 바뀌었다. 왜냐하면 이것 때문에 그녀 자신이 이미 저주 받았다고 느꼈기 때문이다.

그동안 현실에서 연습하고 그 꿈이 현실과 뒤엉키면서 그녀는 또 다른 꿈속에서 살았다. 그녀는 아이의 마른기침 소리를 들으며 시커먼 집에서 조용히 일어났다. 그리고 떨리는 손으로 옷을 입었다. 마치 어떤 짜릿한 힘이 그녀를 조종하고 그녀의 의지와는 달리 몰아가듯, 그녀의 몸에선 빠르고 격렬한 경련이 일었다. 그 감각과 미친 듯이 쿵쾅대는 심장은 그녀를 세속적인 접촉에서 부분적으로 격리시켰다. 익숙한 사물의 모습, 의자 등받이, 경대, 문의 빗장은 그녀의 손끝에서 무뎌지고 희미해져 갔다. 그녀는 숨을 멈춘 채 조심스레 잠금쇠를 뒤로 밀면서 어둠 속에서 귀를 쫑긋 세우고 쳐다봤다. 일정한 보폭으로 이쪽에서 저쪽으로 걷느라 비틀거리지도 걸음을 멈추지도 않는 것처럼 보였다. 그녀는 작은 만으로 가서 화이트 보트가 닻을 올리고 멀리 사라지는 모습을 바라볼 것임을 알았다. 다른 때였더라면 상상할 수 없는 결말에 따라 배가 분명히 돌아올 테지만, 이번에는 왠지 마음이 복잡하면서도 찜찜했다.

마을은 시커멓고, 불빛 하나 없이 죽은 듯 보였다. 차가운 공기가 얼굴과 팔에 닿았다. 둥둥 떠다니는 축축한 습기는 거의 비가 내린 것 같았다. 머리 위에서 있는 힘껏 찍어 누르는 하늘은 피치[05]만큼이나 시커멨다. 그러

------

05 원유를 증류하고 남은 검은 찌꺼기.

나 동쪽 하늘에서는 그 깊이를 가늠할 수 없는 한 줄기 철회색 빛이 저 위쪽에서 내려와 새벽이 다가오고 있다는 사실을 일러 주었다. 그 밑으로 저 멀리 교회 탑이 시커멓게 모습을 드러낸 채 서 있고, 남루하고 추한 이무깃돌이 귀를 빳빳이 세우고 있었다.

작은 만 한가운데에는 얕은 협곡이 있었다. 저 멀리 떨어진 러크포드 폰즈에서 흘러나오는 물방울들이 모여 실개천을 이루고, 이것이 협곡으로 이어져 바다로 흘러 들어갔다. 외줄 난간이 달린 나무 다리가 개천을 가로지르고 있었다. 개천으로 내려가는 계단은 물기로 미끄러웠다. 예전에 베키는 매끄러운 돌 위에서 미끄러진 적이 있다. 바닥을 짚은 손바닥 밑으로 잽싸게 도망치는 벌레가 만져졌다. 다리를 건너자 낄낄거리는 물소리가 들렸다. 축축한 바위와 바다 앞쪽으로 펼쳐진 작은 만은 서로 뒤엉켜 거의 보이지 않았고, 흐릿한 회색 광활함만이 보였다. 그 위로, 반쯤 보이는 거울 속에서 뭔가 떠다니고 있었다. 그것은 진한 회색빛 유령 같은 배였다. 그녀가 해안을 가로지르자 발가락은 모래 속에 파묻히고, 발은 굴러 떨어진 돌무덤 사이에 끼어 이상한 기분이 들었다. 바닷물이 발목과 종아리까지 차올랐지만 별로 신경 쓰지 않았다. 저 멀리서 희미하게 부르는 소리가 들렸다. 그것은 크랭크가 툭툭 돌아가는 소리였다.

비가 새벽 바람 위로 흩뿌리며 그녀의 머리칼을 적셨다. 그녀는 여전히 멍하니 앞만 보고 걸어갔다. 암붕과 방파제가 천천히 기울고, 파도가 부서져 바다 밑으로 꺼지면서 잔거품을 일으켰다. 허리까지 차오르는 바닷물 속에서 허우적거리자 발에 매끄러운 해초 더미가 닿는 게 느껴졌다. 그녀는 헤엄을 치면서 넓고 차가운 바다의 광기 속으로 들어갔다. 육지에서 멀어지자 최면에 걸린 듯 움직이는 리듬 속으로 빨려 들어갔다. 지치지 않고 화이트 보트를 따라가면 저 멀리 지구 끝에 닿을 것 같았다. 점점 심해지는 어깨와 팔의 통증은 알아채지도 못했고, 또 중요하지도 않았다. 바다 쪽을 바라보자 저 앞에 해구를 때리는 파도 사이로 배의 그림자가 보였다. 선체 위로 웃자란 커다란 그림자의 주인공은 부드럽게 펄럭이는 돛이 펴진 모습이었다.

그곳에 있다는 것 자체가 베키에겐 사고였다. 바다는 깊고 절벽은 높은 데다가 배까지 가기엔 너무 멀었다. 그녀는 졸음을 느끼며 파도를 바짝 따라갔다. 그녀의 허파를 처음으로 찌른 총검이 오르가슴과 흡사한 감정을 일으키자 그녀는 고함을 지르며 구역질을 하고 허우적댔다. 순간 냉기가 순식간에 머리 꼭대기까지 차올랐다. 그녀는 숨을 쉬려고 소리를 지르며 몸부림을 쳤다.

저 앞에서 말소리가 들렸다. 시끄러운 소음과 명령이 뒤섞인 소리였다. 바람이 부는 쪽으로 고개를 돌리자 배의 모양이 또 다시 변했다.

어깨와 손에서 손길이 느껴졌다. 무엇인가가 그녀의 옷을 쥐자 옷이 찢겨 나갔다. 그녀는 바닷물을 삼키면서 다시 물밑으로 가라앉았다. 그녀는 회색과 검정색, 하얀 물거품, 반짝이는 붉은 빛이 뒤섞인 곳에서 물을 먹었다. 그러다가 물에서 끌려 나와 기울어진 갑판 위에 도착했다. 입을 쩍 벌리고 드러눕자 나무 바닥의 부드러움이 느껴졌다. 밀려왔다가 밀려가는 첨벙거리는 파도처럼 주변에서 목소리가 그녀를 휘감았다.

"그때 그 녀석이잖아……."

"독한 고기잡이 소녀군……."

목소리는 그녀의 귀에서 꽤나 거슬리게 으르렁대다가 차례로 멀어졌다. 그녀는 가만히 숨을 헐떡였다. 물을 게워 내는 소녀. 2미터 아래 미끄덩거리는 회색 바다가 보였다. 그녀는 아무 말 없이 조용히 누운 채 자신이 끔찍한 일을 벌였음을 깨달았다.

선원들은 담요를 가져와 그것으로 그녀의 몸을 꽁꽁 싸맸다. 그녀는 일어나 앉아 물을 죄다 토했다. 삐걱거리는 밧줄 소리와 함께 밀려왔다가 밀려가는 파도 소리가 아스라이 들렸다. 아직도 영혼이 몸에서 이탈한 것 같은 느낌이 들었다. 차가운 회색 존재가 또 다른 베키가 토하고 익사할 뻔한 모습을 옆에서 지켜보는 것 같았다. 그녀는 어렴풋이 뭐가 문제인지 깨달았다. 그녀는 목에 묶인 담요를 쥐고 고개를 저었다. 그녀는 자기 자신과 주변을 둘러싼 사람들에게 화가 났다. 울렁거리는 파도 때문에 멀미가 났다. 배가 바람에 기우뚱하자 몸이 붕 뜨며 저 멀리 시커멓게 이어진 육지의 마지막 모습이 보였다. 뱃사람들이 그녀를 끌어 내리자 한쪽 발이 승강구 옆에 걸렸다. 쿵하는 충격이 뇌에 전해졌다가 점점 사그라졌다. 그녀는 앞이 미로처럼 꽉 막혀 있다는 것을 깨달았다. 머리 위의 허연 판자, 담요와 옷을 쥐고 있는 손. 그녀는 인상을 쓰고 중얼거리면서 생각을 긁어모으려고 했다. 그러나 그 느낌은 하나씩 희미해지며 회색빛 침묵 속으로 사라지고 말았다.

그녀는 담요를 휘휘 감고 조용히 누웠다. 눈을 뜨고 싶지 않았다. 이제 곧 그녀는 몸을 움직여 아래층으로 내려가 난로의 재를 긁어 불을 지피고 아침에 먹을 죽을 부글부글 끓일 냄비를 올려놓을 것이다. 집은 마치 살아있는 생명체가 몸을 떨듯 어울리지 않게 은근히 넘실댔다. 물방울이 처마 밑을 가로지르더니 낄낄거리며 떨어졌다. 꿈같은 이미지는 계속되며 고집스럽게도 사라지기를 거부했다. 그녀는 머리를 베개에 대고 누워 몸을 비비고 투덜대다가 버둥거리며 겨우 한쪽 손을 빼내 소금물에 절어 아직도 끈적대는 머리칼을 매만졌다. 손을 위아래로 쓸어내리다가 그녀는 자신이 알몸임을 알았다. 알몸으로 침대에 눕는 것은 그 자체가 죄악이었다. 그녀는 투덜거리며 머리를 파묻고 잠으로 꿈을 물리쳤다.

파도는 선실 속에서 천 가지 소음을 냈다. 잔잔한 물결과 웃음소리, 가벼운 연주, 화이트 보트의 옆을 살짝 때리는 소리 등등. 베키는 급작스러운 경고음에 다시금 눈을 번쩍 떴다. 깨는 순간, 기억은 물론 할퀴는 듯한 공포심이 돌아왔다. 그녀는 벌떡 일어섰다. 순간 머리가 60센티미터 위 갑판에 쿵하고 부딪혔다. 그녀는 멍하니 머리를 문지르면서 낮은 지붕을 가로질러 반짝이는 햇빛을 보았다. 빛은 눈부시게 반짝이다가 순간 실타래처럼 얽혔다. 선실은 뭉근히 흔들리며 기울어졌다. 그녀는 위에 걸린 밝은 노란색 방수포가 살살 흔들리는 모습을 보았다. 원근법이 잘못된 것 같았다. 그녀는 앞으로 가로막은 15센티미터짜리 나무판 덕분에 침대에서 굴러 떨어지지 않았다.

소년은 편안하게 기둥을 잡고 서서 그녀를 바라보았다. 턱수염은 뒤엉켰고 눈은 반짝이면서도 날카로웠다. 그는 웃고 있었다. "뭐라도 좀 챙겨 입어. 선장이 너 보고 싶대. 빨리 갑판으로 올라가. 이제 괜찮은 거지?" 그가 말했다.

그녀는 분노에 가득 찬 눈으로 그를 바라보았다.

"괜찮을 거야. 옷이나 입어. 다 괜찮을 거라니까." 그가 말했다.

그 말에 그녀는 이게 꿈이든 악몽이든, 아무튼 현실이라는 사실을 알았다. 작은 것들 때문에 헷갈렸다. 침대 보드를 걸어 놓은 걸쇠를 더듬어 찾아 밀었지만, 침대가 완전히 접히지 않았다. 시험 삼아 다리를 휘젓자 바람이 몸으로 달려들었다. 그녀는 담요 속에서 허우적대다가 쿵하는 소리를 내며 바닥으로 떨어졌다. 그리고 다시 담요 속에 파묻혔다. 그녀를 위해 청바지와 낡은 스웨터가 놓여 있었다. 그녀는 옷가지를 잡으려고 헐떡거렸다. 손가락이 복종하기를 거부하는 바람에 옷이 손에서 미끄러졌다. 온몸이 벌벌 떨렸다. 그녀가 두 다리를 타탄체크 바지 속에 넣은 것은 아주 오래전 일 같았다.

갑판으로 올라가는 계단이 한쪽으로 쏠리자 그녀는 취사도구 사이에 파묻혔다. 그녀는 계단에 매달려 기울어진 배를 거스르며 몸을 위로 끌어 올렸다. 순간 태양 빛에 눈이 부셨다.

그곳엔 육지가 없었다. 짙은 안개와 바다의 푸름만이 상상을 초월할 정도로 저 멀리까지 내달릴 뿐이었다. 그녀는 움찔하며 눈을 가늘게 떴다. 그녀에게 말을 걸었던 소년이 그녀를 거들어 주었다.

선장은 미동도 없이 앉아 있었다. 노란 미나리아재비 같은 방수포에 새겨진 듯한 야윈 얼굴의 회색 눈이 그녀를 지나쳐 보트의 갑판을 훑어보고 있었다. 그의 머리 위에는 거대한 돛들이 일정한 모양으로 구부러져 있었다. 그 뒤에는 선원들이 선미에 매달려 태연한 눈으로 그녀를 바라보고 있었다. 콧수염이 달린 입들이 웃고 있는 것이 보였다. 그녀는 눈을 내리깔고 무릎 위에서 손가락을 꼼지락거렸다.

이런 사람들 앞에서 그녀는 거의 항상 말문이 막혔다. 그녀는 가만히 앉아 손가락을 비비 꼬았다. 가까이에 바닷물이 있고, 배가 빨리 움직인다는 사실을 깨달았다. 대답이 성에 차지 않자 선장은 나침반을 내려다보았다. 그는 키 손잡이를 따라 한쪽 팔을 구부리며 마음속의 아주 작은 소리까지 들으려고 했다. 다들 얼굴에 미소를 짓고 있었지만 취해서 무관심한 듯 보였다. 그녀가 갑자기 그들의 생활 속으로 쑤시고 들어왔으니 그들은 그런 그녀를 미워해야 했지만, 그들은 그저 웃고만 있었다. 그녀는 죽고 싶었다.

베키는 울음을 터뜨렸다.

누군가가 베키의 어깨에 팔을 둘렀다. 몸이 떨렸다. 그들은 방수포를 가져와 그녀를 감쌌다. 빳빳한 깃이 그녀의 머리칼을 간질이고 귀를 긁었다. 돌이킬 수 없었다. 그녀는 그들과 함께 가야 했다. 그 정도는 그녀도 알고 있었다. 이것은 그녀가 평생 간절히 바라던 일이었다. 그런데 막상 가능해지자 그녀는 아버지의 부엌과 자신의 방으로 돌아가고 싶었다. 뱃사람들로 그득한 규율의 세계에 갇히자 그녀는 쓸모없는 존재가 돼 버렸다. 그들의 무관심은 분노와 눈물을 낳았고, 그들의 친절함은 고통을 주었다. 그녀는 작은 부엌에서 뭐라도 돕고 싶었지만 누구도 그녀의 도움을 필요로 하지 않았다. 그들이 만든 요리는 이상하기 그지없었다. 단 한 번도 경험하지 못한 잡다하고도 미묘한 맛이었다. 화이트 보트는 그녀를 좌절시켰다.

그녀는 앞으로 기어가 숙소에서 벗어나 철판이 감겨 있는 돛 아래 부분에 한쪽 팔로 매달렸다. 키가 큰 마룻줄이 쿵하고 바닥을 때리며 부딪히는 소리가 들렸고, 뱃머리가 바다를 오르락내리락하며 파도를 때리는 모습이 보였다. 다이아몬드처럼 단단한 물보라가 뒤에서 불어왔다. 맨발로 갑판에 서자 발은 금세 차가워졌다. 방수포를 통해 한기가 전해졌다. 그녀는 구름이 배 위에 그림자를 드리워 뿌연 녹색 바다가 시커메질 때마다 추위에 온몸을 떨었다. 꿈은 바람에 날려 사라졌다. 잔인하고 거대한 화이트 보트는 파도를 때려 부수고 있었다. 그녀는 해안가의 파도를 가르며 아버지의 작은 조가비를 잡았었다. 그런데 이곳에서 그녀는 어색하게 항해를 하고 있었다. 선원들이 복잡한 밧줄을 조작하려 달려갈 때 베키는 수십 번도 더 절망적으로 몸을 움츠렸다. 그녀의 귀에 구호를 외치는 소리가 흐릿하게 들려 왔다. 뱃머리 돌릴 준비! 돛을 활짝 펴라! 그러면 돛은 우레 같은 소리를 냈다. 화이트 보트가 새로운 방향으로 밀고 나가자, 갑판 위를 걷는 사람들은 난투극을 벌이는 듯했다. 배가 각도를 틀자 갑판과 태양이 높이 뜨고, 구름이 그림자 지며, 찌를 듯한 물보라의 공격이 일었다. 수평선은 언덕으로 변하며 기울어졌다 솟았다. 베키는 예전에 하늘이 있던 곳에서 파도가 내달리는 모습을 바라보았다.

뱃사람들이 음식을 주었지만 베키는 입술을 앙다물고 거부했다. 그녀는 몸이 아픈 것 같기도 했다. 어서 빨리 집과 작은 만으로 돌아가고 싶었다. 거의 무아지경에 빠질 정도로 물건이 구르거나 움직이지 않는 단단한 땅이 그리웠다. 그러나 이제 그것들을 잃어버렸다. 오로지 돌진하는 푸른 바다뿐, 수심이 깊어지자 바다는 짙은 회색으로 변했다. 태양을 가리고 덮어

버리는 구름, 끝없이 철썩거리고 출렁거리는 밧줄, 거품이 이는 함정에 빠져 버린 복통.

그날 오후 늦게 뱃사람들은 베키에게 키를 잡아 보라고 권했지만, 그녀는 단호하게 거절했다. 화이트 보트는 꿈이었을 뿐이다. 현실이 꿈을 죽이고 있었다.

배에는 작은 바다 변소가 있었다. 변소는 지붕이 너무 낮아 똑바로 서 있을 수 없었다. 그녀는 변기 뚜껑을 덮고 힘껏 펌프질을 했다. 찌꺼기가 흰 유리관을 통해 순식간에 바다로 쏠려 내려갔다. 바다는 그녀의 창자를 활짝 열어 젖혔다. 처음엔 음식을, 나중엔 위액을 게워 내자 반쯤 투명하고 끈끈하게 빛나는 액체가 턱을 타고 흘러내렸다. 베키는 그것을 닦고 침을 뱉은 후 펌프를 작동시켰다. 그러나 다시 욕지기가 밀려왔다. 가슴은 먹먹한 고통을 느꼈고, 파도 치는 주기에 맞춰 머릿속도 같이 쿵쿵거렸다. 칸막이 문으로 어렴풋이 목소리가 들려왔다. 그것은 마치 꿈의 조각을 되뇌는 것과 비슷했다.

"그럼 저희가 하겠습니다, 선장. 저 여자 발에다가 무거운 체인을 둘둘 감아서 옆으로 살짝 굴려 넘기면 되겠죠, 뭐……."

익숙한 목소리. 그것은 그녀를 도와 준 바로 그 소년의 것이었다. 그녀는 격분해 치밀어 오르는 욕지기조차 느끼지 못했다. 그건 바로 웨일즈 사람의 말투였다.

군데군데 잘 들리지 않았다.

"개가 무슨 말을 해? 뭘 알기나 알겠어? 그냥 아주 멍청한 꼬마라고, 내 말이 맞는다니까……."

"항해 일지나 써." 선장이 씁쓸하게 말했다.

"무슨 말인지 모르겠어?"

베키는 팔베개를 하고 기댄 채 투덜댔다.

소녀는 침대까지 갈 수 없었다. 그녀는 어정쩡하게 몸을 웅크렸다. 이불은 달콤한 낙원이었다. 그녀는 그 속에서 몸을 웅크렸다. 빈속이라 토사물이 옷에 묻더라도 냄새 걱정을 하지 않아도 될 것이다. 소녀는 서서히 깊은 잠 속으로 빠져들었다.

한참 잠을 자다가 소녀는 생생한 꿈속으로 빠져 들었다. 그것은 크리스토스의 얼굴을 한 안토니 신부였다. 늙고 메마른 동물처럼 꾸짖고 축도를 하느라 웅얼대는 입이 보였다. 동트기 직전 빛을 받은 교회 탑은 이무깃돌의 귀 같았다. 정원에 핀 먼지에 뒤덮인 꽃들, 임종 직전 어머니의 비명과 불평. 그녀의 사타구니를 감싸던 얼음장 같던 바닷물. 안개 속으로 사라지던 화이트 보트의 모습. 몽롱하게만 보이던 모든 것과 걱정과 근심. 버둥대는 가재. 타르와 조약돌. 밤 바다에서 부는 바람. 잡아 뜯긴 교리 문답서. 마침내 그녀는 더욱 깊은 꿈속으로 빠져 들었다. 배가 직접 그녀에게 말을 걸었다. 배의 목소리는 거칠고 우렁차면서도 키득거리고 혀가 짧았다. 배는 푸른색과 험악한 녹색으로 채색돼 있었다. 배는 자기 등에 올라탄 작은 사람들과 바람과 맞서 싸우며 질주하는 자신의 임무에 대해 말했다. 배는 말을 내뱉는 순간 사라져 어둠 속에 묻혀 버리는 위대한 진실에 대해 말했다. 베키는 주먹을 불끈 쥐고 몸부림치다가 잠에서 깼다. 그녀는 출렁거리는 파도 소리를 들으며 다시 잠을 청했다.

누군가 부드러운 손길로 그녀의 어깨를 흔들었다. 그녀의 마음이 흔들렸다. 배가 움직이지 않는 것 같았다. 선실에 램프가 켜져 있었다. 현창으로 내다보니 잔물결 너머의 불빛이 손에 닿을 듯했다. 밖에서 익숙한 소리가 들렸다. 빠른 말투, 돛대에 부딪히는 부산한 마룻줄. 정박한 항구에서 들리는 밤의 소음이었다. 그녀는 다리를 휙 돌려 정신없이 뛰어내렸다. 눈을 비벼 봤지만 이곳이 어디인지 알 수 없었다. 그리고 감히 물을 수도 없었다.

선실에 식사가 차려졌다. 쌀과 조개, 버섯, 달걀로 만든 거한 케저리[06]였다. 놀랍게도 배가 고팠다. 그녀는 자신에게 말을 걸었던 소년과 나란히 어깨를 맞대고 앉았다. 그녀는 맑았던 그날 오후, 소년이 그녀의 생명을 지키기 위해 편들어 주었다는 사실을 알게 되었다. 그녀는 기계적으로 급하게 음식을 쑤셔 넣으면서 접시에서 눈을 떼지 않았다. 주위에서 끊임없이 대화가 이어졌지만 아무도 그녀에게 신경 쓰지 않았다. 그녀는 몸을 웅크리고 앉아 자신의 존재가 잊힌 것을 기뻐했다.

뭍에 도착하자 뱃사람들은 그녀를 데리고 나갔다. 작은 배를 타자 베키는 마음이 훨씬 편안해졌다. 그들은 프랑스 해안가의 바에 앉아서 와인을 퍼마셨다. 베키는 머리가 빙빙 도는 것 같았다. 목소리와 소음이 푸근한 수다와 뒤섞였다. 웨일즈 사람의 무릎에 얼굴을 파묻자 그녀는 안심되면서 뭔가가 하고 싶어졌다. 그녀는 바위에 있던 화석과 아버지와 교회, 헤엄치다가 거의 익사할 뻔했던 일들을 이야기했다. 뱃사람들은 소녀의 머리를 쓰다듬으며 웃을 뿐, 아무것도 이해하지 못한 것처럼 보였다. 와인이 그녀의 목을 타고 스웨터 속으로 흘러 내렸다. 그녀는 되받아치며 웃다가 램프가 돌아가는 것을 보곤 고개를 숙였다. 진한 눈썹 아래에 있는 갈색 눈이 반쯤 감겼다.

"이봐, 화이트 보트!"

그녀는 몸을 떨며 일어나 램프가 방추형 모양으로 바다 속으로 꺼지는 것을 보았다. 뱃사람들이 부두를 따라 얼레를 감는 소리와 고함 소리가 들렸다. 게다가 외국이라는 얼떨떨한 놀라움도 느꼈다. 화이트보트가 커다란 선체에서 희미하게 대답하는 동안, 부속선은 밤을 뚫고 밖으로 기어 나갔다.

||||||||||||||
06 쌀, 계란, 양파로 만든 인도 요리.

그녀는 여전히 맨발이었다. 작은 배의 노를 잡으려고 뛰어 내려가다가 발목을 톡 쏘는 바닷물을 느꼈다.

"이봐." 데이비드가 말했다. "힘든 날에는 침대에 두 번씩 들어가지 마……."

베개 대용으로 사용하는 돌돌 말린 담요에 머리가 닿는 게 어렴풋이 느껴졌다. 그녀는 헛헛한 웃음을 지으며 청바지 허리춤을 주섬주섬 매만지다가 슬며시 잠 속으로 빠져 들었다. 꿈속에서 길고 긴 물길이 웃으며 뒤로 물러났다.

그녀는 어둠 속에서 벌떡 일어났다가 또 다시 속았다는 사실을 깨달았다. 뱃사람들은 밤새 항구를 빠져나갔다. 바다는 낄낄거리고 숨 막히듯 목을 조이면서 넘실넘실 밀려들었다. 화이트 보트, 그리고 뱃사람들은 결코 잠들지 않았다.

다시 목소리가 들렸다. 반짝거리는 불빛, 아래로 말리며 펄럭거리는 돛, 뭔가가 선체 위를 구르며 요란스럽게 미끄러지는 소리. 격투를 벌이는 듯한 쿵하는 소리. 베키는 침대에 몸을 웅크린 채 누워 고개를 선실 반대 방향으로 돌렸다.

"아니, 자는 것 같은데……."

"이제 조심해야 해……."

그녀는 조용히 웃었다. 달그락거리는 병들, 비밀스럽게 쿵 소리를 내는 화물. 그 소리에 소녀는 놀랐다. 하지만 더 이상 겁날 게 없었다. 이들은 밀수꾼이었다.

그녀는 답답하고 짜증 나는 상태로 잠에서 깼다. 왜 짜증이 났는지 잠시 궁금했다. 내키지 않았지만 그녀는 그 감정을 분석해 보려고 했다. 사실 그녀에게 이것은 특이한 연습이었다. 화이트 보트가 가장 거칠면서도 가장 로맨틱하다는 것은 사실이었다. 그렇지만 그녀는 속았음을 본능적으로 깨달았다. 마을의 거리, 모여 있는 작은 검은색 집들, 교회가 보였다. 사제는 조용히 입을 열어 저주를 퍼부었다. 시커먼 얼굴의 아버지는 커다란 버클이 달린 벨트를 천천히 풀었다. 그녀는 결국 그곳으로 돌아가게 될 것이다. 꿈은 끝났다.

그게 전부였다. 그것은 통점이자 고통의 맛, 그 정수였다. 화이트 보트를 타고 있지만 이곳에 속하지 못하는 베키. 그녀는 절대로 이 배의 일원이 되지 못할 것이다. 그녀는 뜬금없이 새로운 지식을 마음껏 알려 준 뱃사람들이 미워졌다. 뱃사람들은 베키를 때리고 피를 흘릴 때까지 그녀를 능욕한 후, 두 발을 묶어 깊고 푸른 바다 속으로 던져 버렸어야 했다. 하지만 그럴 만한 가치가 없었기 때문에 뱃사람들은 아무 짓도 하지 않았다. 심지어 죽일 가치조차 느끼지 않는 듯했다.

그녀는 또 다시 음식을 거부했다. 선장이 걱정스러운 눈으로 그녀를 바라봤다. 하지만 그녀는 선장을 무시했다. 그녀는 익숙하게 두꺼운 돛대를 잡고 예전의 그 자세를 유지했다. 날은 밝고 창창했다. 배는 빨리 움직였다. 배는 하얀 제노아 돛을 활짝 펴고 바람이 불어오는 갑판 배수구 아래에서 파도를 가르며 질주했다. 베티는 전날 죽고 싶다는 생각이 든 순간부터 멀미를 하기 바랐다. 화이트 보트는 잉글랜드 해안을 따라 천천히 올라가고 있었다.

그녀의 마음은 두 갈래로 갈렸다. 하나는 이 항해가 끝없이 계속되었으면 하는 마음이고, 또 하나는 이 재앙을 서둘러 빨리 끝내고 싶다는 마음이었다. 날은 천천히 어두워져 황혼녘이 되었다가, 다시 깊은 밤으로 변했다. 어둠 속에서 그녀는 신호기 탑의 화톳불용 기름통이 불타며 정확히 움직이는 것을 보았다. 응답하는 신호기, 그리고 저 너머로 이어지는 신호. 그것들은 분명히 그녀를 위해 신호를 보낼 것이다. 긴 해안을 따라가며 황무지를 가로지르겠지. 그녀는 입술을 말아 올렸다. 냉소가 터져 나왔다. 차가운 바람이 바다를 갈랐다.

돛대 앞쪽에 있는 승강구를 통해 돛대 궤로 들어갈 수 있었다. 그녀는 커다란 소시지 모양으로 말려 올려진 캔버스 돛 아래로 몸을 숙이고 들어갔다. 칸막이 문이 살짝 열려 삐걱거렸다. 그 틈으로 선실 램프에서 움직이는 노란 불빛이 보였다. 이곳에선 파도 소리가 강하게 들렸다. 그녀는 뿌루퉁한 채 들끓는 웃음소리를 들었다. 씁쓸하게도 배가 산호에 부딪혀 좌초당하기를 바라는 마음이 살짝 들었다. 배가 흔들리자 기울어진 페인트 벽이 앞뒤로 움직였다. 그녀는 그 벽을 살짝 긁어 보았다. 그러자 벽이 부서져 내리며 그녀의 손바닥에 작은 부스러기가 떨어졌다.

부서진 벽이 그녀의 관심을 끌었다. 불빛을 비춰 보니 나무 판 일부가 살짝 움직이는 것 같았다. 그 나무 판은 아주 오래전부터 배를 똑바로 받치고 서 있던 것이었다. 그녀는 판자를 옆으로 밀고 시험 삼아 잡아 당겼다. 승강구가 나오고, 그 위로 공간이 보였다. 소녀는 그 안으로 팔을 뻗었다. 대충 더듬거리다가 미끈거리는 유포 봉지를 끄집어냈다. 그리고 하나 더 잡아당겼다. 그곳에는 봉지가 아주 많았다. 양쪽에 잔뜩 쌓여 있었다. 봉지는 작았다. 마을 상점에서 가끔 사던 성냥 상자만 할까.

그녀는 충동적으로 그중 하나를 타탄체크 바지 허리춤에 쑤셔 넣었다. 그리고 구멍을 황급히 가린 후 문을 닫고 인상을 쓰고 앉았다. 작은 봉지를 문지르자 서서히 온기가 느껴졌다. 무엇인가를 훔치겠다고 마음 먹은 건 이번이 처음이다. 아마 화이트 보트의 일부분을 갖고 싶었나 보다. 그리고 뭔가 밤에 갖고 있으면 기억이 될 만한 물건을 갖고 싶었던 것 같았다. 뭔가 값진 것이 갖고 싶었다. 누군가가 굉장히 부주의한 덕에 그녀는 자신의 바람을 이룰 수 있었다.

그녀의 머리 위로 목소리가 들렸다. 갑판으로 올라오라는 소리였다. 그녀는 죄책감에 싸여 승강구를 통해 다시 밖으로 기어 올라갔다. 그러나 뱃사람들은 그녀에게 관심을 갖지 않았다. 앞에 단단하고 벨벳처럼 시커먼 것이 보였다. 쌍둥이 곶이 희미하게 보였다. 긴 바위 방파제 주변의 파도가 희미한 빛을 띠고 있었다. 충격과 차가운 떨림을 느끼며 그녀는 집으로 돌아왔다는 사실을 깨달았다.

그리고 다른 것들이 보였다. 이교도들이 보이자 그녀의 숨이 멈췄다. 이제는 공개된 선실의 기계. 기계는 빙빙 돌며 달가거렸다. 분홍색으로 깜빡이는 띠 모양의 불빛들이 눈금 위에서 움직였다. 뱃사람들이 작은 만으로 들어서자 길을 세는 소리가 들렸다. 7길, 5길, 4길. 악마의 배가 들어오는 동안 그 누구도 나서지 않았다.

선실 위에 올려져 있던 작은 배가 바다로 쿵하니 내려앉았다. 그녀는 노를 저으며 방수포로 감싼 원피스를 부여잡았다. 더 육중한 배가 출렁이며 내려왔다. 그녀는 아버지에게 이런 이야기를 들었다. 침묵의 뇌물, 혹은 이중으로 속이기. 이런 것들은 배에서 유래된 것이라고 했다. 더 끔찍한 죄악을 숨기기 위해 작은 죄를 저질렀다는 고백도 배에서 유래된 것이라고 했다. 그들이 그녀를 숨죽여 부르자 그녀는 기계적으로 손을 흔들었다. 그리고 거의 끝까지 내려오자 펄럭이는 돛에서 시선을 뗐다. 작은 배는 천천히 뭍으로 향했다. 웨일즈 소년이 키 손잡이를 쥐었다. 그녀는 배 바닥에 무릎을 대고 배가 방파제에 부딪히며 요동치는 것을 보았다. 그녀는 배에서 내려 재빨리 달렸다. 바다 밑바닥에 그녀의 발바닥이 닿자 소년이 불렀다. 그녀는 어둠 속에서 몸을 돌려 연약한 그림자를 기다렸다.

그는 어떻게 해야 할지 전혀 알지 못하는 것처럼 보였다. "이해해 줘. 그리고 다시는 이런 짓 해서는 안 돼. 무슨 말인지 알지, 베키?" 그는 우울한 얼굴로 말했다.

"응, 잘 가." 그녀는 말했다. 그리고 몸을 돌려 뭍으로 올라가 개천을 가로지르는 다리를 건너 집으로 돌아갔다.

세탁장 지붕 위에는 가족들이 늘 열어 놓는 창문이 있었다. 그녀는 헛간에다 짐을 내려놓았다. 문을 열자 경첩이 삐걱거렸지만 아무 일도 일어나지 않았다. 그녀는 조심스레 벽을 타고 기어올라 어둠 속에서 발소리를 죽이고 자신의 방으로 올라갔다. 그리고 침대에 누웠다. 배 속이 여전히 울렁거렸다. 그건 신비하게도 그녀가 아직도 저 아래 작은 만에 정박해 있는 화이트 보트와 교감하고 있다는 뜻이었다. 갑자기 생각나 허리춤에서 작은 봉지를 꺼내 매트리스 밑에 단단히 감춰 두었다.

푸른 새벽빛에 아버지는 낯선 사람처럼 보였다. 사실 아버지에게 설명할 만한 말이 없었다. 아무것도 할 말이 없었다. 그녀는 그저 잠에 취해 있었다. 타탄체크 바지가 벗겨지는 것도 무덤덤하게 느껴졌다. 아버지가 손으로 천천히 혁대를 훑어 내리는 소리가 들렸다. 멍한 상태라 맞아도 전혀 아프지 않을 것 같았다. 그러나 그것은 틀린 생각이었다. 고통은 그녀의 몸을 관통하며 앞뒤로 폭발했고, 눈 안쪽에서 붉은 빛이 번쩍거렸다. 그녀는 침대 난간을 부여잡은 채 그대로 죽고 싶었다. 그렇지만 아무 말도 소용없으리라는 사실을 알았다. 그녀의 몸은 바위와 혈암, 그리고 우울하고 광활한 풀밭에서 튕겨 나왔다. 혁대는 그녀가 아니라 곧 바위, 바다를 공격했다. 아버지의 행동은 외로움과 비참함과 절망과 고통을 몰아내기 위한 것이었다. 아버지는 일을 마치고 몸을 돌려 문을 박차고 나갔다. 작은 집 아래층에서 소녀는 미움과 공포를 느끼며 울부짖었다. 그녀는 베개에 머리를 뉘였다. 저 멀리에서 숨 쉬는 바다의 씻김이 들리는 것 같았다.

그녀의 손가락은 침대에 숨겨 둔 봉지를 찾으려고 움직였다. 천천히, 그리고 무심하게 그녀는 봉지를 집어들었다. 매듭을 마구 잡아당긴 끝에 포장을 벗겨 냈다. 비난받더라도 만지거나 촉감을 느끼고, 눈을 가린 채 상상하는 것은 그녀의 기쁨이었다. 예민한 손가락으로 헤매고 두드리고 작은 물건을 이리저리 돌려 포근하고 차가운 다양한 질감을 느끼면서 소녀는 작은 이단의 지도를 황량히 헤맸다. 처음으로 눈물이 나와 한쪽 눈에서 도르르 흐르다가 멈추면서 갈색 피부에 반짝이는 흔적을 남겼다.

사제가 쿵쿵거리며 계단을 올라왔다. 아버지는 그를 밀치고 앞으로 나서며 거칠게 그녀를 가렸다. 안토니 신부가 말하는 동안 그녀는 보이지 않게 손을 옆에 내려놓았다. 그녀는 엎드린 채 조용히 누워 있었다. 속눈썹이 뺨을 쓸어내렸다. 미동 없이 꾹 참는 것이 최선의 방패라는 것을 알았다. 신부가 앉자 창문으로 들어오는 빛이 희미해졌다. 그는 거의 밤이 되어서야 떠났다.

그녀는 어둠 속에서 훔친 물건을 들어 올려서 얼굴로 가져가 감촉을 느꼈다. 그 이단의 냄새, 밀랍과 베이클라이트[07]와 철 냄새는 그녀의 마음을 희미하게 공격했다. 그녀는 그 물건을 사랑스럽게 쓸어내렸다. 그것을 쥐고 있는 동안, 그녀는 화이트 보트를 제 맘대로 움직여 그녀가 방랑하던 시간으로 다시 불러들일 수 있었다.

태양은 연일 모습을 드러내지 않았다. 그녀는 절벽에 누워 배가 스쳐 지나가는 것을 지켜보았다. 그녀가 건넌 바다보다 더 큰 장벽이 그녀를 가로막고 있었다. 그 장벽은 다른 사람이 아닌 그녀 자신의 어리석음으로 인해 세워진 것이었다.

그녀는 커다란 푸른 가재를 천천히 고통스럽게 죽였다. 껍질 사이의 틈으로 못으로 쑤셔 넣자 가재는 버둥대며 몸을 뒤틀었다. 그리고 천천히 토막 냈다. 자기 자신을 미워하며, 그리고 이 세상 모두를 미워하며 베키는 쓸쓸하고도 쓸모없이 희생된 토막을 바다에 뿌렸다. 그녀는 마음속의 허전함을 달래기 위해 다른 일들을 하며 철회색 오후를 보냈다. 밤이면 저 바

---

07 최초의 합성수지. 페놀 수지로 만든 성형 재료.

위로 나가 하는 나쁜 짓거리가 있었다. 쾌락이나 고통을 느끼더라도 감사하다는 생각이 들지 않았다. 그녀는 경멸스럽게 자신의 몸을 탐했다. 제 멋대로 찾아온 화이트 보트는 그녀를 구슬리다가 웃으며 되돌려 보내놓더니 상처를 주고 무관심했다. 그녀 앞에 펼쳐진 삶은 끝없는 감옥 같았다. 그녀는 스스로에게 물었다. 존 사제가 봤다는 그 위대한 것들은, 그 약속된 변화는 어디에 있는가? 또 다른 화이트 보트를 불러들일 황금기와 또 다른 세월, 희망은 어디에 있는가? 바로 이 하늘의 거친 파도가 말하고 노래하게 만든 것이다…….

그녀는 시커먼 어둠 속에서 화이트 보트의 작은 심장을 만지작거리며 철사와 고리, 밸브의 작은 튜브의 감촉을 느꼈다.

교회는 조용했고 차가웠다. 각인된 벽면 뒤에서 사제의 무거운 숨소리가 들렸다. 그녀는 그가 중얼거리는 동안 아무것도 듣지 않은 채 기다렸다. 손으로는 가지고 간 그 물건을 열었다 닫았다 하며 만지작거렸다. 손바닥에 땀이 송골송골 배어 나왔다. 말씀은 일말의 희망도 없이 음침하게 끝났다. 그녀는 격자문에 작은 기계를 밀어붙인 후, 반대편에서 공포심에 두 다리를 질질 끌며 침울하게 숨을 들이쉬는 소리를 기다렸다. 안토니 신부의 얼굴은 이루 형용할 수 없을 만큼 일그러졌다.

마을은 속닥거리고 투덜대며 요동쳤다. 마을 사람들은 거리에 나타난 군인들과 소리를 치는 기수들과 장교들을 보고 입을 쩍 벌린 채 이리저리 뛰어다녔다. 공작병들은 필사적으로 절벽 해안을 따라 기중기를 갖춘 후, 육중한 갑판보에서 연장을 휘둘렀다. 수비대는 경계 태세를 갖추고 즉시 더노바리어로 돌아갔다. 이 지역은 예전에 반란이 일어났던 곳이라 사령관들은 아주 중요하게 생각하고 있었다. 신호수들은 빈정대며 50여 개에 이르는 신호기의 팔을 작동시켰다. 추가 사항을 즉시 발송하고, 질문과 지시에 따라 산악 지역을 샅샅이 훑었다. 마을에는 통금 조치가 내려져서 모든 사람이 집으로 돌아가야만 했다. 그렇지만 그 무엇도 속닥거리는 불안한 소문을 막지 못했다. 이단은 유령처럼 떠다녔고, 바닷바람에 실려 불어왔다. 한 남자가 늙은 수도승을 보았다. 그는 싱긋 웃으며 공허한 눈빛으로 누더기 같은 승복을 입고 절벽 위를 거닐었다. 기병대의 경비대가 고원에 배치됐다. 그렇지만 아무것도 찾지 못했다. 밤새, 그리고 새벽이 되기 직전 가장 깜깜한 시간까지도 마을의 거리에서는 군인들의 행군에 맞춰 메아리가 울려 퍼졌다. 그리고 마침내 기다리던 조용한 시간이 되었다. 바람은 작은 만에서 불어와 뒤엉킨 가시금작화를 흔들어 놓고 옹기종기 모인 지붕 위를 울부짖으며 지나갔다. 베키는 조용히 누워 첫 번째 속삭임을 들었다. 그것은 군인들에게 제 위치로 가서 총을 들고 대기하라고 고함치는 소리였다.

그녀는 엎드렸다. 머리카락을 산발한 채 베개에 누워 바람 소리를 들었다. 그리고 천천히 주먹을 쥐었다 폈다. 고함 소리는 머릿속에서 계속 메아리쳤다. 열변을 토하며 탁자를 쿵하고 내리치는 소리, 사제들이 시뻘건 얼굴로 외치는 소리가 여전히 뇌리에 남아 있었다. 아버지가 햇빛을 받으며 언짢은 듯 서 있었다. 코발트빛 튜닉을 입은 메이저 신부는 또 다시 캐물으며 조사하자고 우겼다. 비참함 속에 질문은 대답이 되었고, 그 대답은 그들을 또 다시 혼란스럽게 만들었다. 멍한 그녀의 머릿속에서 바다가 너울거렸다. 노새가 뒤에서 밧줄을 팽팽히 잡아당기며 바퀴 달린 대포를 끌고 왔다. 대포는 흔적을 남기며 거친 땅에 내려앉았다. 순간 쿵하는 소음이 앞뒤 집들 사이로 울려 퍼졌다. 그녀는 손으로 귀를 막고, 멈춰, 그만 멈춰, 라고 울부짖었다.

사람들은 그녀를 못살게 굴었다. 그녀는 그동안 아무에게도 하지 못했던 이야기를 털어놓았다. 작은 만과 해변의 비밀, 밀려드는 파도, 공포와

꿈. 그들은 이야기를 다 듣더니 굳은 표정을 지었다. 서기는 그 내용을 휘갈겨 받아 적었다. 신호수는 언덕 위에서 딱딱거리는 소리를 냈다. 그들은 결국 그녀를 그녀의 집, 방 안에 가두고, 군인들을 그 앞에 보초로 세웠다. 아버지는 아래층에서 술에 취해 욕을 했다. 이웃 사람들은 아이들에게 잔소리를 하며 불안해했다. 사람들은 그녀의 사연과 그녀의 십자가 신호에 대해 말했다. 그녀는 한참 동안 누워 있었다. 한편으로는 이해되기 시작했다. 손톱으로 손바닥에 상처를 내자 뜨거운 눈물이 천천히 흘러 나왔다. 바람이 불어와 처마 밑에서 윙윙거렸다. 세차고도 시원한 바람이 화이트 보트를 불러들여 죽음으로 이끌 것이다.

화이트 보트와의 유대감이 이렇게까지 강하게 든 적이 없었다. 그녀는 생생한 악몽 속에서 배를 보았다. 달빛은 기울어진 갑판을 쓸어 내렸고, 돛은 시커먼 뭍을 배경으로 어둡게 빛났다. 그녀는 절망에 빠져 바다를 생각하지 않으려고 애썼다. 화이트 보트가 뱃머리를 돌려 멀리 가 버리라고 기도했다. 배는 기도를 들었지만 대답이 없었다. 그녀는 계속 화를 내며 맹렬히 기도했다.

베키는 조용히 일어섰다. 창문에 매달려서 보니 환한 달빛이 작고 정신 없는 마당 안으로 들어왔다. 거리에서 발걸음 소리가 들리다가 조용히 사라졌다. 새는 사냥하며 우짖고, 구름 줄기는 빛을 더듬어 찾다가 결국 꺼트리고 말았다.

그녀는 몸을 떨며 창틀을 빠져 나갔다. 예전에도 그녀는 이 이질적인 견고함을 경험한 적이 있다. 차가운 창틀은 그녀를 더욱 부드럽고 차분하게 만들었다. 그녀는 조심스레 바깥 타일 위에 발을 내려놓고 머리를 숙이고 더 짙은 집 담벼락 그림자 속으로 쿵하고 뛰어내렸다. 그리고 기다렸다. 침묵에 귀를 기울였다.

그들은 멍청하지 않았다. 그들은 교황을 섬기는 군대였다. 그녀는 봤다

기보다 감각으로 느꼈다. 정원에 있는 보초가 어둠 속에서 망령처럼 지나가는 바람에 하마터면 그의 망토를 건드릴 뻔했다. 그녀는 참을성 있게 기다리면서 멍하니 주시했다. 구름이 걷혀 모습을 드러낸 달이 다시금 뿌예졌다. 그녀 앞에서 군인은 하품하며 머스캣 총을 벽에 기대 세웠다. 잠을 깨려는 듯 중얼거리며 길을 따라 느릿느릿 위쪽으로 걸어 올라갔다. 그녀는 즉각 발을 움직여 벽을 뛰어넘었다. 치마가 걸려 찢겨 나갔다. 그녀는 길을 달리다 걷기를 반복했다. 그녀는 고함 소리와 번쩍거리는 불빛과 총이 발사되는 소리를 기다렸다. 그래도 꿈은 흔들리지 않았다.

  작은 만은 은색으로 넓게 펼쳐져 있었다. 그녀는 조심스레 움직이며 고사리를 헤치고 교묘히 절벽 모서리를 향해 빠져나갔다. 저 아래, 20미터 떨어진 곳에서 사람들이 모여 담배를 피우며 이야기하고 있었다. 그들은 조심스레 파이프 담배를 피우고, 다시 바다로 돌아가 망토로 가렸다. 조금이라도 빛이 새 나가지 못하게 하기 위해서였다. 파도는 램프를 가로질러 바위 사이에 있는 저 위쪽까지 씻어 냈다. 달은 저 멀리 곶 위에 서서 우윳빛 아지랑이를 배경으로 황량한 모습을 드러냈다.

  그녀 앞에 총이 있었다.

  그녀는 눈을 크게 뜨고 사람들을 내려다보았다. 여섯 명이 짜증을 내며 뿌루퉁한 모습으로 바다를 바라보고 있었다. 그녀는 그들의 배치 뒤에 숨겨진 교활함을 보았다. 총, 포단, 성합[08]이 거의 해수면과 같은 높이에 있었기 때문에 만약 발사하면 멀리 튕겨 나가다가 획하고 떨어질 것이다. 배에 닿을 가능성은 거의 없었다. 그녀가 총탄 사이로 뛰어들면, 그들은 발사하기 시작할 것이다. 경고도, 쏘는 방향도 통보하지 않을 것이다. 그저 갑자기 뭍에서 오렌지빛 천둥이 발사되고, 발포되는 순간 부서지고 파괴될

---

08 축성용 제병 그릇.

것이다.

그녀는 눈에 힘을 주었다. 계속 쳐다보니 하늘과 바다의 희미한 경계 저 멀리서 짙은 회색 허공을 배경으로 검은 연기가 춤을 추다가 기수를 돌리고 있었다. 키가 큰 화이트 보트의 돛이 뭍으로 향하고 있었다.

그녀는 온몸을 휘젓고 뛰어넘으며 다시 달렸다. 개천 속으로 들어갔다. 졸졸 흐르는 물소리가 그녀의 움직이는 소리를 뒤덮을 것이기 때문이다. 개천을 따라 달려가다가 해안가에 다다르자 몸을 숙였다. 군인들이 보였다. 살랑살랑 소리를 내는 어두운 물체도 절벽 저 멀리에서 보였다. 군인들은 달려가더니 그것을 보려고 바다를 향해 야간용 쌍안경을 들이댔다. 그들의 등에는 총이 매달려 있었다.

생각할 겨를이 없었다. 침을 삼키고 쿵쾅거리는 심장을 달랬다. 그녀는 필사적으로 달렸다. 발로 모래를 쳐내다가 표석과 묻힌 돌에 발이 걸렸다. 뒤에서 고함 소리가 들렸다. 머스캣 총이 구르고 부딪히는 소리와 장교들의 욕지거리가 들렸다. 바위를 스친 총탄이 그녀의 등과 장딴지에 파편을 뿌렸다. 그녀는 폴짝 뛰어 올라 방향을 튼 다음 가볍게 무릎으로 착지했다. 군인들이 달려오는 모습이 보였다. 번쩍이는 칼도 보였다. 저 멀리에서 또 다른 총성이 들렸다. 그녀는 헐떡이며 옆으로 굴러 날아오는 첫 번째 탄환을 피했다.

그녀의 몸이 불덩이처럼 타오른다는 사실은 중요하지 않았다. 그녀는 손으로 방아끈을 쥔 후 사랑스러운 듯 돌려 감았다. 그리고 위로 끌려 올려 갔다.

거대한 불꽃과 요란한 함성이 튀었다. 번쩍거리는 총탄이 절벽을 밝혔고 바다를 가로지르며 불꽃이 튀겼다. 총은 뒤에서 흔들거리며 화내고 씩씩거렸다. 눈에 보이는 모든 것에 불이 붙었다. 이제는 분노로 들끓어 바다를 향해 무작위로 총알이 획획 날아왔다. 기관포가 곳에서 울려 퍼지자 마을을 가로지르며 쿵하는 소리가 들렸다. 어떤 소녀가 자다가 침대에서 놀라서 비명을 지르며 잠이 깼다. 그 소리는 저 밤하늘로 거칠고도 높게 날아올랐다.

화이트 보트는 기수를 들어 총들을 비웃었다. 그리고 뭍을 경멸했다.

네 번째 소절
존 수사

작업장은 어두침침하고 지붕이 낮았다. 저쪽 끝에 위가 둥글고 창살이 달린 두 개의 창문을 통해서만 빛이 들어왔다. 대충 다듬어진 마름돌 벽을 따라 석판이 늘어서 있었다. 방 한쪽 구석에 자리 잡은 커다란 싱크대에는 조악한 파이프와 수도꼭지가 매달려 있었다. 그 옆에는 벤치가 있었다. 공기에서 흐릿한 냄새가 났다. 축축한 모래의 찌릿한 날 냄새였다.

벤치에서 한 남자가 작업 중이었다. 그는 키가 작고 붉은 얼굴에 약간 통통했고, 에드헬름[01]의 진홍색 의복을 입었다. 그는 일을 하면서 치아 사이로 조용하고 단조롭게 휘파람을 불었다. 이 버릇 때문에 탁발 수사인 존은 윗사람에게 여러 번 지적당했다. 그렇지만 그것은 벗을 수 없는 그의 타고난 천성의 일부였다.

수사 앞에 놓인 벤치 위에는 가로세로 60×120센티미터에, 두께가 몇 센티미터는 족히 넘는 석회암 덩어리가 있었다. 그 옆에는 은모래 상자가 있었다. 존 수사는 돌 표면을 가는 중이었다. 모래를 오목한 입구에 부어 회전 철 분쇄기에 넣은 후 능숙한 솜씨로 돌리면서 돌 표면을 유상액과 연마재로 갈았다. 고되고 힘든 작업이었다. 작업이 끝났을 때 돌은 어느 쪽으

---

01 맘즈베리 대수도원.

로든 휜 흔적이 없어야 했다. 그는 철로 된 자를 돌판 위에 올려놓고 표면이 우묵하게 파였는지 이따금씩 확인했다. 몇 시간 후 돌 표면이 완벽한 수평을 이루면, 이제 가장 중요한 단계로 접어든 것이다. 분쇄기에 갈린 표면엔 잡티가 전혀 없어야 한다. 알브레히트 마스터는 작은 홈까지도 분명히 잡아 낼 것이다. 그랬다가는 어떻게 될지 존 수사는 너무나도 잘 알고 있었다. 마스터 인쇄공은 짤막한 철 바늘을 가지고 다니면서 바늘 끝으로 석회함 석판 위를 쭉 긁어 볼 것이다. 잘못했다가는 사소한 실수로 즐거움이 달아나 버리게 된다. 사실 그는 이제 막 위대한 마스터가 퇴짜 놓은 바로 그 흔적을 지워 버린 참이었다.

그는 수도꼭지에 달려 있는 긴 호스로 석판을 조심스레 닦았다. 또 다시 수평을 확인한 후 꼼꼼히 씻으면서도 기름기 없는 손가락으로 석판을 전혀 건드리지 않았다. 기름기가 조금이라도 닿아 압축기 팀판[02]에 기름 얼룩이 배거나, 땀 묻은 손으로 쓸었다가는 일을 완전히 그르치게 된다. 가장 정교한 작업인 석판 인쇄를 담당하는 수사들은 리넨 마스크를 써서 호흡으로 인해 석판이 오염되는 일조차 피했다.

이제 모든 것이 정돈됐다. 여전히 휘파람을 불며, 존은 층층이 쌓아 놓은 모래 트레이에서 가장 고운 모래를 사용해 마지막으로 섬세한 연마 작업을 하기 시작했다. 마침내 작업이 끝났다. 아름답고 보드라운 석판 표면을 마지막으로 꼼꼼히 확인한 후 석판을 다시 닦았다. 그러고는 모래가 옆이나 바닥으로 흘러 내려가도록 벽에 기대 세웠다. 그런 다음 작업장을 가로지르며 석판을 옮기고 작은 승강기 사이에 끼운 후 두꺼운 벽 안으로 밀어 넣었다. 그리고 그 옆에 있는 초인종 줄을 잡아당기자 저 위에서 희미하게 딸랑거리며 대답하는 소리가 들렸다. 공들인 석판이 천천히 위로 올라가며 시야에서

---

02 압력을 고르게 하기 위해 압반과 인쇄지 사이에 끼는 종이.

멀어졌다. 그는 장비를 정리하고 모래 트레이를 라벨이 붙은 선반 위에다 다시 집어넣은 뒤 싱크대를 싹싹 문질러 닦았다. 바닥의 하수구가 막혀서 시끄러운 소리를 냈다. 막대기로 그 안을 휘휘 젓자 마지막 남은 물 한 방울까지 싹 쓸려 내려갔다. 그제야 그는 회전 돌계단을 따라 위로 올라갔다.

연마 작업장과 달리 메인 석판 인쇄 스튜디오는 천장이 높고 환했다. 커다란 창문 너머로 굽이치는 언덕의 전경과 도싯과 서머싯의 경계에 자리 잡은 무성한 농장 지대가 4월 햇살을 받으며 유쾌하게 펼쳐졌다. 스튜디오 한쪽 벽을 따라 돌이 잔뜩 쌓여 있었다. 그 옆의 낮은 연단 위에는 알브레히트 마스터의 지위에 걸맞은 책상이 올려져 있었다. 책상 뒤로는 그의 작은 사무실로 들어가는 문이 나 있었다. 책상 위에는 돈과 송장과 각종 영수증이 넘쳐흘렀다. 그 옆에 있는 또 다른 문을 열고 들어가면 잉크 저장소가 나왔다. 이곳에는 군침이 도는 각종 색상의 페인트 통이 넓적한 소나무 선반 위에 줄 맞춰 쌓여 있었다. 잉크 저장소에서는 진하면서도 달콤하고 독특한 냄새가 났다.

스튜디오 중앙에는 허옇게 닳은 기다란 두 개의 책상에 현재 작업 중인 교정쇄가 활짝 펼쳐져 있었다. 그 주변에는 이 부서에 소속된 수련 수사 여섯 명 중 네 명이 꾹 참고 앉아 가위로 교정쇄를 일일이 잘라 내고 있었다. 책상 뒤쪽의 두 번째 연단 위에는 인쇄기가 죽 늘어서 있었다. 그중 세 대는 벽을 따라 번쩍거리며 서 있었다. 이 인쇄기들은 알브레히트 마스터의 자부심이자 커다란 기쁨이었다.

인쇄기의 구조는 단순했다. 긴 레버를 올리면 각각의 베드가 인쇄 높이까지 올라가고, 육중한 나무살 바퀴를 돌리면 앞으로 밀려 나간다. 베드 위에는 철제 프레임이 가죽에 싸인 쐐기를 받치고 있으며, 그것으로 압력을 조절할 수 있다. 베드의 맨 끝은 힌지로 고정되어 있고, 모서리를 따라 납 나사로 조여진 놋쇠 팀판은 쐐기로부터 석판을 보호한다. 존 수사는 예전에 이 팀판 때문에 큰 곤란을 겪은 적이 있었다. 곰 기름이라는 라벨이 붙어 있긴 했지만, 존은 그 성분이 굉장히 의심스러웠다. 날씨가 푸근한 날이면 지독한 냄새가 났기 때문이다. 예민한 코를 가진 그는 악취 때문에 화가 나서 직접 시내에 있는 창고를 찾아가 최신 미네랄 기름 깡통을 사 가지고 와서 그걸 인쇄기에 바르기도 했다. 알브레히트 마스터는 끝이 보이지 않을 정도로 오래도록 크게 화를 냈다. 몇 주 동안이나 존은 미네랄 기름을 제거하고 그 유서 깊은 곰 기름으로 대체한 것은 물론이거니와, 마스터를 찾아가 유달리 고약한 자신의 체질에 대해서 싹싹 빌었다. 왜소한 사제는 최대한 은총을 베풀어 달라고 간청했다. 그러면서도 존은 기필코 저기 저 높은 석판 인쇄 담당 마스터 자리까지 올라가 자신의 권한으로 그 해로운 성분을 깡그리 없애고야 말겠다며 속으로 이를 악물었다.

인쇄기 옆에는 싱크대가 몇 개 더 있었고, 연마실과 연결된 승강기 위쪽에는 송풍구가 나 있었다. 그 옆에는 알브레히트 마스터에게 검사받은 석판이 옆으로 괴어 있었고, 한 소년이 손잡이가 달린 마분지 부채로 석판을 말리고 있었다. 벽 선반에는 보풀이 인 부드러운 가죽 잉크 롤러가 늘어서 있었다. 그 아래에는 팔레트로 쓰이는 석회암 석판들이 많이 있었다. 그중 하나를 조셉 수사가 작업하고 있었다. 금발의 수련 수사인 조셉은 아직 탁발을 하지 않았다.

존 수사는 안으로 들어가면서 계속 휘파람을 불었다. 알브레히트 마스터의 뜨거운 시선에 주눅이 든 그는 휘파람을 뚝 멈췄다. 그는 스튜디오를 총총걸음으로 가로질러 가 조용히 서서 기다렸다. 조셉 수사가 잉크를 뿌려 롤러에 섞고 있었다. 석판은 가장 가까운 베드 위에 준비되어 있었고, 그 옆에는 2색 교정쇄가 쌓여 있었다. 존은 인쇄기 옆에 있는 양동이에서 물을 묻힌 스펀지로 석판을 조심스레 닦고, 조수가 롤러를 들고 앞으로 걸어 나오자 뒤로 한 발 물러섰다. 이미지를 올려놓은 후 처음에는 살살, 나중에는 힘껏 눌렀다. 존이 교정쇄 중 하나를 뒤집어 두 개의 바늘이 끼워진 그림붓 손잡이 사이로 밀어 넣자 프린트가 엇갈려 찍혔다. 그리고 팀판과 함께 내렸다가 압착을 하기 위해 올렸다. 쐐기를 살짝 조정한 후 그림을 통과시켰다. 존은 베드를 풀어 뒤로 밀고 팀판을 올린 후 좀 더 조심스레 종이를 들어 올려 빛에 대고 디자인을 살폈다. 색상이 선명하게 반짝였다. 가슴이 풍만한 시골 소녀가 보리 다발을 들고 있는 그림이었다. 그 아래에는 '에일 맥주 수확자: 양조 허가를 받은 도싯, 셔본의 세인트 에드헬름 수도원'이라고 쓰여 있었다.

정오를 알리는 벨이 울리자 모든 작업이 멈췄다. 수사들은 잠시 묵언 수행에서 벗어나 재잘거리며 줄지어 식사를 하러 갔다. 존과 조셉 사제는 점심을 받아 들고 코너에 있는 탁자로 가서 따로 떨어져 앉은 채 오후 작업에 대한 계획을 짰다. 사제들은 말을 할 수 없기 때문에 글로 적으며 대화를 하면 지루한 것은 물론 회피하는 듯한 인상이 느껴지기도 했다.

2시, 인쇄실로 돌아가려고 하는데, 한 수련 수사가 종이를 들고 다가왔다. 그는 메시지를 존 수사에게 주었다. 왜소한 수사는 메시지를 읽으며 정수리를 긁적인 후, 그것을 조셉에게 보여 주면서 어리둥절한 듯 눈을 굴렸다. 그를 위엄 있는 대수도원장 앞으로 소환하는 내용이었다. 그는 황급히 걸어가면서 자신의 태만함이나 그가 저지른 일들을 일일이 속으로 떠올려 보았다. 무슨 일인가에 대해 변명하기 위해 불려 가는 것이리라.

대수도원장 대기실에서 30분간 기다리는 동안 그는 마음이 조금도 편하지 않았다. 존은 안절부절못한 채 앉아 창문으로 들어오는 네모난 햇빛이 움직이는 것을 보았다. 한편, 수도원 회계사인 토마스 마스터는 그에게 차가운 시선을 보내곤 끝없이 긴 양피지 두루마리 위에 지켜야 할 규율들을 소름 끼치는 소리를 내며 펜으로 끼적였다. 2시 반이 되자 존 수사는 마침내 대수도원장실로 불려 들어갔다.

사건은 되풀이되는 경향이 있다. 메레디스 신부는 문서에 적힌 내용을 자세히 읽으며 때때로 사각 안경테 너머로 그를 올려다보았다. 존 수사는 초초해하면서 한숨을 내쉬다가, 이제는 걱정으로 얼굴이 벌겋게 달아올랐다. 존이 이 서재를 찾은 적은 그리 많지 않지만 그 기억은 모조리 기운 빠지는 것들뿐이었다. 그는 눈을 쉴 새 없이 움직이며 기억에 남아 있는 이 방의 모습을 받아들이고 있었다. 신부의 서재는 세인트 에드헬름 수도원의 다른 곳들에 비해 그리 위엄 있어 보이지 않았다. 페르시아 스타일의 난해한 카펫이 바닥에 깔려 있고, 한쪽에는 책이 쭉 꽂혀 있었다. 한쪽 코너에는 잘생긴 여러 명의 청동 제피로스[03]가 떠받치고 있는 지구본이 있었다. 가죽 책상 위에는 더 많은 책과 서류가 정신없이 널브러져 있었다. 대수도원장의 타자기도 있었다. 그 대단한 기계의 상부 구조는 코린트[04]식 기둥에 끝이 주철로 된 발이 불쾌하게 달려 있는 모양이었다. 칵테일 캐비닛의 문이 살짝 열려 있는 바람에 그 안에 잘 쌓아 놓은 선반이 보였다. 후기 르네상스 피에타가 그 위에 걸려 있고, 메레디스 신부의 책상 위로는 섬뜩한 스페인식 십자가상이 살짝 보였다.

창문 밖으로는 햇빛이 비추는 언덕이 보였다. 존 수사는 마음을 심란하게 만드는 십자가상에서 시선을 떼어 지평선 너머로 보냈다. 멍하니 바라보고 있다 보니 시간이 흘렀다. 구름은 천천히 움직이며 저 멀리로 하얗게 밀려갔다. 메레디스 신부가 마침내 입을 열었다. 그의 목소리는 살짝 충격을 받은 듯했다. "존 형제님, 음…… 좀…… 재미있는 일이 일어났습니다." 그가 말했다.

존은 약간의 희망이 솟구치는 것을 느꼈다. 대수도원장은 지금은 거의 잊힌 그 범죄를 저질렀다고 그를 구타하지는 않았다. 그는 눈썹을 위로 최대한 치켜올리며 신실한 복종심이 곁들인 흥미로운 표정을 지어 보였

---

03 서풍의 신.
04 고대 그리스의 상업예술의 중심지.

다. 이런 시도는 꽤 괜찮은 결과를 가져왔다. 메레디스 신부는 초조하게 계속 손가락을 튕겼다. "형제님, 말을 해도 괜찮습니다." 에드헬름의 규율서는 장인과 공예가들에게 관대했지만, 매일의 묵언 수행만은 꼭 지켜야 하는 규율로 규정해 엄격하게 지켜졌다.

존은 고맙게 여기며 침을 삼켰다. "고맙습니다, 존경하는 신부님……." 그는 숨을 헐떡였다. 사실 그는 할 말이 별로 없었다.

메레디스 신부가 다시 서류를 훑어보면서 목청을 가다듬자 멀리에서 양 울음소리가 어렴풋이 들렸다. "에흠…… 네, 여기를 보니 우리 수도원의…… 예술가 한 명을 보내 달라는군요. 전체적으로 내용이 좀 신비롭습니다. 저 자신도 이 일에 대해 잘 모르겠습니다. 그렇지만 제 생각엔…… 분위기 전환이라고 할까요. 형제님…… 그게 적당할 듯싶습니다."

존 수사는 겸손하게 고개를 숙였다. 마치 알브레히트 마스터가 마지막 말씀을 듣고 뭔가를 적는 모습과 비슷했다. 존은 곰 기름 사건 이후 대수도원장을 똑바로 쳐다본 적이 단 한 번도 없었다. 대수도원장은 '예술가'라는 단어에 특히나 힘을 주었다. 영적인 영역에 관련된 문제라면, 존은 언제나 기꺼이 따를 준비가 되어 있었다. 그렇지만 예술과 관련된 일이라면, 그는 자만심의 죄악을 저질렀다는 죄책감에 계속 사로잡혀 있었다. 그는 중얼거렸다. "저는 존경하는 신부님의 처분에 전적으로 따르겠습니다……."

"흠." 대수도원장이 날카롭게 쳐다봤다. 그는 잠시 동안 안경 너머로 존을 계속 살폈다. 그는 존의 출신 배경을 너무나도 잘 알고 있었다. 존은 가난한 부모 밑에서 자랐다. 그의 가족은 대를 이어 더노바리어에서 구두 수선공으로 일했다. 존은 어려서부터 가업을 이을 생각이 전혀 없었다. 작업 의자에 앉아 있다가 결국 숨 막히는 모습이 될 테니까. 그는 감춰 둔 크레용으로 작은 가게에서 형제들과 손님들의 얼굴을 그렸다. 아버지는 이단자를 여러 번 넓은 혁대로 때리며 지옥을 몰아내고 천국의 공간을 조금이라도 만들어 주려고 애를 썼다. 그러나 통통한 소년은, 다른 면에서는 사랑스럽고 태평한 아이였지만, 예상 밖으로 고집이 셌다. 그의 손에서 분필과 연필이 떠나는 일은 거의 없었다. 그릴 도구가 없으면 난로의 석탄이나 구두약으로 그림을 그렸다. 그가 그린 그림과 휘갈겨 쓴 글씨는 그의 방 거친 벽면을 가득 채웠다. 그의 독특한 작품은 점점 더 기이해졌다. 이제 단 하나 할 수 있는 일은 그가 자신의 취향을 따르도록 내버려 두는 것이었다. 적어도 아버지는 식구들 중에서 쓸모없는 입 하나는 줄일 수 있을 거라고 생각했다. 잉글랜드에서 이런 존의 재능을 써먹을 데는 단 한 군데뿐이었다. 그렇게 그는 14살에 서품식을 치르고 집에서 약 30킬로미터 떨어진 세인트 에드헬름 수도원의 수련 수사가 되었다.

처음 몇 달간은 어린 수사나 마스터 들이나 모두 힘들다. 노동자 계급 출신인 소년은 당연히 읽고 쓰는 것을 배우지 못했다. 그래서 예술을 하는 대신 이것부터 해결해야 했다. 수련 수사는 글을 배워야만 자신의 진정한 야망을 달성할 수 있다는 것을 깨달았다. 그리고 1년 후, 그는 그림 마스터인 피에트로 사제가 수도원 안에서 하는 그림 수업을 정식으로 듣게 되었다.

그때만 하더라도 존은 여전히 실망한 상태였다. 정물화를 그리도록 허락받지 못한 어린 학생은 끝도 없이 계속 석고상만 그렸다. 고전 연구는 그림의 선을 향상시켜 주었고, 게다가 지금까지는 부족했던 자제심도 키워 주었다. 하지만 그는 만족할 수 없었다. 석판 인쇄는 그런 그에게 구세주가 되었다. 처음에는 그 복잡함과 제네펠더[05]의 세탁물 목록으로 시작되는 그 길고 따분한 역사를 혐오했다. 그러나 피에트로 사제는 돌의 색채와 질감을 외워야 한다고 주장했다. 이리저리 다양하게 작업하다 보니 그의 안에

|||||||||||||
05 체코 태생의 독일 발명가. 최초로 물과 기름이 서로 반발하는 성질을 이용해 리도그래프, 즉 석판 인쇄를 발명했다. 그는 연필로 석회석 조각 위에 세탁물 목록을 적다가 우연히 영감을 얻었다고 한다.

숨겨져 있던 공예가로서의 면모가 하나씩 잠에서 깨어났다. 순수예술에서는 거의 요구되지 않지만, 세속적인 대부분의 상업적 직업에서는 기술적인 도전이 필요했다. 존은 열심히 일하면서 몇 년에 걸쳐 수도원에서 만드는 모든 제품의 병과 포장 라벨을 죄다 다시 디자인했다. 알브레히트 마스터는 그를 천재는 아니지만 1급 공예가라고 인정하며 그에게 자신의 장비를 많이 남겨 주었다. 그리고 서른 살 생일에 존은 이 전문 분야에서 널리 알려지게 되었다. 가끔 우스갯소리로 그는 스스로를 '소스병의 마스터'라고 불렀다. 양조주는 교회가 적극적인 관심을 보이는 많은 분야 중 하나로, 그 수익금은 교회의 수입에서 점점 가장 중심적인 위치를 차지했다. 게다가 수도원에는 예술가가 부족했다. 에드헬름의 금고가 계속 불어나는 상황은 존이 가끔씩 벌컥 화내는 일을 별다른 투정 없이 참아 주는 이유가 되었다. 심지어 매서운 석판 인쇄 마스터까지도 꾹 참아 주었다. 존은 꽤 괜찮은 화가이면서, 제멋대로 구는 예민한 일꾼이었다. 에드헬름 사람들은 규율을 노예처럼 절대적으로 따르는 복종이나 메마른 신앙심보다는 그의 이런 성질을 더욱 높이 평가했다. 그런 때가, 그런 시간이 있었다.

존 수사는 수도원장의 그런 생각의 흐름에 끼어들었다. "존경하는 원장 신부님, 혹시…… 그러니까 제 말은…… 그 일이 어떤 성격인지 혹시 알고 계십니까?"

"아니오." 대수도원장은 뭔가를 숨기는 듯했다. 그는 책상 위에 있는 서류를 뒤적이며 한데 섞었다가 다시 펼쳤다. "단지 이것만은 알려 드릴 수 있습니다. 이 일을 하기 위해서는 상당히 먼 거리를 여행해야 합니다. 형제님은 두브리스[06]로 떠날 것입니다. 그곳에 도착하면 루데인 주교의 처분에 따라야 합니다. 몇 달간은 떠나 있어야 할 것 같군요……. 아마 그 기간

---
06 잉글랜드 켄트 도버의 옛 이름.

내내 히에로니무스 신부가 맡은 '영적 복지의 법정'에 참관하게 될 것입니다. 분명한 건 이 일이…… 꽤나 중요하기 때문에, 형제님께서는 로마로부터 직접 임무를 하달 받게 될 것입니다." 그는 다시 기침을 하고 첨필을 만지작거렸는데, 조금 당황한 듯 보였다. "형제님은 불변의 진리에 대한 임무를 수행하게 될 것입니다." 그는 딱딱하게 말했다. "이것이야말로 교회에 대한 진정한 봉사입니다. 맥주 라벨 만드는 것보다야 낫지 않겠습니까? 이제 그건 충분히 하지 않았나요?"

존 수사는 아무 말도 하지 않았다. 한 길로 내달리는데 익숙한 그의 마음은 이번에는 화가 났다. 이 제안에 대해 할 말이 많았다. 메레디스 신부가 말했듯이 이번 일로 분위기가 전환될지도 모른다. 게다가 존이 생각하기에 1년 중 가장 매력적인 시기인 봄날에 잉글랜드를 가로지르며 여행한다니. 그렇지만 경우가 어떻든 선택의 자유가 심각하게 제한될 것처럼 보였다. 만약 알브레히트 마스터가 그의 마음대로 존을 당분간 쫓아내고 싶은 거라면 그건 그에게 대놓고 떠나라고 명령하는 것이나 다름없었다. 그러면서도 한편으론 전문가로서의 자부심도 들었다. 그가 간택된 것은 영광스러운 일이라는 것을 충분히 알고 있었다. 하지만…… '영적 복지의 법정'에서 하는 일은 남부러운 일도, 좋은 일도 아니었다. 메레디스 신부는 그 이를 누구보다 더 잘 알고 있었다. 예전에 이 법정은 다른 이름으로 불렸다. 그 이름은, 심지어 교회가 다스리는 서구에서도 악명을 날렸다.

'종교재판소'.

존은 구경꾼들 틈 사이에 있는 낡은 문을 통과해서 두브리스의 웅장한 성 안으로 들어갔다. 탁발수사, 군인, 마을 사람 들은 피크닉 바구니와 맥주를 들고 야외로 나왔다. 남자들은 일요일에만 입는 가장 좋은 옷을 입고 뻐기듯 걸어 다녔고, 여자들은 치맛자락에 소리 지르며 매달리는 아이들을 데리고 다녔다. 성 안에서 왜소한 수사는 자기도 모르게 발걸음을 멈췄다. 그를 따르던 사제는 홍포를 입고 무거운 책을 들고 초조하게 기다리고 있었다. 그는 한 발을 싸우는 사람들의 틈에 걸쳐 두었다. 존은 앞에 있는 두 번째 커튼을 들어 올렸다. 커튼 위로 하늘을 향해 음침하게 서 있는 커다란 아성이 보였다. 가까이 보이는 아성의 크기는 위압적이었다. 안뜰 바깥쪽에서 오른쪽으로 휘어 저 먼 곳에 '경찰관 게이트'라는 커다란 외보가 있었고, 저쪽에는 정기적으로 열리는 장터가 넓게 자리 잡고 있었다. 하늘로 증기가 뿜어 올라갔다. 마렌기스와 가비올리스라는 오르간이 큰소리로 울면서 끝없이 멜로디를 뽑아냈다. 이 자동 오르간은 변덕스럽게 연주되고 있었다. 발가벗은 금빛 요정이 뱅글뱅글 돌고, 말과 멋진 동물 들이 보충 기병대에서 번쩍거렸다. 재주 부리는 개는 정신없이 짖어 대고, 검은색 피부의 남자들이 불을 내뿜었다. 무희와 마술사 들은 갖은 체위를 취하며 동양의 성애를 자세히 보여 주었다. 근처 구각과 맥주 나무 상자로 급조된 단상 위에는 곤봉 선수들이 상대방의 머리를 빠개 놓아 피가 갈색으로 굳은 채 덕지덕지 붙어 있었다. 석판 인쇄소 소년들은 딱 달라붙는 푸른색 바지를 입고 개암나무 회초리로 상대방의 다리를 채찍질했다. 마구간 사이에서 어린 남자 아이들과 여자 아이들이 뛰쳐나왔다. 사제와 점쟁이도 있었다. 선원들은 목 주변에서 우스운 모양으로 삐져나온 검은색 변발을 한 채 미소 짓는 풍만한 몸매의 여인들과 포옹을 했다. 이 모든 풍경 속에서 로마교회의 푸른색은 두드러져 보였다. 홍포를 입은 종교재판소 관리들은 이런저런 심부름을 하느라 왔다 갔다 했다. 모두가 시끄럽고, 다채롭고, 혼란스러웠다. 아성 가까이에서 연기가 기둥처럼 솟아오르며 하늘을 더럽혔다. 그 거대한 성 너머 교황 존의 코발트빛 페넌트 옆에서 법정의 핏빛 문장이 휘날리고 있었다.

안내인은 존의 소매를 잡아당겼다. 그는 혼란한 무리 옆을 지나 어리둥절한 채 따라갔다. 두 사람은 더 안쪽 외보로 향했다. 사제는 군중 사이를 밀치며 나아갔다. 안뜰에서 또 다른 관심거리가 보였다. 천장이 뚫린 채 줄지어 선 우리에는 한 무리의 죄수가 수용되어 있었다. 그 주변에서 사람들이 들끓으며 소리를 질렀다. 자세히 보니 한 남자가 그와 맞붙어 싸우던 관리와 고문가 들에게 채찍을 맞고 있었다. 그의 눈은 뒤집혔고, 게 거품이 턱수염을 뒤덮고 있었다. 저 멀리에서 한 늙은 여인이 욕을 하며 뼈가 앙상한 주먹을 휘두르고 있었다. 그녀는 머리가 깨졌는데, 아마 돌로 맞은 듯했다. 피는 얼굴과 목을 타고 반짝이며 흘러내렸다. 그녀 옆에는 예쁘장하게 생긴 긴 머리의 소녀가 반항적인 자세로 아이에게 젖을 먹이고 있었다. 존은 인상을 쓰며 고개를 돌려 안뜰 위쪽으로 향하는 사제의 펄럭이는 옷자락을 따라갔다. 그의 임무는 이미 설명되었다. 그는 로마의 이익을 대변하기 위해 교황 존의 총사령관인 마녀 사냥꾼 히에로니무스 신부의 재판 과정을 낱낱이 기록하러 이곳에 불려온 것이다. 그의 임무는 죄수들의 심문으로 시작될 것이었다.

목적에 걸맞게 나뉜 방은 아성 바로 아래, 회전 계단으로 연결되어 있었다. 존은 그레이트 홀을 통과했다. 십자가가 걸린 벽은 앞으로 닥칠 일에 대비하기 위해 붉게 칠해져 있었다. 내려가는 계단의 맨 위에는 한 남자가 로마 교회의 푸른색 옷을 입고 느긋하게 서 있었다. 미늘창을 바닥에 대고 선 그의 앞에서 깃발이 휘날렸다. 사제는 수그린 채 계단을 내려갔다. 샌들이 철퍼덕거리며 돌계단을 때렸다. 존은 스케치북과 가방을 들고 따라 내려갔다. 가방 안에는 병과 단지, 잉크와 물감과 붓, 펜, 지우개 등 화구가 모두 들어 있었다. 걱정에 사로잡힌 왜소한 수사는 예민한 신경을 억누르려고 애썼다.

그가 들어선 방은 길고 넓었다. 창문이라고는 지붕 밑 한쪽 귀퉁이에 있는 쇠창살을 통해 겨우 빛이 부채꼴로 들이치는 게 전부였다. 방 저쪽 끝에서는 기름 램프가 타고 있었다. 그 아래 사람들이 모여 있었다. 그는 어두운 색 옷을 입고 법정의 훈장을 단 사람들을 보았다. 가슴에 문장이 그려진 옷을 입은 그들은 손에 망치를 들고 손전등을 휘둘렀다. 예배당 신부는 어디에 쓰이는지 알 수 없는 기구가 담긴 쟁반을 들고 중얼거렸다. 그 기구들이란 못 박힌 롤러, 이상하게 생긴 인두, 철 구슬이 달린 지혈대였다. 다른 장비들도 나란히 있었는데, 그는 그것을 보고 가슴이 서늘해지는 충격을 받았다. 뒤틀린 손잡이가 달린 작은 형틀엔 이빨이 달려 있었다. 그것은 엄지손가락을 비트는 형틀이었다. 진짜로 이런 물건들이 존재했다. 손이 닿을 만한 거리엔 거칠게 마감한 탁자가 있었다. 탁자의 양쪽 끝에는 레버로 작동하는 나무 롤러가 물려 있어서 그 쓰임새를 좀 더 확실히 알 수 있었다. 이곳의 지붕에는 도르래가 달려 있었고, 그중 몇 개에는 로프가 꿰인 채 매달려 있었다. 화로는 시뻘겋게 달궈졌고, 근처에는 큼지막한 납추가 쌓여 있었다.

존 수사의 팔꿈치 근처에 서 있던 사제는 낮은 목소리로 계속 설명을 했다. 그는 숙소에서 나와 마을을 통과하는 동안 떠나야겠다는 압박감을 느꼈다고 했다. 그는 이렇게 말했다. "아마 그때 우리는 이것을 마녀와 이단자의 죄악으로 받아들였는지도 몰라요. 악마의 출몰, 잉큐버스와 서큐버스[07], 혐오스러운 것들을 받아들이는 일, 《파리 제왕》[08]을 불법으로 거래하는 일들은 육체적 죄악이라기보다 영적인 죄악입니다. 예외적인 죄악은 심판할 수 없기에 정상적인 사법권 아래서는 증거가 제시되지도, 받아들여지지도 않을 것입니다. 따라서 심문 중 자백하느냐에 따라 악마에게 홀렸다는 것을 인정하고, 그것을 유죄의 증거로 일부 채택하는 것은 우리 법정의 기능에 있어서 가장 중요한 것이죠. 이런 상황에서 상부 역시 우리가

---

[07] 사람의 꿈에 나타난다는 몽마. 동양에서는 색귀라고도 부른다. 잉큐버스는 남자 몽마, 서큐버스는 여자 몽마다.
[08] 윌리엄 골딩의 풍자적 소설.

고문해야 하는 이유와 그 당위성을 이해하고 있습니다. 죄 지은 자의 죽음은 사탄이 하느님의 계획을 공격하는 것을 저지합니다. 이것은 마치 지구 교구 신부이신 우리의 교황 존을 통해 로마모교회에 보여지는 것과 같습니다. 크게 타락해서 전복이라는 죄악으로 빠지는 것으로부터 구원된 이단자들은 회개하며 죽어 가다가 결국 신성한 왕국에서 영원히 자신의 자리를 찾게 되는 거죠."

존 수사는 고통을 예감한 듯 얼굴을 찌푸리며 위험을 무릅쓰고 질문을 했다. "그렇지만 당신네 죄인들은 자백할 기회가 주어지지 않습니까? 왜 그들은 심문도 받지 않은 채 자백부터 해야 하는 것입니까?"

"우리가 강요한다고 해서 자백을 받아 낼 수는 없습니다." 다른 이가 끼어들었다. "악마가 있다는 증거에 맞서는 대답을 하지 못할 수도 있기에 그 증거를 곧이곧대로 받아들였다가는 피고인의 무죄를 무효화하게 됩니다." 그는 눈을 들어 도르래와 대롱대롱 매달려 있는 로프를 바라보았다. "자백이란 반드시 진실해야 하는 법. 마음에서 우러나와야 합니다. 심문의 고통을 피하려고 하는 자백은 교회에도, 신에게도 쓸모없습니다. 우리의 목적은 구원입니다. 즉, 우리가 맡은 이 가난하고 비참한 영혼들을 구원하는 것입니다. 필요할 경우 그들의 육체를 파괴하기도 합니다. 이것과 견주어 볼 때, 나머지 것들은 모두 바람 속을 떠다니는 지푸라기같다고나 할까요." 그가 말했다.

방 저쪽 끝에서 들리던 사제의 말소리가 갑자기 뚝 끊겼다. 존의 안내인은 흐릿하게 미소를 지었지만, 웃음기를 머금은 건 아니었다. "좋습니다. 이제 형제님의 기다림은 끝났습니다. 사제들이 이제 곧 시작할 것입니다." 그가 말했다.

"사제들이…… 대체 뭘 하고 있는 겁니까?" 존이 물었다.

다른 사제가 약간 놀란 듯 그를 돌아봤다. "뭘 하고 있느냐고요? 당연히 심문할 도구에 은총을 내리고 있죠…….”

존은 머리를 긁적이며 말했다. 이것은 그가 당황할 때 나오는 버릇이다. "하지만, 잉큐버스에 의해 수태했느냐 하는 문제는 잘 이해되지 않습니다. 형제님께서도 잉큐버스에 대해 말씀하셨듯이, 남자의 형상을 취한 악마가 육체적으로 희생자의 몸에 수태시킬 수 있다면, 악마에게 현혹되었다는 개념은 유효하지 않습니다. 이것은 사탄을 추종하는 자가 만들어 낸 말이 분명합니다.”

사제는 그를 향해 고개를 획 돌리며 눈을 반짝였다. "내가 형제님께 충고를 하나 하지요. 똑바로 알아 두세요. 형제님은 여기 위험한 땅에 있습니다. 형제님이 알고 있는 것보다 훨씬 위험하답니다. 악마의 마스터가 신의 면전에서는 성불구인 것처럼, 무성의 존재인 악마는 수태시킬 수 없습니다. 그러나 서큐버스가 인간의 씨앗을 받아, 그것을 눈에 보이지 않게 공기를 통해 전송하면 수태가 될 수도 있죠. 그리고 보시다시피 이렇게 수태가 됩니다. 난 이단자가 아니에요, 형제님.”

"알겠습니다.” 존은 입술까지 새하얘졌다. "절 용서하세요, 세바스찬 형제님. 우리 에드헬름 사람들은 기술자 겸 기계공입니다. 낮은 계급에도 적혀 있지 않은 미천한 장인들이라 그렇게 심오한 사상은 배우지 못했습니다…….”

그리고 존 수사는 광활한 벽으로 둘러싸인 채 저 멀리에서 트럼펫 소리가 울리는 것을 들었다.

존 수사는 두브리스를 떠나 바퀴 자국이 깊게 팬 구불구불한 길을 따라 잡목이 무성한 땅을 거쳐 마을 북쪽에 다다랐다. 그는 대충 말에 올라앉았다. 안장 앞쪽으로 몸을 숙이고 바닥을 쳐다봤다. 붉은 먼지가 풀풀 피어올라 옷은 먼지투성이가 되었고, 옷단은 다 해져서 종아리 근처에서 펄럭거렸다. 고삐를 느슨하게 쥐자, 말은 제 멋대로 이쪽저쪽 왔다 갔다 하면서 길을 갔다. 이따금씩 말이 걸음을 멈추어도 존은 계속 걸으라고 재촉하지 않았다. 그는 얼빠진 듯 시선을 고정한 채 앉아 있었다. 그러다 고개를 들어 멍하니 지평선을 쳐다봤다. 그의 얼굴은 원래의 안색을 잃어버리고, 송장처럼 회색빛이 감돌았다. 마치 열병을 앓은 것처럼 온몸이 떨리는 발작이 그의 몸을 뒤흔들었다. 상당히 핼쑥해진 그. 한때는 빡빡했던 허리띠가 이제는 헐거워졌다. 화구가 든 가방은 여전히 안장 앞머리에서 이리저리 흔들리고 있었지만, 스케치북은 온 데 간 데 없었다. 세바스찬 수사가 로마에 특사로 가는 길에 가져간 것이라고 여겨질 뿐이었다. 헤어지기 전, 심문자는 존의 작품 응용력과 섬세함을 칭찬했다. 그리고 사탄이라는 논제로 켄트에서 열린 청문회는 상당히 큰 잘못이었다는 점을 지적하며 그를 격려했다. 그러나 존이 아무런 대꾸도 하지 않자 그는 뒤돌아보지도 않고 영혼을 찾으며 떠났다. 왜냐하면 그는 그들이 만난 지난 몇 주간 이단이 존 수사의 마음속 어디에선가 불타고 있음을 확신했기 때문이다. 일전에 그는 이 이야기를 꺼내 히에로니무스 신부의 관심을 끌고 싶은 마음이 들기도 했다. 그렇지만 그 행동이 어떤 결과를 가져올지 누가 알겠는가? 에드헬름 사람들은, 사실 존 스스로도 학식이 부족하다고 설명하긴 했어도, 이 땅에서 가치 있고 존경받는 계층이었고, 화공은 로마로부터 직접 임무를 하달받는 존재였다. 세바스찬 수사는 지칠 줄 모르고 자신의 신념을 수행하는 광신자였다. 그러나 그런 광신자조차도 먼 눈을 돌리는 편이 현명하다고 생각하는 때가 있었으니…….

농장 카트가 뿌연 먼지를 일으키고 너털거리면서 지나갔다. 존의 말은 그 뒤를 따랐다. 사제는 무표정한 얼굴로 부드럽게 꾸짖었다. 머릿속 깊숙한 통로에서 아직도 소음이 메아리쳤다. 속삭임이 비명과 지옥 같은 바다처럼 커졌다가 작아졌다. 저주받은 자, 죽어 가는 자, 그리고 죽은 자의 비명 소리. 지글거리는 화로, 살을 때리는 채찍 소리. 기계들이 신이 손수 빚은 공예품을 시험 삼아 부수는 것처럼 살가죽과 나무가 찢기는 소리, 힘줄이 비명을 지르고 우는 소리. 존은 이 모두를 다 지켜보았다. 아주 뜨거운 족집게가 가슴을 문지르고, 쇠도장으로 입을 짓이겨 연기가 나고, 종아리까지 오는 부츠에 끓는 납을 붓고, 뜨겁게 달군 의자, 대못이 박힌 의자 위에서 희생자들을 펄쩍 뛰게 만든 다음, 허벅지 위에 철판을 올려 쌓았다……. 위하력[09], 심문 준비자, 일반형, 특별형. 양팔을 뒤로 매다는 고문, 고문대, 고통의 배[10]. 머리 끝까지 화가 난 판사가 위층에서 잇달아 유죄 판결을 내려 간질 환자에게서 거품을 뽑아 내는 동안, 심문자는 땀을 흘리며 옷을 벗겼다. 연필과 붓은 종이 위를 날아다니며 성실하게 실상을 기록했다. 세바스찬 수사는 인상을 쓰고 서서 입술을 내밀고 고개를 저었다. 존의 손이 제멋대로 움직여 종이를 옆에 뜯어 놓고 물감과 세척제로 손을 뻗는 것 같았다. 그림은 점점 그 깊이와 생생함을 더했다. 피가 반짝이며 빛났다. 몸에 얇게 덮인 땀으로 만들어진 막은 점점 넓어지면서 고통의 절정에 달했다. 무거운 추와 도르래에 매달렸던 팔은 탈골되었고, 창자는 고문으로 인해 터져 나갔다. 갓 터진 피는 나뭇가지 형태를 그리며 바닥으로 흘렀다. 화공은 그 악취, 역겨움을 간신히 참았다. 그리고 마침내 그림 속에 신음 소리까지 그려 넣었다. 세바스찬 수사는 저도 모르게 감명받아 존을 강제로 끌어냈지만, 존이 그림을 못 그리게 할 수는 없었다. 그는 안뜰에 있는 마법사가 네 마리의 서퍽 말[11]에 의해 사지가 갈가리 찢기는 모습을 그렸다. 불행한 남자들과 여자들은 시커먼 나무통 위에 앉아서 횃불을 기다

---

09 겁을 주어 범법 행위를 막는 힘.

10 배 모양처럼 생긴 끝이 여러 갈래로 갈라진 철제 도구로, 입 등 신체의 구멍에 넣고 돌려 그곳을 벌려 두는 고문 기구.

11 다리가 짧고 튼튼한 말.

렸다. 그리고 불꽃이 사그라지고 나자 적나라한 일들이 남겨졌다. "너는 무당을 살려 두지 마라.[12]" 세바스찬은 헤어지면서 이렇게 말했다. "기억하세요, 형제님. 너는 무당을 살려두지 마라······." 존의 입술이 이 말을 조용히 되뇌며 웅얼거렸다.

두브리스까지 약 10킬로미터를 남기고 밤이 되었다. 그는 어둠 속에서 어설프게 말에서 내려 말을 묶어 놓고 강물을 마셨다. 존은 강물 속에 붓과 물감이 든 가방을 떨어뜨렸다. 한참을 바라보는 그. 깜깜한 밤이라 떠내려가는 모습이 보이지 않았다.

이렇게 느린 속도로 여행하는 바람에, 고향에 도착하기까지는 몇 주가 걸렸다. 가끔은 길을 잘못 들기도 했다. 이따금씩 사람들이 먹을거리를 주면, 그는 그들을 축도하며 울었다. 한 번은 노상강도단이 그를 덮쳤다. 흰 거품을 문 입과 초점이 풀린 눈을 본 그들은 그가 마법에 걸렸거나 역병을 앓는 사람인 줄 알고 공포에 휩싸여 물러섰다. 존은 마침내 블랜드포드 포럼에서 몇 킬로미터 떨어진 도싯에 진입했다. 그는 포름 강에서 서부로 향하는 꼬불거리는 길을 따라 한참을 걸었다. 그리고 더노바리어를 지나 셔번을 향해 북으로 올라갔다. 홍의를 알아본 누군가가 존을 길에 세워 두고 그의 짐 보따리에 입도 대지 않은 빵을 가득 채워 주었다. 7월 중순이 되자 존은 수도원에 도착했다. 문에 도착한 그는 완전히 지쳐 버린 채 어린아이에게 말을 건네주었다. 경악한 대수도원장은 그를 병실에 가두고 기력을 회복시키기 위한 조치를 즉각 취했지만 이미 그의 기력은 소진된 후였다. 존은 여름에 피는 꽃으로 화사하게 꾸며진 병실에 누워 있었다. 수령초, 베고니아, 수도원 정원에서 꺾은 장미. 존은 벽을 따고 미끄러지는 작은 태양의 조각을 바라보았다. 푸른 하늘에 구름이 양털처럼 뭉쳐 있는 모습도 보

---

[12] 출애굽기 22:18.

았다. 그가 입을 연 적이 딱 한 번 있다. 그때 그는 조셉 수사에게 이렇게 말했다. 그는 침대에 기대 앉아 공포에 가득 찬 눈으로 거칠게 그의 손목을 잡았다. "형제님, 전 정말 즐거웠습니다." 그가 속삭였다. "신과 성자들이 나를 지켜 주었기에, 전 제 일을 즐길 수 있었습니다……." 조셉은 그를 진정시키려 했지만 아무 소용없었다.

한 달이 지나자 존은 자리에서 일어나 스스로 옷을 챙겨 입을 정도로 회복되었다. 하지만 그는 거의 입에 음식을 대지 않았다. 몸은 수척해졌지만, 눈은 열정적으로 빛났다. 자기 스스로 나서서 석판 인쇄 프레스 작업을 했다. 알브레히트 마스터가 꾸짖어도 소용없었다. 존은 하루 종일 일만 했다. 점심시간에도, 저녁 식사 시간에도 계속 일만 했다. 밤에 달이 떠도 그는 여전히 일만 했다. 그는 더는 보이지 않는 석판에 잉크를 칠하고, 팀판을 내린 후, 바퀴살을 움직여 베드를 낮추고, 잉크를 뿌리고, 팀판을 내려놓았다. 때론 조셉 수사가 그의 곁에 머무르며 몸을 숨긴 채 움츠리고 바라보았다. 그러다가 이해할 수 없는 그의 모습에 질려 떠나고 말았다.

이른 아침이 되자 존은 고해성사를 하면서 비틀거렸다. 그는 조용히 일어나 고개를 숙였다. 달빛에 비친 어두운 윤곽은 마치 인간의 귀로 들을 수 있는 범위를 벗어난 어떤 소리의 메아리를 들으려는 듯 인상을 쓰며 귀를 기울였다. 그는 훌쩍거리는 소리를 냈다. 그는 취객처럼 비틀거리며 방 가운데로 걸어간 후 팔을 대자로 뻗으며 쓰러졌다. 머리 위 천장에 매달린 불이 바람에 흔들렸다. 그는 일어나 앉아 소리의 정체를 찾기 위해 주위를 돌아봤다. 만약 소리가 났다면 들렸을 것이다. 그때 그는 처음으로 환영을 보았고, 그것은 평생토록 그를 따라다니게 되었다. 환영이 습격할 때 잽싸게 쿵하는 소리가 났다. 마치 어둠 속에서 북이 넓은 땅을 내달리는 듯한 소리였다. 방이 어두워졌다가 다시 밝아졌다. 존은 웅얼거리며 자신의 얼굴을 할퀴었다. 그는 기도를 하려고 노력했다.

두브리스에 사는 한 시골 소녀가 있었다. 예쁜 소녀는 잉큐버스를 받아들이는 너무나 끔찍하고 초자연적인 죄를 지었다. 결국 사람들은 그녀를 풀어 주었다. 그러나 그녀를 풀어 주기 전에 사람들은 그녀의 작은 손가락을 잘라 그걸 천으로 싸 쥐어 주었다. 달빛 아래서 존 수사는 또 다시 그녀가 또렷하게 보였다. 그녀는 방을 가로지르다가 울먹거리며 속상해했다. 그녀 뒤에서 공포의 무리가 느릿느릿 걷고 있었다. 잘려 나간 팔 다리, 절단된 머리, 바퀴에 깔린 몸뚱이, 뜨거운 철제 의자에 데이고 찔린 사람들. 그들은 비명을 지르며 울부짖었다. 그 소리는 마치 소 떼의 영혼이 울부짖는 소리처럼 들렸다. 죽은 새의 지저귐, 울음과 갈망……. 존의 얼굴이 붉어졌다. 그의 주변에서 광채가 났다. 프레스의 바퀴가 시커먼 살이 달린 태양처럼 빙빙 돌았다. 그는 천둥과 괴기한 소음에 공격을 당했다. 눈이 뒤집히면서 흰자위가 보였다. 그는 주먹으로 바닥을 내리치고 울부짖으며 가만히 누워 있었다.

아침이 되어 그가 방에서 보이지 않자 수사들은 작업장을 뒤졌다. 그리고 수도원 전체와 정원을 뒤졌다. 그러나 소용없었다. 존 수사는 사라지고 없었다.

론디니움 교구 대주교 추기경은 깊이 한숨을 쉬면서 턱을 매만졌다. 그리고 하품을 한 후 책상에서 창문까지 서재 안을 왔다 갔다 하며 주교궁 정원을 내려다보았다. 그는 창문 옆에 한참 동안 서 있다가 뒷짐을 지고 턱을 가슴에 파묻었다. 지금 정원은 알록달록한 색으로 가득 차 활기 있어 보였다. 백합과 참제비꼬깔, 막 피어난 맥크레디 장미. 추기경은 세속적인 것들을 즐기는 미식가였다. 그는 멍하니 그 정경을 바라보았다. 연못에서 늙은 잉어가 딸랑거리는 종까지 튀어 올랐다. 그 너머 허브 가든 뒤로 구불구불하게 포장된 산책로를 지나면 안뜰이 나왔다. 그 벽을 넘으면 마치 감옥처럼 보이는 신호수 대학의 벽과 창문이 이어졌다. 론디니움의 미로 같은 거리의 소음은 서재에까지 희미하게 들렸다. 행상들의 외침, 마차 바퀴가 우르릉거리며 부딪히는 소리, 어디선가 들리는 종소리. 추기경은 자동적으로 그 소리를 마음속에 기록했다. 그는 입술을 내밀며 고통스럽고도 불쾌한 생각의 꼬리를 쫓아갔다.

그는 천천히 책상으로 돌아왔다. 그 위에는 펼쳐진 봉투가 종이를 토해 내 작은 홍수를 이루고 있었다. 그는 그중 하나를 집어 들고 인상을 찌푸렸다. 정중한 제목과 인사말 아래에는 신실하고도 진실한 한 남자의 분노가 극명히 드러나 있었다.

추기경님께

저는 영명하신 추기경님께 가장 극악하고 소름끼치는 인간의 천성에 대한 문제에 관심을 가져 달라는 말씀을 감히 드리기 위해 방종을 무릅쓰고 이렇게 간청하옵니다. 고문, 고통, 더러운 모욕이 크리스토스라는 이름으로 저희 관구 사람들을 찾아왔습니다. 가난하고 허약한 자, 늙고 배움이 얕은 자, 어린아이들과 망령 든 노인들, 아이를 아끼는 어머니들, 아들딸을 둔 부모들, 아내를 둔 남편들에게 찾아왔습니다. 영명하신 추기경님, 저는 더 이상 불법이 판을 치는 공포의 얼굴 앞에서 더 이상 평화를 찾을 길이 없습니다.

추기경은 급하게 쓴 라틴어에서 실수를 발견하고는 빨간 만년필로 반사적으로 지웠다.

그 공포는 이 성실하고 유서 깊고 흠잡을 데 없는 마을에 사는 저희들에게 죄악을 저질렀습니다. 이 순진무구하고 바보 같으며, 교회와 신의 거짓된 사랑과 자애, 계몽에 무기력한 백성들에게 죄악을 저질렀습니다. 이 미친 자는, 품위를 갖추고 신성을 모독하는 자는 소위 '영적 복지의 법정'이라고 불리는 곳입니다…….

추기경은 페이지를 넘기고 서명하다가 고개를 저었다. 두브리스의 주교 루데인은 대범하긴 했으나 어리석은 자다. 두 손에 쥔 이 편지만 보더라도, 그는 대주교를 위해 그가 그토록 불평하던 그 엄지손가락을 죄는 고문을 행하는 형틀을 잠시 사용하지 않을 수도 있었을 것이다. 그 물건에서는 이단의 악취가 풍겼다……. 추기경은 손가락으로 조심스레 편지를 집어 든 후 다시 봉투에 넣었다. 그리고 다른 편지를 끄집어 들었다. 이 편지는 더 노바리어에서 주둔하는 수비수 대장에게서 온 것으로 훨씬 간결하고 요점만 간단하게 적혀 있었다.

세간에 '존 수사'로 알려진 변절자는 계속해서 저희 포위망을 빠져나가고 있습니다. 그의 가르침에 의해 폭동이 일어나고 있습니다. 그를 추종하는 자들은 최근 셔본, 스터민스터, 뉴튼, 샤프츠버리, 블랜포드, 더 노바리어에서 탈옥했습니다. 그가 기적적으로 군의 포위망을 벗어나는 데 도움을 주고 있는 사람들은 날이 갈수록 늘어나 점점 통제하기 어려워지고 있습니다. 따라서 기마부대의 추가 파병과 최소한 400명의 보병, 적절한 무기와 비품 조달을 진심으로 요구하는 바입니다. 폭도가 현재 머물고 있다고 추정되는 비민스터에서 예오빌 일대 지역을 수색하기 위해서입니다. 그들의 세력은 현재 50명에서 100명 정도로 추정됩니다. 그자들은 무기를 제대로 갖추고, 이곳의 지형 정보를 자세히 알고 있습니다. 정상적인 접근 방식으로 그들을 진압하려는 시도는 반복적으로 무용지물이었음이 판명되고 있습니다.

추기경은 짜증스럽게 편지를 내려놓았다. 이것 말고도 수십 통의 편지가 존 수사의 공식 제명을 부추기고 있었다. 존 수사는 6개월 전에 선고를 받았다. 그러나 그것은 교회의 승인을 받지 못했고, 잇따른 그의 영적 처벌은 거의 효과가 없었다. 그를 쫓는 자들은 지나칠 정도로 총격을 당한 게 사실이었다. 말 20필 이상이 쓰러져 벌건 대낮에 죽임을 당했고, 기수들의 무기와 장비도 빼앗겼다. 공격에 나선 로마 기병대장은 구타를 당한 뒤 욕설이 쓰인 글귀를 옷에 매단 채 걸어서 더노바리어까지 끌려왔다. 교황의 형상이 우드헨지와 배드버리 링스에서 불태워졌다. 추기경은 순교의 고유한 위험을 불편할 정도로 너무나 잘 알고 있었다. 그는 존을 무시하고, 이 모든 비참한 일이 자연스레 수그러들기를 바랐지만, 그의 손은 강요당하고 있었다.

그는 변절자의 삶과 업적이 적힌 짧은 글을 읽었다. 이 글귀는 그의 요청에 따라 유달리 차분한 에드헬름인이 론디니움으로 가져온 것이다. 추기경은 괘씸한 교구민들을 걷잡을 수 없이 방치했다는 이유로 이 자의 귀를 잘라 쟁반에 담은 후 대수원장 메레디스 신부에게 되돌려주고 싶었다. 물론 그들의 잘못이 아닌 것은 명백하지만, 에드헬름인들은 새롭게 요동치는 대중 운동의 주동자로 급속히 변모하고 있었다. 힘을 되찾은 영국성공회는 이러한 유구한 숭배의 잔재를 먹고 살았다. 만약 세인트 에드헬름이 광활한 이 나라를 수 세기 전 이 종교로 개종시키지 않았더라면, 정복자 노르만인들의 발뒤꿈치에 모여 있는 성직자들이 잉글랜드를 로마의 규율에 따라 재건했을까? 교회가 애써 부정하려 해도 세계 성공회 공동체는 역사적인 사실이며, 그런 경우는 여전히 생길 수 있다. 헨리 8세의 수장령[13]에서부터 엘리자베스 여왕의 통일령[14]이 선포되기까지 그사이에는 긴 세월의 간극이

---

13 1534년 로마의 지배를 받던 상황에서 벗어나 영국 국왕이 영국 국교의 수장임을 선언한 법령.
14 1559년 헨리 8세의 수장령을 재확인한 법령.

있었고, 그동안 영국 교회는 추측건대 은혜를 입은 상태 속에 공존했다. 대체적으로 신학적 가르침의 장점을 잘 알지 못하는 사람들 사이에서 겉만 번지르르한 신학 변증론을 마음껏 풀어 놓으려는 것은 어쩌면 위험한 생각일지도 모른다. 복종하라, 숭배하라, 이런 영국 교회의 오래된 외침으로는 이제 충분하지 않았다. 사람들은 그들만의 영적 위계질서를 세우는 일에 쉽게 매혹당했다. 존 같은 인물은 그 선봉으로 내세우기에 안성맞춤이었다.

그리고 변절자는 '영적 복지의 법정'에 마지막으로 참관했다. 추기경은 이미 알고 있는 사실을 다시 읽으면서, 분명히 이것은 처음부터 끝까지 웃기는 일의 시작이라고 생각했다. 그는 고개를 저었다. 어떻게 설명을 한다? 두브리스의 주교 루데인 같은 사람의 분노와 수치, 그리고 사실과 정치적 논쟁을 어떻게 잠재운단 말인가? 추기경은 피곤한 듯 어깨를 으쓱했다. 이 세상의 역사에서, 제2의 로마 같은 세력은 존재하지 않았다. 로마는 지구의 절반을 한 손에 쥐고 있었다. 기만하는 세력에 맞서 일일이 균형을 잡는 일은 인간의 마음으로는 거의 터득할 수 없는 일이다. 국가의 분노는 마치 바다의 분노처럼 일어 사소한 것조차 조금도 품지 못했다. 영국 성공회는 이미 예전에 이 땅을 갈라놓았고, 그 역사는 서재의 벽을 따라 늘어선 위대한 책들 속에 모두 담겨 있다. 그리고 잉글랜드는 서쪽 끝 콘월에서부터 페나인 산맥까지 그리스도 종교재판소의 빛으로 달아올랐다. 그런 경향에 반대하면 작은 고통과 작은 피가 따랐고, 곧 사라지고 잊혔다. 그것이, 그리고 그 힘이 바로 영국 교회의 지혜였다.

이런 사실은 종종 추기경을 놀라게 했다. 지옥 불의 자극과 위협이 사랑의 왕국의 유혹 대신 적용되었다……. 히에로니무스 신부는 미친 게 틀림없지만, 그래도 예전에는 쓸모 있는 자였다. 그러나 이번 그의 유혈 서커스는 폭동을 촉발시켜, 순식간에 잉글랜드 전역이 휘말리게 만들었다. 론디니움 대주교의 머릿속에서 무자비하고 놀라운 생각이 소용돌이쳤다. 그는 곰곰이 생각하며 다시 일어나 그의 가장 큰 기쁨인 정원을 바라보았다. 저 장미가 불경한 발에 뭉개지고 백합이 짓밟혀 피 묻은 흙 속에 파묻히는 장면이 선히 보이는 것 같았다. 수도원이 무너져 불타고, 와인 저장고가 더럽혀진다. 주방과 식료품 저장실, 서재와 도서관이 불길에 휩싸인다. 히에로니무스 신부도, 에드헬름인들도 분노한다. 그리고 무엇보다 존 수사가 분노한다……. 지위와 속성으로 볼 때 추기경은 종교인이자, 경제학자이자, 정치가였다. 좀 더 냉소적으로 따져 보면 추기경은 마치 거인의 온몸을 감싼 번쩍거리는 황금빛 침대보처럼 교회라는 널따란 천이 펼쳐진 모습을 바라보고 있었다. 거인은 때때로 몸을 뒤척이고 투덜대며 잠을 설쳤다. 거인은 곧 잠에서 깰 것이다.

그는 단호하게 그런 생각을 미뤄 놓고 서재로 돌아가 서랍에서 공식 서한을 꺼냈다. 이 서한은 그가 어제 아침 직원을 시켜 받아 적게 한 것이다.

변절자 존 수사, 과거 에드헬름인의 지위에 있었던 자에 관하여 우리는 이 땅에서 하느님과 그분의 참된 교회의 뜻을 계속 업신여기고 있는 그의 육체를 제명하고, 그의 영혼을 불구덩이로 내던짐을 선언하노라. 따라서 다음과 같이 엄숙한 고시와 경고를 하는 것은 우리의 임무다.

이 변절자와 그의 일당을 숨겨 주는 자, 이들에게 음식, 음료, 무기, 탄환, 화약, 기타 음식물을 제공하는 자.

존 수사 혹은 그의 일당에게서 비롯된 편지, 선언문 등 기타 건을 소유한 것이 발각되거나, 하느님의 영광에 반하는 사탄의 주장을 조장하기 위한 팸플릿을 배포하기 위해 궁리하는 자.

앞서 언급한 변절자와 그 일당의 소재에 관한 정보를 은닉하는 자, 그들이 주최하는 회의, 잔치, 전시회 등에 참석하는 자, 위의 동일한 내용을 알고도 위반한 당일 사제, 수비대, 사령관 혹은 법원 하사관에게 신고 하지 않은 자.

위와 같은 자들은 하느님이 보시게 극악하게 제명될 것이다. 이들은 치안판사나 기타 종교법정에서 유죄 판결을 받지도 못할 것이며, 목을 매달고 사지가 찢겨지는 참형을 당할 것이다. 그리고 하느님과 그의 교회의 대의를 거스르는 다른 변절자나 배신자들에 대한 경고와 교화에 적합하다고 여겨지는 방식으로 찢겨진 사지에 소금을 뿌리고 타르칠을 하여 전시될 것이다.

앞으로 다음과 같은 보상을 하는 것은 우리의 임무다.

존 수사나 그의 일당을 생포 혹은 사살이든 체포하는 데 기여하는 정보를 제공하는 자에게 금화 25파운드를 지급한다.

존 수사나 그의 일당을 생포 혹은 사살이든 체포하는 자에게 금화 50파운드를 지급한다.

존 수사를 생포 혹은 사살이든 체포하는 자에게 금화 200파운드를 지급한다. 포상금은 변절자의 신체, 혹은 그의 죽음을 충분히 증명할 수 있는 부위를 수령하는 즉시, 람베스의 주교궁에서 지급된다.

1985년 6월 25일 작성.

추기경은 꺼림칙한 마음으로 승인하며 고개를 끄덕였다. 영국 교회는 신심이 깊은 성인 한두 명이 필요한 상태였다. 존이야말로 가장 먼저 없애야 할 대상이었다. 추기경은 어깨를 으쓱한 후, 그의 밀서를 전달하기 위해 비서를 불렀다.

산골짜기 꼭대기에는 보병이 반원 형태로 배치되어 있었다. 다른 군인들은 선명하게 보이는 푸른색 제복을 입고 바위를 따라 늘어서 있었다. 꼭대기 밑에는 동굴 입구가 몇 군데 보였다. 그곳에선 산발적으로 연기가 뿜어 나왔다. 수적으로 밀리는 저항군들은 포위를 당한 채 요령 없이 싸우고 있었다. 요새에서 300킬로미터 떨어진 거점에서는 군인들이 컬버린 포를 손질하고 있었다. 포는 바위로 급조한 반원보에 의해 보호되었다. 흉장 뒤에서 땀을 흘리는 군인들은 레버를 차량 바퀴에 맞추고 있었다. 그리고 가장자리 밑에 튀어 나온 나무 장애물을 향해 포를 서서히 들어 올렸다. 하지만 높이가 너무 높았다. 첫 번째 발사에서 대장은 자신 있게 표적을 명중시킬 것으로 기대했지만, 포탄은 그보다 못 미쳐 떨어졌다. 포 근처에서 샤코[15]를 쓴 소령이 말 위에 안절부절못하고 앉아 칼을 칼집에서 빼내 병사들에게 더 분발하라며 호되게 질책했다. 선제공격이 허사였음이 밝혀졌다. 깊은 골짜기에서 벌인 푸른 제복의 전투는 변절자들이 보병들의 목숨을 앗아가는 것으로 끝났다. 소령은 병력을 쓸데없이 낭비할 사람이 아니었다. 그는 요새를 향해 고함을 치며 칼을 휘둘렀다. 포탄의 연기가 그에게 대답했다. 포탄은 그의 왼쪽으로 6미터 떨어진 곳에 있던 바위를 쪼개 멀리 날려 보냈다. 협곡에서 포위당한 병사들의 남루한 일제 사격으로 저항군들이 후퇴했다. 소령은 총성의 메아리와 비명 소리가 뒤섞여 들린다고 생각했다.

포탄을 동원한 1차전은 동굴 입구 아래에서 1미터 떨어진 암붕의 돌 부스러기를 날려 버렸다. 2차전이 시작되자 오른쪽 위에서 작은 산사태가 났다. 3차전 발포는 조잡하게 지은 연단의 일부를 무너뜨리면서 조준수의 다리까지 날려 보냈다. 대장은 욕을 하며 박격포를 가져오라고 했지만, 군대는 박격포를 보유하고 있지 않았다. 포를 다시 걸어 더욱 조심스레 들어올렸다. 교황 절대주의자들은 변절자가 있는 지점을 초토화할 생각이었다.

어둠 속에서 홍포를 입은 왜소한 인물이 갈라진 틈에서 약 20미터 떨어

---
15 깃털이 달린 군모.

진 돌밭 오솔길을 따라 바삐 움직이자, 그곳에 포화가 집중되었다. 돌밭에서 먼지바람이 일어 도망자의 얼굴과 상반신을 감쌌다. 소령은 부하들의 대열을 뚫고 말을 달리며 조준 명령을 내렸다. 도망자는 바위 정상에서 6미터 떨어진 곳에서 상당히 긴 거리를 굴러 내려갔고, 마침내 멈추고 말았다. 그래도 그는 피스톨을 조준할 만큼 목숨이 붙어 있어서, 소령의 오른편에 선 보병의 무릎 뼈를 박살내 그를 귀대시켰다. 소령은 투덜거리며 몸을 숙여 그 에드헬름인의 겉옷을 옆으로 밀쳤다. 금발이 드러났다. 소년은 고통스럽게 싱긋 웃었다. 이 사이에서 피가 흘렀다.

소령 옆에 있던 그의 부관이 혐오스럽게 말했다. "수사잖아……."

"남색가 같은데……." 다른 사람이 말을 툭 내뱉었다. 그는 금발 머리를 잡고 흔들었다. "그래, 이 더러운 놈아. 너의 그 잘난 마스터는 어디 있느냐?"

대답 없는 그. 또 다른 녀석이 머리를 흔들었다. 조셉 수사는 고개를 반쯤 쳐들고 위에서 내려다보는 얼굴을 향해 피를 내뱉었다. 부관이 그의 머리를 흔들었다. "이놈들은 실토하지 않을 겁니다. 불가리아 놈들도 그랬습니다……."

"그런 것쯤은……." 소령이 단호히 말했다. "나도 알고 있다. 여기 들 것을 가져오게, 하사관……."

병사는 두 배는 빠른 속도로 산을 내려갔다. 소년은 헐떡거리며 몸을 일으킨 후 피 묻은 주먹을 날린 다음 쓰러졌다. 소령은 몸을 숙여 피가 흐르는 주먹을 요령껏 피하고 그의 손을 갈기갈기 짓이겨 놓았다. 그는 몸을 세우며 녀석의 손바닥을 펼쳤다. 그는 게 마크가 그려진 작은 메달을 쥐고 있었다. "이거야……." 그가 부드럽게 말했다. "바로 이게 우리에게 필요한 거라고……." 그는 부관이 보기 전에 우아한 메달을 제복 주머니에 후딱 쑤셔 넣었다.

동굴을 수색하자 상당량의 전리품이 나왔다. 사체 6구, 그중 3구는 손상되지 않아서 의심 많은 교황청 관리에게 나머지 것들을 보여 주어도 충분히 만족할 만한 상태였다. 포상금은 이제 반역자 두당 150파운드까지 치솟았다. 이 정도면 900파운드는 족히 넘을 것이고, 다 합치면 무려 1000파운드 이상 될 것이다. 이제 이들을 잘 옮기기만 하면 된다. 게다가 식량과 무기, 책과 이단서, 배포할 예정이던 전단이 수도 없이 많았다. 소령은 이들을 모두 소각하라는 명령을 내렸다. 연속 폭격으로 완전히 초토화된 공간 뒤편에는 고대 유적이 남아 있었다. 앨비언[16] 프레스와 활자가 흩어져 있었다. 소령은 쇠망치를 가져오라고 시킨 후 부츠를 신은 발로 전단지 더미를 휘적거렸다. "최소한 이제……." 그는 옆에 있는 부관에게 철학적인 말을 남겼다. "최소한 앞으로는 이런 전단지가 떠돌아다니지 않을 것이다……."

그러나 그 작전은 주요 목표를 달성하지 못했다. 존 수사는 또 다시 빠져나갔다.

몇 주간 소문이 무성했다. 존이 여기 있다, 저기 있다. 군대는 한밤중에도 정신없이 출동해서 마을을 이 잡듯 샅샅이 뒤졌다. 보상금은 갑절로 올라갔지만, 단 한 번도 지불되지 못했다. 존이 황무지 사람들과 동맹을 맺어 마법처럼 교묘한 방법으로 위험을 빠져나간다는 이야기가 솔솔 들려왔다. 로마가 으르렁대며 몸값을 두 배로 올리자 제보가 홍수를 이뤘다. 오두막집이 불타고 마을 전체에 벌금이 내려졌다. 사람들은 교차로에서 쇠줄에 묶인 섬뜩한 모습으로 이동하면서 검은 새 떼를 바라보았다. 거인은 초조하게 몸을 뒤척이며 투덜거렸다.

웰스 성당은 더럽혀졌다. 그렇다고 신성 모독이라고 할 정도는 아니었

---

[16] '그레이트 브리턴(Great Britain)'이란 뜻으로, 후일 '잉글랜드(England)'가 되었다.

다. 높은 제단은 깊은 경외심만 느껴질 뿐 다른 손길의 흔적이 없었지만, 그 위에는 섬뜩하게도 다음과 같은 글귀가 적힌 플래카드가 걸려 있었다. 그것은 즉각 수거되어 소각됐지만, 성경에서 발췌된 그 글귀는 이교도들이 중세 혹은 근대영어로 번역했다는 소문이 나돌았다. "내 집은 신의 기도하는 집이라 칭함을 받으리라고 하지 아니하였느냐. 너희는 강도의 굴혈을 만들었도다[17]." 똑같은 일이 아쿠아 술리스에서도 일어났다(모든 재산을 가난한 자에게 주라). 도싯 교주의 거처에서도 벌어졌다(낙타가 바늘구멍을 통과하는 것이 부자가 천국에 가는 것보다 더 쉽다). 그러나 이런 일들은 공개적으로든 은밀하게든 훈육의 작품이었다. 존은 끝없이 여행하면서 가르치고 기도했다. 그는 가끔 예지력 때문에 고통당해 바닥을 데굴데굴 구르며 입에 거품을 물고 피가 날 정도로 주먹으로 땅을 내리쳤다. 그리고 자신의 옷과 살을 찢는 바람에 그의 추종자들이 두려움에 인상을 쓰며 물러섰다. 환영, 두드리는 소리, 비명 소리, 사지가 뒤틀리는 고통은 서쪽 가시금작화 사막을 건너는 내내 그를 따라다녔다. 구름이 흘러가고 달과 태양이 환상적으로 교차하는 하늘 아래에서 신들은 그를 만나 위로하고, 로마인들이 건너오기 이전에 돌로 지어진 교회당 옆에 앉아 오래된 믿음에 대해 이야기를 나눴다. 존은 신발과 망토와 지팡이를 벗어 던졌다. 혹자들은 그 지팡이가 마치 글래스턴베리의 축복받은 요셉의 지팡이[18]처럼 땅에 꽂혀 꽃을 피웠다고 했다.

그런 소문이 귀에 들어가도 존은 아무런 반응을 보이지 않았다. 그는 유령처럼 움직였다. 끊임없이 중얼거렸지만, 앞이 보이지 않았다. 그의 주변에서 비바람이 한바탕 퍼부었다. 사람들이 그를 숨겨 주고 먹을 것도 주었다. 푸른 제복을 입은 군인들은 도싯에 주둔하며 셔본에서 코베스기트까

---

17 마가복음 11:17.
18 전설에 따르면, 아리마대 요셉이 글라스턴베리로 피난했을 때 그의 지팡이에서 글라스턴베리 가시나무가 피어났다고 한다.

지, 새럼 링스에서 세르네 자이언트 계곡까지 쑤시고 다녔다. 존의 몸값은 계속 올라갔다. 500파운드에서 1000파운드로, 그리고 다시 1000파운드에서 1500파운드로, 거기에서 무려 2000파운드까지 치솟았다. 이 금액은 론디니움 주교궁의 예산과 맞먹는 수치였다. 그러나 존의 흔적은 보이지 않았다. 소문은 다시 퍼져 나갔다. 혹자는 그가 로마에 대항하는 반란을 준비하는 중이라고 했고, 혹자는 그가 충분한 군사를 모을 때까지 납작 엎드려 있는 중이라고 했다. 그가 병들었다거나, 부상당했다거나, 이미 이 나라를 떴다는 소문도 돌았다. 소문은 계속 퍼져 나가다가 결국 그가 죽었다는 말까지 들렸다. 이미 기천을 넘긴 그의 추종자들은 그를 기다리며 신음했다. 그러나 존은 죽지 않았다. 그가 다시 산으로 숨어 들어가자 나병 환자들이 그의 뒤를 따랐다. 외롭고 분노에 찬 울음소리도 그의 뒤를 따랐다.

 옹기종기 모여 있는 마을의 집들은 비탈진 황무지에 자리 잡고 있었다. 회색 돌로 지은 작은 집들은 폭풍우에 부서져 황량해 보였다. 그곳에서 자라는 몇 그루의 나무는 성장을 멈추어 키도 작았고 바람에 시달려 요상하게 뒤틀려 있었다. 나뭇가지는 지붕을 보호하려는 것처럼 그쪽으로 기울어져 있었다. 그곳에서 바퀴 자국이 깊이 팬 길이 시작되어 황무지를 구불구불 가로지르다가 저 멀리로 사라졌다.
 황무지 너머에서 기이한 광채를 내는 뭔가 희미한 것이 굽이진 높은 산을 내달렸다. 훤한 대낮에 산 너머를 보니 하얀 발광체는 바다와 가까워졌음을 일러 주는 것 같았다. 뿌연 잿빛 하늘은 공허하고 광활했다. 그곳을 빠져나오니 3월의 바람이 째지는 소리를 내며 축축하게 휘몰아쳤다. 바람이 한 여인의 망토를 잡아챘다. 그 여인은 마을 맨 끝자락에서 100미터 정도 떨어진 길가에서 묵묵히 기다리고 있었다. 그녀는 한 손으로 거친 망토의 목께를 바짝 쥐었다. 후드가 젖혀지자 머리칼이 얼굴 주위에 검고 길게 늘어졌다. 그녀는 회갈색 황야 너머 저 멀리 산의 윤곽을 꾸준히 바라보고 있었다.

한 시간, 두 시간이 흘렀다. 바람이 고사리를 훑고 지나갔다. 그리고 길을 가로지르며 스콜이 한 차례 흩뿌렸다. 산은 다가오는 땅거미와 함께 그 빛이 바래 갔다. 그녀는 일어나 손을 눈썹에 대고 저 멀리 희끄무레한 흔들림이 눈에 띄자 긴장한 채 바라보았다. 여자는 몇 분간 꼼짝 않고 서 있어서 숨도 쉬지 않는 것처럼 보였다. 그 흐릿한 형상은 점점 다가오면서 어둡고 가느다란 형체로 변했고, 결국엔 말을 탄 사람의 형상이 되었다. 순간 여인은 목구멍 저 깊은 곳에서 홀쩍이는 듯한 괴상한 소리를 내며 신음했다. 그리고 무릎을 꿇은 채 마을을 두려운 듯 쳐다본 뒤 길을 따라 시선을 옮겼다. 기수가 앞으로 다가왔다. 두려워하는 여인의 눈엔 그가 말을 타고 있지만 제자리걸음을 하는 것처럼, 광활한 하늘 아래에서 꼭두각시가 터벅이는 것처럼 보였다. 그녀는 손으로 길바닥을 벅벅 긁었고, 허벅지에 달라붙은 치맛자락을 매만진 후 쿵쾅거리는 심장을 달래듯 옆구리를 쓰다듬었다.

남자는 당나귀 위에 지친 듯 올라탄 채 녀석이 제 맘대로 걷도록 내버려 두었다. 남자의 발은 녀석의 배 양쪽 옆에서 리드미컬하게 출렁거리며 풀밭 위를 긁으며 지나갔다. 그의 맨발에는 오래전에 입은 상처에서 흐른 피가 갈색 띠처럼 눌어붙어 있었다. 입고 있는 옷은 찢어진 데다가, 하도 오래 입어서 얼룩덜룩했다. 애당초 갈색이던 옷은 불그스름한 회색으로 빛이 바랬다. 얼굴은 퀭했고, 옛날의 통통하던 볼 살은 축 늘어졌다. 수염은 뒤엉켰지만 두 눈은 총명했고 새의 눈처럼 광기가 서려 있었다. 때론 중얼거리다가 느닷없이 노래를 했고, 고개를 뒤로 젖혀 음습한 하늘을 보고 웃거나, 황량한 주변에 대고 애매모호한 은총의 손짓을 흔들어 대기도 했다.

마침내 도로에 접어들자 당나귀는 어디로 가야 할지 모르겠다는 듯 걸음을 멈췄다. 등에 올라 탄 남자는 노래하고 중얼거리면서 기다렸다. 그러다 피곤하지만 반짝거리는 눈이 천천히 그녀를 향했다. 그녀는 땅에 조용히 무릎을 꿇고 앉아 고개를 숙이고 있었다. 여인은 고개를 들어 자신을 쳐다보는 낯선 이를 향해 손을 반쯤 치켜들었다. 그녀는 달려가 그의 거친 옷자락 밑단을 붙들고 넘어지더니 울기 시작했다. 눈물은 그녀의 단정치 못한 얼굴을 타고 하염없이 흘러내렸다.

당나귀에 올라 탄 남자는 황당하다는 듯 그녀를 멍하니 바라보았다. 그리고 말에서 내려 그녀를 일으켜 세우려고 했다. 그녀는 그의 손길에 몸을 떨며 더 바싹 매달렸다. "드디어…… 오셨군요……." 그녀는 마치 당나귀에게 말하듯 중얼거렸다. "오셨어요……."

"버림받은 자의 축복이 당신에게 내려질 것입니다." 낯선 이가 중얼거렸다. 오랫동안 쓰지 않았는지 혀는 말을 더듬거렸다. 그는 인상을 쓰며 기억을 해내려고 애쓰는 것 같았다. 그리고 뜬금없이 이렇게 말했다. "저 산 위에서 좋은 소식을 가져오는 그의 발이 얼마나 아름답습니까." 그는 얼굴을 문지르며 손가락으로 머리카락을 뒤헝클었다. 그는 천천히 말했다. "치료를 해 달라는 자가 있었습니다……. 누가 나를 필요로 하나요, 자매님? 누가 존 수사를 불렀습니까?"

"접니다……." 그녀는 목소리를 죽였다. 그녀는 그의 옷자락을 부여잡고 그의 발에 얼굴을 비비며 입을 맞추었다. 주위를 방황하던 그의 눈길이 고정되었다. 그는 다시 한 번 그녀를 어색하게 일으켜 세우려 했다. "무슨 목적으로 불렀습니까, 자매님?" 부드럽게 물었다. "저는 기도를 할 뿐입니다. 기도는 누구에게나 무료입니다……."

"그걸로…… 치료해 주세요……." 그녀는 침을 삼키고 말을 질질 끌었다. 그 말을 하고 싶지 않았기 때문이다. 그러다가 그 말을 뱉어 내고 말았다. "치료해 주세요……. 당신의 손을 얹어서요……!"

"일어서세요……!"

여인이 일어섰다. 까만 바늘구멍만큼 줄어든 멍한 동공을 쳐다볼 수밖에 없었다. "치료법은 없습니다." 존의 이 사이로 바람이 샜다. "하느님의 인자하심만 있을 뿐입니다. 그분의 인자하심은 무한하며, 그분의 열정은 우리 모두를 감싸 주십니다. 나는 그분의 쓸모없는 도구일 뿐. 이 세상에 힘이란 없습니다. 오로지 기도의 힘만 있을 뿐. 다른 것들은 모두 이단이며, 인간은 악으로 인해 죽습니다……." 그는 그녀를 밀쳐 냈다. 그리고 분위기를 바꾸었다. 그는 이마를 훔치고 당나귀에게서 서툴게 미끄러지며 내려왔다. "당신이 타세요, 자매님." 그가 말했다. "제가 어찌 그분과 겨루겠습니까. 그분은 이미 그분의 왕국에 올라가셔서 이런 동물을 타고 다니십니다……." 그의 말은 웅얼거리며 속으로 삼켜졌고, 바람에 흩어졌다. "제가 당신의 남편을 만나겠습니다." 존 수사가 말했다.

작은 집은 지붕이 낮고 비좁았으며 쉰내가 진동했다. 한쪽에선 아이가 기어 다니고, 개는 벽난로 위로 기어 올라가 벼룩을 잡으려고 온몸을 긁적였다. 존은 머리를 숙이고 문을 통과했다. 겁 많은 여인의 손이 그의 팔목을 잡아끌었다. 그녀는 그의 뒤편에 있는 문을 닫고 못과 끈으로 문을 여몄다. "어둡게 해 놓아야 해요. 혹시나 남편에게 도움이 될까 해서요." 그녀가 속삭였다.

존은 조심스레 앞으로 다가갔다. 불 옆에 한 남자가 꼿꼿이 앉아 무릎 위에 손을 올려놓고 있었다. 그는 뻣뻣한 옷을 입고 있었다. 가죽으로 만든 짧은 상의와 타탄체크 바지를 입은 석공이었다. 그 옆에 놓인 거친 탁자에는 반쯤 먹다 만 음식이 담긴 식판과 커다란 맥주잔이 올려져 있었다. 난로에는 손도 대지 않은 담배가 놓여 있었다. 길게 기른 머리칼은 귀 뒤로 꼼꼼히 쓸어 넘겼다. 검은 눈썹은 가지런하고 숱이 많았지만, 눈은 보이지 않았다. 눈 주위를 색깔이 있는 손수건으로 눈가리개처럼 둘러 머리 뒤에서 질끈 매듭을 묶었다.

"그분이 오셨어요." 여인은 조심스레 말했다. "존 형제님께서 당신을 치료해 주실 거예요……." 그녀는 한 손을 그의 어깨 위에 올렸다. 그는 아무런 대답이 없었다. 대신 그는 손을 살짝 들어 올려 그녀의 팔을 잡은 후 뒤로 밀었다. 그녀는 존 수사에게 돌아와 숨을 들이마셨다. "이렇게 된 지 6개월이 넘었어요." 그녀는 힘없이 말했다. "처음에 이이는…… 마치 이이의 얼굴 위에 거미줄이 쳐진 것 같았어요. 햇빛을 받으면 앞이 보이지 않는다고 했어요. 계속 깜깜하다고 했어요. 깜깜하다고……."

"자매님, 랜턴이나 횃불 같은 것 있습니까?" 존이 조용히 물었다.

그녀는 그의 얼굴을 바라보며 멍하니 고개를 끄덕였다.

"당장 이리로 갖다주세요."

그녀가 랜턴을 가져와 불을 켜자 불꽃이 튀었다. 존은 램프의 열린 쪽을 돌려 장님의 얼굴을 비췄다. "어디 봅시다……."

안대를 풀어 보니 눈동자는 짙은색이고 눈매는 날카로웠다. 자신감 있는 눈매에 얼굴은 험악했다. 존 수사는 랜턴을 들어 농부의 그림자 진 턱을 손으로 잡고 돌리며 동공을 비추었다. 한참을 들여다보니 각막을 지나 뿌연 막이 빛을 반사시키는 것이 보였다. 램프를 벽난로 위에 내려놓았다. 긴 침묵. 그리고 핏기가 가신 입술로 말했다. "자매님, 애석합니다만, 제가 할 수 있는 것이라곤 기도뿐입니다……."

여인은 이해하지 못하겠다는 듯 멍한 표정으로 쳐다봤다. 그리고 손으로 입을 틀어막고 다시 울기 시작했다.

존은 그날 밤 딴채에서 머물렀다. 그는 여전히 중얼거리고 짚을 뒤적거렸다. 새벽녘이 되자 그의 머릿속을 두드리던 트럼펫과 드럼 소리가 멈추었다. 그제야 그는 잠이 들었다.

석공은 동이 트기도 전에 조용히, 그리고 찬찬히 옷을 입었다. 옆에서는 아내가 아직도 곤히 숨을 쌕쌕이며 자고 있었다. 아내의 팔을 건드렸지만, 여인은 잠결에 끙끙거릴 뿐이었다. 그는 아내 곁을 떠나 집 안을 걸었다.

거친 손가락이 가구들과 익숙한 의자의 등받이를 부드럽게 쓸었다. 그는 문을 열었다. 신선한 아침 공기가 움직이다가 그의 뺨에 차갑게 닿았다. 일단 밖으로 나가자 더 이상 안내인은 필요 없었다. 그 동네 사람들은 대부분 채석장 일을 하며 먹고 살았다. 언덕 여기저기에 퍼져 있는 작은 채석장들은 몇 대에 걸쳐 아버지가 아들에게 가업으로 물려주었다. 그의 발과 조상님들의 발은 이 집에서부터 황야를 가로지르는 길을 닳도록 지나다녔다. 그는 길을 따라가며 고개를 들고 회색 얼굴을 잡으려고 했다. 그게 그의 눈에 보이는 전부이자 새벽임을 나타내는 것이었다. 그는 버릇처럼 랜턴을 들고 다녔다. 걸음을 걷자 램프가 무릎에 와서 통하고 부딪혔다. 채석장에 도착한 그는 입구를 표시하기 위해 막아 놓은 막대기를 옆으로 들어 올렸다. 그는 그 안에 한참 동안 서 있었다. 그리고 차가운 돌에 손바닥을 대고 기대어 섰다. 장비를 찾아 더듬더듬 쓸어내리며 그의 손때가 묻어 닳고 닳은 매끄러움을 느꼈다. 그는 일하기 시작했다.

존은 멀리서 망치가 돌을 때리는 소리에 잠을 깼다. 그는 열병 같던 지난밤 꿈을 떨치려고 몸을 흔들며, 어느 쪽에서 소리가 나는지 알아내려고 두리번거렸다. 그는 조용히 일어나 옆에 준비된 슬리퍼 속으로 발을 쏙 밀어 넣은 후, 차가운 아침 속을 터벅터벅 걸었다. 걸으면서 숨을 쉬자 콧김이 나왔다.

여인은 이미 채석장에 와 있었다. 그녀는 채석장 밖 땅바닥에 웅크리고 앉아서 멍하니 바라보고 있었다. 저 안에서 리드미컬하게 정을 때리는 소리가 들려 왔다. 그것은 장님 남편이 돌에 대고 작업하고, 크기를 재고, 느끼고, 매만지며 깰 때 나는 소리였다. 투박하게 잘린 돌 더미가 입구 옆쪽에 잔뜩 쌓여 있었다. 존은 석공이 또 다른 석판의 무게를 재고 다시 일을 하러 걸어가는 모습을 보았다.

여인은 걱정스러운 눈길로 존의 얼굴을 바라보았다. 그는 고개를 저었다.

"전 기도만 할 수 있습니다. 오로지 기도뿐입니다……." 그가 중얼거렸다.

아침이 지나고 오후가 되었다. 그러나 망치 소리는 멈추지 않았다. 여인이 음식을 가져왔지만, 존은 그녀를 남편 곁으로 보내지 않았다. 휘두르는 망치에 그녀의 머리통이 깨질 수도 있었기 때문이다. 하늘이 점점 어두워지자 돌 더미는 2미터 높이로 쌓여 시야를 가렸다. 그는 무릎을 꿇고 있던 거친 땅바닥에서 더 잘 보이는 쪽으로 위치를 옮겼다. 짧은 하루, 겨울과 봄 사이의 하루가 끝났다. 석공은 불을 켤 필요가 없었다. 망치 소리가 끊임없이 울렸다. 존은 마침내 그의 목표를 점쳤다. 그는 다시 열심히 기도하며 땅에 납작 엎드렸다. 몇 시간 동안 쓰라린 바람이 불어도 잠을 잤다. 잠에서 깨자 몸이 너무 뻣뻣해져 꼼짝할 수 없었다. 망치는 어둠 속에서도 멈추지 않았다. 새벽녘에 여인이 다시 왔다. 이번에는 아기를 망토 아래 감싸 안고 데려왔다. 누군가 음식을 가져왔지만 그녀는 돌려보냈다. 존은 온몸에서 쥐가 났다. 손과 발이 추위로 시퍼렇게 변했다. 바람은 하루 종일 황무지에서 으르렁댔다.

그들은 기괴하고 음침한 정신이 깃든 도싯의 농부들이었다. 마을 사람들은 하나씩 밖으로 나와 쭈그리고 앉아 구경했다. 그러나 그 누구도 석공이 일하지 못하도록 떼어 놓을 시도조차 하지 않았다. 석공이 다시 되돌아올 테니 아마 소용없을 것이다. 바람이 황야까지, 그리고 희미하게 보이는 산까지 갔다가 되돌아오는 것처럼 말이다. 망치는 새벽부터 황혼 녘까지 계속해서 쩡쩡 울렸다. 비는 바람에 올라타 몰아치면서 존의 등에 퍼부었다. 비는 옷을 뚫고 몸을 적셨다. 그러나 그는 개의치 않았다. 그는 살을 에는 듯한 배와 허벅지의 한기를 무시했고, 머릿속에서 천둥 치듯 번쩍거리는 현기증도 상관하지 않았다. 신들이라면 이해해 주실 거야, 그는 이렇게 생각했다. 신들은 하루 종일 고함치고 진땀을 빼며 끝없이 전쟁을 하다가 매일 땅거미가 질 무렵 서로의 창자를 마구 토막 내 내팽개쳐 죽인 다음 되살리고, 그들의 궁인 발할라에서 밤새도록 흥청망청 술을 마신다. 그러나 크리스천의 신, 그분은 어떤 분이시더냐? 그분께서는 마녀들의 찢긴 영혼을 받아 주신 것처럼, 피의 희생을 받아 주실까? 물론이지. 존의 피곤한 뇌가 중얼거렸다. 왜냐하면 그분은 늘 한결같으시기 때문이다. 그의 술은 피며, 그의 음식은 살이다. 그의 성찬식은 작업과 비참함과 끝없이 절망적인 고통이다…….

다음 날 새벽이 되자 돌 더미는 황야를 가로지르며 쌓여 나갔다. 여전히 망치는 휘둘러지고 있었다. 이제 그는 비틀거리고 실수하면서 돌을 쪼갰다. 부자들의 궁전을 지을 돌, 로마의 영광을 기릴 성당……. 언덕에서 거센 바람이 일며 여인의 망토를 뒤집었다. 여인은 소처럼 우묵하게 들어앉아 손을 허벅지 위에 겹쳐 놓고, 느껴질 듯 말 듯한 고통이 넘치는 눈을 하고 있었다. 존은 무기력하게 웅크리고 앉아 있었다. 이제는 일어설 수도 없고, 주먹 쥔 손가락이 펴지지도 않았다. 황야를 가로질러 온 마을 사람들은 미동 없이 앉아 지켜보았다.

드디어 끝이 났다. 희생을 하면 그 대가가 얻어진다. 석공은 엎드려 쓰러졌고, 전설 같은 일들이 벌어졌다. 피가 그의 갈색 살갗에서 뿜어져 나왔다. 피는 입 언저리와 목에서 반짝거리며 빛났다. 그는 헛기침을 하며 몸을 움직이다가 진정되었다. 존은 제 구실을 못 하는 무릎과 손으로 짚으며 기어갔지만, 그의 근처에 가기도 전에 석공이 죽었다는 것을 알았다.

존은 삐걱거리는 뼈 소리를 내며 간신히 몸을 일으켰다. 발밑에서 여인이 침통한 눈빛으로 그를 쳐다보다가 회색 돌무덤 사이에서 돌을 골라 자신을 내리쳤다. 그의 그림자가 석공 앞에 닿았다. 가느다랗고 긴 그림자는 황무지의 수풀 위에서 꿈틀거렸다.

천천히 몸을 돌리자, 존 수사의 머릿속에서 또 다시 고함 소리와 두드리는 소리가 들렸다. 그는 창백한 얼굴을 들었다. 머리 위로 태양이 불가사의하게 빛났다. 태양은 더욱 밝게, 밝게 빛나더니 우주의 유령이 되었고, 부풀어 오르는 믿기지 않는 물체는 휘몰아치는 하늘 위로 떠올랐다. 존은 거칠게 포효하며 두 팔을 들었다. 그리고 팔을 돌리며 궤적을 그리자 진줏빛으로 빛나는 원이 만들어졌다. 원이 하나씩 하나씩 늘어나며 온통 하늘을 채우고 얼음처럼 차가운 빛으로 타오르다가 그들이 서로 만나는 곳에서 조용히 천둥이 쳤다. 천둥은 은색으로 불타는 십자가로 변해 크고 부드럽게 빛났다. 그 교점에서 또 다른 태양이 빛났다. 또 다른 태양이 계속 생겨나 천국이 다 소진될 것 같았다. 존은 이제 불타는 한 무리의 천사가 오르내리는 모습을 또렷이 보았다. 천사들은 소리를 냈다. 달콤하고 환희에 찬 소리는 그의 지친 머릿속에 칼처럼 박혔다. 그는 다시 알아들을 수 없는 비명을 지르다가 비틀비틀 휘청거리며 뛰쳐나갔다. 뒤에서는 그의 큼지막한 그림자가 펄쩍거리며 뛰어놀았다. 이제 사람들이 달려 나갔다. 그들은 황무지를 지나 마을 거리로 내달렸다. 그리고 그를 구심점으로 한 원이 점점 밖으로 커지면서 덧문을 닫은 집들을 툭툭 건드렸다. 소문은 발보다 더 빨리 퍼져 나갔다. 발 빠른 말이 달려가는 것보다 그 속도가 더 빨랐다. 존 수사의 주변에 영광된 천국이 열렸다. 소문은 점점 살이 붙고 붙어, 하느님이 직접 저 위의 하늘빛 아치에서 밝은 눈으로 내려다보고 계신다, 라고까지 불어났다.

 골든캡과 웨이마우스, 그리고 황무지 내륙의 울에 주둔한 군인들도 이 소문을 들었다. 딱딱거리는 신호기는 소동이 일어난 한 시골 마을의 소식을 전했다. 총알과 화약, 기마대, 대포의 보급을 요청하는 메시지가 날아들었다. 더노바리어, 버본 마우스, 풀도 대답을 보냈다. 허리케인이 불자 탑은 마치 어린 묘목처럼 쓰러졌다. 정오 즈음 신호기 라인은 고요해졌다. 골든캡은 부러진 날개로 뒤죽박죽되었다. 그곳 수비대 사령관은 보병 소대를 소집하고 말 두 필을 이용해 잉글랜드를 관통하며 힘차게 달렸다. 그러면서 반란의 싹을 잘라 버리겠다는 요행을 바랐다. 한 남자, 바로 그 녀석만이 폭도를 뒤흔들어 전쟁을 일으킬 수 있다. 바로 존 수사. 이번에는, 전에도 그랬지만, 존 수사는 죽어야 했다.

  영광된 천국은 사라졌다. 그래도 사람들은 여전히 황야를 가로질러 때로 몰려 왔다. 카트와 마차를 타고 산을 넘어오느라 고생을 하기도 했다. 그를 보기 위해 애를 쓰다가 질척거리는 길에 빠져 꼼짝달싹 못하기도 했다. 어떤 이는 돈이나 옷가지, 먹을거리를 가져왔고, 또 어떤 이는 쉴 곳을 제공하기도 하고, 발 빠른 말을 데려오기도 했다. 그들은 존에게 도망치라고 애원하며, 군인들이 잡으러 오고 있다고 경고했다. 그러나 앵앵대는 소리는 그의 귀를 먹게 했고, 그의 머리에서 빛나는 환일[19]은 결국 그의 마지막 이성을 어둡게 했다. 지친 무리는 비틀거리던 그가 남쪽에서 불어오는 거친 바람을 맞으며 황무지를 걷자 그 뒤를 따랐다. 몇몇은 무기를 가져왔다. 무기라고 해 봐야 20여 군데 초가집에서 가져온 갈퀴와 큰 낫과 막대기에 달린 칼, 머스캣 총 등에 불과했다. 그들은 노래를 부르면서 말을 타거나 걸어서 그를 뒤따라 결국 바다에 다다랐다. 무리는 키머리지의 가파른 비탈길을 거쳐 시커먼 만과 야만스러운 바다로 향했다. 그곳에서 그들은 마침내 골든캡에서 출동한 부대와 맞닥뜨렸다. 푸른 제복의 군인들이 공격을 개시했다. 그 수가 어마어마했다. 총탄이 발포되자 한 남자가 쓰러져 밟히는 바람에 사지가 잘려 나갔다. 비명 소리가 바람을 타고 멀리 퍼졌고, 붉은 피가 풀밭에 흩뿌려졌다. 말은 창에 찔려 저 혼자 이리저리 날뛰었다……. 교황 절대주의자들은 움찔하며 긴 머스캣 총을 든 대열을 따라 이동하며 고개를 돌리고 발포하기 시작했다.

  존 수사는 작은 충돌에 신경 쓰지 않았다. 아니, 아무것도 보지 않았다. 그는 말을 타고 머릿속에서 울리는 음성과 소음에 이끌려 앞으로 걸어가다가 절벽 끝에 다다랐다. 그 아래론 하염없이 물이 흐르고 있었다. 거칠고 허

---

19 둥근 원형 무지개.

연 물결이 수평선 너머까지 넘실거렸다. 그곳은 고르지 않았다. 한 남자가 뛰어들지도 모르는 허리케인은 파도의 정점을 뒤집어 놓았다. 빗물은 땅 위를 흘러 절벽에 도착했고, 절벽은 만으로 물을 내뿜었다. 물줄기는 바람에 흔들리며 송두리째 육지 끝자락 위로 떨어져 물이 넘실대는 궁형의 호수를 만들었다. 존은 그 절벽에서 고삐를 맸다. 말이 버둥거리며 뒤로 몸을 빼자 갈기가 바람에 휘날렸다. 그는 팔을 들어 사람들을 불러 모았다. 사람들은 가까이에서 그의 말을 듣기 위해 모여 들었다. 스웨터에 모자를 쓰고 부츠를 신은 시커먼 얼굴의 남자들, 목에 스카프를 두른 멍한 얼굴의 여인들, 짙은 머리칼에 청바지를 입은 굵은 다리의 도싯 소녀들. 저 멀리 왼편에서 기마병이 카빈총을 어깨에 메고 달려왔다. 발포하는 순간 연기가 뿌옇게 일었다가 순식간에 사라졌다. 총알은 존의 머리 위에서 쉭하며 휘었다. 총알 한 방이 무리의 한쪽 구석에 있던 소녀의 발에 맞았다. 사람들은 위험하게 우왕좌왕했다. 말을 탄 사람들이 뒤로 물러섰다. 룰워스의 막사에서 노새를 이끄는 팀이 총을 끌고 오는 중이었다. 그렇지만 총이 도착하기도 전에 대위는 이미 그것이 쓸모없으리라는 사실을 알았다. 무리 안으로 부하 몇 명만 쑤셔 넣으면 사람들은 모조리 죽을 것이다. 저 멀리 황무지 너머에서 노새를 이끄는 팀은 덜버린 포차의 앞차[20]를 끌고 있었다. 여분의 탄약 카트가 뒤에서 세차게 흔들리고, 앞에서 보병 종대를 이끌었다. 그렇지만 이제 더 이상 확보된 보병은 없었다. 그리고 시간도 없었다…….

  존 수사의 머리 위에서 갈매기가 빙빙 날았다. 그가 팔을 올리자 갈매기를 불러들이는 것처럼 보였다. 그 위대한 생명체들은 미동도 없이 날개를 활짝 펴고 그의 머리 위 2미터 높이에서 날았다. 사람들이 조용해졌다. 그가 말을 하기 시작했다.

---

20 좌석을 겸한 탄약 상자가 달린 차. 이것으로 포차를 끈다.

"도싯인들이여…… 어부와 농부, 그리고 당신들, 산에서 바위를 캐내는 석공들, 요정과 황무지 사람들, 바람을 타고 다니는 전설의 인물들이여. 내 말을 듣고 기억하세요. 내 말을 평생 기억하세요, 내 말을 늘 기억하세요. 앞으로 다가올 시간 속에서 그 어떤 황야도 이야기가 없을 수는 없습니다."
말은 중간에 잘리며 바람에 갈려 나갔다. 부상당한 소녀조차 신음을 멈추고 친구의 무릎을 베고 누워 귀를 기울였다. 존은 그들에게 그들의 이야기와, 그들의 신념과 일, 돌과 바위를 외롭게 캐내는 그들의 존재에 대해 말했다. 그리고 이 땅을 옥죄는 위대한 교회가 문직으로 짠 주먹으로 그들의 숨통을 죄고 있다고 말했다. 그의 머릿속에서 예지력은 여전히 불타며 움직였다. 그는 강력한 변화가 닥쳐 이 어둠과 비참함과 고통을 쏠어가 버리고 마침내 황금시대로 그들을 이끌 것이라고 말했다. 그는 주변에 있는 산 위에 새 시대의 건물, 공장과 병원, 발전소와 연구소가 생기는 모습을 또렷이 보았다. 땅 위를 나는 기계가 거품처럼 바다 표면을 스치고 날아가는 모습을 보았다. 그는 경이로운 모습을 보았다. 줄지어 늘어선 조명이 파도처럼 하늘을 넘실거리며 노래하고 말하는 모습을 보았다. 이 모든 것이 닥칠 것이며, 이보다 더한 것들도 모두 닥치리니. 인내의 시대, 이성의 시대, 인간애의 시대, 인간 영혼의 위엄의 시대가 다가올 것이다. "그러나……" 그가 외쳤다. 그의 목소리가 갈라지고 거친 바람 소리에 파묻혔다. "이제 나는 당신들을 떠나야 합니다……. 이제 전 하느님께서 보여 주신 길로 갈 것입니다. 지혜로우신 그분은 제가 그분의 백성들에게 쓸모없다는 것을 아셨습니다. 그리고 그분의 도구로서도, 그분의 뜻에도 쓸모없음을 아셨습니다. 그분은 저에게 신호를 보내셨습니다. 따라서 천국에서 불타는 그 신호를 따르고 복종해야 합니다……."

사람들은 서로 거칠게 떠밀었다. 고함 소리가 터져 나오더니 이내 수그러들었다가 다시 커지면서 마침내 바람 소리를 넘어섰다. 100여 명의 목소리가 고함쳤다. "어디로 가시나요, 어디로요……." 존이 몸을 돌리자 옷자락이 팔에서 펄럭였다. 그는 반짝거리는 바다를 가리켰다.

"로마로 갈 것입니다." 그 말은 사람들을 흥분시켰다. "우리의 세속의 아버지가 계신 곳으로요. 구원의 바위이시자 베드로의 권좌의 수호자이며, 그리스도의 지명을 받으신 이 땅의 대리자[21]에게 우리가 숭배하는 그리스도의 이름으로, 그의 지혜로운 이해를 구걸하고 자비로운 연민과 무한한 베풂을 구걸할 것입니다. 그러나 이 땅에서는 그분의 영광이 너무나 자주 더럽혀지고 있습니다……."

그리고 계속 말을 했지만 소리는 인파 속에 파묻혔다. 그의 말은 들불처럼 삽시간에 저 끝에 있는 사람들에게까지 퍼졌고, 이제 그들은 기적이 일어나기를 기다렸다. 존은 로마로 갈 것이다. 그곳까지 날아서 갈 것이다. 그는 바다 위를 걸을 것이다. 그는 파도를 다스릴 것이다. 냉정한 이들조차 흥분한 채 배를 구하는 절규를 내질렀다. 한 여인이 갑자기 몸을 떨며 크게 소리를 질렀다. "테드 암스트롱…… 저분에게 당신의 것을 내놓으세요……."

이름이 불린 남자는 화가 나 손을 내저었다. "진정하세요. 이건 내가 가진 전부입니다." 그러나 그의 하소연은 밀려드는 인파에 떠밀려 사라지고, 존과 그의 추종자들은 절벽 아랫길로 내려가 노래하는 가시금작화와 가시나무를 통과해 바다로 갔다. 망을 보던 군인들의 눈에는 마치 그 모습이 사람들이 무기를 들고 갑자기 바다로 뛰어 들어가는 것처럼 보였다. 사람들은 갯벌에서 미끄러지고 구르면서 배를 밀어 바다로 보냈다. 배는 흔들거리다가 파도에 떠밀려 내려갔다. 존은 노를 저으며 배를 탄 채 몸부림쳤다. 여인들은 바닷가에 잔뜩 쌓인 가재 그물 더미 위로 올라갔다가 샘에서 솟아오르는 물을 맞으며 절벽 위로 기어 올라갔다. 밧줄이 풀린 배는 배 바닥

---

21 로마 교황은 하느님 아들의 대리자로 불린다.

이 보일 정도로 격정적으로 흔들리다가, 바람이 돛을 팽팽히 당기자 똑바로 선 채 하얀 거품이 끓어오르는 바다로 향했다. 양옆에 토탄이 넓게 깔린 시커먼 곳은 반짝이는 태양과 대조를 이뤘다. 저 앞 수평선에는 파도가 이 세상의 끝을 넘어설 듯 넘실거렸다. 구경꾼들은 그 빛에 몸을 뒤로 빼며 배가 훌쩍 날아올랐다가 한쪽으로 쏠리며 파도 속에 파묻히는 것을 보았다. 파도 속에 잠겼다 다시 솟은 배는 더 작게 보이면서 밝은 빛 속에서 검은 점처럼 줄어들었다. 여전히 배는 저 멀리에서 거품이 일으키며 으르렁대는 바다 속으로 뻗어 나갔다. 사람들은 피곤한 눈을 떼지 못한 채 바람을 맞으며 눈물을 흘리고 혼란스러워 했다. 휘몰아치는 광활한 바다 속에서 더 이상 배가 나아가는 모습이 보이지 않았다.

군인들은 대포를 서쪽 곶까지 운반해 발포 준비를 하며 탄환을 장전했다. 대포는 우르르 쿵쿵 소리를 내며 벼랑 너머까지 위협했다. 어둠이 저 아래 파도 위로 깔리고 있었다. 그 많던 인파가 모두 사라지고 없었지만, 대포는 여전히 텅 빈 해변을 위협하고 있었다. 군인들은 외투를 입고 새벽까지 차가운 대포에 등을 기댄 채 쭈그리고 앉아 꼼짝도 하지 않았다. 세력이 약해진 허리케인은 결국 소멸되었다.

그리고 여전히 거품을 일으키는 파도는 배의 용골을 때리며 부드럽게 육지를 향해 재촉했다.

다섯 번째 소절
영주들과 아가씨들

침대 주위에 모인 여러 사람은 인상적인 정경 속에 조각된 정적 같은 모습이었다. 머리 위에 매달린 램프 하나가 밝은 빛을 뿌려 사람들의 얼굴을 낯선 위안 속으로 내던지고, 아픈 이의 창백함을 도드라지게 만들었다. 환자는 에드워즈 신부의 보랏빛 영대의 한쪽 자락을 목까지 꼭 덮고 누워 있었다. 영대는 마치 믿음의 현수막처럼 그 사이에 펼쳐져 있었다. 노인은 쉴 새 없이 눈을 굴렸다. 그는 고통스럽게 짧은 숨을 헐떡이며 이불보를 잡아 뜯었다.

그 너머로, 5월의 창백한 땅거미가 드리운 하늘이 보이는 사각 창문 아래에 한 여자가 앉아 있었다. 긴 금발 머리는 목덜미 근처에서 시폰 끈으로 묶여 있었다. 머리카락 한 가닥이 삐져나와 어깨 위에서 구불거렸다. 머리칼은 그녀가 고개를 돌릴 때마다 뺨을 쓸었다. 그녀는 짜증스럽게 머리칼을 쓸어 올리며 주차장의 기다란 지붕을 내려다보았다. 늦게 온 증기 트럭이 경적을 울리며 주차장으로 들어와 구획 안으로 몸을 넣고 있었다. 그곳에서 나는 냄새가 여닫이창까지 스멀스멀 올라왔다. 마거릿은 증기 트럭의 온기가 얼굴을 스치는 것을 잠시 느꼈다. 거인들의 호흡이 섞인 포근한 공기가 얼굴을 간질였다. 여자는 죄책감을 느끼며 방 안으로 시선을 돌렸다. 그녀는 반쯤 정신을 빼놓은 채 신부가 중얼거리는 라틴어를 번역했다.

"예수 그리스도의 이름으로, 가장 사악한 영혼이자 우리의 적이며 모든 유령의 화신인 당신을 하느님께서 만드신 이 피조물로부터 내모노라……."

여자는 허벅지 위에 올려둔 손가락을 꼬물대다가 꽉 잡고 깍지를 끼었다. 손가락 마디가 느껴졌다. 그리고 눈을 감았다. 천장에 매달린 네덜란드식 램프가 살랑거리며 흔들리자 불꽃이 줄렁거리며 깜빡였다. 하지만 바람은 불지 않았다.

에드워즈 신부는 기도를 멈추고 조용히 고개를 들어 램프를 쳐다봤다. 불꽃은 또 다시 밝고 길게 타올랐지만 흔들리지는 않았다. 침대 발치에서 늙은 새라가 숨을 죽인 채 흐느끼고 있었다. 팀 스트레인지는 앞으로 가 그녀의 손을 쥐었다.

"그분께서 직접 당신에게 명령하시기를, 저 높은 천국에서부터 저 아래 땅속 저 깊은 곳으로 내려가라고 하셨도다. 당신에게 명령하신 그분은 바다와 바람과 폭풍우를 다스리시는 분이신바, 그분의 말씀을 듣고 믿음의 적이자 인류의 적인 사탄을 두려워할지어다……."

저 아래에서 증기 트럭이 다시 부드럽게 재잘거렸다. 마거릿은 못마땅하다는 듯 고개를 돌렸다. 기름칠한 철에서 나는 소리를 듣고 있자니 태피스트리의 이미지가 떠올랐다. 여름 밤의 도로, 희끗희끗한 회색 리본이 어둠 속으로 질질 끌려가는 모습. 태양의 열기가 아직도 남아 있는 온기, 출몰하는 올빼미와 박쥐. 허공에서 윙윙거리는 때 이른 곤충들, 먹이를 먹는 새들의 지저귐. 무릎까지 자란 수풀이 달빛 아래 검은 벨벳처럼 풍성해 보였다. 맥박을 뛰게 하는 5월의 향기와 어우러진 울창한 관목들. 그녀는 이 방과 집을 박차고 나가 뛰놀고 춤추며 눈앞에 빙빙 도는 불꽃이 일 때까지 잔디밭에서 뒹굴고 싶은 마음이 강렬했다.

그녀는 침을 삼키고 본능적이면서도 자동적으로 성호를 그었다. 에드워즈 신부는 소유욕과 복수심을 불러일으키는 경솔한 생각과 일탈에 대해 그녀에게 아주 자세하게 조언했다. 신부는 폰 베르크의 편람을 인용해 엄숙하게 경고했다. "내 어린아이를 위하여. 그런 것들은 조용히 다가오지만, 그 후에는 한탄, 황량함, 영혼의 혼돈, 마음의 구름을 남기고 떠날 것이다……."

에드워즈 신부의 관자놀이 부근에서 힘줄이 고동쳤다. 마거릿은 입술을 깨물었다. 이제 그에게 가서 자신의 기도의 힘을 신부의 기도에 합쳐야 한다는 것을 알았지만, 그녀는 움직일 수 없었다. 무엇인가가 그녀를 가로막았다. 그 무엇인가가 그녀가 말을 하지 못하게 막아 그의 근처에 가지 못하게 만들었다. 만약 그게 가능하더라도 그 긴 방은 기울어진 듯 보였다. 뭔가가 괴상하게 뒤틀려 벽이 뚝 끊기고, 바닥은 감각이 느껴지지 않는 차원으로 출렁거렸다. 침대 옆에 선 사람들로부터 그녀까지의 그 짧은 거리가 심연이 되어 그녀가 다른 행성에 있는 것처럼 보였다.

여자는 그런 생각에 짜증이 나서 고개를 흔들었다. 그렇지만 환상은 계속됐다. 잠시 현기증이 일었다. 걸핏하면 휘청거리고, 끔찍한 술책이 횡행하고 추락하는 악몽을 꾸었다. 그 방은 새로운 차원으로 변했다. '위쪽'은 이제 두 가지 서로 다른 방향으로 확실히 변했다. 천장에 매달린 램프는 그녀를 향해 몸을 튼 것 같았다. 그리고 등 뒤에 있는 창문은 한쪽으로 기울어졌다. 숨을 죽이자 그녀는 갑갑한 기분이 들었다. 지옥에서 풍겨 나오는 냄새와 환상이 다시 돌아와 부드럽게 달랬다. 산사나무의 달콤한 향기는 갓 만들어진 도랑의 갈색 악취를 풍겼다. 이곳에는 로마모교회에 반항했던 다른 것들과 빵이 묻혀 있었다. 그녀는 사제의 예복을 벗긴 후 용서를 빌라고, 그리고 가면극을 중단하라고 외치고 싶었다. 왜냐하면 잘못도, 사악함도 모두 그녀 안에 들어 있었기 때문이다. 그녀는 소리를 치려고 애썼다. 그녀는 자신이 소리 쳤다고 생각했지만, 마음 깊은 곳에서는 입술이 움직이지 않았다는 사실을 알았다. 어두운 거울로 보니, 에드워즈 신부는 손을 올렸다 내렸다 하며 계속 성호를 긋고 있었다. 그의 목소리가 꽤나 오랫동안 계속해서 들렸지만, 그녀는 마치 그곳에서 150만 킬로미터는 떨어져 있는 것 같았다. 저 멀리 차갑게 타오르는 별들과 망자의 봉분 위에서 불타는 화톳불 사이에서 올드 원들이 계속 쳐다보고 있었다. 노크 소리와 덜컹거리는 소리가 희미하게 들리다가 점점 커졌다. 갑자기 커튼이 멀미가 날 정도로 펄럭거렸다. 램프의 불꽃은 다시 이지러지다가 누르스름해졌.

"따라서 굴복할지어니. 내가 아니라 그리스도의 성직자들에게 굴복할지어다. 왜냐하면 그분의 힘은 너를 격려하여 그분의 십자가에게 복종하고, 그분의 팔을 잡고 몸을 떨라고 하실 것이니라⋯⋯."

방에서 들리는 쨍그랑 소리는 우레 같았다. 마거릿은 상향으로 타락하여[01] 어둠 속으로 들어갔다.

어둠 속에서 귀에 거슬리면서도 밝은 목소리가 소녀를 불렀다.

"마거릿!"

"마거릿!"

그리고 기다림. 그 다음 부르는 소리가 다시 들렸다. "지금 당장 이리 오라니까⋯⋯!"

그 목소리를 무시할 수 없었다. 끝에 이런 말이 나왔기 때문이다.

"마거릿 '벨린다' 스트레인지! 이리 와라!"

미들 네임까지 넣어서 부르는 이상한 호출은 절대로 무시하고 넘어가서는 안 된다. 그랬다간 매를 맞고 저녁까지 굶은 채 잠자리에 들어야 하는 벌을 받게 되기 때문이다. 그건 훤한 여름밤에는 특히나 끔찍한 일이다.

----

01 fall upward. 아담과 이브의 타락을 상향으로 타락하였다고 하는데, 여기서 상향이란, 태초의 인간으로 되돌아가는 것이 아니라 구원을 받기 위한 타락이며, 이를 통해 영적인 성장을 이룬다는 뜻이다.

작은 소녀는 까치발로 서서 손가락으로 책상 모서리를 쥐었다. 책상 표면이 소녀의 코앞에서 쫙 펼쳐졌다. 풍성한 나뭇결과 기름 먹인 반짝거리는 책상 위에는 신기한 마술 같은 어른들의 일거리가 펼쳐져 있었다.

"제시 삼촌, 뭐 하세요?"

삼촌은 펜을 내려놓고 손가락으로 아직은 쇠지 않은 머리칼을 쓸어내리다가 이제는 회색이 된 관자놀이 부위를 매만졌다. 그는 철테 안경을 콧대까지 밀어 올렸다. 그의 목소리가 소녀를 향해 쩌렁쩌렁 울렸다. "돈을 벌고 있지……." 그가 웃는 건지 아닌지, 그 누구도 구별할 수 없었.

마거릿은 코를 바짝 치켜들었다. "후……." 돈이란 도대체 이해할 수 없다. 돈이란 것은 삼촌이 힘들게 작업하는 장부처럼 두껍고 갈색이 나는 모양이라고, 소녀는 속으로 돈의 형태를 그려 두었다. "푸……." 더러운 손가락이 책상 모서리에서 꼼지락거렸다. "삼촌, 삼촌은 돈 많이 벌어요?"

"꽤 많이 벌지, 아마도……."

제시는 다시 작업을 했다. 주먹 때문에 두툼하고 누런 종이 위에 깔끔하게 쓴 숫자가 흐릿하게 가려졌다. 마거릿은 삼촌에게 머리를 들이밀며 그의 얼굴을 보려고 애쓰다가 코를 한 번 더 찡긋했다. 마지막 시도로 새로운 것을 얻었고, 그녀는 그것이 자랑스러웠다. 소녀가 갑자기 말했다.

"저 때문에 귀찮으시죠?"

제시는 싱긋 웃으며 머릿속으로 계산했다.

"아니……."

"새라 아줌마는 제가 귀찮대요. 지금 뭐하세요?"

그가 차분하게 대답했다.

"돈 번다니까……."

"왜 그렇게 돈을 벌려고 하는 건데요?"

건장한 그는 입을 벌리고 팔을 반쯤 들어 올린 채 동작을 멈춰 이상한 포즈를 취했다. 그는 낮은 천장을 쳐다보고 있다가 완전히 정신을 놓았다. 그는 소녀를 들어 올려 무릎 위에 앉히고 다시 싱긋 웃었다.

"왜냐고? 글쎄…… 삼촌이 생각해 봤는데, 지금 당장은 이야기할 수 없을 것 같구나."

마거릿은 앉아서 그 모습을 지켜보며 살짝 인상을 썼다. 그에게서 담배 비슷한 냄새가 났기 때문이다. 그녀는 창고 뒤 과수원에서 네빌 서전슨과 함께 상자 몇 개와 낡은 철 레일로 미끄럼틀을 만들었다. 그리고 통통한 다리를 앞으로 쭉 펴고 무릎 위의 딱지를 잡아 뜯으며 속옷만 입은 채 시커메진 궁둥이로 미끄럼을 탔다. 주차장 주임은 아이들을 위해서 레일을 갖다 놓고 한동안 가만히 내버려두었다. 레일은 그 차고에 계속 있었다. 거대한 증기 트럭에 다시 끼워 넣기엔 쓸모가 없었기 때문이다. 거대한 증기 트럭은 그가 파멸한 원인이었다.

"내 생각엔 말이지……." 제시가 말했다. 그는 말을 멈추고 잠시 생각하다가 웃었다. "음…… 삼촌이 지금은 10파운드밖에 없었지만 언젠가 10만 파운드를 벌고 싶어서 그래. 무슨 말인지 모르겠지?" 그는 소녀의 머리를 대충 쓸어 주었다. 그러다 원래 노란색이었는데 지금은 트럭의 차축 기름이 들러붙은 머리칼을 보고 인상을 찌푸렸다. "너 또 차고에 갔었구나? 가서 새라에게 뭐든 좀 달라고 해. 분명히 주실 거다……."

"새라 아줌마에게는 안 갈래요. 그냥 삼촌이랑 있을래요." 아이는 꾸물대며 고무도장에 손을 뻗어 장부에 대고 꾹꾹 눌렀다. 더는 찍을 곳이 없자 제시의 손등에다가도 찍었다. 주글주글하고 흉터투성이인 그의 갈색 피부 위로 환한 푸른색 글씨가 희미하게 보였다. '도싯의 스트레인지 앤 선스 운수회사'.

"마거릿 벨린다 스트레인지……."

제시는 그녀를 내려놓고 웃었다. 그리고 소녀가 뛰어내리자 속바지의 먼지를 털어 주었다.

추억은 마거릿과 함께 머물렀다. 어린 시절 추억 중에는 아직도 생생하게 남아서 절대로 잊히지 않는 것들이 있다. 삼촌의 주름지고 험악한 얼굴, 파리한 턱이 그녀에게 바싹 다가왔다. 햇빛이 책상 위를 비추고 있었다. 새라가 이름을 불렀다. 툭 튀어나온 검은 손잡이가 달린 도장과 작은 놋쇠 장식 못은 하도 찍어 대서 닳았다. 그런 일은 무척 드문 경우였다. 왜냐하면 제시는 그리 마음 씀씀이가 넓은 사람이 아니었기 때문이다. 조카가 안녕히 주무시라고 말하자 그는 집을 나섰다. 마거릿은 그 모습을 창문가에 서서 지켜봤다. 그는 어깨에 재킷을 걸치고 길 건너에 있는 '하울러스 암스'에 동료들과 같이 맥주를 마시러 가는 중이었다. 그러다가 그는 마음을 바꾸었다. 그녀는 씁쓸하게 입꼬리를 올리고 말았다. 왜냐하면 그가 문을 아무렇게나 쾅 닫고 신발을 북북 끌고 저벅저벅 소리를 내고 걸으면서 차고를 지나가 누가 들어도 그가 심통이 났다는 사실을 알게끔 동네방네 소문냈기 때문이다.

제시 스트레인지는 별로 말이 없는 사람이었다. 그러나 아무도 감히 그를 거역하지 못했다. 그는 운전사로, 트럭을 운전했다. 그는 자기 차들을 운전했다. 거의 대부분 그가 직접 운전했다. 술을 마시기로 한 날이면 그는 가장 괜찮은 남자를 탁자에 앉혔다. 밤이 되면 저 아래 마을 여관에서 가끔 술을 마셨다. 그러고도 집까지 무사히 걸어서 갔다. 사내들은 늦은 시간에 거리를 휘저으며 다니다가 그의 사무실이나 차고에 불이 켜진 것을 보곤 했다. 그곳에서 증기 트럭의 밸브 기어를 제거하거나, 보일러를 청소하거나, 거대한 바퀴 접지면을 손보는 것 같지는 않았다. 그들은 제시 스트레인지가 피곤함을 느끼기는 하는지, 잠을 자기는 하는지 궁금해했다.

그는 아주 오래전에 10만 파운드를 벌고, 그 후 50만 파운드를 벌었다. 그에게 사업은 아픈 이 모두를 위한 성찬식이자 만병통치약처럼 보였다.

스트레인지 앤 선스는 번창해서 도싯을 넘어 이스카와 아쿠아 술리스까지 창고를 둘 정도로 뻗어 나갔다. 제시는 더노바리어에서의 경쟁자인 서전슨을 무찔렀다. 그의 로드 트레인은 살벌한 속도로 내달리며 늙은이의 코밑에서 그쪽 화물을 가로챘다. 사람들 말로는, 이 전쟁이 절정을 이룬 것은 그 어떤 로드 트레인도 근 1년 가까이 그에게 수익을 가져다주지 않았을 때라고 했다. 운전사들 간에 언쟁과 폭행이 오가는 바람에 발판 위에 피를 뿌렸다. 그러나 그는 서전슨을 부수고 그의 회사를 인수한 후, 40대의 증기 트럭을 스트레인지 군단에 추가시켰다. 더노바리어에 있는 낡은 집과 거기에 딸린 차고와 창고는 계속 확장되어 4제곱킬로미터가 넘을 정도로 퍼져 나갔다. 그러고도 공간이 부족했다. 제시는 스와나지에 있는 로버츠와 플레처를 무너뜨리고 샤프츠버리 로드에 있는 베이커스와 칼데코츠, 호프만과 케인스를 무너뜨렸다. 그런 다음 풀에 있는 바스켓과 페어브러더를 완전히 매입하고, 100여 대의 뷰렐과 포든의 트럭을 더 투입했다. 이로써 스트레인지 앤 선스는 잉글랜드 서부 운수업을 장악했다. 그렇게 되자 노상강도들은 그의 트럭을 건드리지 않았다. 높은 지위에 오르면 돈이 큰 힘을 발휘하기 때문에 스트레인지의 증기 트럭을 잘못해서 한 번이라도 건드렸다간 자칫 그들 주변에 기병대와 보병들이 벌떼처럼 쫙 깔릴 수도 있었다. 그런 게임으로 대가를 치를 이유가 없었다. 둥글고 누런 명판에 새겨진 간판은 이스카에서 산틀라시까지, 그리고 풀에서 스윈들을 거쳐 템스강까지 널리 알려졌다. 운전사들은 그들에게 길을 내주고, 하사관들도 그들을 위해 도로를 비워 주었다. 결국 제시는 그의 경쟁자들에게도 존경을 받았다. 그는 남에게 기대지 않았고, 아무것도 내주지 않았다. 만약 그로부터 가져간 것이 있다면 얼마든지 그냥 갖고 있기를…….

많은 이가 그가 이렇듯 성공한 원동력이 무엇인지 궁금해했다. 대학 시절, 그는 몽상가여서 늘 공상에 잠겨 있었다. 그렇지만 그는 어딘가에 있는 그 누군가에게 인생이 무엇인지 배웠다. 혹자는 그가 친구를 죽이는 살인을 저질렀으며, 그가 일군 제국은 어찌 보면 그에 대한 속죄라고 수군댔다. 혹은 술집 여주인에게 버림받은 그가 세상에 이렇게 응답한 것이라는 소문도 돌았다. 정확한 건 그가 결혼한 적이 없다는 점이다. 물론 그가 성공한 다음에는 그가 하자는 대로 비위를 맞춰 줄 여자도 충분했고, 자기 딸을 팔아넘겨 스트레인지가와 혼맥을 맺으려는 남자들도 많았다. 그렇지만 그 누구도 기회를 잡지 못했다. 아무도 감히 대놓고 묻지 못했다. 그의 조카만이 예외였다. 삼촌이 그러지 말라고 했던 건 기억나지만, 이해하지는 못했다.

마거릿은 등 떠밀려 갑자기 다른 곳으로 가게 되었다. 그녀는 30킬로미터 떨어진 셔본에 있는 기숙학교에서 첫 학기를 보내기 위해 멀리 떠나는 중이었다. 소녀는 새라의 팔에 대롱대롱 매달려 더노바리어 거리를 800미터쯤 뚜벅뚜벅 걸어갔다. 새 교복을 입고, 집에서 가져온 사과와 사탕이 든 가죽 가방을 어깨에 메고 측은하게 걸었다. 소녀는 머리를 위로 쳐들고 굳은 얼굴을 한 채 무엇인가 이상하다는 것을 눈치채자 코를 킁킁거리며 걸음을 멈추고 고함을 쳤다. 그녀에게 이 길은 죽으러 가는 길보다 더 참혹했다. 마거릿에게는 길바닥에 깔린 석판도, 자갈도, 쓰러져 가는 집들도 커다랗게 보였다. 오후와 아침마다 커다랗게 보이다가 학기 초부터 공포의 나날들을 보내다 보니 각자 커다랗게 분리된 실체처럼 그녀의 마음속에 자리 잡았다. 마지막 날 밤을 거쳐 마지막 날 아침, 그녀는 꿈속에서 꿈을 꾸면 피할 수 없는 것 때문에 불안해했다. 9월의 새벽은 안개와 추위로 파리했다. 그녀는 추위에 몸을 떨었고, 그런 모습들은 조각난 채 둥둥 떠다녔다. 그녀의 몸은 기계 같았다. 의지를 망각한 다리가 그녀를 따라 움직였다. 로드 트레인이 거리 저 끝을 지나가자, 증기 트럭 화실에서 새어 나온 빛이 키잡이와 운전석 뒤에서 빛났다. 소녀는 갑자기 쓸쓸함을 느끼며 앞으로 튀어나가 차에 치여 굉음과 어둠 속에서 트럭 방수천 밑에 깔려 그녀의 방에서 그 신기하게 울려 퍼지는 호흡을 끝내고 싶었다. 그 대신 소녀는 기계적으로 왼쪽으로 돌아 역에 도착했다. 여전히 유모의 팔에 매달린 채로. 늙은 새라는 종종 미웠지만 그래도 그때는 사랑스러워 보였다. 그러나 그녀는 전혀 도움을 줄 수 없었다. 북적거리고 축축한 로드 트레인이 대기 중이었다. 마거릿은 그 안으로 떠밀려 들어가 창문에 얼굴을 대고 서서 입김을 불어 손가락으로 뭉개고 있었다. 그러는 동안 새라와 역과 모든 사람이 하나의 점으로 빨려 들어가더니 영영 사라져 버렸다.

그곳에 학교가 있었다. 커다란 건물은 칙칙하고 차가웠다. 풀 먹인 수녀들의 고깔이 달린 하얀 겉옷. 바닥에 돌이 깔린 방을 지나가며 조용히 속삭이는 무리의 낯섦. 침울하고 견딜 수 없는 외로움이라는 황혼이 마침내 희망이라는 작은 빛과 함께 관통했다. 홀에 있는 탁자에는 집에서 보내 온 편지, 케이크, 과일이 든 박스가 올려져 있었다. 뛰놀던 시절의 서리 내린 생생함이 기숙사의 대화 속에 퍼져 처음으로 우정이라는 감정을 느꼈다. 시간은 빨리 흘렀다. 그사이 아프리카는 하나의 대륙이 되었고, πr^2이 원의 넓이와 같게 되었다. 그리고 시저는 갈리아와 전쟁을 했다. 하루가 가고 한 달이 흘러 크리스마스 시즌이 되었다. 학기 말 예배를 위한 공연이 대강당에서 열렸다. 촛대에 꽂힌 초가 낮이 짧은 12월 내내 타올랐다. 기차 상품권을 발행하고 포장하는 즐거움을 느끼며 기다렸다. 마지막 날 아침, 마거릿은 여사감인 앨리샤 수녀님에게 영문도 모른 채 불려갔다. 정원에서 들리는 고함 소리와 소음은 환한 겨울 빛을 받자 수정처럼 얼어붙었다. 차들의 소음과 덜덜대는 소리가 학교 앞으로 모여 들었다. 소녀는 멍한 기분으로 기다렸다. 속내를 도통 알 수 없는 수녀님은 그저 웃고 있었다. 그리고 아주 놀라운 일이 벌어졌다. 우선, 으르렁거리던 그 소리는 멀리서 들렸지만 뭔지 금세 알 수 있었다. 그건 그녀의 몸을 흐르는 피가 절대로 잊지 못할 소음이었다. 증기를 내뿜으며 번쩍거리는 놋쇠를 매달고 육중한 몸을 이끌며 증기 트럭이 들어오고 있었다. 트럭은 수녀원장이 아끼는 자갈밭에 커다란 바퀴 자국을 내며 경적을 울리고 어깨를 펴고 다른 차들 사이를 통과하며 허세를 부리고 있었다. 바퀴 높이는 나비 차의 돛대만큼이나 높았다. 증기 트럭은 뒤에 트레일러 한 칸을 끌고 왔다. 마거릿은 트럭이 특별히 자신을 위해 왔다는 것을 깨닫고, 스스로를 원망하면서 울음을 터트렸다. 그러자 앨리샤 수녀님이 중얼거렸다. "어리석은 아이구나……. 어리석은 아이야……." 그리고 마디가 굵은 손가락으로 그녀의 등 뒤를 아프게 쿡쿡 찔렀다.

　그녀는 코드를 당겨 뷰렐의 우렁찬 목소리를 깨울 기대감에 한껏 부풀었다. 아이들은 바퀴 주변으로 모여들어 눈길을 주며 웃었다. 제시는 아이들을 뒤로 물리고 고함을 치며 후진 레버와 속도 조절기를 앞으로 밀어 넣었다. 그러자 밸브와 크로스헤드에서 시끄러운 소리를 내고 증기를 뿜으며 차가 움직이기 시작했다. 마거릿은 경적판에 매달려 뒤를 돌아보며 손을 흔들었다. 학교가 점점 멀어졌다. 구불구불한 길을 지나면서 그녀의 인생에서 꼬박 3주라는 시간이 잊혀 갔다. 그 후 종종 삼촌은 직접 그녀를 태워 주거나, 운전사들에게 태워 주라고 부탁해 놓았다. 삼촌이 왔다 하면 언제나 '아가씨'와 함께였다. 그 낡은 뷰렐은 여전히 제시 함대의 자부심이었다. 마거릿은 친구들과 아줌마들에게 이 증기 트럭의 이름은 자기 이름을 따서 지은 거라서, 이 트럭은 그녀 자신만의 특별한 로드 트레인이라고 끝없이 자랑을 해 댔다. 제시는 그런 모습을 보고 이따금 웃으며 조카의 머리칼을 쓰다듬으며 이야기가 그렇게 변해 가는 게 재미있다고 말하곤 했다. 소녀의 어머니도 마거릿이라는 이름으로 불렸다. 그녀의 아버지는 포틀랜드에서 술집을 운영했는데, 세상을 떠나면서 그녀가 살 집을 남기지 않았다. 그녀는 자기보다 나이가 몇 살은 더 어린 남자에게 정착했다. 이

199

일 덕분에 팀 스트레인지는 직장과 집까지 잃게 되었다. 이 여인이 평범한 운전사의 아내로 사는 게 지워지기까지는 그리 오래 걸리지 않았다. 2년 후, 그녀는 퍼벡의 방랑시인과 도망갔다. 팀은 아이를 데리고 다시 돌아왔다. 제시는 조용히 한참 동안 웃다가 그에게 사업의 절반을 넘겨주었다. 그렇지만 그것은 벌써 아주 오래된 일로, 그녀는 기억조차 못하는 일이었다.

이 밖에도 이상하고 제멋대로인 삼촌에 대한 여러 가지 일화는 그녀의 기억 속에 생생하게 남아 있다. 하루는 마거릿이 조개껍질을 들고 삼촌에게 달려갔다. 그녀는 삼촌에게 조개껍질 안에서 파도 소리가 난다며 직접 들어 보라고 했다. 제시는 정신없이 돈을 정산하던 일을 잠시 멈추고 조카를 데리고 언덕에 올라갔다. 그리고 그곳에 있는 채석장에서 돌멩이를 파내 화석을 꺼내 들었다. 그러고는 이것도 귀에다가 대 보라며 쥐어 주었다. 소녀는 똑같은 소리를 들었다. 그는 그녀에게 그건 세월이 만들어 내는 소리라고 했다. 수백만 년간 그 안에 갇혀 있던 바람이 해방되기를 원하는 소리라고. 그녀는 그 후로도 오랫동안 그 화석을 간직했다. 그리고 시간이 좀 더 흐른 후, 소녀는 그 속삭이던 피리 소리가 우리가 잘 인식하지 못하고 있지만, 사실은 자신의 피가 메아리치는 소리라는 것을 깨달았다. 그렇지만 소녀는 개의치 않았다. 왜냐하면 그녀의 귀에는 여전히 덫에 갇힌 영원의 소리가 들렸기 때문이다.

회사를 도맡아 하면서 제시는 팍삭 늙었다. 게다가 급작스러운 증기 트럭 조합의 일 때문에 그의 등가죽은 절반이 훌렁 벗어졌고, 오랜 시간이 흐른 뒤에야 완전히 회복되었다. 그사이 증기 트럭을 몰던 사람들의 인건비는 몇 배나 훌쩍 올랐다. 그는 아침 일찍 일어나 멀리까지 갔다가 금방 돌아왔고, 발판 위에 올라서 석재 화물을 싣고 혼자 힘으로 론디니움까지 운반했다. 당시 마거릿은 팔다리가 훌쩍 자란 13살이 되었고, 원피스 겉으로 유두 자국이 드러났다. 소녀는 길고 긴 여름 방학의 조용한 저녁 내내 책을 읽으며 삼촌을 잘 간호했다. 제시는 인상을 찌푸린 채 누워 천장을 보고 상념에 빠졌다. 모든 일은 하느님만이 알고 계실 거라고 생각했다. 그 일은 그를 완전히 바꿔 놓았다. 그는 썰렁한 침대에 누렇게 뜬 행색으로 누워 죽을 날만 기다리는 노인네처럼 보였다. 사제는 코를 찌르는 향내 속에서 얄팍한 손을 휘저으며 투덜거렸다…….

생각이 멈추었다. 마거릿은 당황하며 주변을 돌아보았다. 그녀가 오랫동안 살았던 방으로, 거의 아무것도 바뀌지 않았다. 그녀의 아버지가 내려다보고 있었다. 램프가 야윈 얼굴을 비추자 늙고 통통한 새라는 앉아서 무릎 위에 손을 올린 채 안절부절못하고 있었다. 에드워즈 신부는 손에 책을 들고 봉독하고 있었다. 겉옷이 꽉 꼈다. 램프 불꽃은 다시금 안정되어 봄날 황혼 속에서 선명하게 빛났다. 그녀는 슬그머니 얼굴을 닦은 후 드레스 위에 손을 올리고 몸이 떨리는 것을 멈추기 위해서 무릎을 꼭 오므렸다.

지난주에는 계속 안 좋았다. 집은 그늘지고 귀신이 출몰했다. 마거릿은 말을 하려고 들지 않았다. '홀렸다'라는 단어는 지금에서야 생각난 최악의 단어다. 재잘거리고 두드리는 소리, 한밤중의 한숨과 불안감. 그것들은 예전부터 잘못된, 허탈하면서도 변치 않는 그림자 같았다. 죽음이 가차 없이 한 걸음 더 성큼 다가오자 흐르는 강물처럼, 시뻘건 밤처럼, 태양은 황야에 서 있는 바위 뒤에서 불쑥 솟아올랐다. 전에 한 번은 제시가 공포에 질려 일어나 앉은 적이 있다. 그러고는 그곳에 없어서 보이지 않을 것들을 바라보았다. 그전에는 하녀가 텅 빈 주방 허공에 떠 있는 애완동물의 싸늘한 환영을 보고 비명을 질렀다. 또 한 번은 마거릿이 올라선 층계참이 삐걱거렸다. 시각의 착오인지, 그녀는 푸근한 날 저 앞에서 훨훨 날아다니는 자신의 그림자인 도플갱어를 보았다. 노인이 웅얼거리며 마거릿의 이름을 부르자 조카는 한동안 그 이름이 자신을 부르는 것이라고 생각했다. 그렇지만 사실은 그렇지 않았다. 그는 손을 들어 허공을 휘저었다. 눈은 공포에 질려 있었다. 마치 봄바람이 방을 관통해 들보 위 놋쇠 촛대와 램프를 흔드는 것처럼, 누런 불빛이 방추형으로 벽난로 선반 위 장식품들과 침대 난간을 흔들었다. 증기 트럭일 거야, 마거릿은 그렇게 생각했다. 흔들리는 램프와 놋쇠 속에서 트럭의 그림자를 보니, 그 낡아빠진 고물이 무서워 보였다. 그런데 소문이 돌았다. 혼자 쳐다보던 그녀는 몸을 떨며 앉았다. 그녀는 운전사들과 같이 지낸 지 오래되어 그들의 실없는 이야기들을 질리도록 많이 들었다. 그 뷰렐은 주인의 마음을 사로잡지 못해서 저 아래 차고에 갇혀 화실이 꺼진 채 보일러는 방수 천으로 감싸이고 바퀴는 오크 나무 굄목으로 받쳐져 있었다. 그리고 전설로 전해지는 증기 트럭이 있었다. 이름은 '무정한 베스[02].' 밤에는 어둠 속에서 키가 크고 시커먼 몸체가 흔들거렸다. 거대한 차체에는 눈처럼 생긴 램프가 달려 있었다. 서부 쪽 끝에 '무정한 베스'라는 이름이 붙은 증기 트럭이 있었다. 운전사는 내기에서 이기기 위해 안전밸브를 했지만, 그만 트럭이 폭파하고 말았다. 그렇지만 그 후에도 그 트럭이 집으로 돌아오는 소리와 속도 조절 장치가 철컥거리고 트럭 바퀴가 삐거덕거리는 소리와 한밤에 울리는 경적 소리가 언덕 너머까지 들리기도 했다. 그게 몇 년 전 일이다. 아무도 그게 얼마나 오래전 일인지 알지 못했다. 그렇지만 소문은 점점 불어났고, 실없는 이야기로 굳어지더니 잠자리에 드는 아이들을 겁먹게 만들었다. 운전사들이 '무정한 베스'에 대해 말할 때, 그것은 죽음을 뜻하는 것이었다. 교육을 받은 마거릿조차 희망을 잃은 듯 성호를 긋고 허망하게 몸을 떨었다. '무정한 베스'가 이 방 안에 들어와 있었다…….

 그들은 놋쇠 촛대와 장식품을 꺼내고 침대 주위를 커튼으로 완전히 둘렀다. 덕분에 빛이 가려져 가여운 노인은 좀 더 조용하게 누워 있을 수 있

----
02 엘리자베스의 애칭.

었다. 그렇다 해도 심령들은 떠나지 않을 것이다. 심령들이 그녀를 잡아당기며 속삭이는 소리가 느껴졌다. 계단 위를 걷는데 섬뜩섬뜩한 점들이 떠다니다가 그녀의 손에서 구두를 낚아채 벽에 패대기 쳤다. 그때 사람들이 신부를 데리러 갔다. 에드워즈 신부는 그가 읽기로 선택한 예배문으로 자신의 감정을 명확히 드러냈다. 그의 기도는 시끄러운 존재인 '소리의 요정'을 몰아내기 위한 것이었지만, 그 요정은 신부의 기도를 무시했다. 착한 신부는 어디가 문제인지 전혀 의심하지 않고 악령을 쫓아내기 위한 의식을 거행했다. 신부님이 틀린 거야, 마거릿은 혼잣말을 했다. 틀렸어, 틀렸다고. 그리고 속으로 조용히 울음을 삼켰다…….

"따라서 순결한 양의 이름으로, 살모사와 바실리스크 도마뱀을 짓밟는 가장 사악한 용인 당신에게 말하니, 이 남자에게서, 그리고 신의 교회에서 떠나기를 엄명하노라."

목소리는 줄어들었고, 꿈속으로 점점 사라졌다.

마거릿은 다시 땀을 흘렸고, 악몽이 다가오자 맞서 싸우려고 했다. 이런 꿈을 꿀 때면 언제나 가장 보고 싶지 않은 것들에게로 점점 더 가까이 떠밀려 갔기 때문이다. 그녀는 스스로에게 물었다. 그렇다면 충격을 주고 초조하게 만드는 그런 것들, 출몰하는 것들, 그녀의 마음속에서 속삭이는 올드 원들이라면…… 이런 일을 할 수 있을까? 그녀를 사제의 손아귀에서 낚아채 공간과 시간 속에서 벗어나게 할 수 있을까? 감히 그럴 수 있을까? 그녀는 힘없이 앓는 소리를 냈다. 이들은 황무지 사람들, 즉 요정들이었다. 이들은 태고의 힘을 가지고 있다고 알려져 있었다.

그녀는 해변에 앉았다. 뜨거운 햇살이 어깨와 팔, 무릎에 내리쬐었다. 여름옷으로 민소매를 빼놓을 수 없는 데다가 워낙 햇빛에 잘 타는 편이었기에 주근깨가 입 주변, 코, 등판을 가로질러 넓게 퍼져 있었다. 그녀는 햇볕에 그을린 피부를 좋아했고, 바닷가에서 빈둥거리며 따뜻한 햇볕에 흠뻑 젖는 것도 좋아했다. 그녀는 외출을 하자며 톰 메리만에게 매달렸다. 그가 모는 포든을 타고 나가 자신을 중간에 떨어뜨려 놓았다가 나중에 다시 데리러 오라고 말이다. 듬직한 새라가 투덜대며 따라나서 트레일러 짐칸에 있는 침대에 올라탔다. 차가 바퀴 자국이 깊이 팬 허연 도로를 덜컹거리며 질주하자 풀풀 날리는 먼지에 목이 반쯤 멨다. 도로 위 차량들은 방향을 바꾸며 요리조리 질주했고, 나비 차들은 불어오는 바람에 줄무늬 삼각돛이 떠밀려 푸푸 소리를 냈다. 마거릿은 긴 다리를 흔들며 더노바리어에서 오는 내내 운전사들을 보고 웃었다. 톰은 룰워스에서 기계 도구 상자를 하역하고, 웨이 마우스로 가는 해안으로 커브를 틀었다. 포든은 시내를 지나 다시 내륙으로 방향을 틀어 비민스터를 향해 달려갔다. 마거릿은 차에서 내리며 새라를 억지로 데려갔다. 그날 하루 종일 해변에서 보낼 작정이었다. 그녀는 뿌옇게 일어난 먼지 속으로 포든이 사라질 때까지 그 자리에 서서 손을 흔들었다. 새라는 햇볕 때문에 어지러운지 나무 아래 앉아서 악단이 연주하는 음악 소리를 들었다. 마거릿은 물가를 뛰어다니다가 혼자 앉아 있었다. 그때 배가 들어와 사람들이 모두 후다닥 뛰쳐나오는 게 보였다.

 마거릿은 그때 스스로에게 물었다. 나는 왜 늘 문제의 중심에 서 있는 거지? 그녀는 속으로 자신을 겁쟁이라고 생각했다. 현실은 늘 그녀가 상상하는 것 못지않게 끔찍했다. 늙은 윌리엄이 작업실 선반에서 손가락 절반이 잘린 적이 있다. 그녀는 그의 끔찍한 신음 소리를 들었다. 주임이 비상 브레이크를 잡자 기계 중간축이 회전을 멈추었다. 주임이 어둠 속으로 뛰어 들어가자, 윌리엄이 허옇게 질린 표정으로 손목을 부여잡고 서 있었다. 잘린 손가락 밑동에서 밝은 피가 분수처럼 뿜어져 나와 바닥에 후드득 흩뿌려진 광경을 보고서야 조금 안심이 되는 듯했다. 후일 사람들은 그녀가 정말 잘했다고 말해 주었다. 그녀는 그런 칭찬을 즐길 수도 있었지만, 자신이 그럴 자격이 없다는 것을 알고 있었다. 그녀는 그런 상황이 싫고 역겨웠지만 그저 바라볼 수밖에 없었다…….

사람들은 웨이 마우스나 해안가 항구 등지에서 관광객들을 데려왔다. 시기가 맞으면 서대기나 가재, 상어 낚시를 시키기도 했다. 작은 돌묵상어는 전혀 사람을 해치지 않기에 꽤 괜찮은 스포츠다. 낚싯배 한 척이 들어오고 있었다. 배에 탄 소년이 L자형 크랭크에 팔이 끼었지만 아무튼 뭍으로 향하고 있는 중이었다. 마거릿은 인파를 뚫고 몸부림을 치며 앞쪽으로 달려갔다. 구역질이 치밀어 올랐다. 시커먼 그림자가 시야 한쪽 구석에 들어왔지만 멈출 수 없었다. 그녀는 그 처참한 장면을 끝내 보고야 말았다. 힘줄과 뼈에 대못이 박힌 소년은 얼굴이 시뻘게진 채 냉정하게 위엄을 지키며 뭘 어찌해야 할지 전혀 갈피를 잡지 못했다.

차가 모래를 뿌리며 해변까지 들어왔다. 기사는 문을 훌쩍 뛰어넘어 사람들을 어깨로 밀쳤다. 그는 마거릿을 산파나 뭐 그런 사람으로 착각한 것 같았다. 하지만 마거릿은 목구멍이 바짝 말라 아니라고 부정하지 못했다. 그리고 어쩌다 보니 그녀는 차의 뒷좌석에 올라타 지혈대를 쥐고 부상당한 남자를 받치게 되었다. 그의 피가 흘러 나와 자동차 시트를 흠뻑 적셨다. 시내 외곽에 있는 작은 역은 에드헬름인 대여섯 명이 운영하는 곳으로, 병원과 흡사한 역할을 하고 있었다. 기사는 역 안으로 소년을 끌어당겼고, 소년은 문을 통해 이송되었다. 그녀는 앉아 있었다. 소년의 상태가 궁금했다. 그러다가 한참 후 일어섰다. 정말 뭘 어찌 해야 할지 몰라 그냥 걷기 시작했다. 새라 생각은 까맣게 잊어버렸다. 처참한 심정에 빠진 그녀에게 모든 인간은 살가죽 주머니가 터져 고통 속에서 죽기를 기다리고 있는 것처럼 보였다. 그리고 자신도 출산을 할 때는 피를 흘리고, 성교를 할 때 역시 피를 흘리는 연약한 육체에 갇힌 여성임을 깨달았다. 그녀는 충격을 받았고, 죽음을 느꼈다.

마침내 그녀는 수킬로미터 정도 쭉 펼쳐진 해안가에 도착했다. 그녀는 해안선 위를 따라 솟아 있는 절벽을 따라 걸었다. 이쪽 곶에서 저쪽 곶까지 걸으며 하얗고도 푸른 전경을 바라보았다. 바람에 실려 오는 반짝거리는 소금기가 목적지도 모른 채 정처 없이 떠돌아다니는 광경이 보였다. 매끄러운 모래를 지나 바다에 도착한 그녀는 물속으로 뛰어들까 생각했다. 그녀는 뭔가를 하다가 가시금작화 꽃밭 뒤에서 아팠던 때를 떠올렸다. 바위에 기대 앉자 등이 배겼다. 그녀는 생각에 잠긴 채 주변에 있던 자갈을 집어 들어 바다를 향해 던졌다. 태양은 실타래처럼 얽힌 바다를 불태우며 고리 모양의 빛으로 춤을 추었다. 목소리가 들렸지만 그녀의 의식을 꿰뚫지 못했다. 낯선 이는 다시 소리쳤다.

"이봐……!"

그는 육중한 체격에 수염을 길렀다. 그의 붉어진 얼굴을 보니 무시당하는 일에 익숙하지 않은 듯했다. 고개를 돌린 마거릿은 그가 의기소침해 있다고 생각했다.

"대체 거기에서 뭘 하는 거야?"

그녀는 어깨를 으쓱한 뒤 가리켰다.

"바다요……. 저기로 돌멩이 던지고 있는데요……."

"이리로 올라올래?"

또 다시 어깨를 으쓱하는 그녀.

"그쪽이 내려오세요……."

그는 와글거리는 소리를 내며 시끄럽게 내려왔다. "덕분에 내가 춤을 다 췄네." 그는 두툼한 손으로 건방지게 그녀의 턱을 들어 올렸다. "그래." 그는 고개를 끄덕이며 말했다. "꽤 쓸 만한데……."

그녀는 그를 쏘아보았다. "그 사람 죽었어요?" 그녀가 힘없이 물었다. 분노의 순간을 겪은 그녀는 힘이 빠지고 무덤덤해졌다.

낯선 남자가 웃었다. "아니, 그 천한 자식……. 패혈증이면 표시가 날 텐데, 그건 아닌 것 같아. 그런 사람들은 보통 안 죽어…….”

"사람들이 뭘 어떻게 했어요?" 그녀의 목소리에는 관심이 듬뿍 담겨 있었다.

그 노르만 남자는 — 마거릿이 보기엔 노르만 사람들은 무심코 노르만 프랑스어를 구사했다 — 어깨를 으쓱거렸다. "아무것도 안 하던데, 그냥 순식간에 끝났어. 식품 담당원이 똑똑하게도 아편 항아리를 가져왔더라고. 찢긴 혈관을 꼼짝 못 하게 봉합하고 썩은 부위는 도려냈지."

그녀는 입술을 말아 올리며 입꼬리를 올렸다. 그는 그녀에게 다시 손을 뻗었다. 이번에 그녀는 손을 밀쳐 냈다. "만지지 마세요…….”

실랑이가 일었다. "좀 반반하게 생겼다 이거지." 그가 말했다. "이게 어디서 소리를 질러? 이게 감히……. 날 아직 제대로 모르나 본데…….”

그녀는 그에게 주먹을 휘둘렀다. "사제의 아들 같은 녀석이군…….”

그는 마치 그녀가 총검을 휘두른 것처럼 격한 반응을 보였다. 그는 그녀를 냅다 밀치고 그 위에 올라탔다. 순간 그녀는 이제 두드려 맞게 생겼다고 생각했다. 그러나 그는 넌더리 치며 고개를 돌렸다. "이런 건…… 아니지…….” 그가 말했다. 그는 모래가 눈에 들어가자 거칠게 손으로 비비며 욕을 한 후, 다시 절벽 위로 기어 올라가기 시작했다. 정상을 향해 반쯤 올라간 후 그는 고개를 돌린 채 고함쳤다.

"너 겁먹었지……?"

침묵.

"이 좀도둑 같은 것…….”

아무 반응이 없다.

"걸어서 되돌아가려면 진짜 먼데…….”

마거릿이 일어섰다. 콧구멍을 분노로 벌렁거리며 그를 따라 차에 올랐다. 차는 희미하게 소음을 내며 서 있었다. 보닛을 가로지르는 끈들이 몸을 떨며 커다란 바퀴 사이에서 웅크리고 있는 것 같았다. 그는 그녀를 차 안으로 안내했다. 문은 10센티미터 정도로 두꺼웠다. 그러고는 자신도 차에 올라 브레이크를 풀고 속도 조절기처럼 보이는 것을 밀었다. 벤틀리는 거칠게 밀치고 나가며 속도를 냈다. 차가 뒤로 희미하게 한 줄기 증기를 남기자 주위는 이상할 정도로 조용해졌다. 마거릿은 뻣뻣한 자세로 앉아 햇볕으로 뜨겁게 달궈진 가죽 소파를 허벅지 아래로 느끼며 왜 자신이 감히 맞서지 않았는지, 그리고 왜 그런 생각이 마음속에서 생기지 않았는지 궁금해했다. 남자는 해안에서 멀리 돌아 다시 동쪽으로 향했다. 울퉁불퉁한 도로는 자동차에 불친절하게 굴었다. 그는 다시 한 번 몸을 기울이며 소리쳤다. "머캐덤 포장도로에선 200으로!" 그러고는 침묵을 지켰다. 마거릿은 이제 자신이 뭘 알고 있는지 좀 더 확실히 깨닫게 되었다. 그는 분명히 평범한 가문의 사람이 아니었다. 당시 증기 자동차는 기술적으로는 허용되었다. 그러나 최상류층만이 그것들을 소유할 수 있고, 사실상 끌고 다닐 여력이 되었다. '석유 금지법'은 오랫동안 노동계급의 기동력을 제한하는 명령으로 인식되어 왔기 때문이다.

웨이 마우스를 지나자 그녀는 늙은 새라가 아직도 자기가 책임지고 돌보던 아이를 찾기 위해서 머리를 긁적이면서 동네 경찰관들을 닦달하고 있을 거라는 생각이 들었다. 그녀는 차를 세우라고 소리를 질렀지만, 운전사는 그녀의 말을 못 들은 척했다. 번뜩이며 성깔 있어 보이는 눈을 힐끗 흘기는 것을 보니 그녀의 말을 듣긴 들은 것 같다. 차에서 저 멀리 보이는 도시에서는 비가 내리고 있었다. 마거릿은 점점 굵어지는 빗줄기를 한참 동안 바라보았다. 폭풍 구름이 저 앞에 걸려 있고, 먼지가 자욱한 누런 회색 구름이 한여름의 푸른 하늘을 배경으로 차곡차곡 쌓여 있었다. 빗방울 하나가 떨어지자 그녀는 소리를 질렀다. 이윽고 작은 유리창 위로도 빗방울이 떨어지기 시작했다. 그는 버럭 소리를 질렀다. "젠장 덮개를 안 가져왔는데…….” 1.5킬로미터쯤 더 간 후 차에 증기가 다 떨어지자 그는 커다란 오크 나무 아래 얌전히 차를 세웠다. 그녀는 쫄딱 젖어 버렸지만 상관없었다. 왜냐하면 그가 활짝 펼쳐진 나뭇가지가 있는 곳에서 멀찌감치 떨어져 계속 운전했기 때문이다.

코베스기트가 지평선에서 걸려 있었다. 탑들이 모여 있는 모습이 마치 돌로 만들어진 송곳니가 무리 지어 있는 것처럼 보였다. 빗줄기는 슬슬 가늘어졌다. 두 사람은 개들이 짖어 대는 마을을 통과했다. 벤틀리의 연소기들이 내는 초음파가 개들을 강타하자 녀석들은 거칠어졌다. 벤틀리를 모는 운전사는 광장을 통과한 후, 외보의 내리닫이 격자문 아래를 지나 성을 향해 운전했다. 차가 지나가자 문지기가 경례를 했다. 축제는 바깥쪽 안뜰에서 열렸다. 금색 용과 여인상 기둥이 빗물에 젖은 회색 돌과 대조되어 에로틱하게 보였다. 그 옆에는 전시용 엔진이 서 있었는데, ‘마거릿’보다 조금 더 장식이 많이 붙어 있었다. 벤틀리가 잔디밭을 통과하자 쌍둥이 놋쇠 나팔이 울려 사람들이 길에서 비키도록 만들었다. 순교자의 문에 있는 내리닫이 격자문은 위쪽 안뜰과 아성 구역으로부터 사람들을 격리시키도록 만들어졌다. 차가 지나갈 수 있게 L자형 손잡이로 철 격자를 들어 올리자 마거릿은 높은 돌에서 증기가 뿜어져 나오는 것을 보았다. 그리고 그들은 그곳을 통과해 비탈길을 살살 올라갔다. 보닛이 그들의 머리보다 높이 있었다. 마침내 벤틀리는 높게 올려 쌓은 담 아래에 마련된 돌 창고 안에서 멈췄다.

머리 위, 어지러울 정도로 높은 곳에서 깃발들이 펄럭거렸다. 성스러운 날과 휴일에만 게양되는 유서 깊은 장관인 옛 프랑스의 붉은색 왕기, 로마의 밝은 파란색 기, 삼각형 모양의 대영제국 연합 기장. 퍼벡 영주들의 표범과 붓꽃 모양 문장이 없는 걸 보아 하니 영주는 거기에 살지 않는 것 같았다. 마거릿은 깃발들과 높은 성벽을 힐끗 보았다. 지붕이 없는 길을 지나느라 태양이 내리쬐자 그녀는 남자 뒤에 바짝 붙어 뛰었다. 그녀는 남자에게 한쪽 손목을 잡힌 채 뛰다 보니 너무 숨이 차 더 이상 말다툼을 할 수조차 없었다. 그녀는 방향감각을 모두 잃었다. 성은 거대한 돌덩어리로, 홀과 홀이 연결되고 건물과 건물이 겹겹이 쌓아 올려졌으며, 아성의 거대한 중앙 산봉우리가 그 주변을 둘러싸고 있었다. 화살이 관통하는 구멍으로 보니 쇠 발톱이 달린 소형 방어 탑이 보였다. 탑에서는 광활한 황무지 너머로 풀의 항구까지 보였다.

그녀는 계단을 올라 방으로 연결되는 부벽으로 들어갔다. 웨섹스의 로버트 경이자, 퍼벡의 영주 에드워드의 아들이 의자에 앉아 짜증스럽게 몸을 흔들며 자기가 보는 앞에서 무너뜨리겠다고 위협을 했다. 갈색과 자주색이 도는 이 가문의 제복을 입은 드센 여인이 버둥거리는 마거릿을 맡았다. "어떻게 좀 해 봐." 로버트는 팔짱을 끼고 투덜댔다. "이거 벗기고 목욕을 좀 시키든가. 그러다 재채기 나오겠어. 바다 냄새에 아주 절어 있다고!" 마거릿은 화가 나서 그에게 주먹을 휘두르려고 했지만 철심이 박힌 문은 이미 쾅하고 닫힌 후였다. 그녀는 여인에게 납치 죄로 고발하겠다고 씩씩댔지만 하녀는 웃기만 했다. "네? 이 집에 계신 마님까지도 고발하시게요? 도련님은 도련님의 집을 깨끗하게 해 놓으시려는 거예요. 그건 확실해요……. 음…… 빨리 오세요. 심술부리지 말고요. 흠…… 참 귀엽군요……."

마거릿이 안내를 받아 씩씩거리며 앉아 있는 방은 비교적 작은 편이었다. 정교한 수직 아치가 스테인드글라스 창문을 떠받치고 있었는데, 창에는 표범과 백합이 그려진 문장이 화사하게 반복되고 있었다. 문직 드레이프가 한쪽 벽을 가리고 있고, 바닥에는 광이 나는 퍼벡 대리석 석판으로 만든 커다란 욕조가 있었다. 그 위쪽에는 화려하게 장식된 자동 온수기가 어렴풋이 보였는데, 고리와 광을 낸 구리 링 장식이 잔뜩 달려 있었다. 벽에 걸린 쇠창살은 공기 환기 시스템이 확실했다. 마거릿은 자기도 모르게 감동을 받았다. 더노바리어에 있는 그녀의 집도 설비가 잘 갖춰져 있긴 했지만, 이곳은 그녀가 한 번도 본 적 없는 또 다른 기준의 부유함이었다.

하녀 둘이 그녀의 시중을 들었다. 그녀는 인상을 쓰면서 마지못해 그녀들이 물을 채우도록 놔두었다. 그녀는 누군가가 씻겨 주는 목욕이 익숙하지 않았다. 멀리 떨어진 학교를 다닐 때 앨리샤 수녀님이 가끔 그녀를 씻겨 준 적이 있다. 수녀님은 "이리 와, 이 냄새나는 꼬마야"라고 말하고는 그녀를 커다란 사각 욕조 속에 확 밀어 넣었다. 그렇게 그녀에게 찬물을 잔뜩 마시게 한 후, 커다랗고 뻣뻣한 브러시를 갖다 댔다. 그녀는 목욕을 즐겨 본 적이 없다. 그건 벌써 오래전 일이다. 그리고 많은 것이 바뀌었다.

마거릿은 어깨를 으쓱한 후, 민소매 옷을 벗기 시작했다. 이 정신 나간 젊은 귀족 자제가 자기 집 하녀들이 그녀를 시중드는 시간을 아까워하더라도, 이 기회는 너무나 괜찮기 때문에 놓칠 수 없었다. 아마 두 번 다시 이런 기회는 오지 않으리라.

욕조가 신속히 채워졌다. 자동 온수기에서 커다란 소음이 들렸다. 하녀들이 그녀의 머리를 묶었다. 그중 한 명이 물에다 뭔가 한 주먹 섞자 오색찬란한 거품이 가득 일었다. 그 광경은 그녀의 호기심을 자극했다. 이런 건 처음 보는데……. 한 시간이 지나자 그녀는 원래의 평범한 상태로 돌아갈 마음이 거의 사라졌다. 하녀들이 씻겨 주고 구석구석 마사지를 해 주다니……. 그녀가 무릎을 꿇고 허리를 펴자 하녀들이 어깨 위로 백단향이 나는 무엇인가를 쏟아부었다. 그것이 몸을 타고 흘러 내려가자 마치 불꽃처럼 확 열기가 솟았고 등판에 놀랄 정도로 윤기를 남기면서 찌뿌드드한 기운과 피로감을 멀찌감치 씻어 버렸다. 그녀가 입을 드레스가 눈앞에 쫙 펼쳐졌다. 그것은 격식을 갖춘 옷차림으로, 가슴팍이 푹 파이고 치마는 거품처럼 부풀어 올랐으며 길이가 꽤나 길었다. 그리고 머리에는 디아망테 장식을 한 작은 고리를 달았다. 이제 제대로 옷을 갖춰 입었다. 몸을 흔들어

옷감이 피부에 닿게 하자 그녀는 자신의 피부가 새틴처럼 정갈하게 느껴졌다. 그리고 로버트가 유혹하기 위한 장치를 이 성 안에 얼마나 잘 갖춰 놓았을지 심히 궁금했다. 나중에 들었지만, 이런 경우를 위해 그가 성을 비운 누이의 옷장을 샅샅이 뒤지라고 명령했다고 했다. 실수를 하긴 했지만, 그는 절대로 일을 어중간하게 처리하는 사람이 아니었다. 그녀는 새라도, 부모님도 몹시 걱정되었지만, 이 모든 일이 순식간에 지나가 버린 것 같았다. 그저 옆에서 보조를 맞추려고 노력하는 것만으로는 충분하지 않았다.

저녁이 되어서야 준비가 끝났다. 저무는 태양이 황야를 가로질러 긴 그림자를 드리우며 겹겹이 늘어선 다이아몬드처럼 빛나는 세로 창문에 강하게 반사되었다. 성은 돌로 만든 배의 뱃머리처럼 서부의 광활한 아지랑이를 배경으로 해서 솟아 있는 것 같았다. 축제의 소음은 안뜰을 가로지르며 떠돌아 다녔다. 고함 소리, 오르간 소리, 투덜거리며 말을 타는 떨림. 만찬은 아성을 따라 16세기에 지어진 홀 안에서 제공되었다. 정찬 손님들은 고급스럽게 차려 입고 따스한 공기를 들이마시며 손에 손을 잡고 아성 밖을 산책했다. 마거릿은 그 거대한 성이 수세기 동안 오로지 창고나 무기고로만 쓰였다는 사실을 알고는 약간 실망했다.

교회의 축제일과 휴일이면 퍼벡의 영주들은 기제비우스가 다시 도입한 오래된 방식으로 식사를 했다. 귀족이 아닌 손님들은 홀 중간에 마련된 긴 테이블에 앉았다. 가족들과 친구들은 한쪽 끝에 있는 단상에서 식사를 했다. 램프가 활활 타오르며 공간을 훤히 밝혔다. 음유시인들의 갤러리는 소규모 오케스트라가 차지했다. 하인들과 하녀들은 바닥을 어지럽히며 돌아다니는 사냥견과 매스티프 같은 개들을 넘어 다니며 바쁘게 종종거렸다. 마거릿은 아직도 정신이 멍한 채 로버트의 어머니 마리안 여사와 대여섯 명의 주요 손님들에게 소개되었다. 그녀의 마음속에선 소용돌이가 일며 그들의 이름을 받아들이기를 거부했다. 프레데릭 무슨무슨 경, 어디어디

교구의 추기경 등등……. 그녀는 자동적으로 고개를 숙이다가 마침내 로버트가 있는 곳 오른편에 도착했다. 차가운 코가 그녀의 허벅지를 파고들었다. 그것은 다들 그녀를 주시하고 있다는 경고였다. 그녀는 무심코 사냥개의 귀를 간질이며 귀여워해 주었다. 그 모습에 그녀의 손님들은 적잖이 놀라는 듯했다. "영광으로 생각해. 무슨 말인지 알지? 난 누구에게도 친절하게 대하지 않아. 저 녀석에게도 말이야. 며칠 전 내가 어떤 하사관에게 강타를 날렸거든." 그는 호탕하게 웃었다. "손가락 두 개를 잘라 버렸어……."

마거릿은 슬쩍 손을 잡아 뺐다. 손가락 절단은 로버트가 가장 좋아하는 놀이처럼 보였다.

그는 그녀의 이름을 여러 번 듣고 수십 번 소개를 하면서도, 입에 잘 붙지 않는 모양이었다. 그녀는 위엄을 갖추고 그에게 집으로 전갈을 보낼 수 있는지 물었다. 그녀는 성 옆에 서 있는 신호기와 인근 산에 있는 체인 탑에서 시선을 떼지 못했다. 그는 그녀의 이야기를 듣기 위해 고개를 숙이다가 그 이야기를 듣고 깜짝 놀랐다. 그러고는 손가락을 까딱하더니 곁에 있던 신호수를 불러 들였다.

"누구라고 했지, 스트레인지?"

"제 아버지는 더노바리어에 있는 스트레인지 선스의 티모시 스트레인지입니다." 마거릿이 차분히 이야기했다.

그 돌발 사건은 효과가 없지 않았다. 로버트는 툴툴대며 눈썹을 치켜올렸다. 그리고 와인을 들이키며 리넨 천을 툭툭 건드렸다. "그래, 젠장." 그가 말했다. "빌어먹을, 난 진절머리 나는 불가리아 여자하고 결혼이나 해야지."

"로버트!" 마리안 여사가 식탁 한편에서 외쳤다. 그는 어머니에게 태연한 척하며 고개를 숙였다. "알겠어요." 그가 말했다. "넌 참 성질 더러운 계집이야. 그걸 일일이 다 설명하려면 한참 걸릴 테지만……." 그는 신호수가 내민 종이 위에 글을 끼적였다. "이봐, 똑바로 보라고. 안 그랬다간 신호기 램프가 꺼지는 수가 있어." 소년은 바쁘게 뛰어갔다. 몇 분 후, 마거릿은 딸각거리고 쿵하는 신호기 소리를 들었다. 산 위의 거대한 탑은 메시지를 받았다며 달가닥거리는 소리를 냈다. 황혼 녘이 되기 전에 '승인'이 되돌아 왔다. '메시지 수신 및 이해했음'이라는 냉담한 내용. 그것을 본 그녀는 자신이 창피를 당했다고 생각했다.

밤은 순식간에 지나갔다. 마거릿에겐 너무나 빨리 지나갔다. 그녀의 집에서는 그녀를 기다리다 지쳐 무뚝뚝해진 상태에서 메시지를 받은 것임이 충분히 이해되었다. 만찬 후에는 곡예단과 장터 사람들의 여흥이 이어졌다. 훈련받은 개들이 후프를 통과하고 킬트[03]와 반바지를 입고 뛰어다녔다. 그것은 굉장한 성공을 거두었다. 공연하는 사람들 중 한 명이 로버트가 키우는 예민한 사냥견들에게 물리고 내동댕이쳐져서 거의 죽을 뻔하는 바람에 행사를 진행하는 것이 거의 불가능했다. 동물들의 묘기에 이어 음유시인이 등장했다. 긴 얼굴에 슬픈 표정을 한 남자는 로버트가 준비시킨 것이 분명한 걸쭉한 지방 사투리로 여러 편의 시를 읽어 내려갔다. 마거릿은 따라 읽지 못했지만, 로버트는 그 모습을 보고 소리를 지르며 즐거워했다. 견과류와 과일이 담긴 쟁반이 옆에서 전달되어 왔고, 와인도 잔뜩 등장했다. 파티는 자정을 훌쩍 넘겨서야 끝났다. 로버트는 큰 소리로 횃불잡이를 불러 그가 마련해 둔 방으로 마거릿을 안내하라고 했다. 그녀는 휘청거리지 않고 똑바로 걸으려고 노력했다. 그리고 아무도 오늘밤 그녀를 농락하지 못하게 하는 편이 낫겠다고 마음먹었다. 왕들과 교황들이 앉은 탁자에 얼씬도 못 하게 저지당한 부자 오포르토는 그녀에게 너무하는 처사라고 호소했다. 그녀는 따뜻한 어지러움을 느끼며 쓰러졌다. 그녀의 옷을 벗기는

---
03 스코틀랜드 남자들이 입는 스커트.

시종에게 잘 자라며 중얼거린 지 몇 분도 채 안 되어 잠이 들었다. 새벽녘이 지나 잠에서 깬 그녀는 누운 채로 잠을 깨우는 소리에 귀 기울였다. 그녀는 그 소리를 다시 들었다. 개가 짖고 저 멀리 훤히 동이 트는 것이 보였다. 그녀는 부스스 일어나 자수가 놓인 이불보로 몸을 감싼 후 긴 창문까지 종종걸음으로 걸었다. 그녀는 지붕 너머 저 아래를 내려다보았다. 사냥개 두 마리가 말 발꿈치 곁을 맴도는 사이에 로버트가 아래쪽 안뜰을 가로질러 성문으로 나가는 것이 보였다. 손목에 매를 앉힌 모습은 마치 약간 눈이 먼, 밝은 깃털을 달고 있는 기사처럼 보였다. 주인이 시야에서 사라진 후에도 웅웅거리는 개 짖는 소리가 조용한 대기 속에서 한동안 울려 퍼졌다.

아침 11시, 갈색 빛이 도는 포든이 외보를 통과하며 화려하게 등장했다. 운전사는 미스 스트레인지를 내놓으라고 했다. 잠시 후 마거릿은 아쉬워하며 코프 게이트라는 거대한 성에 작별 인사를 고했다.

일단 집으로 돌아오자, 그녀가 걱정했던 것만큼 상황이 나쁘지는 않았다. 새라를 뺀 나머지 가족들은 그녀의 짧은 여행에 짜증을 내기보다 감동을 받았다. 그 사건은 스트레인지 가족들에게 깊은 인상을 남겼다. 퍼벡의 영주들이 도싯의 대부분을 소유했고 그들의 토지 점유권은 셔본과 그 너머에까지 뻗어 있었다. 제시의 입장에서 그들은 지주였다. 제시는 근근이 생활하며 아껴 모은 적은 돈으로 땅을 사들였다. 삼촌은 조용히 묵인했다. 그건 많은 것을 설명해 주었다. 그날 밤 그와 같이 앉은 그녀는 삼촌에게 자초지종을 설명했다. 그녀는 삼촌의 파이프를 잡아당기고 인상을 쓰며 잽싸게 이상한 질문을 던지면서 자세히 설명했다. 그렇지만 제시는 이미 병들어 병세가 얼굴에 완연하게 드러나 회색으로 변한 상태였다.

때마침 마거릿은 또 다시 급하게 호출되었다. 마치 아직 발명되기 전인 영사기가 깜빡거리는 것처럼, 이 모든 풍경이 환영처럼 보였다. 그녀는 생각에 잠긴 채 로버트가 그녀를 완전히 잊지 않았다는 몇 가지 신호를 기다렸다. 그녀는 자신이 느끼는 그에 대한 감정을 애써 분석하려고 했다. 그저 그의 광기에 이끌린 것일까? 아니면 순전히 그의 동물 같은 남성성에 매료된 것일까? 아니면 그보다 뭔가 더 심오한 것일까? 아니면 가능한 한 최고의 시장에 자신을 내놓아 다른 가족들보다 신분 상승을 해서 '코프 게이트'의 안주인이 되고 싶은, 좀 더 그럴싸하고 단순한 충동 때문일까? 그녀는 만약 이유가 그것이라면, 마음을 접고 그만 꿈을 꾸라고 스스로에게 말했다. 왜냐하면 그녀는 저 산 위에 있는 그 위대한 성에 절대로 속할 수 없기 때문이다.

가을이 되자 추수하는 집들을 위해 활차 서비스가 운행되었다. 운전사들은 차고 안에서 새 옥수수 인형[04]을 땋은 후, 먼지 낀 지난 해 옥수수 인형을 꺼내 새 인형과 교체한 다음 관습에 따라 새로운 인형을 처마 안에 넣고 오래된 인형은 불태웠다. 마거릿은 부엌에서 다가올 겨울을 위해 비축해 둘 음식들을 살펴보느라 정신없었다. 병조림, 잼 만들기, 고기 염장. 증기 트럭이 한 대씩 차례로 바퀴 자국이 깊이 팬 얼어붙은 도로로 나섰다. 운행하느라 때가 묻고 녹슨 차들은 차고에서 다시 세차를 해야 했다. 다음 해의 운행을 위해 기름을 묻혀 광을 내고 칠을 새로 해야 했다. 볼트도 전부 확인하고, 닳은 바퀴는 교체하고, 밸브 기어를 풀었다가 다시 조립하고, 스티어링 체인을 테스트해야 했다. 정비하는 곳은 하루 종일 시끄러웠고 운전사들의 아이들은 시커먼 얼굴로 부채를 부쳤다. 절단기가 윙윙거리고, 남자들은 우뚝 서 있는 뷰렐과 클레이톤과 셔틀워스 사이를 누비고 다녔다. 그리고 서로 노동을 분담했다. 스트레인지 앤 선스는 운수업계에서 유일하게 해고를 하지 않았다. 제시는 지금까지 직원들과 같이 일하며 고개를 들어 증기 트럭의 웅장한 박동 소리에 귀 기울이고 매만지며 진단

---
04 옥수수 껍질을 꼬아서 만드는 인형으로 곡식의 여신으로 여겨진다.

했다. 가끔씩 쥐어짜는 듯한 고통이 커질 때면 그는 욕을 하며 밖으로 나가 쉬면서 맥주를 마신 후, 다시 일을 하러 들어갔다.

한겨울에는 낮이 짧았다. 크리스마스까지는 채 일주일도 남지 않았다. 집행관이 콧김을 내뿜으며 붉은색 줄무늬 망토를 걸치고 추위에 맞선 채 구내로 걸어 들어왔다. 마거릿은 그녀 앞으로 온 편지봉투의 실을 뜯고 손을 떨면서 편지를 꺼냈다. 그녀는 휘갈겨 쓴 글씨를 읽다가 맞춤법이 틀린 문장이 나오면 인상을 썼다. 그녀는 갑자기 화가 치솟았다. 로버트가 쓴 것임을 깨달았기 때문이다. 그녀는 차고를 향해 편지를 집어 던진 후 제일 먼저 삼촌에게 말했다. 그녀는 코베스기트에서 열리는 크리스마스 자축연에 100여 명의 손님 중 한 명으로 참석할 예정이었다. 이런 성격의 파티는 오래전부터 3월까지 자주 열렸다. 그녀가 수락한다는 내용의 편지를 집행관의 손에 쥐어 주었을 때, 그는 부엌에서 담배를 피우며 앉아 데운 에일 맥주를 벌컥벌컥 들이켜고 있었다.

그녀는 다음 날 떠나기 전에 제시를 찾아갔다. 마당에서 말들이 콧김을 내뿜으며 대기 중이었다. 그는 평소처럼 차고에서 작업하면서 오랫동안 서리가 끼어 있던 창문을 통해 들어오는 푸르스름한 빛을 받으며 피스톤 헤드를 기둥의 몸에 다시 끼워 맞추고 있었다. 그녀는 삼촌의 날카로운 표정을 보고 그의 고통을 느꼈다. 입 주변에는 팔자주름이 푹 파여 있었다. 갑자기 그녀는 가고 싶지 않다는 생각이 들었다. 삼촌은 그녀에게 퉁명스럽게 굴었다. "가라!" 그는 직접적으로 말했다. "기회를 잡을 수 있을 때 가란 말이다……." 그는 그녀의 이마에 입을 맞추며 그녀가 어렸을 때 그랬던 것처럼 그녀의 엉덩이를 토닥였다. 그는 조카와 같이 문까지 걸어간 후 손을 흔들며 서 있었다. 그녀가 시야에서 멀어지자 그는 인상을 찌푸리며 고개를 돌리고 벤치에 앉아서 고통을 누그러뜨리기 위해 거의 무의식적으로 옆구리를 쓸어내렸다. 경련이 지나갔고, 그림자들의 붉은 기도 사라졌다.

그는 얼굴을 문지르며 작업장으로 힘차게 되돌아갔다.

더노바리어 외곽에서는 호위병이 기다리고 있었다. 살을 에는 듯한 추위에 둘러싸여 있던 마거릿은 저 앞에 대기 중인 석궁 사수대의 모습에 놀랐다. 기마 수행원들은 노상강도의 흔적을 찾기 위해 황야를 정찰하는 중이었다. 퍼벡의 영주는 손님들의 안전에 확실히 신중을 기했다. 말을 타고 가는 긴 여정 동안, 바람이 그녀의 얼굴과 귀를 물어뜯었다. 말들은 말발굽으로 얼어붙은 땅을 굴렀다. 빛이 사라지자 다시 성이 보였다. 회색 돌로 지어진 성이 철회색 하늘을 배경으로 불끈 솟아 있었다. 외보에는 내리닫이 격자문이 내려져 있었다. 날카로운 칼바람이 불고 저 위의 거대한 성에 있는 창문이 불타는 듯 노려보고 있었다. 연회가 준비 중이었다. 말들이 콧방귀를 뀌며 발을 구르자 체인이 삐걱거렸다. 강철 같은 땅이 시야에서 멀어지고 돌로 지어진 성이 눈에 들어왔다. 마거릿은 신이 나서 삼촌 생각을 까맣게 잊어버렸다. 뒤쪽에서 문이 닫히는 소리가 들리자 그녀는 웃음을 터뜨렸다. 내벽에는 보초들이 지친 모습으로 서 있었다. 성은 겨울과 어둠이 엇비슷하게 입혀져 있었다.

그녀는 춤과 이야기와 웃음을 기억했다. 코프 게이트에 있는 작은 예배당에 모여 있던 사람들은 폭풍이 잦아든 해협을 보러 해안으로 달려 나갔다. 그레이트 홀[05]의 으르렁대는 불꽃, 고통스러운 바람이 부는 날의 포근한 침대. 그녀는 매 날리는 법을 약간 배웠다. 작고 순한 매를 날리는 것은 여자들에게 걸맞은 스포츠 같아 보였다. 로버트가 매를 선물했지만, 그녀는 마다했다. 보관할 만한 곳이 마땅치 않았기 때문이다. 마구간도, 녀석이 필요로 하는 것을 채워 줄 제복을 입은 조련사도 없었다. 녀석이 날개를 높이 활짝 펼치고 도망쳤다. 그녀는 기뻤다. 녀석이 마치 바람의 일부처럼 보

---
05 중세 영주의 저택이나 수도원 안에 있는 큰 홀. 이곳에서 연회가 열리곤 했다.

였다.

 손님들에게 깊은 인상을 주기 위해서 로버트는 황금빛 매를 훈련시키려고 했다. 그의 요청에 따라 스코틀랜드의 야생 산악 지역에서 매를 데려왔다. 첫 번째 비행에서 그 불쌍한 녀석은 나무 속으로 숨어 들어갔다. 온갖 방법을 동원해서 녀석을 끄집어 내려고 했지만 허사였다. 녀석을 지켜보기 위해 하인 두 명을 남겨 두었으나, 결국 맨손으로 되돌아왔다. 녀석은 날이 점점 어두워지는데도 미끼를 거부한 채 하인들의 손을 빠져나갔다. 녀석은 결국 이틀 밤 후에야 돌아와 바깥 외보 탑에 처량하게 앉았다. 로버트는 심하게 욕을 하며 도롱뇽처럼 술을 마셨다. 그리고 저런 방탕한 자식은 반드시 거기에 걸맞게 대해 줘야 한다고 단언했다. 그 어떤 것도 성에 차지 않았는지, 그는 성에 있던 초대형 기관포를 갖다놓고 훈련했다. 그 기관포는 오래된 것으로, 사람들이 기억하기로는 단 한 번도 발포된 적이 없었다. 포환과 화약까지 무기고에서 꺼내 왔다. 대포가 정문 옆의 돌로 지어진 건물 벽을 70세제곱센티미터나 폭파시키는 바람에, 식료품 저장고에 있던 하사관이 거의 목숨을 잃을 뻔했고, 여자 손님은 겁을 먹어 히스테리를 부렸다. 한편 그 무지몽매한 매는 충격을 받아 횃대에서 날아가며 힘차게 날갯짓을 한 후 다시는 모습을 보이지 않았다.

 한 해의 마지막 날, 로버트는 마거릿을 데리고 높고 오래된 성까지 한참을 올라갔다. 두 사람은 기울어진 창문 앞에 섰다. 이곳은 황무지보다 족히 150미터는 높은 곳이었다. 바람이 얼굴을 태우며 돌 건물을 보고 울부짖었다. 로버트는 눈처럼 보이는 지평선 위에서 반짝이는 들불을 보고 웃었다. 어디선가 늑대가 떨리는 목소리로 울었다. 마거릿은 어둠 속에서 다가오는 오래되고 잊힌 소리에 몸서리를 쳤다. 그는 몸을 떠는 그녀를 보고 뒤에 서서 허리에 손을 둘러 자신의 망토로 그녀를 감쌌다. 그러자 그녀는 뒤로 돌아 그의 품 안에 파고들어 그의 온기를 느꼈다. 그는 손을 슬며시 움직여 그녀의 얼굴을 자신의 어깨 쪽으로 당겼다. 그는 머리칼을 쓰다듬으며 그녀의 눈가를 가볍게 두드렸다. 그녀는 흐르는 시간과 이 모든 덧없는 것을 보며 소리쳐 울고 싶었다. 둘은 그렇게 한 시간 동안 서 있었다. 마을에서 종이 울리자 저 아래 있는 집들의 문과 창문이 노란 사각형을 열어젖혔다. 들불이 가라앉으며 사라졌다. 또 하나의 달력 위에서 새해가 시작되었다.

그녀가 코베스기트로 또 다시, 그리고 또 다시 내려간 후 겨울은 봄으로 바뀌고 봄은 한여름으로 바뀌었다. 그녀는 세례 요한 축일에 안뜰에서 모리스 춤[06]을 보았다. 그곳에 있는 목마는 동전을 넣으면 딸각거리지만, 나무 이빨로 물지는 않았다. 한 번은 로버트가 여흥을 즐긴 후에 선착장에 있던 벤틀리를 저 앞에 보이는 웅덩이 속으로 처박은 적이 있다. 덕분에 나비차 한 대가 라임 빌리지까지 멀리 날아가 버렸다. 그는 인내심이 폭발해서 그 차를 골든 캡[07]에서 밀어 버리겠다며 혼잣말로 위협했다. 그 해 내내 그의 밑에 있는 집행관이나 군인이 더노바리어로부터 전갈을 가져왔다. 마거릿은 장차 코프의 영주가 될 그를 당황시키거나 조금은 걱정하게 만들었다. 그녀는 그와 같은 신분이 아니었다. 그렇다고 길을 걷다가 벤틀리의 경적이 울리면 옆으로 비키는 농노와 같은 평민이라고도 생각하지 않았다. 그가 그녀의 가슴을 애무하자 그녀는 얼굴을 붉히지도 억지 웃음을 짓지도 않고 마을의 창녀처럼 킥킥거렸다. 그녀의 눈은 진중하고 조용하면서도 뭔가 슬픔을 담고 있는 것 같았다. 마거릿은 둘 사이에는 말할 수 없는 무엇인가가 존재하며, 말보다 더 깊이 이해하고 있다고 생각했다. 바람이 거세게 몰아치고 지옥이 갈퀴질하는 그가 가는 길에는 그녀가 필요하다고 생각했다. 그는 언젠가 정식으로 아내가 되어 달라고 청혼할 것이다.

---

06 영국에서 기원된 가장 무도의 일종.
07 잉글랜드 남해안에서 가장 높은 언덕.

그녀는 그녀의 세계의 종말을 기억하며 치를 떨었다. 8월의 어느 날 밤, 메뚜기들은 쉬지 않고 몸을 비벼 댔다. 그 소리는 들렸다가 안 들렸다가 또다시 들리는 끈질긴 어색함을 강요하며 뇌와 피 속으로 흠뻑 파고들었다. 포근한 어둠 속에서 성은 벽과 작은 숲으로 둘러싸인 안뜰에 불끈 솟아 있었다. 저 아래에는 나무가 자라는 축축한 도랑이 흘렀다. 반딧불은 검은 벨벳 같은 풀숲 위에 번쩍이는 라임색 금화 장식을 수놓은 듯 번쩍거렸다. 그녀는 한 손으로 한 마리를 감쌌다. 반딧불은 손안에서 계속 아득하면서도 신비한 빛을 뿜어냈다. 따뜻하면서도 육중한 공기 속에서 짜릿한 초가을 냄새가 났다. 산들바람이 그녀의 얼굴을 간질였다. 그녀는 미지의 과거로부터 불어오는 바람을 맞이하는 듯한 흥분되는 환상을 느꼈다.

로버트는 그녀가 한 번도 보지 못했던 분위기를 풍기며 조용히 생각에 잠겼다. 주방에서는 불이 타 올랐는데, 돌벽 위에서 흔들리는 그 불빛은 높게 쌓아 올린 아성의 윤곽을 뚜렷이 드러냈다. 잿가루가 휘몰아치면서 하늘 위로 번쩍거리며 날아올랐다. 그는 그녀에게 잿가루가 마치 영원을 관통해 움직이며 한참 동안 빛나다가 어둠 속으로 사라져 버리는 인간의 영혼 같다고 말했다. 그는 그의 모국어로 이야기하는 대신 오래된 언어로 말했다. 그녀는 그에게서 이전에는 들어 보지 못한 후두음을 들었다. 그녀는 그에게 대답을 했다. 그리고 가까이 서서 계속 말을 이어가면서 그를 달래려고 했다. 그녀는 이 성에 대해서 이렇게 노래했다. "무례하고도 게으른 간호사여, 부드러운 왕자님을 위해 늙고 굼뜬 놀이 친구가 되어 주렴."

그는 그 말에 놀란 것 같았다. 밤이기에 그녀는 소리를 내지 않고 웃었다. "몇 안 되는 엘리자베스 시대의 사람들 작품인데요, 학교에서 외워야 했어요. 이름이 뭐였더라…… 꽤 괜찮은 작가인데……."

"그래서 어떻게 끝나지?"

"내 아이들을 잘 이용해…….″ 그녀는 의아한 듯 말을 이어가다가, 처음으로 그 말 속에 깔려 있는 섬뜩함을 느꼈다. "그래서…… 어리석은 슬픔이 너의 성에 말하노라……. 안녕히……."

그는 이 시를 듣고 까닭 모르게 화가 났다. "전조인가." 그가 말을 내뱉었다. "넌 피난소에 있는 사제 같아. 중얼거리며 끔찍한 주술이나 지껄이는……."

"로버트……." 그녀는 그에게 가까이 다가갔다. 그리고 그의 얼굴에 자신의 얼굴을 갖다댔다. 입술을 벌려 혀와 치아를 허락하면서 그의 턱을 애무하고 그의 가슴속 슬픔을 멈추게 하려고 애썼다. 그의 손이 그녀의 얇은 드레스 밑으로 들어가 등을 따라 쓸어내리는 것이 느껴졌다. 그녀는 그를 충분히 애무하며 키스를 했다. 그의 손은 그녀를 스스럼없이 매만졌고, 눈으로는 명민한 사냥개를 보거나 날아가는 매를 즐기는 것처럼 그녀를 즐겼다. 그리고 맛 좋은 음식과 쓸 만한 와인을 맛보는 것처럼 그녀를 음미했다. 이번엔 달라, 그녀는 이렇게 생각했다. 만약 그가 계속 하겠다면, 그리고 내가 나를 막지 않는다면 우린 결국 하나가 될 거야. 그렇다면 이게 정말 그렇게 중요한 것일까?

그녀는 침을 삼키고 눈을 감았다. 난생 처음 시간이 휘몰아치고 뒤틀리다가 추락하는 것처럼, 다른 차원의 기분을 느꼈다. 그리고 시간이 비틀리다가 그녀를 괴롭혔다. 그녀는 흐느끼며 그에게 더 바싹 매달렸다. 그녀는 단단한 잔디 위가 아니라 끝을 넘고 끝을 넘어 장엄하게 굴러 가는 허공을 통과하는 것 같았다. 그곳은 모든 죽은 것과 슬픔과 앞으로 닥칠 두려움이 출몰하고, 노르만의 바람을 따라 그 모든 것이 한데 뭉쳐 돌아다녔다. 그녀는 생각했다. 이러다 기절할 것 같아……. 대체 내게 무슨 일이 벌어지는 것일까……? 그녀는 애써 모든 장면을 끌어 모아 어둠을 배경으로 그려 보았다. 아빠, 새라, 제시 삼촌. 학교 때 알던 사람들, 심지어 늙으신 앨리샤 수녀님까지. 잘은 모르겠지만, 이것은 나 자신, 나의 몸과 고통 그 이상의 것들과 관계된 일을 하고 싶어 하는 것 같았다. 그들에게, 그녀가 알고 지내 온 모든 사람에게 그녀는 대답해야 했다. 그들을 위해서, 그녀의 선택은 옳아야 했다. 뺨 위로 뜨거운 것이 느껴졌다. 그것은 눈물이었다. 그것이 그녀를 위한 것인지, 아니면 로버트, 혹은 모든 사람을 위한 것인지 그녀는 말할 수 없었다. 그녀는 그날 밤 그와 함께 누웠고, 다시금 그에게 다가가 위로해 주고, 또 위로 받았다. 가끔은 어머니가 베풀어 주듯, 가끔은 어둠에서 도망쳐 보호받는 아이처럼 굴었다. 심지어 연인이 그녀에게서 멀어질 때까지도 꿈을 꾸기엔 너무나도 깊은 잠에 푹 빠져 있었다.

 에드워드 경의 집사가 그녀를 깨웠다. 그는 모든 사람을 관리하는 사람이었다. 집사는 로버트가 왕과 관련된 사업 때문에 호출되는 바람에 나갔다며, 도련님께서 아가씨가 집에 가시는 것을 대신 봐 주라고 했다고 이야기했다. 그녀는 반쯤 정신 나간 상태로 침대에 조용히 누워 있었다. 천천히 분노가 치밀었다. 그녀는 집사의 이상한 시선과 날카로운 고양이 같은 얼굴 속에서 뭔가를 읽었다. 우연인지 의식적인 행동인지 집사가 고개를 돌리는 바람에 다시금 그의 얼굴을 떠올릴 수는 없었지만, 그녀는 이미 마음속 깊이 그게 무슨 뜻인지 깨달았다. 황홀함. 만약 그것이 황홀함이라면, 그것은 끝나고 말았다. 그녀는 아리따운 속삭임에 자신을 팔았고, 로버트는 이제 제정신을 차렸다. 퍼벡의 영주는 그의 혈통이 평민과 섞이는 꼴을 절대로 두고 보지 않을 것이다. 그녀는 집사에게 화를 내고 침을 뱉으며 밀친 후, 일어나 자신을 보았다. 그리고 거울을 돌려 이제 새로운 창녀로 변해 버린 자신의 몸뚱이를 비췄다. 그녀는 몸을 씻다가 주전자의 물을 화가 난 듯 바닥에 쏟아 버렸다. 침대에 전날 밤의 흔적이 남아 있었다. 그녀는 화를 내며 침대보를 움켜잡고 비틀어 온 세상이 구경하도록 남겨 두었다. 집사가 붙들자 그녀는 발을 구르며 복수하겠다고 맹세했다. 그녀는 다시는 하늘의 은총을 내려 달라고 빌 수 없다는 사실을 알았다. 그녀 자신에게도, 아버지에게도, 돈과 권력을 모두 지닌 탄탄한 스트레인지 회사에도 그럴 수 없었다. 왜냐하면 이 땅에는 평민들을 위한 법이 없었기 때문이다. 부자나 거지나 모든 사람은 영주의 변덕에 의해 땅을 쥐고 있었다. 그리고 영주들은 영국 왕에게 하사받은 봉토를 소유하고 있었다. 영국 왕은 베드로의 권좌의 은총에 의해 권좌에 앉은 것이다. 문을 통과해 번쩍거리며 발사되는 기관포, 바로 그것이 법이었다…….

바깥쪽 안뜰에서 그녀는 하인 한 명이 웃었다고 생각했다. 만약 손에 무기라도 들고 있었다면 그 하인을 죽였을지도 모른다. 그녀는 바람처럼 말을 타고 떠나며 말에게 피가 날 때까지 채찍을 휘둘렀다. 그러다가 덜컹거리는 안장에 앉은 자신까지 다치고 말았다. 집사는 20미터 정도 뒤에서 그녀를 따라갔다. 로드 트레인에서 떨어져 갈라진 상자에 표시를 하듯, 사람들도 그녀에게 표시를 할지 모른다. '오염된 상품임. 발송자에게 반품함…….' 성에서 1킬로미터 정도 떨어진 곳에서 고개를 돌리자 성은 그녀를 바라보며 저주를 퍼붓고 있었다. 또 다시 얼굴과 목을 타고 눈물이 흘러내렸다. 그렇지만 그것은 분노의 눈물이 아니었다.

"너와 너의 천사를 위해서 꺼지지 않는 불이 준비되었노라. 왜냐하면 너는 저주받은 살인의 두목이자, 근친상간의 시초이기 때문이다……. 이 더러운 것들아, 밖으로 나가거라. 모든 속임수를 가지고 떠나거라……. 그리고 신에게 영광을 바치고, 무릎을 꿇은 모든 자에게 바쳐라……."

왜지, 그가 왜 내 이야기를 하는 것일까? 마거릿은 지친 채 생각했다. 그 여행과 그 성이 마음속에서 떠나지 않았다. 진짜로 눈물이 흘렀다. 눈물은 뜨겁게 흘러 그녀의 목을 적셨다. 이게 당신이 할 수 있는 최선인가요? 그녀는 에드워즈 신부에게 조용히 물었다. 이 집 안으로 악과 부정을 끌어들인 내가 이렇게 자유롭게 앉아 있는데, 당신은 그 중얼거리는 기도로 이 늙은 노인을 괴롭히는 겁니까? 물론 그녀는 속으로 경멸하듯이 대답했다. 왜냐하면 신부는 그가 모시는 교회처럼 눈이 멀고 공허하고 자만심에 가득 찼기 때문이야. 그들이 떠들어 대는 신과, 신의 정의와, 그분의 열정은 어디에 있는 것인가? 신이라는 이름 안에서 괴롭힘을 당하며 죽어 가는 자들을 보는 것이 그분을 즐겁게 하는 것인가? 그분은 실수하는 사제들을 보고 웃음을 짓고, 사람들이 그분을 위한 성전을 짓다가 갑자기 날아오는 돌에 맞아 쓰러져 죽거나, 십자가 위에서 시들한 얼굴로 온몸을 비틀며 죽어 가는 작은 신을 봐야 만족할 것인가……? 그녀는 생각했다. 난 밖으로 나가 다른 신을 찾아 나서겠어. 다른 신들은 이보다 훨씬 낫겠지. 이보다 더 나쁠 수는 없어. 아마 다른 신들은 바람 속에도, 황무지에도, 그리고 오래된 회색 언덕에도 여전히 계실 거야. 투노의 천둥과 보탄의 정의와 발데르의 사랑을 위해 기도하겠어. 적어도 그는 자신의 피를 나눠 주며 웃을 테니까. 적어도 강탈자 크리스토스처럼 고통 속에서 괴로워하지 않을 테니…….

집이 흔들렸다. 그리고 외풍에 흔들리는 촛불처럼 불이 꺼졌다. 그녀는 또 다시 타락하면서 별이나 반딧불이 타듯 불꽃이 이는 공간을 통과해 나락으로 떨어졌다. 그녀에게는 모든 것이 똑같은 거리에 있는 듯 보였다. 코프 게이트 성은 해골 같은 얼굴을 한 채 그녀에게 다가왔고, 부서지는 파도가 만들어 낸 하얀 거품이 일렁이는 바다가 보였고, 윙윙거리는 바람 속에서 높이 솟아 있는 절벽이 보였다. 오래되고 차갑고 날카로운 도싯의 바람이 저 먼 바다에서부터 불어왔다.

밀려드는 바람이 멈췄다. 그녀는 일어나 주변을 의아하게 바라보았다. 그녀는 과거에서 미래로 이동했다. 혹은 과거에 존재하지 않았고 앞으로도 절대로 존재하지 않을 시간으로 이동했다. 머리 위에서는 하늘이 빙빙 돌았다. 하늘이 한쪽 방향으로 빙빙 돌자 그 옆에서 거친 바위에서 떨어져 나온 기둥이 솟았다. 거칠고 오래된 그 기둥은 수세기 동안 들락거린 바람 때문에 한껏 기운 채 부식되어 닳았다. 비구름이 휘몰아치며 기둥 옆을 지나갔다. 그리고 잔디의 회색 원을 가로지르며 그 위에 바람이 들끓었다. 그곳을 지나가자 아무것도 없었다. 그녀는 발이 걸려 무의 공간 속으로 넘어지면서 이 세상의 저 끝으로 갑자기 떨어졌다.

그녀 앞에, 가장 멀리 있는 기둥에 등을 대고 앉아 있는 한 남자가 보였다. 그는 망토를 휘날리고 있었다. 밝고 긴 머리칼이 둥근 두상 근처에서 펄럭거렸다. 그녀는 머리에 한 손을 가져다댔다. 저 얼굴을 전에 보긴 했는데, 어디에서 봤더라……. 전에 봤더라도 얼굴이 변한 것 같았다. 이 얼굴은 내달리고 변화를 거듭해 수천 명의 얼굴을 가진 하나의 얼굴이 되었다. 그 누구의 얼굴이라고 할 수 없었다. 그것은 바람의 얼굴이었다.

그녀는 걸었다. 아니 그를 향해 걷는 것 같았다. 꿈속에서 그녀는 말을 했다. 그녀가 질문하자 낯선 이는 웃었다. 그의 목소리는 톤이 높고 가늘어서 마치 저 멀리에서 들리는 듯했다. "네가 올드 원들을 찾아왔노라. 올드 원들을 찾아온 자는 바로 나를 찾아온 것이니라."

그는 그녀에게 앉으라는 몸짓을 보냈다. 그녀는 머리칼이 얼굴 근처에서 정신없이 휘날리는 것을 느끼며 그 앞에 쭈그리고 앉았다. 바람이 낯선 곳에서 세차게 불었다. 그리고 그녀가 응시하는 순간, 전혀 바람이 불지 않았다. 그녀와 바위 기둥과 그들이 서 있는 풀밭이 끝없는 구름의 바다를 통과하며 무지막지한 속도로 빙글빙글 돌기 시작했다. 생각을 하다 보니 현기증이 났다. 그녀는 잠시 눈을 감았다. "네가 우리 신들을 찾아왔노라." 올드 원이 조용히 말했다. "대답을 하는 것은 그들의 기쁨이 아니겠느냐……."

그녀는 그의 머리 위에 있는 돌이 보이기 시작했다. 그녀가 알기로 그 표시는 반드시 그곳에 있어야 하는 것이었다. 안에 게가 그려진 동그라미가 여러 겹 겹쳐져 있었다. 뚫어지게 표시를 살펴봐도 그녀는 그 뜻을 이해할 수 없었다. 그녀는 말끝을 흐리며 물었다. "진짜…… 맞으세요?"

그의 얼굴 속에 즐거움이 보였다. "진짜냐고? 현실을 정의 내린다면, 내가 대답해 주지." 그는 한 손을 흔들었다. "단단한 흙과 돌을 들여다보면 모든 창조물의 은하수가 보인다. 바로 거기에 네가 현실이라고 부르는 것이 녹아 있다. 소용돌이가 치고, 힘들이 회전하고, 티끌과 원자가 춤을 추는 곳, 그런 것들의 일부를 우리는 행성이라 부르며, 그중 하나가 바로 지구다. 무를 에워싼 무 안의 무, 바로 그것이 현실이다. 원하는 것을 말하면 내가 대답할 것이다."

그녀는 이마에 손을 다시 가져다댔다. "절 혼란스럽게 하시는군요."

"아니."

그녀는 그에게 벌컥 화를 냈다. "그렇다면 제발 절 가만히 내버려 두세요……." 그녀는 무기력하게 주먹으로 풀을 내리쳤다. "난 당신께 아무 짓도 하지 않았다고요. 그러니 절 갖고 노는 것이든 뭐든 제발 그만하세요. 그냥 가세요. 그리고 제발 절 가만히 내버려 두시라고요……."

그는 근엄하게 고개를 숙였다. 그러자 그녀는 이 낯선 장소의 존재가 모조리 없어지고 더 이상 참을 수 없는 현실로 자신을 내동댕이쳐 버릴까 봐 겁이 났다. 그녀는 앞으로 달려가고 싶었다. 그녀는 사제의 망토를 붙들고 싶었던 것처럼 그의 망토를 붙들고 싶었지만, 그건 불가능했다. 그녀는 다시 말을 하려고 했지만, 그는 손을 들어 그녀를 저지했다. "들어라." 그가 말했다. "그리고 기억하려고 노력하라. 네 교회를 무시하지 말지어다. 왜냐하면 교회는 네가 이해하는 것 이상의 지혜를 갖고 있기 때문이다. 그리고 교회의 의식을 무시하지 말지어다. 그것들은 앞으로 충족될 목적을 갖고 있다. 우리가 이해되지 않는 것을 이해하려고 애쓰는 것처럼, 교회는 이해를 넘어서는 것을 이해하려고 애쓴다. 그 뜻은 명령될 수도, 계획될 수도, 헤아릴 수도 없느니라." 그는 옆에서 돌아가는 돌기둥을 가리켰다. "그 뜻은 이것과 같아서 주변을 돌면서 끝없이 항해하다가 끝없이 되돌아온 후 천국을 감싼다. 꽃이 자라고, 살이 썩고, 태양은 하늘을 돈다. 발데르도 죽고, 크리스토스도 죽는다. 전사들은 그들의 전당 발할라 밖에서 싸우고 쓰러지고 피를 흘린 후 다시 태어난다. 모든 것이 그 뜻 안에 있도다. 모든 것은 정해진 것이리니. 우리도 그 안에 들어 있다. 우리의 입은 닫혔다 열리고, 우리의 몸은 움직이고, 우리의 목소리는 말을 하지만, 우리는 그들의 주인이 아니다. 그 뜻은 끝이 없으며, 우리는 그 뜻의 도구일 뿐. 네 교회를 무시하지 말지어다⋯⋯."

말이 좀 더 이어졌지만, 그 소리는 광란하는 바람 속에 묻혀 버렸다. 그녀는 올드 원의 얼굴과, 움직이는 입술과, 저 멀리 떨어져 있는 태양들과 다른 세월을 거쳐 온 빛을 반사하는 불타는 눈을 바라보았다. 마침내 그가 입을 열었다. "꿈은 끝났도다. 만약 그것이 꿈이었다면 꿈은 끝난 것이다. 화려한 춤이 끝나면 다른 것이 시작될 것이다." 그는 웃으며 손으로 이마에 새겨진 표시를 문질렀다.

"도와주세요." 그녀는 갑자기 말했다. 애원했다. "제발요⋯⋯."

그는 고개를 저었다. 그리고 동정하듯 그녀를 바라보았다. 그녀는 반딧불이 잔디 위에서 맥박을 치듯 깜빡이는 모습을 바라보았다. "수녀들이 실을 짜고 표시하고 자를 뿐이다. 아무것도 도와줄 수 없다. 이것도 그 뜻이다⋯⋯."

그녀가 말했다. "그럼 말해 주세요. 앞으로 저에게 무슨 일이 생길까요? 당신이라면 말씀해 주실 수 있죠? 꼭 그러셔야 해요. 이야기해 주셔야 해요⋯⋯."

그의 질질 끄는 목소리가 바람을 갈랐다. "그것은 금지되어 있노라⋯⋯." 그의 눈은 뭔가 숨기는 듯했다. "남쪽으로부터 오는 것을 조심하라. 너를 위한 생명이 남쪽으로부터 올 것이며, 그와 함께 죽음도 올 것이다. 모든 생명체가 태어나듯 너도 마찬가지다. 즐거움과 희망이 있을 것이며, 두려움과 고통도 있을 것이다. 휴식은 금지되어 있다. 이 모두가 다 그 뜻이니라…….”

그녀는 그에게 소리를 질렀다. “그런 말은 하나도 소용없어요. 당신은 저에게 아무 말도 해 주지 않으셨어요…….” 그것은 소용없었다. 남자와 바위 기둥이 점점 희미하게 사라지면서 그녀는 뒤로 멀리 밀리는 듯 현기증을 느꼈다. 아주 잠시 동안 올드 원의 얼굴이 청동색으로 영광스럽게 빛났다. 그리고 그녀는 옥좌에 앉은 크리스토스, 혹은 발데르가 구름을 뚫고 노려보는 모습을 보았다. 신은 바위 그림자 중에서도 더 짙은 그림자로 변하더니 점만큼 작아진 후 완전히 사라져 버렸다.

“이제 떠나라. 네 거처는 황야며, 네가 사는 곳은 뱀자리이니, 이제 더 이상 늦출 수 없다……. 보라, 하늘의 신께서 빨리 다가오시며, 그분의 불이 그 앞에서 타오를 것이다. 따라서 네가 남을 속였더라도 너는 네 하느님을 속일 수 없나니……. 그분은 너를 제외시켜 놓으셨다. 그분은 너와 네 천사를 위해 영원한 지옥을 미리 마련해 두셨다. 그 입에서는 날카로운 칼이 나올 것이다. 산 자와 죽은 자를 심판하러 오시는 그분은 이 세상을 불로 다스릴지어다…….”

기도가 끝났다. 마거릿은 주변에 있는 다른 사람들의 얼굴을 살피며 그들의 손을 보았다. 그러고는 깨달았다. 방이 다시 조용해졌군.

그녀는 다른 사람들이 모두 떠나기를 기다리며 한참 동안 바라보았다. 에드워즈 신부와 간호사가 침대 옆에 앉아 있었고, 늙은 남자는 숨을 천천히 쉬었다. 모든 노력은 끝났다. 그녀는 창문 앞에 팔짱을 끼고 섰다. 밤공기가 얼굴에 스치는 것을 느끼며 흐릿한 황무지의 주택 지붕 위 너머로 내다보았다. 희미하고 가느다란 지평선이 남쪽으로 이어졌다. 로버트가 말을 때리면서 욕하며, 모든 여인에게 악마보다 더 심한 말로 저주를 퍼부으며, 그의 궁전을 향해 말을 모는 환상이 또렷이 보였다. 어물쩍거리던 그녀의 입술이 미소를 지었다. 왜냐하면 꽃이 피고, 몸뚱이는 죽고, 태양은 하늘을 돌고, 우리는 그 뜻 안에 있기 때문이지……. 그녀는 인상을 찌푸렸다. 머리가 혼란스러웠지만, 대체 그 말을 어디에서 들었는지 기억할 수 없었다.

새벽녘이 되자 제시 스트레인지는 세상을 떠났다. 신부는 기도를 하면서 그의 혀에 성체를 올려놓았다. 그리고 무심한 불빛 속에서 간호사는 침대보를 끌어내려 창백한 노인네의 피부 밖으로 솟아 있는 파리한 주먹 같은 암 덩어리의 개수를 세었다.

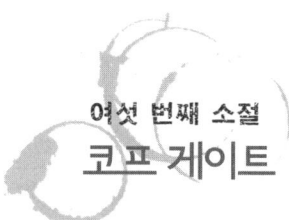

여섯 번째 소절
코프 게이트

　대열에 맞춰 늘어선 기마병들이 신속하게 걷자 장비가 쨍그랑거렸다. 이들은 도로 한쪽 편으로 붙으려는 노력을 전혀 하지 않았다. 군인들 뒤로는 부유한 관광객의 차량들이 잔뜩 모인 채 투덜거리고 있었다. 차들이 부릉거렸다. 가끔 어떤 운전사가 재빠르게 차를 몰아 기마병 무리를 제치기도 했다. 그렇지만 그 누구도 감히 곡예운전을 할 생각을 못 했다. 장애물 뒤로 흰한 빛을 띠는 교통 정체가 무려 1킬로미터나 계속되고 있었다. 관광객들은 마음을 비우고 항해하고 있었다. 큰 줄무늬 삼각돛은 산들바람을 맞아 크게 출렁거리며 작고 용량이 딸리는 엔진에서 최소한의 보조를 받으며 차를 앞으로 움직이게 만들었다.
　주의를 기울여야 할 필요는 있었다. 막대기에 매달린 페넌트는 모두에게 잘 알려져 있었다. 그 꼭대기에는 과거 노르만의 귀족임을 상징하는 옛 프랑스의 붉은색 왕기가 펄럭이고 있었다. 그리고 그 옆에는 파란색 바탕 위에 교황 요한의 독수리들이 노란색 비단 빛으로 새겨져 있었다. 그 뒤에는 싱크 포트[01]의 대장이자 잉글랜드 교황의 대위인 라이와 딜의 헨리 경의 제비꼬리 같이 생긴 삼색기가 펄럭였다. 헨리는 이 땅의 사람들에게 무

---
01 5항(港). 영국 남해안의 특별 항구.

섭고 냉혹한 사람으로 널리 알려져 있었다. 그가 무장을 한 채 말을 탄다는 것은 누군가에겐 나쁜 징조였다. 그리고 그의 뒤에는 그리스도의 지명을 받으신 이 땅의 대리자의 권위와 두 번째 로마[02]의 모든 힘과 권위가 버티고 있었다.

헨리는 덩치가 작고 비쩍 마른 데다가 혈색이 누렇고 날카로워 보였다. 무뚝뚝하게 말 위에 앉아 있는 그는 무척 더운 날인데도 온몸에 망토를 휘감고 있었다. 자기로 인해 야기된 혼란을 알았더라도 전혀 내색하지 않았을 것이다. 가끔 온몸을 관통하는 전율이 일었다. 그는 불편한 듯 몸을 움직이며 아픈 엉덩이가 편안해지도록 자세를 이리저리 고쳐잡았다. 론디니움에서 오는 도중에 그는 위장염으로 인한 경련 때문에 장이 꼬여 윈체스터에서 열흘간 머물러야 했다. 멍청한 의사가 진단을 신속히 내리지 못하는 바람에 귀라든지 그보다 더한 것을 잃을 뻔하느라 그동안 치료책을 찾지 못했기 때문이다. 헨리가 거의 완치되어 가자 딱딱거리는 신호기 소리가 그를 내몰았다. 교황 요한은 40번째 신호기의 긴 팔을 이용해 다양한 정보를 얻었기 때문에 그의 의지를 꺾을 수 없었다. 헨리의 명령은 분명했다. 수많은 문제를 일으키는 괘씸한 요새를 장악해 그들의 팔을 없애고, 그 벽 위에 교황 요한의 기를 높이 걸고, 추후 통보가 있을 때까지 영주를 위한 깃발을 게양하라는 것이었다. 이 모든 소란을 일으킨 것은 웨스트 카운티의 망아지 같은 녀석들이다. 헨리는 얼굴을 찡그리며 안장 위에 뻣뻣이 앉았다. 말은 걸음을 멈추고 등뼈에 바람을 쐬거나, 화물 마차 뒤에 묶여 론디니움까지 끌려가고 있다는 사실을 알게 되었을 수도 있다. 그러나 이런 문제는 사소한 것이었다. 적어도 그의 개인적인 불편함에 비하면 이런 것들은 사소한 일이었다.

----

02 비잔티움을 일컫는 말.

신호기는 도로 양쪽에서 작동 중이었다. 신호기의 검은 팔들은 딸깍거리며 열심히 움직이고 있었다. 헨리는 내리막길 정상 위에 수척한 모습으로 서 있는 가장 가까운 탑을 바라보았다. 복잡하게 오가는 메시지 중에는 그의 행군 소식을 전하는 내용이 분명히 있을 것이다. 며칠간 이 정보는 그보다 먼저 아래로 계속 전해져 서부에까지 도달할 것이다. 고통스러운 경련이 두 배로 커지자 그는 견딜 수 없었다. 그는 고개를 재빨리 돌렸다. 기마대장이 그의 옆에서 열심히 말을 몰고 있었다.

헨리는 자신이 고른 탑을 가리켰다. "대장." 그가 말했다. "군사 열두 명을 데리고 저곳으로 가도록 하라. 가서 저곳에 있는 사람들이 갖고 있는 전갈을 가져와라."

기마대장은 망설였다. 그 명령은 사실 실현될 가능성이 전혀 없었다. 길드 신호수들이 그들의 임무를 폭로하지 않으리라는 것은 그 누구보다 헨리가 제일 잘 알고 있었기 때문이다. "녀석들이 저항하면 어떻게 할까요?"

헨리는 단호히 말했다. "그렇다면 침묵시키는 수밖에……."

헨리가 고개를 돌려 노려볼 때까지 장교는 움직이지 않고 앞만 보고 있었다. 그러다가 그는 경례도 하지 않고 말을 몰았다. 수세기 동안 신호수 길드는 교황까지도 감히 의문을 제기하지 않는 특권을 누렸다. 이제 그들의 특권은 끝났다. 복통을 앓는 왜소한 귀족에 의해 날아가 버린 것이다. 명령을 외치자 먼지가 구름처럼 일었다. 군인들은 행진 대열에서 이탈해 깃발을 휘날렸다. 말을 타고 달리면서, 군인들은 칼집에서 칼을 빼 들었다. 운이 좋으면 그들은 무장하지 않은 신호수들을 잡아들일 것이고, 운이 나쁘면 그들은 피비린내 나는 짧은 전투를 치를 것이다. 어느 쪽이든, 그 종말은 뻔했다.

헨리는 안장에 앉아 몸을 비틀다가 탑의 팔이 갑자기 옆으로 뚝 떨어지는 것을 보았다. 그 모습은 마치 사람의 팔이 지쳐서 갑자기 축 처지는 것 같았다. 그는 차갑게 웃었다. 휴식은 고작해야 잠깐이었다. 만약 그가 길드에 대해 알았더라면 같은 라인에 있는 다음 신호기로 재빨리 심부름꾼을 급파했을 것이다. 하지만 그는 어떤 행동도 취하지 않았고, 결국 모든 사람이 그의 행동을 알아 버렸다. 신호기 망은 섬세한 동물 같았다. 한쪽 팔을 두드리면 다른 모든 부분이 반응을 보이고, 이 모든 과정이 몇 시간 내에 이뤄진다. 펜닌 산맥을 따라 늘어선 기지들이 워낙 잘 보이기 때문에 그의 작업이 황혼 녘 즈음이면 헤브리디스 제도[03]까지 알려질 것이다……. 그는 몸을 웅크리고 고통스러운 듯 배를 쓸었다. 다른 쪽으로 고개를 돌리자 손가락을 딱하고 튕기는 소리가 들렸다. 옆에서는 안젤로 신부가 그의 옆으로 터벅터벅 말을 몰며 땀을 살짝 흘렸다. 그는 평소처럼 그를 만족시키기 위해 안달하는 듯했다.

"음, 신부님." 헨리가 신랄하게 말했다. "우리의 이 황당한 행군을 얼마나 더 해야 합니까?"

사제는 지도 위로 고개를 숙인 채 움직이는 말 위에서 찬찬히 보려고 했다. 성직자들은 늘 시끄럽게 말을 타는 편인 데다가 지도를 제대로 보지 못한다는 것이 헨리의 생각이었다. 신부의 쇠약한 시력은 군대를 습지로 이끌었고, 여섯 번이나 길을 잘못 들게 만들었다. "약 30킬로미터 정도 남았습니다." 그가 불확실하게 말했다. "그렇지만 그건 길을 따라갔을 때 이야기고, 만약 웜본 타운 위로 1킬로미터쯤 벗어난 현재 위치에서 출발한다면……."

"신부님의 지름길을 일러 주시지요." 헨리가 냉정하게 말했다. "크리스마스 때까지는 도착했으면 합니다. 군사 두 명을 미리 보내 우리의 잠자리를 마련해 두도록 하세요." 그는 태양을 곁눈질했다. "도로 저 위로 한 8킬

---

03 스코틀랜드 서쪽 열도.

로미터 정도 올라간 곳에서 찾아보도록 하세요. 그리고 이번에는 이가 들 끓지 않는 곳으로 찾도록 하십시오. 우리 경위들의 옷걸이보다는 조금 더 부드러운 곳이었으면 좋겠습니다." 안젤로 신부는 군대식 인사를 서툴게 흉내 내고는 대열로 뛰어 내려갔다.

헨리는 다음 날 일찍 다시 길을 나섰다. 그는 그 어느 때보다 화가 더 많이 났다. 그는 밤새도록 서부의 급변하는 기후를 몸소 겪어 냈다. 방에서 창문을 열어 놓고 그 앞에 서서 면도를 하고 있는데, 석궁 화살이 그의 팔꿈치 밑으로 스치며 베네치아식 병 세트를 부순 후 저 멀리 벽에 가 꽂혔다. 헨리는 그의 몸을 공격했다는 사실에도 화가 났지만, 너무나 귀해서 다시는 구할 수 없는 유리병이 깨졌다는 사실에 더욱 울분을 토했다. 그는 저격수를 당장 찾아내라고 명령했다. 군인들은 불평분자를 여러 명 찾았다. 그들은 모두 되는 대로 잡아들이는 방식에 저항을 했다. 그들은 기둥이 보일 때까지 짐칸 수레 뒤에서 끌려오다가, 드디어 풀려났다. 그들은 어리벙벙한 채로 비틀거렸고, 잔디 밭 위에 피를 내뱉었다. 그리고 그들 중 단 한 사람도 100미터를 채 가지도 못하고 쓰러져 버렸다. 배신자들을 다루는 헨리의 방식은 언제나 철저하고도 잔혹한 것으로 유명했다.

그는 앞으로 나아갔다. 앞에는 황야가 몇 킬로미터에 걸쳐 펼쳐져 있었고, 황갈색 붉은 기가 강렬한 초록색 앵무새 같은 습지와 함께 여기저기에 퍼져 있었다. 수평선 너머로는 굽이지는 산들의 능선이 내달리고 있었다. 그 사이로 그는 응징을 하러 왔다. 그곳은 마치 오래된 송곳니처럼 솟아 있었다. 성은 정말 튼튼했다. 그리고 얼마나 튼튼한지 섣부른 공격 따위로는 함락될 것 같지 않았다. 그는 그 사실을 알 수 있었다. 그렇지만 이제 성은 절대로 서 있지 못할 것이다. 다시는 이 푸른 하늘을 배경으로 서 있지 못할 것이다.

그의 뒤에는 군인들이 모여 있었다. 옛 프랑스의 붉은색 왕기가 금빛 지휘봉에서 매달려 마치 깃발이 상징하는 불꽃처럼 바람에 펄럭거렸다. 수평선 너머로, 어디에서나 보이는 메시지가 하늘을 배경으로 요동치며 포즈를 잡았다. 헨리는 오랫동안 그것을 보고 있다가 손가락으로 딸깍 소리를 냈다. "대장." 그가 말했다. "먼저 군사 두 명을 저 성으로 보내라. 그리고 내가 서명한 문서를 저 성에 사는 여인에게 가져다주어라. 그래서 그녀가 그녀의 무기를 우리에게 실려 보내도록 하라. 그리고 그녀 자신과 저 성벽에 사는 모든 이가 교황 요한의 죄수임을 말하라. 그들이 갖고 있는 그 어떤 총이라도, 이제 우리가 이 먼 길을 달려 그것들을 가지러 왔다고 전하라. 이제야 내 기억이 새로워지도다."

대장은 빠르게 지껄이면서 기계적으로 외우고 있는 목록을 반복해서 말했다. "1.5킬로그램짜리 포탄을 발사하는 대포, 화약과 화약 마개. 권총들과 스냅하운스. 엽총보다는 훨씬 못합니다. 영주님, 위대한 대포인 '호통'은 왕의 무기고에 있습니다. 컬버린 소총인 '평화의 왕자'는 국왕 폐하의 지시에 따라 이스카 수비대로부터 이전되었습니다."

헨리는 코를 훌쩍이며 코끝을 장갑 손등으로 문지르며 말했다. "음, 내가 곧 평화의 왕자가 될 것이니라. 감히 이야기하거늘, 나는 날이 저물기 전에 내가 가진 몫만큼 호통을 칠 것이니라. 무기들을 모두 정문으로 가져 와라. 또한 무기에 딸린 총과 화약도 같이 가져오너라. 또한 무기를 실을 마차를 비우고, 포탄을 옮기기 위해 노새와 말 들을 징발하라. 어디 나 좀 보겠소, 대장?"

장교는 인사를 하고 등을 돌렸다. 그리고 부하들에게 소리를 질렀다. 헨리는 팔을 들었다가 손을 내리며 진격하라는 신호를 보냈다. 그의 외침에, 안젤로 신부는 몸을 앞으로 기울이고 말을 타다가 일행에서 거의 떨어질 뻔했다. "마을에 막사를 치시오, 신부님." 헨리가 힘없이 말했다. "최악의 경우, 오랫동안 머물 수도 있습니다. 이번에는 뜨거운 물과 수세식 화장실을 확보해 주시오. 그렇지 못하면 당신을 쓰레기 수레라는 죄목으로 로마로 되돌려 보내겠소. 당신은 말을 타지 못하게 될 것입니다. 그건 내가 보장합니다. 당신은 피가 흐르는 화살들 틈 사이를 달리게 될 것입니다……."

행렬이 황야를 가로지르며 구보하자 깃발과 독수리는 태양빛을 받으며 밝게 날개를 폈다.

코프 게이트의 집사, 존 포크너 경은 뒤척거리다가 일찍 잠에서 깼다. 머리 위에서 2미터 높이에 있는 작은 창으로 들어오는 햇빛이 좁은 침실을 가로지르며 기울어졌다.

그는 한여름에도 이 방에 모여 드는 추위와 싸워야 했다. 거대한 성은 언제나 서늘했다. 왜냐하면 가장 뜨거운 태양도 두께 3미터가 넘는 도싯의 석재를 뚫고 들어오지 못했기 때문이다. 이 성의 안주인인 엘리너 아가씨는 일주일 전 군인들이 주둔해 피난처로 쓸 수 있는 공간을 만들기 위해 낮은 안뜰에서 하인들을 이동시켰다. 이 집 사람들은 여전히 위대한 아성을 원래 목적대로 사용하지 않았다.

집사는 얼굴을 문지르다가 세숫대야에 물을 채우고 얼굴을 씻었다. 그리고 창문 아래 수문으로 물을 내려 보냈다. 그는 옷을 입으면서 몸에 닿은 신선한 리넨의 촉감에 감사했다. 그리고 방을 나섰다. 바깥에는 회전 계단이 두꺼운 벽을 통과하며 감겨 있었다. 그는 회전 계단에 발을 올리고 그 위로 올라갔다. 오랜 세월의 흐름으로 인해 계단이 움푹 팼기에 주의를 기울이지 않으면 발이 걸려 넘어지기 일쑤였다. 회전 계단 맨 위에는 문이 있었다. 문은 가는 끈을 매단 채 약간 열려 있었다. 그곳을 통하면 지붕에 올라갈 수 있다. 그는 끈을 풀고 안으로 들어섰다. 난간에 기댄 채 둘러싸인 땅에 있는 광활한 성벽 사이를 내려다보았다. 남쪽으로 8킬로미터, 해협이 진주색 연무 속에 저 멀리 펼쳐져 있었다. 밝은 날이면 저 멀리 아일 오브

와이트[04]의 서쪽 봉우리를 지키고 있는 니들스 공원까지도 또렷이 보였다. 아주 오래전에 악마가 그곳에 앉아서 코프 타워를 향해 돌맹이를 던졌지만, 스터드랜드 해안에 못 미쳐 떨어지고 말았다고 한다. 집사는 그런 생각을 하며 살짝 미소를 짓고 몸을 돌렸다.

북쪽으로는 높은 대평원이 펼쳐져 있었다. 평원은 창백한 새벽빛에 마치 유령의 왕궁에 있는 고원처럼 회색을 띤 희미한 색으로 보였다. 성 근처에는 챌로와 놀의 커다란 언덕이 옆으로 펼쳐져 있었다. 주변은 모두 황무지였고, 여름 불로 군데군데 시커메진 곳이 있었다. 완만하게 약간 부풀어 오른 듯 보이는 황무지는 헤아릴 수 없이 광대했다. 그 불모지에서는 아무것도 자라지 않았고, 방랑하는 소작농 말고는 아무도 먹여 살리지 않았다. 그는 저 멀리에서 진군하는 캠프 한 군데에서 연기가 피어오르는 것을 보았다. 손에 잡힐 듯, 그는 마을의 이랑진 회색 지붕 위를 내려다보았다. 농장은 축축한 도랑 바로 너머에 있었다. 그는 화물차 한 대가 마을로 다가와 버터 제조기 두 대를 내려놓고, 웨어햄 로드를 향하며 작은 숲 언저리로 사라지는 것을 보았다.

별로 내키지 않았지만 그는 눈을 들어 챌로 힐 꼭대기에 있는 신호기 탑을 보았다. 마치 신호기는 신호를 기다리고 있었던 것처럼 움직이기 시작했다. 신호기는 갑자기 움직이며 '팔 들어! 팔 내려!' 하는 주의 신호를 보냈다. 그는 신호가 황무지를 가로질러 저쪽 끝에서 대답이 이어질 것임을 알았다. 오로지 길드 신호수들만이 아주 먼 거리에서도 차이스 쌍안경을 이용해 메시지의 문자와 상징을 정확히 해석할 수 있었다. 대지를 가로질러 줄지어 선 탑들이 움직일 것이다. 신호기는 팔을 들어 올리며 쾅쾅 세게 두드릴 것이다. '주의, 주의······.'

|||||||||||||
04 영국 남부, 잉글리시 해협에 속하는 섬. 아름다운 휴양지이다.

신호기를 읽는 것은 집사의 공식적인 본분이 아니다. 세 번째 안뜰 아래에서 정신없이 움직이는 신호기는 이미 그에게 호위병이 이 집안의 신호수에게 경고의 메시지를 보냈다는 사실을 알려 주었다. 신호수는 아마 눈을 비비며 방에서 허둥지둥 나와 손에 메시지를 적은 메모장을 들고 나타날 것이다. 집사는 신호기 팔의 움직임을 주시했다. 그는 입으로 신호기가 만들어 내는 숫자를 중얼거리며, 속으로 몇 세대에 걸쳐 신호수들이 왕의 영어로 바꾼 암호를 해석했다. "이글 라이 15." 그는 이렇게 읽었다. "북서 방향 10, 끝." 그것은 싱크 포트의 영주와 150명의 군사를 말하는 것이다. 그들은 집사가 생각한 것보다 훨씬 가까이 있었다. '9명 사망'이라고 언덕 위의 신호기가 말했다. "9명이라······." 상황이 좋지 않았다. 교황의 중위는 무자비하다는 그의 명성을 확실히 강화시키기로 마음먹은 것 같았다. 그리고 호출 신호가 이어졌다. 존 경은 엘리너의 신호수가 탑의 팔을 움직이자 케이블이 딸그락거리는 소리를 들었다. '너의 총을 포기하라'라고 짧게 반복되었다. '스스로 포로가 되어 투항하라. 전달 메시지임', 그리고 그것이 전부였다. 팔은 마지막으로 딸깍거린 후 축 늘어졌다. 탑은 곧 조용해졌다.

그것을 보고 있던 집사는 한숨을 내쉬며, 본능적으로 목 언저리에 있는 부적에 손을 가져다댔다. 그는 손가락으로 작은 펜던트를 더듬으며 그 위에 새겨진 표시의 외곽선을 어루만졌다. 저 아래 부엌 굴뚝에서 연기가 났다. 마구간에서 소 젖을 짜자 들통이 절거덕거렸다. 탑이 바라보이는 집에 사는 사람들은 탑의 팔이 움직이기 시작하자 잠시 동작을 멈추었다. 그리고 탑이 달그락거리는 소리를 저마다의 대답으로 해석할 것이다. 그렇지만 평민들은 길드의 언어를 전혀 읽을 수 없었기에, 그들은 원래 하던 일로 다시 돌아갔다. 그래도 신호수들은 그 뜻을 알았다. 그 역시 그 뜻을 알았기에, 엘리너에게 이야기를 해 줄 것이다. 그는 다시 계단을 내려갔다. 습관처럼 어깨를 웅크린 채 낮은 천장에 머리가 부딪히지 않도록 했다. 그는 입을 엄숙하게 앙다물었다. 이것은 1000년간 정해져 내려온 것이었다. 그리고 이제 한 시대가 막을 내리려 하고 있었다.

엘리너 아가씨는 이미 일어나 옷을 차려 입고 있었다. 그레이트 홀을 향해 열린 방들 중 한 곳에 그녀를 위한 식탁이 차려져 있었다. 그녀는 색유리가 달린 창문 밑에 있는 골방에서 아침을 먹고 있었다. 그녀는 집사를 보자 자리에서 일어나 그의 얼굴을 바라보았다. 그는 말 없는 질문에 고개를 간단히 숙이며 대답했다. "네, 아가씨." 그가 조용히 말했다. "그분이 오늘 오십니다."

그녀는 뒤로 물러나 앉으며 앞에 차려진 음식에 더는 신경을 쓰지 않았다. 걱정스러운 얼굴이었지만, 눈매는 대단히 앳돼 보였다. "몇 명이나 되죠?" 그녀가 마침내 물었다.

"150명입니다."

그녀는 자신의 무례함을 깨닫고 손을 흔들었다. "어서 앉으세요, 존 경. 와인 하시겠어요?"

그는 창가에 놓인 의자에 등을 기대고 앉아 머리를 유리창에 가져다댔다. "지금은 아닙니다. 아가씨……." 그는 그녀를 바라보았다. 아무도 그의 눈 속에 담긴 표정을 읽을 수 없을 것이다. 그녀는 불빛이 그의 머리칼과 뺨 색깔을 금빛과 장밋빛이 도는 푸른색으로 바꿔 놓은 것을 다시금 바라보았다. 그녀는 입술을 내밀고, 무릎 위에서 손가락을 꼼지락거렸다. "존 경." 그녀가 말했다. "내가 뭘 해야 하는 거죠?"

그는 한동안 대답하지 않았다. 그는 대답을 했지만, 그 말은 어떠한 도움도 되지 않았다. "아가씨의 피가 하고자 하는 것을 하십시오." 그가 말했다. "아가씨께서는 당신의 양식과 심장을 따르셔야 합니다."

그녀는 재빨리 다시 일어나 그에게서 멀리 떨어져 걸어가 그레이트 홀을 바라보았다. 그곳은 그림자가 드리워진 금지된 곳으로, 십자가가 걸려 있는 넓은 벽에서는 우울한 힘이 느껴졌다. 그 옛날에는 이곳에 있는 단상에서 가족들이 앉아 식사를 했고, 음유시인이 연주를 하던 갤러리가 있었다. 그녀는 방문 옆에 있는 스위치를 살짝 건드렸다. 전기 램프가 외로이 천장에 매달려 깜빡이며 바닥에 깔려 있는 거친 깃발 위로 희미한 불빛을 드리웠다. 그러자 이곳은 갑자기 산 자보다 죽은 자에게 더 적합한 것처럼 보였다. 어딘가에서 체인을 감아올리는 소음이 들렸다. 신호수가 홀을 가로지르며 달리다가 아가씨를 보자 갑자기 걸음을 멈추었다. 그녀는 그가 가져온 메시지를 받아 들고 그를 향해 미소를 지었다. 그런 후 손에 얇은 종이를 들고 뒤로 돌아섰다. 그녀는 골똘히 생각한 후에 말했다. "150명이라……."

그녀는 의자로 다시 걸어가 무릎에 손을 포개 놓고 앉은 후, 앞에 놓인 식탁을 가만히 노려보았다. "내가 만약 그에게 성을 개방한다면……." 그녀는 흐릿하게 말했다. "마치 군인들을 섬기는 창녀처럼, 짐을 나르는 동물들의 행렬 뒤로 달려가야겠지요. 그리고 내 살림살이와 집을 잃어버리고, 무엇보다도 내 체면과 내 인생까지도 내던져야 될 테지요. 내가 어떻게 교황 요한과 싸울 수 있겠습니까? 그와 전쟁을 한다는 것은 이 세상 전부를 거는 것이나 다름없는데요……. 이 남자는 그저 나를 시험하러 오는 겁니다……."

집사는 아무 말도 하지 않았다. 그녀는 그의 대답을 기대하지 않았다. 그녀는 한참 동안 가만히 앉아 있었다. 고개를 드는 그녀의 눈에는 눈물이 고여 있었다. "문을 닫으세요, 존 경." 그녀는 말했다. "우리 사람들을 안으로 들이세요. 그리고 심부름꾼들이 도착하면 내게 알려 주세요. 그렇지만 그들을 안으로 들이지는 마세요."

그는 조용히 일어났다. "그럼 총도 준비할까요, 아가씨?"

"총이라고요?" 그녀는 침울한 어조로 말했다. "무슨 수를 써서라도 총을

성의 정문까지 가져다놓으세요. 그리고 그 총에 쓸 총알과 화약도 준비하세요. 이제까지 우리는 그가 바라던 대로 해 왔지만……..”

그곳을 통하는 모든 길과 높은 담을 통해 북소리가 진동하면서 막사까지 울려 퍼졌다.

라이와 딜의 헨리 경은 말을 세웠다. 그의 뒤로 대열에 맞춰 늘어선 남자들이 물결치면서 정지했다. 거의 1킬로미터 떨어진 곳에서 빛나는 거대한 성은 가까이 있는 것처럼 보였다. 벽에서 솟아 있는 기둥에서는 연기가 피어올랐다. 키가 큰 둑 사이로 난 울퉁불퉁한 도로 아래쪽에서 심부름꾼들이 질주하며 하얀 먼지 구름을 일으켰다. 뒤에서 먼지가 풀썩거리며 일어 고요한 공기 속에서 천천히 흩어졌다. 헨리가 말을 꺼내기도 전에 특사들이 세 문장을 내뱉었다. 그는 충동적으로 말의 옆구리를 걷어차 깊은 상처를 냈다. 말은 겁에 질린 채 앞으로 고꾸라졌고, 대열은 그 뒤를 소용돌이치며 쫓아가면서 부산한 소리를 냈다.

마을 광장은 관광객들로 가득 찼고, 선술집은 소란스럽게 장사를 하고 있었다. 구경하기 위해 몰려든 사람들은 라이와 딜 경에 의해 흩어졌다. 그가 말을 이끌고 들어와 바깥 망루에 묶어 놓자 말은 흥분하며 피를 흘렸다. 위대한 대포 ‘호통’이 진짜로 옮겨져 있었다. 그는 장전을 하고 대비했다. 총부리는 내리닫이 격자문 사이를 겨누고 있었고, 컬버린 소총으로 그의 측면을 지켰다. 그 뒤에는 사람들이 반원으로 모여 잔디 위에 미늘창을 대고 편안히 서 있었다.

“피 묻은 다리를 치워라.” 교황의 중위가 말을 타고 돌며 외쳤다. “장군님, 만약 저자들이 도랑으로 몸을 던지지 않으면 어떻게 할까요?” 그런 다음 파수꾼들에게 말했다. “이 멍청한 게임이 바로 이것이더냐? 요한 교황님을 위해 문을 열라…….”

한 명이 멍청하게 입을 열었다. "죄송합니다. 엘리너 아가씨의 명령입니다."

"그렇다면……" 헨리가 외쳤다. 그의 목소리는 분노에 차 높아졌다. "그렇다면 네 주인에게 귀부인으로서의 신분을 가르치도록 하라. 라이와 딜의 헨리 경이 명령하니 당장 앞으로 나와 간음하는 오만함에 대해 대답을 할지어다……."

"영주님!" 안에 있는 남자가 꼼짝하지 않고 말했다. "엘리너 아가씨께서는 이미 알고 계십니다……."

헨리는 뒤를 돌아보았다. 몸을 돌려 다리 위에 빽빽이 서 있는 군인들을 돌아본 후 무표정한 얼굴로 성의 정면을 올려보았다. 아성 주위에 있는 내성 흙벽에는 사람들이 꽉 차 있었다. 그는 몸을 앞으로 숙여 성문의 빗장에 대고 채찍을 휘둘렀다. "해가 질 때까지 말미를 주겠다, 이 말 많은 녀석아." 그는 숨을 거칠게 몰아쉬며 말했다. "네놈은 여기에 거꾸로 매달리게 될 것이다. 그리고 그 아래에서는 불이 천천히 피어오를 것이다. 알겠느냐?"

파수꾼은 일부러 그의 발에 대고 침을 뱉었다.

엘리너는 천천히 여유를 부리며 모습을 드러냈다. 그녀는 목욕을 하고, 옷을 갈아입고, 머리를 매만졌다. 그녀는 아무도 그녀에게 손대지 못하게 했다. 심지어 그녀의 매무새를 꼼꼼히 매만지는 하녀들의 손까지도 뿌리쳤다. 그녀는 집사의 손을 잡고 걸어 나왔다. 포병대장이 그 왼쪽에서 걸었다. 그녀는 평범한 하얀 드레스를 입고 긴 갈색 머리를 풀어헤친 채였다. 바람이 안뜰을 가로질러 그녀의 머리칼이 날리자 허벅지에 치맛자락이 딱 달라붙었다. 이미 충분히 망신을 당할 대로 당한 헨리는 화를 내며 그녀를 쳐다봤다. 문에서 20발짝 떨어진 곳에 다른 사람들이 멈춰 서자 그녀는 혼자서 앞으로 나갔다. 그녀는 다리 위에 올라선 기병대, 머스캣 총과 칼, 동요하는 푸른 제복을 보았다. 그녀는 위대한 대포 옆에 서서 한 손을 포신 위에 올려놓았다. "헨리 경." 그녀가 낮고 분명한 목소리로 말했다. "우리에게서 뭘 원하십니까?"

헨리의 분노하는 모습은 유명하고 인상적이었다. 턱수염이 침에 얼룩지고, 옆에 서 있는 사람들에게까지 그의 이 가는 소리가 들렸다. "나에게 이 성을 넘기시오." 그가 마침내 소리쳤다. "그리고 당신네 병기와 당신들까지도 모두 나에게 넘기시오. 당신의 통치자인 교황의 이름으로 명령하는 것이외다. 이 땅 위 그분의 중위로서 부여받은 권위를 통해 내가 말하는 것이오."

그녀는 등을 꼿꼿이 펴고 문을 통해 그를 뚫어지게 노려보았다. "찰스의 이름으로요?" 그녀가 그의 말을 자르며 물었다. "왜냐하면 내 군주는 이 나라의 왕이시기 때문입니다. 그분은 내 아버지와 같이하셨기에 나 또한 그분과 같이합니다. 영주님, 나는 외국의 사제 앞에 그 어떤 맹세도 하지 않았습니다."

그는 칼을 뽑아 들고 빗장을 쑤시며 가리켰다. "저 대포 말이오"라는 말이 그가 할 수 있는 전부였다.

그녀는 여전히 거대한 대포 앞에 서서 손가락으로 대포의 밑 부분을 부드럽게 매만졌다. 바람이 그녀의 머리칼을 흐트러뜨렸다. "만약 내가 당신의 요구를 거절한다면요?"

그는 다시 팔을 휘저으며 소리를 질렀다. 그러자 군인 한 명이 안장 앞머리 걸린 가방 하나를 들고 앞으로 뛰어왔다. "그렇다면 이 땅에 사는 네 군의 사람들은 집과 땅과 생활하는 것에 대한 대가를 지불해야 할 것이오." 헨리가 헐떡이면서 올이 굵은 삼베 천에 매달린 끈을 당겨 오므렸다. "그럼 철을 위한 피를 흘리게 될 것이오, 여영주여. 당신네들은 철을 위한 피를 흘리게 될 것이오……." 줄이 풀리자 가방이 흔들리다가 툭하며 그녀 앞으로 떨어졌다. 그 안에는 인간의 혀와 절단된 신체 부위가 들어 있었다. 이것들은 헨리의 군사들이 습관적으로 모아 둔 것들이었다.

　침묵은 더욱 깊어졌다. 엘리너의 얼굴에서 점점 핏기가 사라지더니 결국에는 그녀가 입고 있는 드레스처럼 허연 분필색이 되었다. 구경꾼들이 보기에 좀 더 로맨틱했던 것은, 도드라져 보이던 그녀의 푸른 눈이 반짝거리다가 결국에는 시체의 눈처럼 탁해졌다는 점이다. 그녀는 천천히 주먹을 쥐었다가 힘 빼기를 반복했다. 한참 동안 그녀는 대포에 몸을 기대고 기다렸다. 그렇지만 분노가 그녀의 시야를 흐리며 미친 듯한 떨림을 일으켰다. 그리고 그것은 머릿속까지 울리더니 그녀에게 완벽한 오한을 남기며 물러갔다. 그녀는 침을 삼켰다. 그리고 입을 다시 여는 순간, 입에서 나오는 모든 말이 얼음에서 갓 떨어져 나온 것 같았다. "그렇다면 당신은 빈손으로 우리를 떠나서는 안 되겠군요, 라이와 딜의 헨리 경이시여. 그렇지만 나는 내 '호통'이 꽤 무겁게 장전될까 봐 두렵습니다. 대포를 장전하기 전에 당신의 임무를 가볍게 하는 것은 어떨는지요?" 그리고 그녀 주위에 있던 사람들이 그녀의 의중을 짐작하거나 끼어들기 전에 그녀는 불타는 방아끈을 낚아챘다. 그러자 '호통'은 뒤로 물러났다가 연기를 뿜으면서 기다리고 있던 산 주위에 메아리를 울렸다.

　표적 거리로 발포된 거대한 포탄은 말의 복부를 날리면서 헨리의 두 발 밑으로 떨어졌다. 동물과 기수는 발작을 일으키듯 펄쩍 뛰다가 비명을 내지르며 메마른 도랑 속으로 쓰러졌다. 마치 모두가 짠 듯이 성을 지키고 있던 석궁들은 그들을 향해 활을 쏘았다. 그들은 곧 수십 개의 화살에 맞아 조용해졌다. 포도탄이 계속 발사되며 다리에 있던 군인들 사이에서 터졌고, 그 파편은 저 너머 있는 마을 광장의 건물들에 깊은 자국을 남겼다. 비명 소리가 들리고, 닫힌 돌 벽에서 파편이 튕겨 나왔다. 화승총은 길 위에서 버둥대는 군인들에게 불을 뿜었다. 장군은 말에 의지해 멀리 도망갔다.

그의 피는 말 엉덩이를 따라 흐르며 그 뒤를 끈 모양으로 장식했다. 그리고 모든 것이 끝났다. 사람들은 훌쩍이며 죽어 갔다. 한편 순교자의 문을 향해 펼쳐진 낮은 안뜰을 가로질러 희미한 연무가 떠다녔다.

엘리너는 대포에 기대 마치 어린아이가 제 할 일을 다한 듯 손목을 깨물었다. 집사가 가장 먼저 그녀에게 다가갔지만 그녀는 단호하게 그를 밀쳐 냈다. "저 지저분한 것들부터 치우세요." 그녀는 도랑을 가리키며 말했다. "그리고 안뜰 안쪽에 묻으세요. 나는 교황 요한으로부터 부여된 내 특혜를 행사할 겁니다……." 말을 마친 그녀가 휘청거리자 집사는 그녀를 부축해 방으로 들어갔다.

거의 평생 동안, 퍼벡의 마지막 영주인 로버트의 외동딸 엘리너는 산악 지대에 자리 잡은 거대한 홀에서 은둔 생활을 해 왔다. 그녀는 비밀이 많고 수줍음이 많은 특이한 아이였다. 소문에 따르면 요정들이 그녀의 수태를 도와서 그들의 사랑을 듬뿍 받는다고 했다. 남들의 존경을 받으면서 자라 현명하고도 분별력이 있음에도 불구하고 엘리너는 과학적으로 설명할 수 없는 그녀의 신분에 대한 소문을 억누르려는 시도를 하기는커녕 그 속에서 재미를 찾는 듯 보였다. 그녀는 이렇게 설명했다. "왜냐하면, 아버지께서는 가끔씩 손님들에게 당신이 북으로 말을 타고 가 어머니를 집으로 데려온 이야기를 하셨어요. 아버지가 밖으로 뛰어나가 말에 오르자, 다들 아버지가 너무 흥분해서 이성을 잃을 줄 알았나 봐요. 그런데 아버지께서는 늘 황무지 사람들이 당신을 그렇게 만들었다고 주장하셨어요. 그들이 아버지께 굉장히 아름다운 환상을 보여 주는 바람에 완전히 미치게 된 것이라고요." 그녀의 얼굴이 어두워졌다. 어머니 마거릿 스트레인지가 출산을 하다가 세상을 떠났기 때문에, 엘리너는 단 한 번도 본 적 없는 어머니에 대한 상실감을 뼈아프게 느껴 왔다.

때론 절절히 아버지가 마음의 평화를 느끼기를 기원했다. 그녀의 아버지 로버트는 재혼은 생각도 하지 않고 딸아이 생각에만 골몰했다. 그녀가 아주 어렸을 때 몽유병에 걸려 잠을 자다 말고 돌아다녔던 적이 있다. 그날은 바람이 세차게 부는 밤이었다. 8킬로미터쯤 떨어진 영국 해협에서부터 으르렁대는 강풍이 불어 닥쳤다. 그런 밤들이 여러 날 계속되던 중, 어느 날 밤 예민해진 가족들은 각자 자신의 방에 틀어박혀 있었다. 그들은 그날 아성의 높은 돌담을 감싸며 윙윙거리는 질풍 속에서 신들의 웃음소리를 들었다고 맹세했다. 엘리너의 유모는 아이가 잘 자고 있는지 들여다보았는데 그녀의 방이 텅 비어 있었다. 고함과 비명이 울려 퍼졌다. 사람들은 커다란 성 전체를 샅샅이 수색했다. 그들은 엘리너가 아성 저 높은 곳에, 오랫동안 사용하지 않은 오래된 계단 꼭대기에 올라가 있는 모습을 발견했다. 그녀는 눈을 감고 있었다. 사람들은 그녀가 누군가를 부르는 소리를 들었다. "엄마." 그녀가 소리쳤다. "엄마, 거기 계세요?" 그들은 그녀가 놀라지 않게 조심스레 데리고 내려왔다. 이렇게 돌아다니는 사람들은 신들의 마법에 걸린 것이어서, 그들이 깨면 신들이 그들의 영혼을 쉽사리 앗아간다고 알려져 있었기 때문이다. 정작 엘리너는 모든 일을 잊어버린 것 같았다. 그러나 사실 그렇지 않았다. 그녀는 이 이야기를 며칠 후 언급했다. 유모가 옷을 입히고 있을 때였다. "우리 엄마 진짜 예뻤죠, 그렇죠?" 그렇게 말하고는 생각에 잠겼다. "엄마는 놀고 싶어 했는데, 멀리 가셔야만 했어요……." 로버트는 그 이야기를 듣고 인상을 찌푸리고 수염을 쓸며 말했다. "딸아이의 짐을 챙겨 프랑스에 사는 친척 집으로 보내시오." 6개월 후 다시 돌아왔을 때, 그녀는 약간 달라져 있었다.

어렸을 때 엘리너는 자주 외로워했다. 하인들 빼고는 성 안에 그녀 또래의 아이가 아무도 없었기 때문이다. 그녀는 대체로 계급과 신분이라는 성 안에 갇혀 지냈다. 그녀는 대부분의 시간을 유모와 함께 조용히 지냈고, 커서는 개인 교사와 보냈다. 그녀는 이 땅에서 쓰이는 몇 가지 언어를 배웠다. 그녀는 무엇이든 빨리 습득하는 좋은 머리를 가지고 있다는 것을 증명해 보였다. 그녀는 교양 있는 신분의 언어로 남아 있는 노르만프랑스어와 라틴어를 금방 배웠고, 소작민들의 천한 언어는 그보다 훨씬 빨리 터득했다. 그녀의 입에서 오래된 말투가 자꾸 튀어나오는 것을 본 아버지는 약간 걱정을 했다. 그렇지만 그것 때문에, 그녀는 그녀가 만나는 극소수의 평민들에게 상당히 존경받았다. 사실 그녀는 자신이 같은 신분을 가진 귀족들보다 시골에 사는 평범한 사람들과 더욱 비슷하다고 생각하는 것 같았다. 어찌 보면 그녀는 귀족 혈통의 절반만 물려받았기에 그런 생각이 얼토당토않은 것도 아니었다. 소작민들은 여전히 태양과 달의 오랜 절기에 순종하며, 농사를 짓고 수확하고, 죽고 태어났다. 그리고 로마의 통치자들이 신성화시킨 것이든 아니든 간에 그녀는 오래된 모든 것에 강하게 이끌렸다. 가끔은 유모나 아버지를 모시는 집사와 함께 나가 집 근처 해변에서 놀았다. 그녀는 끝없이 밀려들었다가 흩어지는 파도를 바라보며 집사에게 이상한 질문을 했다. "황금 옥좌에 앉아 있는 교황들이 잉글랜드의 해변을 스치는 파도에 명령을 내린 다음 행군을 시켜 저 오래된 절벽들을 부술 수 있어요?" 그는 그녀를 보고 웃으며, 조심스레 그건 아니라고 말했다. 그녀는 곧 지겨워졌는지, 해변에 밀려온 조개껍질이나 해초를 주우러 깡충깡충 뛰어다녔다. 그녀는 돌에 박혀 있는 갯나리 화석을 주워 예쁜 목걸이를 만들어 하고 다니라며 집사에게 주었다. 그녀는 혈암 조각을 주워 자기 목에다 대고 꾹 눌렀다. 그러다 울면서 하는 말이, 그녀가 혈암에서 떨어져 나와 만들어지던 날, 그 돌은 키머리지 절벽처럼 시커멓고 황량했으며, 결코 굴복하지 않았다고 말했다.

제멋대로인 그녀는 결국 론디니움으로 보내지고 말았다. 16살이 되자 아버지는 집행관을 시켜 그녀에게 운전하는 법을 가르쳤다. 기어 박스의 밴드를 벗겨 안뜰의 경사진 길에서 전진하고 후진하는 법을 가르쳤다. 딸아이가 어떤 동작을 하거나 고개를 돌리는 모습에서 로버트는 오래전 세상을 떠난 한 여인의 모습을 선명하게 떠올렸다. 그는 투덜대면서 엘리너를 차에서 내리라고 했다. 그리고 귀를 잡아당기면서 아이를 방으로 쫓아보냈다. 엘리너의 상처받은 자존심과 아버지의 변덕스러운 성질이 부딪혀 결국은 끔찍한 말다툼이 오갔다. 엘리너는 생소하고도 다양한 언어로 그녀의 감정을 쏟아 냈다. 로버트는 혁대로 보복을 했다. 혁대 버클은 영원히 흉터로 남을 흉측한 상처를 여러 개 남겼다. 그리고 딸을 방에 일주일간 감금했다. 감금이 풀린 날, 그녀는 방에서 나오기를 거부했다. 14일째 되던 날, 로버트는 사격 연습을 하러 나온 군인들로 정신없는 저 아래 도랑에서 그녀를 목격하고는 곧장 집사를 보냈다. 이제 그녀에게는 론디니움의 사교계가 꼭 필요할 것 같았다. 더 이상 승마도 매사냥도 하지 못할 것이다. 게다가 기계공들과 교제하는 건 상상도 하지 못할 것이다. 그녀는 자신의 신분을 받아들이고 좋은 가문 출신의 숙녀에게 기대되는 기술을 배워야만 할 것이다. 로버트는 비밀리에 집사에게 명령을 내렸다. 딸에게 반드시 교양을 갖춰 주던가, 아니면 죽이라는 임무를 맡겼다. 그리고 2주 후, 엘리너는 연신 콧방귀를 뀌며 고개를 빳빳이 치켜들고 궁을 떠났다. 성의 정문 옆에서 아버지가 떠나는 그녀를 배웅했지만, 그녀는 그를 못 본 척했다. 그때 성질을 죽이지 못했던 것을 그녀는 평생 후회하고 있다. 왜냐하면 그 모습이 아버지의 생전 마지막 모습이기 때문이다.

사고는 축제 날 벌어졌다. 낮은 안뜰은 곡예단과 저글러, 사탕 과자를 파는 상인들의 천막으로 가득 찼다. 그곳에선 고함과 웃음소리, 곤장을 때리는 소리가 울려 퍼졌고, 마을의 젊은이들이 서로 힘을 겨루고 있었다. 바깥쪽 다리를 건너는 도중에 말이 껑충거리며 뛰더니 그를 내동댕이쳤다. 그는 바위에 머리를 부딪친 후 메마른 도랑 속에 처박혔다. 축제는 순식간에 조용해졌다. 더노바리어에서 의사가 달려왔다. 그러나 이미 그의 두개골은 산산이 박살나서 다시는 눈을 뜨지 못했다. 엘리너는 한 시간이 채 못 되어 챌로 힐에서 폰테스까지 전송된 메시지를 전해 듣고는 열심히 말을 달렸다. 그렇지만 너무 늦게 도착했다.

그녀는 아버지의 시신을 웜번에 묻었다. 그곳은 오래된 수도원이 있는 곳으로, 아버지는 후일 어머니와 같이 묻히기 위해 마련해 둔 무덤 속에서 영면했다. 조문객들은 천천히 말을 타고 코프 게이트로 돌아왔다. 말과 자동차는 온통 검은색으로 치장했고, 북은 천천히 장송곡의 장단을 맞추었다. 아직 9월이었지만, 서늘한 바람이 바다에서 구슬프게 불어왔다. 하늘은 철회색이었다.

성이 시야에 들어오자 엘리너는 고삐를 죄면서 저 아래 길고 침침한 길로 내려가는 조문객들에게 잘 가라고 인사하며 손을 흔들었다. 집사의 말이 바람을 맞으며 촐싹댔지만, 집사는 조문객들이 시야에서 멀리 사라질 때까지 기다렸다. 그녀는 그에게 고개를 돌렸다. 어깨 근처에서 망토가 펄럭이고 있었다. 그녀는 갑자기 늙어 버린 것 같았다. 그녀는 대단히 지쳐 보였다. 눈가에 검은 그림자가 드리웠고, 눈물이 뺨을 타고 흘러내린 자국이 보였다. 그녀가 입을 열었다. "음…… 이제 나는 위대한 여영주이며, 저곳은 나의 성입니다……."

그는 그녀의 마음을 헤아리며 묵묵히 기다렸다. 그녀는 침을 삼키고 눈가에 드리워진 머리칼을 치웠다. "존." 그녀가 말했다. "몇 년이나 내 아버지를 모셨나요?"

그는 무표정하게 말 위에 앉아 생각하다가 대답했다. 그리고 이렇게 말했다. "오랫동안 모셨습니다, 아가씨."

"그리고 내 조부도 모셨지요?"

다시 똑같은 대답이 나왔다. "네, 오랫동안 모셨습니다."

"좋습니다." 그녀가 말했다. "당신은 내 아버지를 잘 모셨습니다. 나는 내 아버지를 홀로 내버려 둔 채, 아무 전갈도 보내지 않았어요. 그리고 이제 그 모든 하찮은 일은 다 끝나고 말았어요. 왜 아버지와 내 사이가 틀어졌는지 그 이유가 잘 생각나지 않습니다. 이제 와서 하기엔 너무 늦은 이야기이지만요." 그녀는 잠깐 조용히 앉아서 추위에 몸부림치는 말의 목을 쓰다듬었다. "칼을 가지고 있나요?"

"네, 아가씨."

"그럼 그 칼을 내게 주고 말에서 내리시지요. 이것만큼은 내가 집사님께 해 드릴 수 있습니다……."

그가 기다리는 앞에서 그녀는 칼을 손에 쥐었다. 칼날 위에 새겨진 다마스크 문양은 미처 보지 것 같았다. "이런 작위가 집사님께는 별것이 아닐 수도 있습니다. 그렇지만 내가 수여하는 이 작위를 받아 주시겠습니까?"

그는 고개를 숙였다. 그녀는 그의 어깨를 칼로 가볍게 두드렸다. "왕께서 지금 나의 결정을 승인하시든 승인하지 않으시든 간에, 이제 당신은 우리들에게 존 경으로 불릴 것입니다." 그런 다음 그녀는 말을 돌려 성을 향해 힘차게 달리며 실눈을 올려 뜨고 우중충한 흉벽과 탑을 쳐다봤다. 그렇게 그녀는 집으로, 슬픔에 잠겨 있는 성으로 돌아왔다. 그리고 곧 교황 요한의 화를 사게 되었다.

애초부터 엘리너의 위치는 애매모호했다. 퍼벡의 영주 자리를 물려받은 이들은 왕에게 하사받은 봉토 안에 그들의 토지를 소유하고 있었다. 정상적인 경우라면, 그녀는 이미 결혼을 해서 성을 떠나 가지고 있던 소유지를 다른 이에게 넘겨야만 했다. 그렇지만 그녀는 스트레인지 가문의 마지막 증손녀로서 그녀만의 권리를 지닌 상속녀였고, 앞으로도 계속 그럴 것이다. 그리고 당시의 제한된 경제 상황에서, 저택이 연간 지불하는 세금은 국왕의 세입에서 상당 부분을 차지했다. 잉글랜드의 왕이자 최소한 명목상 아메리카 대륙의 왕인 찰스는 내년 봄 뉴 월드를 방문할 계획이 잡혀 있었기 때문에, 왕은 적어도 자신이 돌아올 때까지 그 문제를 접어 두는 데에 만족했다. 그래서 수많은 굴곡을 겪고 있는 이 나라가 이번 결정에 화를 낸다 할지라도, 엘리너는 자신의 입지를 단단히 굳힐 수 있었다.

그녀는 대단히 진중하게 자신의 책임을 수행했다. 그녀가 첫 번째로 스스로에게 할당한 임무는, 자신의 영토를 순회 재판 판사와 함께 돌아보고, 선친이 타계한 이후 부각된 사소한 변화들을 해결하는 것이었다. 그녀는 비공식적으로 말을 타고 수행 집사만을 데리고 나가 시골집들과 농장들에 들렀다. 그녀는 생각에 잠긴 채, 그들의 모국어로 평민들에게 말을 걸었다. 도싯 여기저기에 넓게 흩어져 사는 백성들은 대단히 인상적이었다. 어려움을 겪는 사람들을 발견하면 동네 선술집에서 쉽게 써 버릴 수 있는 돈이나 선물을 주는 대신 옷과 음식, 토지 양도로 고통을 경감시켜 주었다. 그녀는 많은 이가 고통에 신음하는 것을 보고 충격받았다. 그러다가 자신의 생활 방식에 불만을 느끼기 시작했다.

"이제 다들 괜찮아졌군요, 존 경." 어느 날 저녁, 코프 게이트로 돌아온 직후 그녀는 말했다. "그렇지만 난 정말 아무것도 이룬 게 없어요. 내 생각에 사람이라면 작은 베풂을 베풀어 행복이라는 빛을 얻을 의무가 있다고 생각합니다. 그런데 넓게 보면, 그런 베풂은 별 의미가 없어요. 한두 명 정도는 긁어모으면 아끼고 살지 않아도 간신히 매주 방값을 낼 수 있을 테니 그런 대로 살아가겠지만, 내가 아무것도 해 줄 수 없는 나머지 사람들은 어떻게 될까요? 아무리 교황이 열심히 아니라고 부정하고 있기는 하지만, 교회가 특정한 형태의 발전에 대해 심의를 계속하는 한, 우리는 이 작은 나라에서 기근을 간신히 면할 정도의 생활을 하며 근근이 살아갈 수밖에 없습니다. 그렇다면 내가 뭘 어쩔 수 있을까요?" 그들은 위대한 아성 옆에 있는 16세기에 지어진 홀에서 식사를 하고 있었다. 그녀는 가구와 장식이 풍성하게 걸려 있는 벽을 손으로 가리키며 입안 가득히 음식을 넣고 말했다. "난 이런 삶을 좋아하지 않는 척은 못 하겠어요. 원하는 때에 말과 개를 살 수 있고, 나일론 스타킹과 향수 같은, 평범한 사람들이라면 사는 것은 물론 이거니와 구경 한 번 하지도 못할 이런 물건들을 살 수 있으니까요. 무슨 말인지 아시죠." 그녀는 갑자기 웃으며 말을 이었다. "불쌍한 아버지께서 도시로 쫓아 보내셨을 때 난 모든 것을 포기하고 도망갈 생각을 했습니다. 그냥 단출하게 살자, 흙에서 일하고 시골 아낙처럼 가족을 이루자. 그렇게 생각했죠. 그런데 내가 눈으로 본 것들이 모든 것을 뒤바꾸어 놓았어요. 이제야 알았어요. 수많은 어린아이가 돼지 냄새 나는 억센 오크 나무 옆에서 살면서 힘들게 고생만 하다가 서른 살이 되기도 전에 목숨을 잃는 모습을요. 내가 너무 냉소적으로 보는 건가요? 말씀해 보세요, 집사님. 왜 아무 말씀이 없으신 거죠?"

집사는 웃으며 그녀를 위해 와인을 따랐다.

그녀가 생각에 잠긴 채 말했다. "요전에 세바스찬 신부님과 논쟁을 했습니다. 나는 가난한 자에게 가진 것을 모두 주라는 말을 인용했습니다. 신부님께서는 그것은 굉장히 좋은 말이지만, 성경에 나온 말씀을 따라야 하며, 사람들은 저마다 스스로를 위한 스승과 지도자가 있다는 사실을 깨달아야 한다고 말씀하셨습니다. 그것은 끔찍한 회피로 보였기에 이렇게 말할 수밖에 없었습니다. 신부님께 만약 교회에 있는 제단용 접시 중 절반만 내다 팔아도 이 나라 백성들 전부가 신을 수 있는 신발뿐만 아니라 더한 것도 살 수 있을 것이라고 말했어요. 그리고 만약 로마에 있는 교황부터 솔선수범한다면, 나도 코프 게이트에 있는 이 많은 가구를 내다 팔겠다고 했습니다. 신부님께서 내 이야기를 호의적으로 받아들이지 않았을까 봐 두렵습니다. 내가 잘못했다는 것은 알지만, 그분은 가끔씩 날 짜증나게 만드시죠. 그분은 신앙심이 돈독하긴 하지만, 그것은 사실 별 의미 없어 보입니다. 그는 아픈 아이를 위해 기도하려고 눈 속을 헤치고 몇 킬로미터씩 걷습니다. 물론 좋은 분인 건 맞습니다. 그렇지만 애초에 그 아이에게 돈이 좀 더 있었더라면, 아마 그렇게까지 아프지 않았을 겁니다. 그 모든 것이 다 부질없어 보여요…….”

겨울은 매섭고 길었다. 시냇물과 땅은 돌처럼 얼어붙었다. 심지어 바다 가장자리까지도 얼었다. 탑은 삐걱거렸다. 신호수들은 탑의 팔에 달라붙은 얼음을 털어 냈다. 이 나라의 다른 곳에서 전해지는 소식들도 우울하고 처참했다. 연이어 온 봄은 늦게 찾아온 데다가 쌀쌀하기까지 했다. 여름도 별로 좋지 않았다. 잉글랜드의 국왕 찰스는 아메리카 대륙 순방을 다음 해로 미루었다. 신호기에 따르면, 그는 최악의 기근이 닥친 지역에 대한 구제 대책을 세우느라 시간을 보내고 있다고 했다. 다시 가을이 되자 교회 헌당식[05]을 올린다는 소식이 들렸다. 그리고 신호기는 급하게 팔을 딸각거리며 최악의 소식을 전했다. 잉글랜드의 조세 제도를 개혁하겠다는 내용이었다. 관세청장은 각 지방에 금액이 아니라 물품으로 조공을 산정하는 작업을 이미 시작한 상태였다.

엘리너는 그 소식을 전해 듣고 만약 관리들이 그녀가 사는 성으로 출두하더라도 결코 그들을 환대하지는 않을 거라고 맹세했다. 그렇지만 아무도 근처에 얼씬하지 않았다. 대신 그녀는 신호기를 통해 그녀에게 부과될 예상 물품 목록을 전달받았다. 잉글랜드의 다른 지역에서는 도자기에서부터 방풍나물까지 모든 물품에 세금을 할당받았다. 도싯은 아마도 버터, 곡물, 석재를 바쳐야 할 것이었다.

엘리너는 벌떡 일어나 사무실 겸 서재로 쓰는 작은 방을 맴돌며 화를 냈다. “이건 말도 안 되는 일입니다. 버터와 석재까지는 괜찮습니다. 아니, 별

---
05 교회당 등을 새로 지어 하느님께 바치는 의식.

도로 세금을 더 때리지만 않는다면요. 그렇지만 곡물이라니요! 이걸 작성한 작자들은 이곳에는 경작할 수 있는 경지가 거의 없다는 사실을 제대로 알아야 합니다. 우리가 키우는 밀은 오로지 우리가 먹으려고 키우는 것뿐입니다. 지난여름 같은 여름을 다시 한 번 겪고 나면, 겨울을 버텨 낼 곡식이 거의 남지 않을 겁니다. 내 아버지가 생전에 한두 번 열었던 것처럼, 나도 아성 안에 무료 식당을 꼭 세울 것입니다. 이탈리아에서는 흉작이 들면 농장에서 키워 낸 농산물들을 처분할 생각을 하지 않는답니다. 나는 로마에서 이렇게 멍청한 소식을 보내오리라고는 전혀 상상도 하지 않았습니다. 아마 파리나 보르도에 있는 뚱뚱하고 똥배 나온 키 작은 관리가 작성한 것 같군요. 이 자는 영국에 한 번도 와 보지 않았고, 와 보고 싶지도 않으며, 우리가 이 공물을 배에 신자마자 우리 물건을 비싸게 내다 팔 생각만 하고 있는 것 같습니다. 이건 누가 보더라도 우리를 망가뜨리려고 애쓰는 수작입니다. 만약 그들이 요구하는 모든 것을 바치기 위해 내가 이 지방 사람들을 쥐어짠다면, 봄이 오기도 전에 다들 굶어 죽을 겁니다. 아니면 내가 풀에 사는 뉴 월드 사람들로부터 물건을 사들여 그들에게서 사들인 것을 사람들에게 나눠 주고, 그러면서 나 자신을 망쳐야 하는 건지, 정말 잘 모르겠습니다…….'

그녀는 갑자기 말을 딱 멈췄다. 그녀의 눈은 이제 막 경제학 속에 들어 있는 잔인한 교훈을 터득했음을 명백히 보여 주었다. "존 경." 그녀는 단호히 말했다. "난 그렇게는 하지 않을 겁니다. 악의가 아니고서야 이럴 수는 없습니다. 내가 내 백성들을 굶기든지, 그게 아니라면 나 스스로 가난해져야 합니까?" 그녀는 생각에 잠긴 채 첨필로 이를 톡톡 두드렸다. "신호기로 이렇게 메시지를 보내세요." 그녀가 말했다. "우리의 작황이 나쁘다. 만약 이 세금을 다 채우면 우리는 채 봄이 되기도 전에 곤경에 처하게 된다고요. 그리고 그쪽 사람들에게 내년 가을에 두 배로 내겠다고 말하세요. 그때까지는 적어도 우리가 경작할 땅이 좀 더 넓어질 가능성이 있으니까요. 물론 그때까지 그들이 요구 사항을 바꾸겠다고 하지만 않는다면 말이죠. 만약 그렇게 하지 못한다면…… 소모 직물과 그것으로 만든 제품 등등 그쪽에서 원하는 것으로 세금을 대신 채우겠다고 하세요. 그렇지만 곡물은 안 됩니다. 그건 불가능합니다." 그렇게 메시지가 전달되었다. 또 다른 신호가 론디니움으로 전달되었다. 로마에 대한 그녀의 대답을 잉글랜드의 국왕에게 알리는 것이었다.

다음 날 탑은 메시지를 전송받았다. 찰스가 불만스러워하며, 엘리너에게 세금을 내라고 명령했다는 내용이었다. 그렇지만 이미 때는 늦었다. 그녀의 대답은 이미 프랑스로 전달되고 있었기 때문이다. "아무 도움을 받지 못해서 두렵습니다." 그녀는 집사에게 말했다. "그렇지만 국왕께는 있는 그대로 알려야 합니다. 제가 국왕은 물론, 요한 교황께 말씀드리고 싶었던 것은, 도싯의 돌을 쥐어짜 봐야 나올 피가 없다는 것이었습니다. 두 분 다 얼마든지 이곳에 내려와 보라고 하세요. 그래 봐야 별 수 없을 겁니다." 그녀는 화장대에 앉아 사교계에서 배운 대로 화장을 하고 있었다. 그녀는 조심스레 입술 선을 그린 후 종이로 살짝 눌렀다. "하느님께서는 교회가 이미 충분히 부자라는 사실을 알고 계십니다." 그녀는 씁쓸하게 말을 했다. "교회는 잉글랜드의 소수 가난한 백성들의 목줄을 죄어 이득을 얻으려고 하는데, 난 정말 모르겠어요……." 그녀는 하인을 모두 내보냈다. 가장 좋았던 시절에 그녀는 정치에 금세 질려버려서, 이 성을 은밀하게 변경시키는 일에 대단히 관심을 쏟게 되었다.

그중에서도 가장 대담하고도 가장 이교도적인 변경은 바로 전기 조명을 설치하는 것이었다. 그녀는 마을의 기술자를 불러 발전기를 짓고 돌리게 한 다음, 화물차에나 걸맞은 설계를 해서 증기 엔진으로 이것을 돌리도록 했다. 이 작업은 비밀리에 이뤄져야 했다. 전동기의 힘의 원리는 오래전부터 알려져 있었지만, 교회는 가정용 전기를 사용하는 것을 절대로 승인해 주지 않았다. 완성된 발전기는 낮은 안뜰에 있는 탑들 중 한 곳에 설치되었다. 그 정도면 집 안에서의 편안한 휴식을 방해하지 않고 딸각거릴 만큼 충분히 거리가 벌어졌다. 그리고 엘리너는 그렇게 대단한 성과까지는 아니지만 최소한 가장 끔찍한 겨울의 어둠을 쫓아내기에 충분한 빛만 있으면 된다고 생각했다. 그리고 만약 상황이 괜찮다면, 난방도 되기를 바랐다. 그녀는 질그릇 구성자 위에 전선을 적당히 감으면 그 속에 잠재된 양극의 격차로 인해 붉게 달궈진다는, 학창 시절에 배운 지식을 떠올렸다. 그녀의 발전기가 그 정도까지 될 수 있을지가 문제였다. 집사는 조용히 대답하면서 그런 일을 상상할 수 없는 것은 아니라고 했다. 그렇지만 그 이상은 안 된다고 꺼려했다.

"왜요, 존 경." 엘리너가 능치며 말했다. "마치 집사님이 동의하지 않는 것처럼 들리네요. 작년 겨울, 그렇게 두툼한 플란넬 이불을 덮고 잤는데도 내 발가락 중 최소한 아홉 개가 동상에 걸렸다고요. 아마 교황이 보셨더라면 내 청렴함에 깊은 인상을 받고 감동하셨을 겁니다. 이제 집사님께서는 저물어 가는 나의 세월 속에 평안함이 거의 남지 않았다는 사실을 직시하실 건가요?" 집사는 그 말에 미소를 지었지만 대답은 하지 않았다. 그리고 잠시 후, 발전기가 서서히 돌아가기 시작하면서 엘리너의 침실 발치에 있던 전등이 환하게 빛났다. 그것을 본 하녀는 두려워하며 식료품 저장실에 있는 하사관에게 달려가 돌이 스스로 빛을 내면서 붉게 빛나고 있다고 말했다.

같은 날, 엘리너는 신호수 길드 대장의 방문을 받았다. 그들은 외곽 외보에서 심부름꾼을 보냈다. 그녀는 서둘러 옷을 갈아입고 그레이트 홀에서 집사와 시종 몇 명을 대동하고 그를 맞이했다. 높은 지위에 있는 그 남자들은 과거에는 대단한 존경을 받았다. 엘리너는 신호기 길드가 그녀의 부하인 적도 없었고, 앞으로도 결코 그럴 일이 없었지만, 진심을 다해 길드를 사랑했다. 그리고 양측은 서로 존경했다. 로버트의 마흔 번째 생일 날, 누군가가 그녀를 신호기로 데려가 그녀가 직접 아버지의 이름을 쓰게 해 준 적이 있다. 사실 그 손잡이는 길드 신호수들만이 조종할 수 있도록 허락된 것이었다.

대장은 무표정한 얼굴로 들어왔다. 잿빛 얼굴의 남자는 녹색 가죽옷을 입고 은색 완장과 계급을 말해 주는 가는 끈을 엇갈리게 찼다. 그는 그곳에 흘러넘치는 전깃불을 보면서 아무 말도 하지 않았다. 그는 그들의 방식대로 대뜸 본론으로 들어갔다. 평민들만큼이나 왕들도 열심히 신호기를 보았지만, 그들은 아름다운 단어가 오가는 것을 단 한 번도 본 적이 없었다. "여영주이시여, 론디니움의 대주교 추기경께서 오늘 말을 타고 퍼벡으로 향했습니다. 그는 70명의 군사를 데리고 오고 있습니다. 그쪽에서는 영주께서 무장해제 상태로 이 성과 영주님의 소유지를 교황 요한에게 내놓기를 바라고 있습니다."

그녀는 얼굴이 창백해졌다가 이내 분노해 양쪽 뺨이 시뻘겋게 달아올랐다. "그걸 어떻게 아십니까, 장군님?" 그녀는 차갑게 되물었다. "런던은 하루 정도 떨어진 거리고, 탑은 조용했습니다. 만약 그런 보고가 있었더라면, 저에게도 들렸겠지요."

그는 발을 옮겨서 카펫이 깔린 단상 위에 두 다리를 벌리고 섰다. "길드는 그 누구도 두려워하지 않습니다." 그가 마침내 말했다. "우리가 보내는 메시지는 그 신호를 읽을 수 있는 모든 자를 위한 것입니다. 때론 가장 중요한 메시지가 신호기로 전달되지 않는 경우도 있는데, 지금이 바로 그때입니다. 사실 신호기보다 더 빠른 다른 방법이 있답니다."

엘리너는 그가 강령술[06]을 말한다고 생각했기에, 침묵이 흘렀다. 그것은 엘리너의 자유로운 홀에서조차 가볍게 다룰 만한 주제가 아니었다. 오직 집사만이 그 의미를 충분히 파악했기에, 신호수는 그에게 고개를 숙이며 자신이 알고 있는 것보다 훨씬 위대하고 오래된 집사의 지식을 인정했다. 엘리너는 그들이 주고받는 몸짓을 보고 몸을 떨었다. 그리고 정신을 차린 후 고개를 들었다. "음, 대장님. 정말 깊이 감사드립니다. 우리가 얼마나 감사하는지 잘 아실 테지요. 만약 더 덧붙일 말씀이 없으시다면, 와인 한잔 하시겠습니까? 그럼 영광이겠습니다."

그는 수락의 의미로 다시 고개를 숙였다. 사실 와인을 대접할 수 있는 자는 그리 많지 않았다. 길드라고 하더라도 풋내기들이 대부분이어서, 이렇게 높은 지위의 궁에는 거의 들어올 수 없었다.

그녀는 약 스무 명이 넘는 백성들을 깨워 무장을 시켰다. 추기경이 코프 타워가 보는 곳까지 다가오자 신호기는 성 안의 상황을 그에게 전달해주었다. 추기경은 군사들을 마을에 주둔시키고, 그중 절반 정도의 호위를 받으며 성 안에 들어왔다. 그리고 자신의 의도가 평화로운 것임을 드러냈다. 그들은 눈에 잘 띌 정도로 완전무장한 파수꾼이 지키고 있는 외곽 성문을 통해 안내를 받은 후 그레이트 홀로 들어섰다. 그리고 엘리너 여영주가 그곳에서 그들을 맞이할 것이라는 이야기를 전해 들었다. 그녀가 그들을 맞이하기까지 무려 한 시간 넘도록 추기경은 바닥에 깔린 카펫 위를 서성이며 기다려야 했다. 그는 몹시 화를 냈다. 그녀는 방에 틀어박혀 마지막으로 화장을 고치고 옷매무새를 매만졌다. 그녀는 미리 집사를 찾으러 보내 그에게 자신을 보필해 달라고 부탁했다.

"존 경." 그녀는 머리에 작은 보관을 쓰며 말했다. "어느 모로 보나 이것

---

06 죽은 사람과의 영혼의 교감으로 미래를 점치는 마법.

이 어려운 만남이 될 것 같아서 두렵습니다. 당분간 찰스 왕께서는 이 일에 대해서 아무것도 모르고 계실 것 같습니다. 그래서 그런지 추기경의 행동이 극도로 의심스러워요. 그렇다고 내가 추기경을 반역으로 고발할 수도 없습니다. 그뿐 아니라, 추기경은 분명히 내가 그에게 해 줄 수 없는 무엇을 요구하기 위해 왔거나, 아니면 내 생각엔 지극히 당연한 이유로 거절한 무엇인가를 얻기 위해 온 것 같습니다. 그렇지만 추기경은 자신이 평화로운 의도로 왔다는 것을 보여 주었기 때문에, 내가 뭐라고 말하든 무례하게 보일 수밖에 없어요. 나는 국왕께서 당신 자신을 조금 더 지지하셨으면 좋겠습니다. 하지만 백성들이 모두 그분을 '착하신 찰스'라고 부르고, 그분이 론디니움까지 말을 타고 가실 때마다 장미 꽃잎을 뿌리는 것은 아주 좋다고 생각해요. 그리고 그분이 애매한 태도를 취하며 모든 사람을 달래는 것은 대단히 현명한 일이라고 생각합니다. 나는 잉글랜드에서 군림하는 이방인들에게 점점 진절머리가 납니다."

집사는 충분히 생각한 후 입을 열었다. "제가 들은 것들이 잘못된 이야기가 아니라면, 추기경은 분명 교활한 사람입니다." 그는 자세히 설명했다. "그리고 영주님께서 흥정하실 지위가 아닌 것도 사실입니다. 그렇지만 영주님께서 찰스 국왕께 너무 모질게 하셔서는 안 될 것 같습니다. 그분께서는 앵글족과 스코틀랜드인들과 소위 노르만이라는 자들이 이런 처지에서 벗어나도록 하시는 동시에, 로마를 만족시켜야 하는 충분히 어려운 일을 맡고 계십니다."

그녀는 집사를 똑바로 쳐다보며 아랫입술을 깨물었다. 이런 모습은 그가 오랫동안 보지 못했던 버릇이었다. 그것은 그녀의 어머니가 화가 나거나 못마땅하면 나오는 버릇이었다. "만약 우리가 싸운다면, 존 경." 그녀는 말했다. "만약 우리 모두가 대놓고 반역을 한다면, 우리가 이길 확률이 얼마나 될까요?"

그는 손을 쫙 폈다. "푸른 제복에 대항한다고요? 푸른 제복의 군대는 푸른 바다와 같습니다. 끝없이 달리고 달려 이곳에서 중국까지 갈 정도입니다. 아무도 바다를 상대로 싸울 순 없습니다."

그녀가 말했다. "가끔은 집사님도 별로 도움이 안 되는군요……." 그녀는 거울을 움직여 삐져나온 눈썹을 조심스레 정리했다. "전혀 모르겠어요." 그녀는 지친 듯 말했다. "나에게 아픈 개나 고양이를 주시거나, 아니면 저 아래 마당에 있는 길리엄 판사의 꽉 막힌 카뷰레이터가 달린 낡은 차를 주면, 내가 어떤 입장을 취해야 할지 알 것 같아요. 그럼 별로 힘들이지 않고 한 번 고쳐 보려고 시도할 것 같습니다. 그렇지만 성직자들은, 특히 저런 고위층 성직자들은 내 등골을 오싹하게 하네요. 아마 그들은 내 아버지가 돌아가셨으니, 다른 남작들보다 나를 더 쉽게 닦달할 수 있겠다고 생각하는 것 같아요. 그렇지만 우리는 입장을 분명히 하고 우리의 주장을 고수해야 할 겁니다. 그렇지 않으면 상황이 전보다 훨씬 더 악화되고 말 것입니다. 그들은 보나마나 우리가 그들에게 맞섰다는 이유만으로 벌금을 때릴 것이 분명합니다." 그녀는 일어섰다. 그녀는 자신의 매무새가 더할 나위 없이 훌륭했기 때문에 마음에 들었다. 그녀는 갑자기 방문 앞에서 한쪽 발로 균형을 잡더니, 손가락에 침을 발라 스타킹 솔기를 똑바로 잡아당겼다. 그녀는 집사를 올려다보았다. 둥근 두상의 독특한 특징은 어린 시절 모습 그대로였다. "존 경." 그녀는 부드럽게 말했다. "당신은 모든 것을 알고도 거의 아무 말도 하지 않는군요. 내 아버지도 이러셨을까요?"

그는 잠시 기다렸다. 그리고 대답했다. "그러셨을 겁니다. 당신의 백성들과 당신의 명예가 걸린 일이라면요."

"그럼 경께서는 날 따라와 주겠어요?"

"전 선친의 사람이었습니다." 그가 말했다. "그렇기에 영주님의 사람이기도 합니다, 아가씨."

그녀는 몸을 떨었다. "존 경." 그녀가 말했다. "그럼 가까이 서 계세요……." 그는 상인방[07] 아래로 몸을 숙인 후, 계단을 덜걱덜걱 걸어 내려가 방문객을 맞았다.

추기경은 대단히 친절했다. 그러다가 공물 미납에 대한 이야기가 나오자 태도가 확 달라졌다. "이건 꼭 알아야 합니다." 론디니움 추기경은 홀 안을 빙빙 돌다가 솔직하게 말했다. "영주님의 영적인 아버지이시자 이 세상의 통치자이신 요한 교황님은 당신이 그냥 무시해서도, 그분의 호의나 불편함을 가벼이 여겨서도 안 되는 분이십니다. 이제 저는……." 그는 두 손을 펼쳤다. "전 그저 메신저이자 충고자일 뿐입니다. 영주님께서 제게 하시는 말이나, 제가 영주님께 드리는 말은 중요하지 않습니다. 그것으로 제 임무는 다하는 것이죠. 그렇지만 일단 우리가 나눈 말이 이 벽을 넘어 전해지기 시작하면, 분명히 당신과 당신의 모든 백성이 고통받을 것입니다. 요한 교황께서는 이 작은 성쯤은 달걀처럼 부술 수 있는 분이십니다. 따라서 전 세계는 그분의 뜻에 반드시 복종해야 합니다."

그는 엘리너에게 다시 가까이 걸어갔다. "당신은 대단히 젊습니다." 그가 상냥하게 말했다. "그리고 아마 당신 아버지가 살아 계셨더라면 당신에게 조언했을 것처럼, 나도 당신의 선친처럼 당신에게 조언을 하지 않을 수 없군요." 그의 손가락이 그녀의 팔 위에서 미적거렸다. 엘리너는 진짜로 짜증이 나서 눈썹을 추켜올렸다. 이런 상황에서 이런 행동은 어울리지 않았다. 추기경은 얼굴이 벌게지더니 애써 화를 짓눌렀다. "아무튼 조공할 만한 것을 찾으세요……." 그가 말했다. "아무 데서라도 징발을 하세요. 당신이 뭘 선택하든 아무튼 채워 넣으십시오. 그렇게 하지 않으면 빼앗아서라도 보내십시오. 이번 주 안으로 보내야 프랑스로 향하는 마지막 배에 실

---

07 문, 창 위로 가로지른 나무.

을 수 있습니다. 만약 늦어지거나 날씨가 나빠지거나, 당신의 곡물을 싣고 가는 상선이 길을 잃거나 헤매게 될 경우, 봄이 오면 요한 교황께서 처벌을 하실 것임이 분명합니다. 그리고 정확히 말하자면, 당신이 소유한 모든 것의 절반은 교황님의 것입니다. 영주께서도 잘 알고 계시겠지만, 당신이 소유한 이 성도 바로 그분의 너그러운 의중 덕택입니다."

"내가 소유한 이 성은 내 군주이신 찰스 왕 덕분입니다." 그녀는 차갑게 말했다. "그건 당신도 나만큼 잘 아실 테지요. 내 아버지는 그분의 무릎 앞에 충성을 맹세했고, 유구한 전통에 따라 그분의 손에 입을 맞추셨습니다. 그리고 내가 포기하기 전까진 나는 그 누구도 아닌 그분을 따를 것입니다. 추기경님······."

정적이 이어졌다. 그때 챌로 타워의 딸깍거림이 또렷하게 들렸다. 론디니움의 추기경은 화를 내는 듯하면서, 개구리가 몸을 부풀리듯 모피로 상식된 예복을 입고 우쭐댔다. "내 군주라······." 그가 말했다. 그는 고함을 치지 않고는 못 배길 것처럼 보였다. "그분께서도 당신에게 곡물을 바치라고 명령하셨습니다. 그러니 당신은 교황은 물론 국왕까지 모욕하고 있는 것이지요······."

"갖고 있지도 않은 것을 어떻게 바칩니까." 엘리너가 꾹 참으며 말했다. "내가 나눠 줘야 하는 그 곡식은 반드시 내 백성들에게만 나눠 줘야 합니다. 그렇지 않으면 크리스마스 무렵 이 땅에는 기근이 들 것입니다. 요한 교황께서는 그분의 세력을 과시하려고 이 지방에 시체가 널리게 만드실 생각이십니까?"

추기경은 아무 말 없이 노려보았다. 그리고 그녀는 안타깝게도 그 문제를 확실히 매듭짓지 않고 자리를 떴다.

문제는 그날 저녁에 불거졌다. 그레이트 홀에는 손님들을 위한 저녁 식사가 마련되었다. 그곳은 여러 개의 램프와 초로 밝혀져 분위기가 좋았다.

하인들은 옆에서 여분의 양초를 잔뜩 들고 있다가 양초가 바닥까지 다 타면 교체했다. 엘리너는 전깃불을 사용할 생각이었지만, 마지막 순간 집사가 그녀의 무모한 행동에 반대했다. 노골적인 반역의 증거 밑에서 추기경이 고기를 먹으며 앉아 있지는 않을 것이다. 예민한 탄소 필라멘트가 달린 다 타 버린 전구를 지붕 위로 내던지고, 벽에 있는 스위치를 커튼으로 가렸기에, 엘리너의 반발심이 노골적으로 드러나지는 않았다. 그녀는 식탁 상단에 놓인, 아버지가 앉던 의자에 앉았다. 집사는 그녀의 오른쪽에, 포병대장은 왼쪽에 배석했다. 그 건너편에는 추기경과 성 안으로 들어오는 게 허용된 군대가 자리를 잡았다.

모든 것이 순조로웠다. 그러다 추기경이 엘리너를 가엾게 여기는 듯한 말투로 일찍 세상을 뜬 엘리너 어머니의 이야기를 꺼내고 말았다. 숨이 막힌 장군은 잽싸게 기침으로 그 소리를 가렸다. 가족들은 모두 그것이 엘리너가 가장 가슴 아파 하는 이야기라는 사실을 알았다. 그녀는 자신의 주량을 훨씬 넘겨 술을 잔뜩 마셨고, 신경이 날카로워지더니 벌컥 화를 냈다. "추기경님, 굉장히 재미있군요." 그녀가 말했다. "만약 의사가 내 어머니를 돕도록 허락만 받았더라도 어머니께서는 아마 지금 우리와 같이 계셨을 거예요. 내가 어디에선가 읽은 내용으로는, 당신네 로마인들은 지금의 당신들보다도 훨씬 대담했다더군요. 위대한 시저는 어머니의 자궁을 가르고 세상 밖으로 나오지 않았습니까. 그런데 당신은 그런 의술을 신에 대한 극악무도한 짓으로 보다니요."

"영주님!"

"게다가 제가 또 듣기로는……" 그녀는 살짝 기침을 했다. "공기도 정화되고, 그런 공기를 들이마시면 몸과 두뇌까지 차분해지기 때문에 잠에서 깨어나는 것처럼 강력한 고통으로부터 벗어나게 된다는군요. 그런데 내가 생각하기에 폴 교황께서는 그것과는 상관이 없는 듯, 고통은 신이 이곳 지상에서의 신성한 임무를 상기시키기 위해 보낸 것이라고 말씀하셨어요. 게다가 공기 속에 뿌리는 산이 질병의 원인을 죽일 것이라고 합니다. 그러나 현실은 어떤가요? 의사들은 씻지도 않은 손으로 우리를 치료합니다. 이런 것을 보면서 우리가 이단 속에 사는 것보다 성스럽게 죽는 편이 낫다고 생각하라는 겁니까?"

추기경은 감정을 억누르며 일어났다. "이단이란……" 그가 말했다. "각각의 개인 안에 수많은 형태로 존재합니다. 당신 속에도, 대부분의 사람 속에도 있을 테지요. 만약 교황 요한의 자비로움이 없었다면……."

"자비라고요?" 엘리너가 쏩쏠하게 끼어들었다. "지금 당신이 이곳에서 행하시는 임무는 자비와 아무 상관이 없습니다. 추기경님, 내가 보기엔 말이죠, 교회는 자비라는 말의 의미를 빠른 속도로 잊어 가고 있습니다. 내가 만약 교황 요한이라면, 저 멀리 외국의 섬에 사는 내 백성들을 굶겨 죽이느니, 차라리 내 집의 커튼이라도 내다 팔겠습니다. 아무리 그들이 일자무식한 자들이라고 하더라도 말입니다."

론디니움의 추기경은 연이은 모욕을 참아낼 수 없었다. 게다가 그것은 그의 통치자와 교회에 대한 직접적인 공격은 물론, 엘리너가 일자무식한 잉글랜드인이라고 비유한 사람들 중 한 명인 자신에 대한 모욕이기도 했기 때문이다. 그는 식탁을 쾅 내리쳤고, 얼굴은 시뻘겋게 분노로 달아올랐다. 그렇지만 그가 열변을 내뱉기도 전에, 코프 게이트의 신호수가 손에 노트를 들고 달려와 첫 장을 찢어 여영주에게 건넸다. 그녀는 잘 이해되지 않는다는 듯 종이를 잠시 들여다보며 입으로 글자를 웅얼거렸다. 그러고는 집사에게 그것을 건넸다. "추기경님, 가만히 앉아 계십시오. 그리고 잠시 숨을 멈추세요. 메시지가 막 도착했습니다. 이것을 이곳에 있는 모든 사람에게 읽어 드리겠습니다."

추기경의 눈은 밤이 되자 커튼이 드리워진 창으로 자연스레 돌아갔다.

그는 물론 그곳에 있는 다른 사람들까지도 정말 중요한 문제일 경우 길드가 신호기 팔에 횃불을 밝혀 메시지를 보낸다는 사실을 알았다. 집사가 일어서서 성직자들에게 살짝 허리를 굽혔다. "나의 영주들은 보시오. 여기 서부에서 나에게 가장 진솔한 지지를 보내는 자들이여, 나 찰스는 오늘 우리가 로마에 빚진 양의 두 배가 되는 곡물을 발송했노라. 게다가 나 찰스는 엘리너 영주가 그 섬과 토지를 소유했음을 확인한다. 또한 그녀에 대한 신임의 증거로, 나 찰스는 코프 게이트로 울위치에 있는 국왕의 무기고에서 위대한 대포 '호통'과 그의 소대를 같이 보내노라. 이스카로에 있는 컬버린 소총 '평화의 왕자'도 함께 보내노라. 그리고 중대포 '충성'과 포탄과 화약도 함께 보내노라."

신호수가 메시지를 읽는 소리는 저 아래 식탁에서 갑자기 터져 나온 갈채에 묻혔다. 사람들은 소리를 지르며 나무 식탁을 컵과 유리잔으로 두드렸다. 집사가 한 손을 들었다. "게다가," 그리고 눈을 깜빡였다. "국왕께서 론디니움의 추기경에게 요청하시기를, 그가 어디에 있든 간에 그가 가장 편리할 때 잉글랜드의 문제에 대해 논의하기 위해 즉시 국왕 앞으로 오라고 하셨습니다."

추기경은 입을 쩍 벌렸다가 잽싸게 닫았다. 엘리너는 얼굴을 문지르며 몸을 뒤로 기댔다. 마치 사형을 앞두고 형 집행이 연기된 것 같은 기분이었다. "그분께서는 알고 계셨어요." 그녀가 소란스러운 틈을 타 집사에게 속삭였다. "그리고 보세요, 우리는 그분을 일어서게 하셨어요. 혹시 누가 압니까. 혹시 다음번엔 그분께서 투쟁을 하실는지요……."

대포 두 문이 제시간에 도착했다. 그러나 중대포는 섬을 건너 들어오다가 늪에 빠지고 말았다. 군인들이 갖은 애를 썼지만 대포를 들어 올리지 못했다. 그래서 후일 '충성이 럭포트 호수 동쪽에서 없어져 버렸다'는 말이 생겨나게 되었다.

무기가 도착하자 엘리너는 한동안 좀 더 편하게 숨쉬게 되었다. 왜냐하면 이 무기들은 성의 사기에 상당한 영향을 끼치는 것 이상의 의미를 갖기 때문이었다. 게다가 코프 게이트는 이 나라에서 가장 난공불락의 장소로 여겨졌다. 추기경의 불편한 방문 이후 한 달이 흐른 뒤, 엘리너는 추운 저녁에 이런 이야기를 했다. 그녀는 두 번째 안뜰로 걸어가며 바닷가에서 불어오는 차가운 바람을 막기 위해 망토를 둘렀다. 그녀는 '호통' 옆에 멈췄다. 대포는 군인들이 들여 놓은 그 자리에 그대로 놓여 있었다. 그녀는 손으로 대포 개머리의 거친 철제 몸을 쓸어내렸다. "말씀해 주세요. 존 경." 그녀는 쾌활하게 말했다. "만약 찰스 왕께서 우리의 공물을 대납해 주시지 않았더라면 로마에 계신 교황께서 무슨 일을 했을까요? 경께서는 국왕께서 하는 짓도 미숙하고 순수한 귀족도 아닌 이 미물인 나를, 여기 이 곡물 창고에 있는 하찮은 왕겨 같은 나를 진짜로 만나 주셨을 것으로 생각하시나요?"

집사는 조심스레 생각했다. 아몬드처럼 생긴 눈은 흉벽 너머를 바라보며 곰곰이 생각에 잠겼지만, 밀려오는 어둠 때문에 아무것도 보이지 않았다. "분명히 그러셨을 겁니다, 엘리너." 그는 말했다. 그 누구도 감히 이렇게까지 친근하게 말하지 못했다. "교황께서는 우리를 짓누르려는 마음이 들었을 겁니다. 그는 이 나라 전체가 반란에 휘말리는 것을 두려워해서 감히 반기를 든 자를 처벌하지 않고 그냥 내버려 두지는 않았을 것입니다. 그렇지만 운 좋게도 그 문제는 이제 일단락 지어졌습니다. 아가씨께서는 최소한 크리스마스 때까지는 즐기면서 코프로 당신을 뵈러 올 아버지의 친구 분들을 즐겁게 해 드리면 됩니다."

그녀는 밤이라 깜깜한 어둠 속에서 인상을 쓰며 아성을 올려다보았다. 그리고 여기저기에서 푸근하게 빛나는 창문도 바라보았다. 그곳에서는 하인들이 잠자리와 식사를 준비하고 있었다. 여기저기에서 더 환하게 빛나는 빛은 이단의 발전기가 다시 전력을 공급하고 있는 중임을 보여 주었다. 발전기 소리는 아성 벽 너머에서 어렴풋이 들렸으나, 바람이 불자 소용돌이치며 희미해졌다. "네." 그녀는 갑자기 몸을 떨었다. "마구간에 있는 소와 말들, 서리를 털어 내는 자동차. 분명히 길리엄 판사는 동파될까 봐 다시 막혀 버린 실린더 아래에서 토탄을 태우고 있을 겁니다. 그러다가 그곳 가득 연기가 피어오르게 되겠죠. 그렇게 되면 존 경, 우리가 멋지게 봉쇄되고 나면, 최소한 봄까지는 안전할 거예요."

그는 진중하게 기다렸다. 그녀는 그에게 반쯤 몸을 돌려 대답을 기다리는 듯 보였다. 바람이 불어 머리칼이 눈을 가리자 그녀는 머리칼을 초조하게 쓸어 냈다. "난 속지 않았어요." 그녀가 말했다. "그리고 분명히 집사님도 그랬어요. 활짝 웃으며 말을 타고 와서 축도와 좋은 충고를 쏟아놓은 추기경에게 집사님도 속지 않았다고요. 찰스 왕께서 내년에 뉴 월드로 가신다고 하셨죠?"

"네, 아가씨."

"그래요." 그녀는 생각에 잠긴 채 말했다. "그러면 궁정에 있는 불쾌한 모든 부랑자와 잉글랜드 전역에 흩어져 있는 작은 천주교의 개들은 두 다리로 서서 그들이 무슨 해악을 끼칠 수 있을지 보려고 달려들 것입니다. 우리는 우선순위에서 가장 높은 자리에 올라가 있어요. 그건 분명해요. 우리는 이빨을 드러내는 바람에 두드려 맞지 않았어요. 하지만 그들은 그냥 이렇게 우리를 가만히 내버려 두지는 않을 것입니다. 교황 요한은 저 멀리까지도 미치는 긴 팔을 갖고 있지만, 그것보다 그의 기억력은 훨씬 더 대단하시죠."

그는 또 다시 기다렸다. 그는 그녀보다 훨씬 더 잘 알고 있었지만, 몇몇 비밀은 그가 누설해서는 안 되는 것이었다. "그런데요, 아가씨?"

그녀는 대포를 다시 만지다가 거대한 커다란 포신을 보곤 인상을 썼다.

"음, 그렇다면 그들이 이것을 가지고 올 테지요…….'"

그녀는 고개를 홱 돌려 그에게 팔짱을 끼었다. "집사님 말씀대로 날이 풀릴 때까지는 걱정할 필요가 없어요. 요한이 그들의 백성보다 더 많이 무장하고 더 많이 용기 있는 이 작은 백성들에게 오려면 잠잠한 바다가 필요하다고요. 어서요, 존 경. 그렇지 않다면 전 그 어느 때보다 훨씬 더 우울해질 거라고요. 오늘 아침에 우리 마을에 새로운 흥행사가 왔다는 소리를 들었어요. 그윌 경께서 오늘 밤 돈을 주고 그를 불러 공연을 연다며 초대를 했습니다. 그의 묘기를 볼 수 있을 겁니다. 물론 전에 우리가 봤던 것들과 비슷하겠지만요. 그러고 나서 저 산 위에 성들이 있었고, 이 세상이 높든 낮든 교회 따위를 모르던 시절에 대해 집사님의 거짓말 같은 이야기를 해 주세요."

그는 어둠 속에서 그녀에게 미소를 지었다. "거짓말이라니요, 엘리너? 세월이 흐를수록 영주님의 가장 늙은 신하에 대한 존경심이 점점 없어지는 것 같군요."

그녀가 걸음을 멈추자 창을 통해 들어오는 빛에 의해 실루엣만 보였다. "거짓말 같은 이야기를 모두 해 주세요. 존 경." 그녀는 이야기를 들으려고 애를 썼다. 그가 금기된 것들에 대해 말했기 때문이다. "내가 진실을 듣고 싶다고 말하면, 무슨 소리인지 경께서는 아실 테니까요……."

크리스마스가 다가왔고, 즐거운 시간이 흘렀다. 날씨는 전년에 비해 더 매섭지도 춥지도 않았고, 방랑하는 연예인과 음악가 같은 이들이 이 지역을 통과할 때면 밤이라도 충분히 재밋거리를 느낄 수 있었다. 특히 한 남자가 엘리너를 사로잡았다. 그는 복잡한 부속과 특이한 다리가 달린 기계를 가져왔다. 뭔지 모르는 끈을 그 안으로 밀어 넣고 손잡이를 돌리자 하얀 빛이 배어 나오며 쉭하는 소리가 났다. 번쩍거리며 마치 살아 있는 듯한 그림이 방의 다른 편에 준비된 스크린을 가로지르며 춤을 추었다. 여영주는 그 장비를 사들이려고 갖은 애를 썼지만, 그것은 판매용이 아니었다. 대신 그녀는 원래 기계 무기고에 있던 발전기 옆에 철커덕하면서 쉿 소리를 내는 발전기 두 대를 더 들여 놓았다. 전구는 늘 쉽게 깨지고 수명이 짧았기에, 좀 더 환한 빛을 내는 아크등으로 교체되었다. 그녀는 밝은 빛을 가리려고 두 손으로 그림자를 만들었다. 사냥개 한 마리가 새끼를 잔뜩 낳아 녀석들이 소란을 피우며 복도와 주방을 나돌아다녔다. 녀석들은 요리사의 수프 그릇을 훔치고 조그마한 이빨로 찾아낼 수 있는 건 죄다 물어뜯었다. 그녀는 기뻐하며 작은 새끼까지도 모조리 키웠다.

　겨울이 거센 3월의 촉촉함에 자리를 물려줄 때까지도, 전년의 그 일에 관해서 찰스 국왕이나 교회에서는 아무 소식도 들려오지 않았다. 일상이 되풀이될 뿐, 아무 일도 일어나지 않았다. 그러다 찰스 국왕이 떠나기 며칠 전, 신호수가 잉글랜드 헌병 사령관이자 대대손손 국왕의 투사인 앤서니 호프 경의 요청을 갖고 왔다. 그는 며칠간 퍼벡 체이스에서 사냥할 수 있도록 허락해 주시어, 그가 엘리너 영주와 동행하는 기쁨을 누릴 수 있게 해 달라고 부탁했다.

　집사가 말하자 엘리너는 인상을 썼다. "내가 기억하는 한, 그자는 대단히 자부심이 강하며 예의라곤 전혀 모릅니다. 아무튼 봄이 거의 끝나 가고, 모든 것이 새싹을 돋우려고 하는 지금, 그의 거대한 말발굽이 그 위를 밟고 지나가기를 원하지 않습니다. 하지만 그를 참아 주는 것밖에 다른 방도는 없을 것 같아요. 그는 사소한 것에도 쉽게 심하게 화를 내는 사람입니다. 그저 그가 셔본에 있는 술집에 들르거나, 작년에 그랬듯이 행진하며 지나쳐 가기를 바랄 수밖에 없어요. 경께서는 제가 그를 도울 수 있도록 옆에서 도와주세요. 사실 그는 거의 내 아버지뻘만큼 나이 들지 않았습니까. 물론 그런 생각은 집어치워야 하겠지만요." 그녀는 코웃음을 쳤다. "만약 그가 수고스러울 정도로 화려한 메시지를 더 보낸다면, 나는 내 아버지께서 그

유명한 골든 이글에게 하셨던 것처럼 그에게 인사하고 싶은 마음이 상당히 들 것 같군요…….”

길드 탑은 그녀가 동의했다고 답장을 보냈고, 곧바로 앤서니 경이 그의 군사들과 같이 길을 떠났다는 소식이 전해졌다. 엘리너는 어깨를 으쓱하며 맥주 몇 통을 추가로 더 들여 놓으라고 주문했다. “음, 아직도 땅이 부드럽군요.” 그녀가 말했다. “그가 탄 말의 다리가 뒤틀려 그의 두툼한 목이 부러질 가능성이 아직 남아 있긴 하군요. 사실 그런 기적을 바라면 안 되겠지만요.”

그리고 분명히 아무 일도 일어나지 않았다. 며칠 후 앤서니 경이 그녀의 성에 도착했다. 그의 군대는 낮은 공터에 주둔하면서 하녀들과 질펀하게 떠들었다. 엘리너는 이 문제를 앤서니 경이 엄하게 다루는 것보다 훨씬 더 중요하게 다루었다. 군대는 2주간 머물렀고, 처음에는 모든 행동을 의심스럽게 바라보던 엘리너도 마음이 해이해져 그저 앤서니 경과 버릇없는 군사들과 그가 과장되게 자랑하는 레퍼토리가 무사히 론디니움 성 안으로 되돌아가기를 바랐다. 15일째 되던 날 아침, 드디어 재앙이 닥쳤다. 새벽이 밝아올 무렵, 잉글랜드는 평화로웠다. 그러나 해 질 무렵이 되자, 첫 번째 행동이 일어나 로마와의 피할 수 없는 전쟁으로 이어지고 말았다.

엘리너는 아침 일찍 일어나 사냥을 하러 말을 타고 나갔다. 늘 그렇듯이 집사와 집에서 키우는 송골매 대여섯 마리를 대동했다. 그들은 개와 매 한 쌍을 데리고 가서, 앤서니 경과 그의 기마대가 자신들의 기회를 망쳐 버리기 전에 작은 경기를 즐기고 싶었다. 한참 동안은 운이 좋았다. 그러다가 얌전한 송골매 한 마리가 잡은 사냥감을 놓치고 미끼를 잡으러 되돌아오려고도 하지 않았다. 대신 녀석은 황무지를 가로지르며 힘차게 날아올라, 풀 항구와 바다를 향해 갔다. 엘리너는 말의 옆구리를 차면서 고함을 치며 녀석의 뒤를 따라 질주했다. 그녀는 송골매를 쫓으려고 많은 시간을 들였다. 녀석을 잃고 싶지 않았다. 그녀는 말이 빨리 달리며 풀숲과 가시금작화 수풀 사이에서 마음대로 가도록 내버려 두었다. 그러다보니 다른 일행들과 거리가 벌어졌다. 오직 집사만이 그녀를 따라왔다.

1킬로미터 정도 달리고 보니 송골매는 되찾을 수 없을 정도로 저 멀리 날아가 버린 것이 확실했다. 녀석의 흔적은 그 어디에도 보이지 않았다. 두 사람은 이미 너무 먼 길을 달려온 터라 코프 타워가 저 멀리 작게 보였다. 엘리너는 고삐를 쥐고 숨을 헐떡였다. "이제 소용없어요. 녀석을 잃어버렸어요. 솔직히 그런 것 같아요……." 그녀는 목이 긴 장갑을 벗어서 안장 앞테에 걸쳤다. "왜 사람들이 새대가리라고 하는지 알 것 같아요……. 그런데 존 경, 저게 뭐죠?"

그는 눈부신 태양을 피하려고 눈을 가늘게 뜨고 왔던 길을 뒤돌아보았다. "아가씨." 그가 황급하게 말했다. "매가 웅크리고 산토끼를 보다가 독수리 밑으로 떨어진 꼴입니다……." 그가 말을 달렸다. "빨리 타세요. 웨어햄 로드로 향하십시오."

그때 그들이 보였다. 일렬로 늘어선 점들이 황무지를 가로지르며 펼쳐져 있었다. 기마병들이 재빨리 달려오고 있었다. 너무 멀어서 그들의 특징을 잘 알아볼 수는 없었지만, 그들의 정체만큼은 의심할 여지가 없었다. 드디어 앤서니 경의 함정이 그 모습을 드러낸 것이다. 엘리너는 재빨리 좌우를 두리번거렸다. 추격자들과는 상당히 거리가 벌어져 있었다. 그들의 대열을 뚫고 나가 허를 찌르려고 시도하는 것은 가망이 없었다. 그녀는 안장에 앉아 방향을 틀었다. 앞쪽으로 길이, 저 멀리까지 황무지를 가로지르며 하얀 길이 뻗어 있었다. 그 너머로는 창백하게 반짝거리는 바다가 보였다. 그 길에 대해서는 의심할 여지가 없었다. 그녀는 말을 몰아 최대 속도로 질주했다.

뒤따르는 기마대는 튼튼한 말을 타고 꾸준히 따라붙었다. 500미터쯤 더

달리자 병사들이 그녀를 큰 소리로 외쳐 부를 수 있을 만큼 가까워졌다. 그들은 그만 포기하라고 외쳤다. 총성도 확실하게 들렸다. 엘리너가 집사를 향해 고개를 돌리는 순간, 그만 말의 발이 걸려 그녀를 내동댕이치고 말았다. 그녀는 예전에 배운 대로 얼굴을 가리고 데굴데굴 구르다가 엉망이 된 채로 일어났지만 부상을 입지는 않았다. 옆에는 말이 비명을 지르며 쓰러져 있었다. 앞발에서 선명하게 붉은 피가 뚝뚝 떨어졌다.

그녀는 휘둥그레진 눈으로 말에게 달려갔다. 집사가 그녀를 따라 달려왔다. 그는 말에서 내려 자기 말의 고삐를 그녀 손에 쥐어 주었다. "아가씨…… 웨어햄으로 가세요."

그녀는 멍하니 고개를 저으며 생각을 하려고 노력했다. "그가 공격을 시작했으니 가능성이 없어졌습니다. 곧 길에서 잡히고 말 거예요……." 가까운 곳까지 기병대가 따라붙었다. 집사는 피스톨을 들어 팔뚝에 총구를 고정시키고 방아쇠를 당겼다. 아주 작은 사고에 의해 총알은 기마병의 가슴팍을 관통해 그를 말에서 떨어뜨렸다. 말을 타고 달리던 대열이 잠시 혼란스러워졌다.

그때 경적 소리가 들렸다. 엘리너는 고개를 돌리고 주먹을 쥐었다. 그녀 뒤에서 저 멀리 울퉁불퉁한 도로로 육중한 증기 트럭이 왜건을 매달고 달려오고 있었다. 그녀는 트럭을 향해 달리기 시작했다. 공기가 폐 속으로 들어가자 낫으로 베는 듯한 느낌이 들었다. 총이 다시 발사됐다. 이번에 총알은 그녀 오른쪽 20미터 옆 잔디를 스쳐갔다. 또 다른 총성이 들렸다. 그녀는 뒤를 훌쩍 돌아보았다. 집사가 기마병에게 쫓기고 있었다. 순간 그녀는 발이 걸려 넘어졌다. 이제 트럭과 매우 가까워졌다.

그녀는 커다란 뒷바퀴 옆에 기대선 채 헉헉댔다. 그리고 증기 트럭이 얼마나 낡았는지 보았다. 덮개에는 구멍이 뚫리고, 녹이 줄줄 흘러내리고, 낡은 보일러 연결 부위에서는 물이 부글거리며 새어 나왔다. 트럭은 완전히 닳아빠진 폐차로, 그 마지막 생애를 나무와 두엄과 돌을 운반하며 보내고 있었다. 그러나 여전히 선명한 갈색으로 쓰인 '스트레인지 앤 선스'라는 제복을 입고 있었다. 트럭 운전사는 금발 머리 소년으로, 코듀로이 옷과 운전사의 버클 캡을 쓰고 있었다. 그리고 기름때가 묻은 머플러를 목에 감고 있었다. 엘리너는 숨을 들이키며 손을 위로 치켜들어 자신이 끼고 있는 반지를 소년에게 보여 주었다. "빨리 말해라, 네 집이 어디냐?" 그녀가 헐떡였다.

"더노바리어입니다, 영주님."

"그렇다면 넌 내 백성이구나. 이 반란군들과 싸우거라……."

소년은 깜짝 놀라며 뭐라고 대답했지만, 그녀는 그 소리를 듣지 못했다. 그는 손을 속도 조절기와 브레이크로 가져갔다. 지친 트럭은 급작스럽게 천둥 소리를 냈다. 그녀는 그 뒤에서 들었다. 그녀는 몸을 내던졌다. 뜨거운 이슬비는 그녀의 얼굴을 때렸고, 연기가 그녀의 폐를 찔렀다. 내리막길을 달리자 점점 속도가 났다. 증기 트럭의 절반은 증기로 뒤덮였다. 운전사는 또 다시 경적을 울렸다.

뒤따르는 기마병들은 혼란스러웠다. 여러 마리의 말이 강철의 날카로운 비명에 흩어졌다. 운전사는 트럭을 몰아 황무지로 향했다. 왜건 3대가 깨끗이 떨어져 나갔다. 짐과 방수천에 묶여 있는 다른 왜건들은 증기 트럭이 앤서니 경의 군대를 향해 돌진하자 뒤에서 기우뚱거렸다. 앤서니 경은 울분에 가득 차 칼을 휘둘렀다. 군마가 버티다가 위에 올라탄 군인을 녀석의 목 너머로 내동댕이쳤다. 또 다른 군인의 가슴은 날아드는 돌무더기에 뭉개졌다. 기마병은 총을 들어 아무 데나 쏘았다. 총알이 증기 트럭의 경적판에 박히자 뜨거운 파편이 운전사의 얼굴에 튀었다. 그는 손을 들어 올렸다. 두 번째 총알이 겨드랑이에 박히자 그는 발판에서 발을 뗐다. 증기 트럭은 속도 조절기를 연 채 앤서니 경을 향해 돌진했다. 그리고 50미터를 더 지나 바퀴 하나가 수풀 흙무덤 속에 박혔다. 트럭은 뒤에 있는 짐 때문에 멈춰 섰다. 드르륵거리는 소리를 내고 증기가 쉿 소리를 내며 폭발하자, 그녀는 옆으로 떨어졌다. 속도 조절 장치는 여전히 돌아가고, 화실에서 쏟아져 나온 재가 잔디 위로 흩어졌다. 불꽃이 모조리 핥아 먹으면서 부류하는 연기 속에서 밝게 빛났다. 트럭은 하루 종일 불 탔다.

밤이 되자 한 시골 소년이 타고 난 잔해로 살금살금 기어와 커다란 바퀴의 허브를 가져갔다. 그는 그것을 번쩍번쩍 광을 내 시골집에다 보관했다. 그리고 반평생이 지나고 난 후에야, 이 이야기를 자녀들에게 해 주었다. 이 커다란 바퀴 허브를 애지중지하며, 이것이 바로 '마거릿'이라고 불리던 거대한 증기 트럭에서 나온 것이라고 이야기할 것이다.

더 이상 탈출은 불가능했다. 엘리너는 침울한 채 일어나 손목을 옆구리에 갖다댔다. 그녀는 집사를 바라보았다. 그도 비슷한 자세를 취한 채 분노가 가득한 눈으로 바라보고 있었다. 그 옆에서 두 명의 남자가 운전사를 거들고 있었다. 기침을 하는 소년의 얼굴에서는 붉은 피가 흘렀다. 존 경의 두 번째 총알이 헌병 사령관의 엄지손가락 끝을 스쳐 지나가자 그의 엄지손톱이 오른쪽으로 꺾였다. 그는 호들갑을 떨며 욕을 했다. 그리고 손수건을 들고 야단법석을 떨었다. "노예가 반란을 일으켜 주인을 향해 손을 들어 올리면 이것밖에는 남지 않는 법이니!" 병사들은 운전사를 앞으로 끌어냈다. 엘리너는 몸서리를 쳤다. 칼이 휙 소리를 내며 소년의 목을 베었다. 칼의 휘두름은 굉장했으나 소년은 죽지 않았다. 소년은 엘리너를 향해 허둥지둥 기어와 그녀의 발을 피로 물들였다. 그 와중에 병사들은 끔찍하게도 그를 내리쳤다. 긴 시간이 흐른 것 같았다. 그의 몸뚱이는 풀썩하고 쓰러진 후 버둥거리더니 잠시 후 고요해졌다.

이것은 엘리너가 본 첫 번째 잔인한 죽임이었다. 이 사건은 절대로 잊을 수 없는 공포스러운 의미를 가지고 있었다. 그녀는 고개를 떨어뜨리고 정신을 잃지 않으려고 애썼다. 피가 반짝이며 흘러내려 흙바닥을 적셨다. 그녀는 기절하는 대신 토하기 시작했다. 경련은 더욱 심해졌다. 그녀는 자신을 붙들고 있는 집사에게서 팔을 뺀 다음 무릎을 꿇고 헐떡였다. 모든 것이 끝나자 그녀는 고개를 들었다. 얼굴은 입술까지 모두 허옇게 변해 있었다. 그러고는 욕을 하기 시작했다. 그녀는 영어와 불어, 켈트어, 라틴, 게일어로 욕을 해 댔다. 앤서니 경과 그의 군사들을 저주하면서 단조롭고도 부드럽기까지 한 목소리로 그들에게 수십 개의 다른 죽음을 약속했다. 그 목소리에 헌병 사령관은 매료되는 듯했다. 앤서니 경은 엄지손가락 때문에 호들갑 떨던 것을 멈추고 인상을 쓰며 일어섰다. 그리고 마음을 진정시키고 군사들을 큰 소리로 불러 모아 사람이 타지 않은 말을 잡아오라고 했다. 집사는 강제로 말에 태워졌다. 군인들은 그의 앞에서 엘리너를 들쳐 업고 군대는 삐걱거리는 증기 트럭의 잔해와 황무지를 가로지르며 행군했다. 이들은 분명히 몇몇 낚싯배를 만나 이 포로들을 그 누구의 추적도 닿지 않는 곳으로 보낼 생각이었다. 당시 풀에는 가격만 맞는다면 국왕이라도 포박해서 태워 보낼 사람이 많았다.

앤서니 경의 꿍꿍이가 무엇인지는 모르겠지만, 그것은 결코 실행되지 않았다. 황무지 어디에선가 신호수들은 차이스 망원경을 통해 먼 거리에서 벌어진 전투를 목격했다. 불타는 트럭의 잔해에서 피어오르는 연기의 장막은 코프에서도 쉽게 보였다. 신호는 날아가며 성의 수비대뿐만 아니라 웨어햄 시민군에게까지도 경고했다. 기병대는 바다에 닿기 전에 잡혔다. 헌병 사령관은 그가 차단당했음을 확인했다. 만약 엘리너가 그를 들쳐 업고 있는 병사의 팔목을 물어뜯은 후 두 번째로 말에서 떨어지지 않았더라면, 포로로서 상당히 중요한 역할을 했을 것이다. 엘리너는 가시금잔화 밭에서 일어섰다. 온몸이 긁히고 피가 났으며 예전보다 더 큰 분노가 치밀었다. 전투는 몇 분 만에 끝났고, 앤서니 경과 그의 군대는 무기를 내던지고 말았다.

그녀는 그들이 서 있는 황무지로 절뚝거리며 걸어가 총으로 둘러싸였다. 군인들이 그녀에게 달려왔지만, 그녀는 그들을 밀어젖혔다. 그녀는 죄수들 주위를 천천히 선회하면서 엉덩이를 비벼 무의식적으로 옷자락에 붙은 풀과 작은 가지를 떼어 냈다. 분노가 마치 와인의 독특한 향내처럼 그녀의 머릿속에서 피어오르는 것 같았다. "앤서니 경." 그녀가 말했다. "우리는 길 위에서 약속했습니다. 여기 이 서부에서, 우리의 약속을 지킬 것입니다……." 그는 그녀의 말을 받아치든지, 아니면 생명을 구걸하려고 했다. 그렇지만 그녀는 마치 그가 아무도 알아듣지 못하는 말을 하는 것처럼 그를 노려보았다. "바람의 자비를 구하시오." 그녀는 놀라운 말을 했다. "바위와 위대한 바다의 파도에 구걸하시오. 나에게 다가와 징징거리지 마시오……." 그녀는 집사 쪽으로 고개를 돌렸다. "그들을 교수형에 처하시오. 반역과 살인의 죄로 말이오." 그녀가 말했다.

"아가씨……!"

그녀는 그에게 갑자기 소리를 지르며 발로 땅을 굴렀다. "저자들을 당장 교수형에 처하시오……!" 그녀 옆에서는 한 군사가 날뛰는 말 위에 앉아 있었다. 그녀는 그의 짧은 상의를 잡아끌어 안장에서 바닥으로 끌어내려 내동댕이쳤다. 그녀는 그 말 위에 오른 후 한쪽 손을 들어올리기도 전에 멀리 가 버렸다. 그녀는 분노에 차 황무지를 가로지르며 말의 목을 주먹으로 내리쳤다. 집사는 그녀를 따라갔고, 죄인들은 그들의 운명에 처해졌다. 성에서 1킬로미터 정도 떨어진 곳에 멈춰선 그녀가 바닥을 내려다보니 그녀의 집과 성 안뜰과 탑이 밝게 빛나며 서 있는 모습이 보였다. 집사가 옆으로 말을 타고 다가오자, 그녀는 그의 등에 있는 가죽 끈을 쥐고 손가락으로 뻣뻣한 가죽을 비틀었다. 만약 그가 거칠게 달려와 그녀를 진정시킬 생각이었다면, 아마 그는 실망했을 것이다. 그녀는 화가 나서 아무 말도 하지 않았다. 마치 유리가 깨지듯, 그녀의 입에서 갑자기 말이 튀어나왔다. "존 경." 그녀가 말했다. "우리 사람들이 오기 전에, 샌틀래시 필드에 흘린 피로 이 땅을 차가워지기 전에, 저 장소는 게이트라고 불렸습니다. 이게 사실이 아닌가요?"

그가 진중하게 말했다. "사실입니다. 아가씨."

"그렇다면, 다시 그렇게 부르도록 하죠. 내 백성들을 데리고 대평원으로 가세요. 그리고 새럼 타운까지 북으로 가세요. 서쪽으로는 더노바리어, 동으로는 본에 있는 마을까지 가세요. 그렇게 전하세요……." 그녀는 숨이 막혔지만 쉬지 않고 말했다. "내 백성들에게 말하세요. 퍼벡에 십일조를 내는 대신 무기를 내라고요. 그리고 문은 닫혔으며, 그 열쇠는 엘리너가 갖고 있다고 말하세요……." 그녀는 손가락에 낀 증표를 뺐다. "내 반지를 갖고 가세요……."

집사는 그녀의 어깨를 잡고 돌려세운 후 그녀의 거친 눈을 바라보았다. "아가씨." 그가 차분하게 말했다. "다시 한 번 생각하세요. 이것은 전쟁입니다……."

그녀는 그의 손을 치우며 거칠게 숨을 몰아쉬었다. "존 경 제발 가시라고요." 그녀는 화를 내며 소리쳤다. "아니면 다른 사람을 보낼까요……?" 그는 아무 말도 하지 않고 발뒤축으로 말을 때리며 몸을 돌렸다. 그러고는 먼지를 일으키며 북으로 질주해 홀로 웨어햄 로드를 달렸다. 그녀는 다시금 말에 올라 계곡을 향해 고함을 치며 달렸다. 칙칙폭폭 천천히 기어가던 나비 차들은 옆으로 흐트러지면서 산울타리에 정신없이 처박혔다. 그녀의 군사들이 말에 피가 나도록 채찍질 했지만, 아무도 그녀를 따라잡을 수 없었다.

메시지는 곧장 론디니움의 찰스 국왕에게까지 전해졌다. 그러나 신호기가 받은 답장은 모두 국왕이 이미 아메리카로 떠났다는 내용이었다. 앤서니 경이 공격한 시점은 대단히 절묘했다. 신호수 길드가 뉴 월드까지 메시지를 전달할 수 있다는 풍문이 돌긴 했지만, 백방으로 알아봐도 바다에 위에 떠 있는 배와 어떻게 연락을 한다는 건지 도무지 그 방도를 파악할 수 없었다. 한편 헌병 사령관을 지지하는 이들은 수도 근방을 마구 휘젓고 다니며 파멸시키든가 죽여 버리겠다고 위협했다. 게다가 라이와 딜의 헨리가 로마로부터 직속 지시를 받아 신속하게 군대를 소집하는 등 사태가 심각해졌다. 엘리너가 예상한 것은 대체로 현실화되었다. 온갖 종류의 개가 국왕의 부재를 틈타 짖어 댔다. 행정 착오로 인정된 결과 때문에 싸움이 시작되었다는 사실은 상황을 더욱 아이러니하게 만들었다.

  도싯에서 엘리너는 수많은 문제에 직면했다. 그녀가 인근 지역의 남자들을 징집하면, 평민들이 그녀의 깃발 아래로 금방 모여들 것이었다. 그러나 그러려면 군대를 먹이고, 입히고, 무장시켜야 한다. 며칠간 그녀의 분노는 계속되었다. 그녀는 장군들과 회의를 열고 사람들과 작업을 하면서 필요한 물품 목록을 작성했다. 돈이 가장 필요했다. 그래서 그녀는 돈을 구하기 위해 북으로 더노바리어까지 말을 타고 달렸다. 그녀와 그녀의 늙은 아버지 사이에 무슨 일이 있었는지는 알려지지 않았다. 꼬박 일주일 동안, 진홍색 증기 트럭은 농작물을 싣고 코프 게이트까지 힘들게 내려왔다. 트럭에는 밀가루와 곡식, 가축, 소금에 절인 고기와 잼, 총알과 화약, 화약 마개, 머스캣 총알, 밧줄과 화약 심지, 기름, 등유, 타르 등이 실려 있었다. 밤새 우르릉거리는 체인 소리를 내고, 당나귀가 헐떡거리며 기중기를 돌리면서, 엔진은 밤새 아성 속에 짐을 잔뜩 쌓았다. 엘리너는 다른 지방에서 어떤 도움을 받을 수 있을지 전혀 몰랐기에, 최악의 상황을 예상하며 안뜰을 병사들과 물품으로 채웠다. 헨리는 이곳이 착착 준비를 하고 있다는 것을 알게 되었고, 그래서 폭풍 같은 분노를 일으켰다.

엘리너는 대학살이 일어난 그날 저녁, 방으로 조용히 집사를 불렀다. 그녀의 얼굴은 매우 창백했고, 눈은 퀭했다. 그녀는 그에게 의자로 다가오라며 손을 움직였다. 그리고 난로 불빛이 어른거리는 창문 앞에 앉아서 한참을 바라보았다. "여기에 이렇게 앉아서 오늘 아침에 있었던 일을 설명할 수 있는 영광스러운 표현을 떠올리고 있었어요. 그래서 딱 맞는 말을 찾았어요. '내가 성가신 로마인을 우리 성에서 깨끗이 날려 보냈다.' 어때요, 괜찮지 않아요?"

그는 대답하지 않았다. 엘리너는 웃으며 기침을 했다. "물론 이런다고 해서 무슨 도움이 되겠어요……." 그녀가 말했다. "아직도 내 눈에 보이는 거라곤 시궁창에 있는 저런 사람들뿐이고, 길바닥에서 괴로워 몸부림치는 자들뿐이니까요. 아무튼 그것 말고는 아무것도 진짜처럼 보이지 않아요. 그 어떤 것도요."

그는 잠시 뜸을 들이다가 말로는 아무런 도움이 되지 못할 것이라는 사실을 깨달았다.

"내가 세바스찬 신부를 몰아냈습니다." 그녀가 말했다. "신부님은 나에게 이렇게 말했어요. 내가 맨발로 직접 로마까지 찾아가지 않는 한, 내가 한 일을 절대로 용서받을 수 없을 거라고요. 그래서 난 신부님께 이곳을 떠나라고 했습니다. 만약 절대로 용서받지 못한다면 신부님도 불편하실 테니까요. 신부님이 여기에 계시다는 것만으로도 치명적인 죄악을 스스로 짓고 있는 것이 될 테지요. 나는 나 자신을 저주했기 때문에 내가 저주받았다는 사실을 압니다. 그래서 다른 신이 나를 저주할 때까지 기다릴 필요가 없어요. 그건 그 무엇보다 끔찍한 죄악이지요. 신부님에게 상처를 주려고 그렇게 말했죠. 아무튼 내 말은 내가 더 이상 크리스천이 아니라는 뜻입니다. 그리고 이렇게 말했어요. 만약 필요하다면 올드원들을 되살리겠다고요. 그리스도 대신, 투노와 보탄, 아니면 발데르 같은 신들을 불러내겠어요. 몇 년 전에 신부님께서 직접 저에게 이렇게 말씀하셨거든요. 제가 그분의 수업을 들을 때, 발데르는 예수님의 예전 형상이며, 예전에도 피를 흘리신 신들이 있었다고 나에게 가르쳐 주셨어요." 그녀는 불안하게 와인을 따르며 말했다. "그래서 오늘 오후 내내 내리 술만 마셨어요. 취하려고요. 아니 취하려고 했어요. 역겹지는 않으시죠?"

그는 고개를 저었다. 그는 그녀의 일생을 통틀어 단 한 번도 그녀를 비난한 적이 없었다. 그리고 지금은 비난을 할 때가 아니었다.

그는 다시 웃으며 그녀의 얼굴을 어루만졌다. "나에게…… 뭔가…… 필요해요." 그녀가 말했다. "그건 아마 벌이 아닐까요? 만약 집사님께 매를 가져다드린 후 나를 피가 날 때까지 때려 달라고 부탁하면 그렇게 해 주시겠어요?"

집사는 입을 오므리며 고개를 저었다.

"안 된다고요……?" 그녀가 말했다. "그렇게는 못 하시겠다……. 다른 건 다 해도 날 때리지는 못하시겠군요. 난 소리라도 지르거나, 그게 아니라면 아프기라도 했으면 좋겠어요. 둘 다면 더 좋고요. 존 경, 내가 제명당하면 우리 백성들은 어떻게 할까요?"

그는 이미 조심스레 대답을 준비하고 있었다. "로마를 거부할 것입니다." 그가 말했다. "이제 와서 돌이키기엔 너무 멀리 왔어요. 그건 아가씨가 더 잘 아시잖습니까."

"그럼 교황은 어떻게 할까요?"

그는 잠시 다시 생각에 잠겼다. "교황께서는 분명히 행동을 취하실 겁니다. 그것도 굉장히 신속히요. 그렇지만 교황께서 저 멀리 떨어진 이탈리아에서부터 여기까지 군대를 파병해 방위 거점을 함락시키지는 않을 것 같습니다. 그분이 할 수 있는 일은 론디니움 사람들을 교육시켜 우리와 맞서도록 하는 일일 겁니다. 그리고 이런 혼란을 틈타 이득을 취하려고 프랑스

루아르와 저지대의 영주들 몇 명이 우리를 보러 올 것 같습니다. 그들은 충분히 오랫동안 잉글랜드 토지에 대한 몇 가지 권리를 주장하고 싶어 했지요. 아마 그들은 이보다 더 좋은 기회를 잡지 못할 겁니다."

"그렇군요." 그녀가 맥없이 대답했다. "그러니까 내가 일을 완전히 엉망으로 만들어 버린 거네요. 찰스 국왕이 안 계신 사이에, 내가 놈들의 뜻에 따라 움직인 거군요. 그들은 잉글랜드로 몰려오겠지요. 그리고 교회의 전적인 지지를 받으며 무장반란을 진압하겠군요. 그 끝은 내가 상상할 수도 없는 것이 되겠군요." 그녀는 일어서서 초조하게 방을 왔다 갔다 했다. "이러면 안 되겠네요. 가만히 앉아서 기다릴 수는 없어요. 오늘 밤에는 그렇게 못 하겠어요." 그녀는 서기를 소환했고, 관리들은 군대와 포병대에게 명령을 하달했다. 그들은 몇 시간 동안 전면적인 포위공격을 버티는데 필요한 추가 식량의 목록을 작성했다. 엘리너는 오래된 경험에서 떠오른 생각을 말했다. "우리는 상당한 시간을 기다려야 합니다. 그러니까 찰스 국왕이 돌아오실 때까지 기다려야 한다는 말입니다. 그건 도리라든가, 우리 군대를 설득하는 등의 그런 문제 때문이 아닙니다. 전체적인 상황이 대단히 심각합니다. 최소한 우리는 누가 이 나라를 실질적으로 이끌고 있는지 알아야 합니다. 그게 우리들 자신인지, 아니면 이탈리아에 있는 교황인지 충분히 파악해야 합니다." 엘리너는 와인을 따랐다. "그렇다면 여러분들의 추천을 들어 보겠습니다. 필요한 것은 뭐든 말씀하세요. 그게 무기든, 군사든, 아니면 식량이든요. 나는 딱 한 번만 물을 것이니 아무것도 빼놓지 마십시오. 우리는 세세한 것을 까먹을 만큼 여유가 없습니다. 만약 우리가 딱 한 번이라도 실수를 하는 날이면, 우리 모두를 기다리는 교수대에 서게 될 것이라는 사실을 명심하세요."

집사는 다른 이들이 모두 물러간 후에도 그녀의 곁을 지켰다. 그는 난롯불을 쬐고 와인을 마시며 신에서부터 왕들까지 섭렵하는 모든 주제에 대해 이야기를 나눴다. 잉글랜드와 그 역사와 국민들에 대해서도 이야기했다. 그리고 엘리너와 그녀의 가족과 양육 과정에 대해서도 이야기를 했다.

"있잖아요, 존 경. 좀 이상해요. 오늘 아침에 총을 쐈을 때, 난 내 옆에 서서 내 몸이 하는 행동을 구경하는 것 같은 기분이었어요. 마치 나도, 당신도, 우리들 모두가 잔디밭 위에 있는 작은 꼭두각시 같았어요. 작은 기계 장치가 우리도 알지 못하게 우리의 몸을 움직인 것 같다고나 할까요." 그녀는 와인 잔을 들여다보다가 단숨에 와인을 들이켜고는 와인 잔 안쪽에서 반사되는 황금빛에서 난로불과 램프 불이 춤추는 것을 들여다보았다. 그러다가 고개를 든 얼굴은 인상을 쓰고 있었고, 눈은 흐릿하고 어두웠다. "무슨 말인지 아시겠어요?"

그는 진중하게 고개를 끄덕였다. "네, 아가씨……."

"그랬어요. 그건 마치…… 무슨 춤 같았어요. 미뉴에트 같기도 하고, 파반 같기도 하달까……. 뭔가 위풍당당하면서도 의미 없이, 모두 정해져 있는 스텝대로 움직이는 것 같았어요. 처음부터 끝까지요……." 그녀는 벽난로 옆에 두 다리를 깔고 앉았다. "존 경." 그녀가 말했다. "가끔 난 삶이라는 것이 하나의 커다란 의미 덩어리 같아요. 온갖 종류의 끈과 실로 짜인 태피스트리나 문직 같다고나 할까요. 그래서 한쪽을 잡아 빼거나 풀어 버리면 거기에 만들어져 있던 패턴이 순식간에 바뀌고 마는 거예요. 그래서 생각을 해 봤더니…… 그 패턴이란 것이 정말 무의미하더라고요. 그게 앞으로 당겨지는 만큼 뒤로 당겨져도 무늬가 만들어지면서 더 큰 효과를 불러일으키게 돼요……. 아마 우리가 시간의 끝에 도달하면, 그런 일이 생길 거예요. 이 세상은 마치 봄처럼 미완의 상태로 태어나 제자리로 다시 돌아갈 거예요……." 그녀는 피곤한 듯 이마를 문질렀다. "내가 말도 안 되는 이야기를 하고 있죠? 시간이 너무 늦은 것 같아요……."

그는 엘리너에게서 와인 잔을 조심스레 빼앗았다. 그녀는 한참 동안 가

283

만히 있었다. 그리고 다시 입을 열었을 때는 졸린 듯했다. "몇 년 전 나에게 해 준 이야기 기억하세요?" 그녀가 물었다. "우리 종조부[08] 제시께서는 우리 할머니가 당신과 결혼을 하지 않겠다고 해서 정말 상심하셨으며, 그 일로 친구를 죽였다고 하셨어요. 그리고 이런 일들은 종조부께서 하신 모든 일의 계기가 되었다고 하셨어요……. 분명히 그래서 그랬던 것 같아요. 음, 오늘은 그만해야겠어요. 이제 다들 모든 일의 인과관계를 알겠지요. 만약 우리가…… 이긴다면…… 그건 제시의 돈 때문일 겁니다. 제시는 여자 때문에 돈을 벌었죠. 마치 중국식 상자 같아요. 열어도 열어도 그 안에 작은 상자가 계속 들어 있잖아요. 그렇게 상자는 계속 작아지다가 결국 더는 열지도 못할 정도로 진짜로 작아져 버리고 말잖아요……."

그는 기다렸다. 그러나 그녀는 더 이상 이야기하지 않았다.

며칠 동안 성은 활기가 넘쳤다. 엘리너의 심부름꾼들은 더 많은 군사와 식량, 살아 있는 가축을 확보하러 사방팔방 뒤지고 다녔다. 가장 아래 있는 안뜰에는 아성 밖을 둘러싼 벽을 따라 동물의 우리와 울타리가 늘어섰다. 증기 트럭은 또 다시 웨어햄에서 온 가축 사료와 건초를 옮기려고 빈 트레일러를 매달고 길을 내려갔다가, 바깥 문을 덜컹거리며 통과한 후 평평한 풀밭 위에 짐을 잔뜩 내려놓았다. 이 모든 것은 가능한 한 비밀리에 옮겨졌다. 훤히 보이게 남아 있는 더미는 방수천으로 덮은 후 그 위에 잔디와 자갈을 뿌렸다. 만약 적들이 정교한 장비를 가지고 온다면 가축의 사료가 가장 중요한 목표물이 될 것이다. 기계는 하루 종일 덜컥거리며 밤까지 일했다. 식량이 저장실로 옮겨지고, 석궁 사수가 쓸 화살촉이 도착하고, 화승총에 쓸 화약과 총탄이 운반되고, 대포에 쓸 탄약이 실려 왔다. 신호기는 하루 종일 멈추지 않았다. 잉글랜드는 불타 올랐다. 론디니움은 무장을 했

---

08 조부모의 형제.

고, 서섹스와 켄트에서 소집된 군대는 서쪽으로 행군하는 중이었다. 그리고 더 좋지 않은 소식이 전해졌다. 프랑스 루아르 성으로부터 군사가 거룩한 십자군 성전을 치르기 위해 밀려오고 있다는 소식이었다. 한편 남쪽에서는 두 번째 무적함대가 잉글랜드를 향해 출항했다는 소식이 전해졌다. 존은 엘리너에게 아무 말도 하지 않았다. 그렇지만 그의 의중은 말보다 명백하게 드러났다. 그녀는 노력을 배가시켰다. 증기 트럭은 육중한 쇠 체인을 끌고 와 축축한 도랑의 둑을 큰 낫으로 베었다. 작업하는 사람들은 성의 작은 숲에서 오랫동안 제멋대로 자란 나무와 덤불에 불을 놓았다. 그러자 저 아래 시커멓게 타 버린 잔디 위로 허연 가루가 헤아릴 수 없이 날렸다. 경사진 길은 이제 별빛을 받으며 산을 오르는 사람들의 모습을 드러내 보였다. 그곳을 통해 구경꾼들이 몰려와 마을 광장에 나비 차들을 주차시킨 후 성으로 들이닥쳤다. 사람들은 성의 정문을 통과하거나 아성을 넘어 들어와서는 성벽에 세워져 있는 총과 보초를 쳐다봤다. 그리고 코를 가져다대고 손가락으로 여기저기 찔러 보면서 모든 이를 거의 하루 종일 방해했다. 엘리너는 문을 폐쇄할 수도 있었지만 자존심이 그녀를 막았다. 자존심과 집사의 조언 때문이었다. "사람들이 모든 것을 볼 수 있도록 하세요." 그가 나직하게 말했다. "그들의 동정심을 불러일으키고, 이해심에 호소하세요." 엘리너는 앞으로 닥칠 나날 동안 잉글랜드로부터 받을 수 있는 모든 도움을 필요로 했다.

 대학살이 있은 지 13일째 되던 날, 집사는 새벽에 일어나 옷을 챙겨 입었다. 그는 아직도 조용히 잠들어 있는 아성을 빠져나왔다. 벌집 모양처럼 생긴 방들과 복도를 지나 커다란 벽을 따라 걷다가 화살처럼 좁은 문과 생생한 회색빛이 쏟아지는 작은 창을 스쳐갔다. 그리고 초소에서 졸고 있는 보초도 통과했다. 보초는 갑자기 차렷 자세를 취하며 미늘창 자루를 돌 위에 대고 두드렸다. 존 경은 그의 동작에 답하며 손을 조심스레 올렸지만 전혀 개의치 않았다. 밖으로 나온 그는 위쪽 안뜰의 차가운 공기를 맞으며 걸음을 멈췄다. 주변에는 장막이 드리워진 벽이 어둠 속에 언뜻 보였다. 커다란 그림자는 작은 인간들의 그림자보다 우뚝 솟아 있었다. 보초들이 내쉬는 호흡은 그들의 머리 위로 하얗게 가느다란 줄기로 피어났다. 저 아래 마을의 지붕들이 옹기종기 모여 있었다. 그 광경은 어두침침하면서도 파리한 빛을 띠었고, 여기저기 이상한 불빛이 보였다. 황무지 저 밖에 보이는 외로운 불빛은 석공의 아들이 손에 랜턴을 들고 터덜터덜 걸어서 일하러 가는 중임을 알려 주었다. 그는 멀리 시선을 보냈다. 눈으로 쳐다보고 있으나 마음에 담아 두지 않고 마음을 단단히 잠갔다. 이런 새벽녘이면 늘 그렇듯 시간이 멈춰 제자리에서 맴돌며 속으로 그 속으로 흘러 들어가다가 다시 속도를 내면서 새로운 날을 향해 가는 듯했다. 거대하고 어두침침한 석재 왕관 같은 성은 산 정상에 솟아 있는 것이 아니라, 시간의 흐름 속에 솟아 있는 홈집처럼 보였다. 성은 태양이 이동함에 따라 무한대로 뻗어나가는 가능성으로부터 툭 불거져 나온 결절처럼 보였다. 그 누구도, 집사도, 다른 사람도, 그 순간 그의 생각을 이해할 수 없을지도 모른다. 이 오래된 생각은 바로 태초의 인간이 처음으로 한 생각이었다. 왜냐하면 바로 이 집사가 태초의 인간들의 후손이기 때문이다.

두 번째 안뜰 꼭대기에는 땅딸막한 부타반 타워가 뱃머리를 장식하는 조각처럼 타 버린 잔디가 깔린 절벽 너머에 솟아 있었다. 집사는 그 아래 문에서 멈춰 서서 수평선 너머를 향해 기묘한 시선을 보낸 후, 천천히 몸을 돌려 챌로 타워를 마주보고 섰다. 그러자 곧바로 관절이 달린 팔이 우아하게 움직이기 시작했다.

그는 발을 질질 끌며 탑의 계단을 올라갔다. 뒤에서 북소리와 목소리가 희미하게 들렸다. 신호수가 안뜰을 가로지르며 서둘러 달리는 소리였다. 아직 성년이라고 할 수 없는 녀석은 주름진 양말을 신고, 소매 없는 상의를 대충 걸치고, 손에는 메시지 패드를 들고, 눈을 비비고 있었다. 황무지 저 멀리서 바다와 하늘이 코발트색으로 뒤섞인 배경 속으로 잠시 빛이 비추다 사라졌다가 또 다시 이어졌다. 조금 더 밝은 어둠의 조각은 어쩌면 돛일지도 몰랐다. 함대가 정박하러 와서 병사들을 정렬시키고 대기하고 있는 듯했다.

계단 맨 위에 잠겨 있는 문을 통과하면 돌로 빽빽하게 지어진 작은 방이 나왔다. 그 문의 열쇠는 유일하게 집사가 갖고 있었다. 열쇠는 생긴 것 자체가 특이했다. 약간 둥근 머리를 가진 열쇠는 홈이 파진 대신 구불거리는 놋쇠 장식이 달려 있었다. 열쇠를 넣고 돌리자 문이 활짝 열렸다. 그는 문을 열어 둔 채 안으로 들어갔다. 그의 손은 능수능란하게 움직이면서 교황들이 머리를 써서 오랫동안 불허했던 마법의 장치를 조립했다. 놋쇠 모양과 마호가니 모양이 딸랑거리며 삐걱거렸다. 잠시 파란 불똥이 튀기도 했다. 그는 자신의 이름과 질문들을 발각되지 않은 영기[09] 속으로 전송했다. 이 영기는 눈에 보이진 않지만 조용하고 신호기보다 1000배는 빨랐다. 그는 조용히 미소를 지으며 종이와 첨필을 가져와 받아 적기 시작했다. 그때 위쪽에서 발소리가 났다. 그리고 다급한 목소리도 들렸다. 그는 그 소리를 무시하고 모든 감각을 잊어버린 채 손가락 사이에서 불꽃을 튀기며 번쩍거리는 물건에만 자신의 존재를 온통 집중하고 있었다.

뒤에서 문이 벌컥 열렸다. 숨 쉬는 소리와 돌계단 위에서 신발이 긁히는 소리가 들렸다. 그는 손에 종이를 든 채 몸을 반쯤 돌렸다. 그의 뒤에 자리 잡은 탁자에 올려져 있는 물건은 누가 건들지도 않았는데 저 혼자 날카로운 소리를 내며 달그락거렸다. 그는 부드러운 미소를 지었다. "아가씨……."

---
09 옛 사람들이 상상한 대기 밖의 정기.

그녀는 뒷걸음질 치며 한 손을 목 언저리로 가져가 어깨에서 펄럭이는 숄을 쥐었다. 그녀의 목소리는 통로에서 힘없이 들렸다. "강령술이었군요……."

그는 기계를 놔두고 그녀에게로 후다닥 뛰어 내려갔다. "엘리너 아가씨……." 그는 계단 아래에서 그녀를 잡았다. "아가씨, 전 아가씨께서는 눈치채실 줄 알았습니다……." 그는 그녀의 손목을 쥐고 잡아끌었다. 그녀는 몸을 뒤로 빼다가 마지못해 따라갔다. 저 위에서는 기계가 미친 듯이 달그락거리고 있었다. 그녀는 간신히 문 주위를 알짱거리며 입을 벌린 채 한 손을 벽에 대고 귀신이 씌어서 달그락거리는 작은 기계를 쳐다봤다. 그는 웃음을 터뜨렸다. "여기 이거요, 남들이 봐서 좋을 게 없어요." 그녀 뒤에서 문이 닫혔고, 짤깍하며 열쇠가 잠겼다. 그녀의 입술이 떨렸다. 그녀는 작업대 위에 올려져 있는 물건에서 눈을 떼지 못했다. "존 경." 그녀는 숨을 몰아쉬며 말했다. "이게…… 뭐죠?"

그는 손을 바쁘게 움직이며 재빨리 어깨를 으쓱했다. "이게 바로 전류가 흐른다는 증거죠. 한 세대 동안 길드에 알려져 있는 방식입니다."

그녀는 마치 그를 처음으로 보는 사람처럼 쳐다봤다. 그녀는 의아한 듯 말했다. "이게 일종의 언어라고요?" 그녀는 더 이상 두려워하지 않고 작업대로 다가갔다.

"그렇다고도 할 수 있죠."

"그럼 누가 당신에게 말을 하는 건가요?"

그는 간단히 말했다. "신호수 길드요. 그렇지만 그건 중요하지 않아요, 아가씨. 신호기는 하루 종일 딸각거립니다. 그게 바로 신호기가 말하는 소리죠. 보세요, 지금도 말하고 있다고요……."

그가 말을 끝내기도 전에 저 위에서 목소리가 들려왔다. 소리는 벽을 타고 웅얼웅얼 울리면서 들려왔다.

"체어필리가 무기를 들었다!"

그녀는 움찔하면서 고개를 들었다. 그녀는 입을 움직였지만 소리는 나오지 않았다.

"그리고 페번지에서도 무기를 들었다." 그가 읽어 내려갔다. "모매리스, 카리언, 옥스퍼드, 보디엄이 국왕을 옹호하는 선언을 했고, 카나본은 용선을 태워 버렸다. 콜체스터, 워릭, 프램링엄, 브램버, 카디프, 챕스토……." 그녀는 더 이상 듣지 않고 달려가 그의 목에 와락 매달리며 작은 방 안에서 왈츠를 추었다. 그 바람에 전선과 배터리와 코일이 엉망이 되었다. 이제 낡은 팔을 통해 늦게 전달되는 메시지는 더는 쓸모가 없었지만, 하루 종일 산 위에서는 계속 소음이 들렸다. 하루 종일, 해 질 녘까지 계속되고, 어둠이 완전히 내려앉을 때까지 계속되는 메시지를 아크등 불빛 속에서 계속 받아 적었다. 오래된 곳이자 자랑스러운 장소들. 도버, 할렉, 케닐워스, 러들로, 월머, 요크……. 그리고 서쪽 저 멀리에서 바다 안개를 뚫고 들려오는 전갈은 마치 근질거리는 낡은 갑옷 같았다. 베리 포메로이, 로스트위디얼, 틴타젤, 레스토멜. 빛은 황무지에서부터 앞으로 점점 기어 나가 바다 저 멀리로 사라졌다. 자정이 되자 팔은 작업을 멈췄다. 다음 날 아침이 되자 코프 게이트는 포위되었다. 신호기 탑에서 바삐 움직이는 사람들 이외에는 아무것도 움직이지 않았다.

이 나라 곳곳에 있는 귀족과 남작이 소유한 모든 성의 봉기는 옹호자들에게 무적함대라는 중요한 압박을 덜어 주었다. 군대는 내륙으로 전진했다. 밤에도 서둘러 진군하던 이들은 산악지대의 계곡을 통과하는 순간, 엘리너의 포병대에게 공격을 당했다. 500명 정도의 군사가 코프 게이트를 포위공격했다. 그들은 각종 엔진, 노포[10], 투석기를 가져와 쌓았다. '설득자',

---

[10] 돌을 발사하는 옛 무기.

'로마의 믿음', '이리'라는 3대의 투석기를 포함한 각종 무기가 계곡과 주변 산허리 방호벽에서 맹렬히 공격했다. 그렇지만 사정거리가 워낙 멀고 상당히 높이 들어 올려야 했기에, 성 바깥쪽 방수포 근처에 도달하는 포탄은 거의 없었다. 대부분의 탄환은 흉벽 아래쪽을 때린 후 움푹 패는 소리와 함께 튕겨 나갔다. 어쩌다 안뜰로 떨어진 탄환은 엘리너 군대의 무기고에 큰 도움이 되어 환영을 받기도 했다. 엘리너가 갖춘 무기들이 성능이 더 나았기 때문에, 대포를 쏘기만 하면 포위하고 있는 적군들의 대열이 흩어지면서 축축한 도랑 너머로까지 밀려났다. 그곳에서부터 교황의 군대는 공격에 공격을 거듭하며 다시 진군했다. 그들은 성을 지키는 자들을 놀라게 하겠다는 희망으로 무기를 다양하게 바꾸었지만, 여전히 후퇴할 수밖에 없었다. 그들은 방탄 방패를 가져와 그 뒤에 군인 10여 명을 배치했다. 저격수는 방패 아래로 보이는 불쌍한 병사들의 다리를 명중시켰다. 그러자 병사들과 방탄 방패는 데굴데굴 굴러가 도랑에 빠지면서 토루 측벽에 붉고 기다란 핏자국을 남겼다. 지뢰를 터뜨리려는 시도를 걱정보다 동정심이 앞선 채 지켜보았다. 한편 바깥쪽 문에서 대항할 수 있는 건 오로지 종탑뿐이었다. 육중한 탑에는 축축한 가죽이 매달려 있고, 그 안에 있는 3층짜리 건물에는 저격병이 숨어 있었다. 지뢰는 새벽에 도착했고, 우르릉거리는 소리를 내며 100여 명의 군대가 고생스레 끌면서 마을길을 통과했다. 모래주머니가 삼중으로 에워싼 방호벽 뒤에 숨은 '호통'은 이들을 한 방에 날려 보냈다. 사람들은 포탄에 맞았고, 떨어져 나간 팔다리는 커다란 시궁창 속에 푹 빠졌다.

그 후 전투가 잠시 소강되었다. 포위군들은 큰 소리로 엘리너를 부르며 그녀에게 요한의 용서를 약속했다. 그러나 그것은 그들이 제안할 성질의 것이 아니었다. 그리고 그들은 그녀의 의중을 물었다. 혹시 엘리너가 전 세계와 전쟁을 할 생각인지 질문했다. 그런 다음 포위군들은 그녀에게 찰스가 보냈다는 편지를 들려 사자를 보냈다. 편지는 엘리너의 명분이 사라졌으니 이제 로마에 무릎을 꿇으라는 내용이었다. 그녀는 사자를 내쫓았다. 그리고 이런 엉터리 심부름을 하러 다시 오는 날엔 그를 투석기에 매달아 허공에 있는 더 빠른 길로 되돌려 보내겠다고 으름장을 놓았다. 그러자 그 어느 때보다 강력한 공격이 시작되었다. 하루 종일 공중에서 돌들이 날아다녔다.

근처 채석장에서는 먼지가 풀풀 날리고 있었는데, 석공들이 투석기에 쓸 포탄을 고생스레 만들고 있는 중이었다. 군사들은 가파른 비탈길을 뛰어 올랐다. 뇌관이 장착된 머스캣 총을 든 장교들이 그들을 뒤에서 몰면서 동요하는 병사들의 등을 총으로 쏘았다. 엘리너는 뼈저린 교훈을 가르쳤다. 성에 있는 사람들은 겉으로 보기엔 혼란에 빠져 성의 낮은 벽에서 모두 물러난 것처럼 보였다. 공격을 해 오는 병사들은 겁에 질린 악마처럼 고함을 내지르며 순교자의 문을 향해 달려가 그곳에 있는 내리닫이 격자문의 빗장을 두드려 부수었다. 순간 그들은 스스로의 목숨을 구원하기에는 이미 늦었다는 것을 깨달았다. 바깥쪽 격자는 이들이 시선을 안으로 돌린 사이 미끄러져 내려와 우리 속에 동물을 가두듯 병사들을 가두었다. 그런 다음 위쪽에 있는 통풍구로 펄펄 끓는 기름을 퍼부었다.

그러자 이제 조금 더 조심스러워진 포위병들은 그 자리에 주저앉아 성 안의 사람들을 굶겨 죽이려고 했다. 11월이 지나가고 크리스마스와 새해가 다가와도 고대 프랑스의 붉은색 왕기와 엘리너의 성을 상징하는 붉은 꽃과 표범이 그려진 깃발이 높은 아성 위에서 여전히 휘날렸다. 국왕은 아직도 아무런 언급도 하지 않았다. 게다가 이제는 마법이든 무선 전신이든 그 어느 쪽도 불가능한 채, 대지는 잠자코 있었다. 마침내 신호수 하사관이 소식을 가져왔다. 그는 새벽 녘 적군들의 포위망을 뚫고 오다가 등에 잘려 나간 화살을 맞아 목숨이 끊겼다. 보매리스가 함락되었고, 채를론도 마찬가지다. 기세 좋던 듀브리의 탑도 40일을 버티다가 항복했다는 내용이었다.

엘리너는 그날 밤 잠을 자지 않고 탑의 방들과 전투의 잔해가 높이 쌓인 아성을 돌아보았다. 집사가 다가왔다. 새벽이 오기 전 가장 어둑어둑한 시간이 되자 누렇게 타던 횃불이 차츰 약해졌다. 그 시간쯤이면 보초병들은 초소에서 고개를 떨어뜨리거나, 아니면 기름 먹인 실크 창유리 틈으로 들리는 바람 소리를 경계하며 몸을 곧게 세웠다. 안개가 그레이트 히스에서 피어올랐고, 달은 구름에 가려졌다.

"말해 주세요. 존 경." 그녀가 말했다. 그녀의 목소리는 힘없이 가냘팠고, 세찬 바람에 몸을 가누지 못했다. "이쪽 창가로 와서 보이는 것을 말해 주세요……."

그는 한참 동안 가만히 서 있었다. 그리고 무겁게 입을 열었다. "밤안개가 언덕 위로 피어오르고, 적들의 횃불이 보입니다……." 그는 그녀 곁을 떠나려 했지만, 엘리너가 그를 날카롭게 불러 세웠다.

"당신은 요정이라면서요……."

그는 발걸음을 멈추고 뒤를 돌아 그녀를 보았다. 그가 걸음을 멈추자 엘리너는 그의 고유한 이름을 불렀다. 그 이름은 올드 원들 사이에 알려진 그의 이름이었다. "내가 전에 말했죠." 그녀가 신랄하게 말했다. "내가 진실을 알게 되면, 당신도 알게 될 거라고요. 이제 명령이에요. 다시 이리로 와서 보이는 것을 말해 주세요."

그가 생각하는 동안 그녀는 머리에 손을 대고 다가왔다. 그는 어둠 속에서 그녀의 온기와 희미한 체취를 느낄 수 있었다. "우리가 아는 모든 것의 끝이 보입니다." 그가 마침내 입을 열었다. "그레이트 게이트가 부서지고, 교황 요한의 깃발이 휘날립니다."

그녀는 그를 추궁했다. "그럼 나는요, 존 경? 나는 어찌 되나요?"

그가 곧장 입을 열지 않자, 그녀는 침을 삼켰다. 밤이 점차 모든 것을 잠식하면서 어둠이 몸속으로 파고드는 것 같았다. "내가 죽습니까?" 그녀가 물었다.

"아가씨." 그가 부드럽게 말했다. "누구나 죽습니다……."

그녀는 고개를 젖히고 몇 달 전 라이와 딜의 헨리 앞에서 그랬던 것처럼 호탕하게 웃었다. "그렇다면……" 그녀가 말했다. "살 수 있는 한 조금 더 살아야겠네요……."

그날 아침, 날이 밝기 전에, 그들은 선제공격으로 맹공을 퍼부어, '이리'를 태워 버렸다. '이리'의 잔해는 지금도 산악 지대에 남아 있다. 그리고 장포 '평화의 왕자'가 동료들의 팔을 부러뜨렸다. 팔이 얼마나 튼튼하고 긴지 그것을 대체할 나무가 없었다. 그래서 그들은 대포 '그레이트 멕'을 가져왔다. 멕과 컬버린 포는 협곡을 가로지르며 주거니 받거니 이야기를 나누다가 마거릿을 가져왔다. 그것과 컬버린포가 협곡을 가로지르며 산악 지대 사이에서 끓는 주전자에서 김이 피어오르듯 연기가 자욱해질 때까지 서로 포탄을 주거니 받거니 했다.

그들은 전보를 통해 그가 온다는 소식을 들었다. 화창한 여름 날, 그는 수행원들과 함께 퍼백 섬으로 넘어왔다. 그들은 여전히 빽빽하게 포위된 상태였다. 사실 포위병들은 몇 달 만에 처음으로 맹공을 퍼붓기 시작했다. 이런 혼전 속에서 그는 아무런 소식을 전하지 않고 이곳에 도착했다. 그가 도착했다는 소식을 전해 듣자마자 계곡 사이에 총성이 사라졌다. 그것은 너무나 어색한 침묵이었다. 광활한 황무지에서는 한숨 같은 바람 소리만이 들릴 뿐이었다. 그들은 마을에서 그의 깃발을 보았다. 그의 말들과 공성포열이 황무지를 가로지르며 행군했다. 집사는 급히 여영주를 찾으러 돌아다녔다. 그녀는 두 번째 안뜰에 있었다. 두 사람은 부타반트 타워 옆에 컬버린을 설치해서 저 아래 비탈길을 오르려고 시도하는 적군과 놀이를 하고 있었다. 엘리너는 연기를 뒤집어쓰고 살짝 피가 묻은 채여서 지저분해 보였다. 병사 중 한 명이 화승총 불꽃에 다치는 바람에 상처를 감싸는 것을 돕다가 그렇게 되었다. 그녀는 집사를 보자 일어섰다. 그의 무거운 표정과 태도 때문이었다. 그는 조용히 고개를 숙였다. 그리고 그녀가 그의 얼굴을 보고 짐작한 내용을 확인해 주었다. "아가씨." 그는 짧게 말했다. "국왕께서 오셨습니다······."

그녀는 옷을 갈아입거나 무슨 준비를 할 새도 없었다. 국왕의 일행이 저 아래쪽 공터에 이미 모습을 나타냈기 때문이다. 그녀는 경사진 안뜰을 가로질러 몸소 문까지 달려갔다. 집사는 그 뒤에서 거리를 유지했다. 아무도 꼼짝하지 않았다. 성벽에 늘어선 포병대도, 궁수도, 저격수도 움직이지 않았다. 그녀는 왕이 서 계신 제일 앞에 버티고 서 있는 '호통'에 의해 저지당했다. 그녀 앞에는 내팽개쳐진 깃발과 갑옷이 놓여 있었다. 말들은 재갈을 우적우적 씹으면서 화약 냄새를 맡고 버둥거렸다. 군인들은 총칼을 든 채 대기하고 있었다.

왕은 수행원들의 비호를 무시하고 홀로 앞으로 말을 타고 나왔다. 그는 연기와 총탄의 흔적으로 얼룩져 있는 문루 탑을 보았다. 그리고 1년 전에 주저앉은 이후론 꼼짝도 하지 않고 땅 속에 박혀 있는 내리닫이 격자문을 보았다. 그는 한참 동안 엘리너를 바라보고 총을 움켜쥐고 서 있었다. 국왕은 앞으로 다가와 자신을 막아선 격자문에 대고 채찍을 휘두른 후, 이런 내용이 담긴 몸짓을 보였다.

올려라······.

그녀는 머리칼을 휘날리며 기다렸다. 그리고 입을 꽉 다문 채로 일행에게 고개를 숙였다. 그리고 동작을 멈추었다. 체인이 삐걱거리자 그 밑에서 무성하게 자란 풀이 뽑히며 쓰러졌다. 그는 격자문 아래로 고개를 숙여 앞으로 말을 타고 지나간 다음, 돌계단을 올랐다. 그는 말에서 내린 다음 엘리너에게 다가갔다. 그제야 갈채가 마을 전체에 퍼졌다. 군인들과 여러 신분의 사람들은 벽에 올라갔다. 사람들이 계속 벽을 따라 올라 그레이트 벽에 올라간 여러 계급의 사람들은 일어서서 위대한 아성에 있는 탑으로까지 이어졌다. 그렇게 코프 게이트는 다른 누구도 아닌 군주에게 굴복하고 말았다.

그녀는 성을 떠나기 전에 집사에게 한 번 더 이야기했다. 이른 새벽, 하늘은 파리한 회색을 띠었고, 황무지 위에 두껍게 깔린 안개는 오늘 하루도 푹푹 찔 것임을 약속했다. 그녀는 말 위에 꼿꼿하게 앉았다. 등을 곧게 펴고 앉아 천천히 주위를 돌아보았다. 저 아래 아성에는 바깥 게이트까지 총들이 죽 늘어서 있었다. 바싹 말라 엉망진창인 잔디를 가로질러, 그들이 지키던 성벽 안쪽의 죽은 자들이 묻힌 곳에는 십자가가 단정히 서 있었다. 위쪽으로는 위대한 아성 벽면이 새로운 태양빛을 받아 창백하고 흐릿하게 보였다. 그 모습은 황망하고 공허하게 무엇인가를 기다리는 것 같았다. 발밑으로 50미터 떨어진 곳에는, 잉글랜드의 국왕이 군사들에게 둘러싸인 채 앉아 있었다. 그는 등이 굽고 노쇠한 것처럼 보였다. 몇 달간의 전투, 논쟁, 조정, 물물교환에 지친 것이다. 국왕은 집이나 일자리 정도만 잃은 사람들부터 최악의 경우 목숨까지 잃게 생긴 절망에 빠진 사람들을 상대하느라 지치고 말았다. 만약 그것을 승리라 부를 수 있다면 그는 승리한 것이다. 들끓던 땅이 다시 조용해졌다. 그들이 엘리너에게 던졌던 질문에 그는 스스로에게 대답했다.

그녀는 조용히 집사를 오라고 손짓한 후 말에서 몸을 숙였다. 그녀는 이렇게 말했다. "올드원이시여, 당신은 선친과 나까지 잘 모신 분입니다……. 매와 장미로 내 상징을 만드세요. 그리고 그 발에 밟힌 꽃이 피어나고, 바람을 맛보는 새가 날게 하세요……."

그는 허리를 숙이고 특이한 명령을 받아들였다. "아가씨." 그가 천천히, 그러나 분명하게 말했다. "우리는 다시 만날 것입니다. 그리고 아가씨가 바라던 대로 될 것입니다."

그녀는 그에게 다시 인사하며 한 손을 들어 올렸다. 그리고 말의 고삐를 흔들어 감아쥔 후 가파른 길을 내려가, 저 아래 순교자의 문에 있는 탑을 통과해 낮은 안뜰로 내려갔다. 병사들은 달그락거리는 장비를 달고 그녀의 뒤를 따라갔다. 그들은 외보를 지나 마을 거리에 들어섰다. 그녀는 다시는 뒤돌아보지 않았다.

재판이 열렸다. 한 생명과 관련된 재판이었다. 그녀는 재판의 결과에 크게 신경 쓰지 않았다. 점잔을 빼고 가발을 쓴 채 뻐기며 앉아 있는 귀족들, 어두침침한 복도와 법정은 그녀에게 별 의미가 없었다. 국왕 찰스의 소견 표명으로 인해 감형되었다. 그녀는 화이트 타워에 감금되어 그곳에서 몇 년을 보냈다. 이제 현실은 그녀를 괴롭히지 않았다. 그녀는 갓 피어난 봄꽃으로 화환을 짰고, 황무지 풀밭에서 바람이 불 때면 도싯 하늘을 가로지르는 구름을 상상했다.

그동안 잉글랜드에는 많은 변화가 일어나났다. 그녀는 어렴풋이 그 사실을 알았다.

하나씩 하나씩 차례로 성이 무너져 내렸다. 성벽과 흉벽, 탑과 외보, 누벽과 높은 벽통로. 백성을 제일 먼저 생각하는 착하신 찰스 국왕. 이것은 그가 신성한 로마와 전쟁을 치른 대가였다. 공병대원들은 땀을 흘리며 탄광을 파냈고, 밀짚과 함께 나무 버팀목을 그 안에 둘렀다.

코프 게이트의 언덕 위에서는 소음이 들렸다. 천둥처럼 으르렁대는 소리였다. 거대한 석재가 물속으로 떨어졌다. 지진이 난 것처럼 으르렁거리는 소리가 들렸고, 높이 피어나는 먼지가 선명한 하늘로 퍼졌다.

거인의 죽음.

찰스의 명령에 의해 엘리너의 방문이 열렸다. 보초는 졸고 있었다. 뒷문에는 말이 대기하고 있었다. 미리 이런 것들을 준비해 둔 것이다. 그녀에게 돈을 쥐어 주었으며 충고도 뒤따랐다. 그녀는 두 가지 모두를 거부했다. 그녀는 자신의 성이 있던 곳으로 서둘러 돌아갔다.

집사는 그녀를 찾아냈다. 백성들 중에서 오로지 그만이 그녀를 찾아낸 것이다. 엘리너는 무늬가 그려진 나일론 하녀복을 입고 있었지만, 집사는 여영주를 알아보았다.

따분한 10월의 어느 날, 마지막 성까지 무너져 버린 지 몇 년이 지난 후, 두 남자가 웨스트 카운티의 마을 거리를 조용히 걷고 있었다. 그들의 움직임은 다급했고, 뭔가를 숨기는 듯했다. 그들은 재빨리 걷다가 간혹 주변을 돌아보면서, 혹시 누군가가 자신들을 주시하고 있는 건 아닌지 확인했다. 그들은 여관 마당의 아치로 된 통로 밑을 지나 그 너머에 있는 자갈 길을 건넜다. 아치 아래에는 죽은 덩굴식물의 줄기가 흔들거리고 있었다. 갑자기 불어온 바람에 밀려온 비가 그들의 얼굴을 때렸다. 낯선 이들은 문을 두드린 후 안으로 들어갔다. 그들은 안으로 들어온 후 체인으로 문을 단단히 붙들어 맸다. 그곳을 지나자 길이 나 있었다. 이곳은 오후의 빛이 남아 있긴 해도 칠흑같이 어두웠다. 그리고 계단이 보였다. 두 남자는 조용히 계단을 올라갔다. 층계참 끝에 문이 보였다. 그들은 그 앞에 서서 문을 두드렸다. 처음에는 살살, 그 후엔 좀 다급하게 문을 두드렸다.

문을 연 여인은 목도리를 대충 두르고 있었다. 긴 머리칼은 여전히 갈색으로 굽이치며 어깨에 닿았다. "존!" 그녀가 말했다. "상상도 못 했는데……." 그녀는 말을 멈추고 한참을 쳐다보았다. 그러다 손으로 천천히 목도리를 단단히 여몄다. 그녀는 침을 삼키고 눈을 감았다. 그리고 물었다. "누구를 찾으시죠?" 그녀가 냉랭하게 물었다. 마치 모든 감정이 빠져나간 듯이.

둘 중 키가 더 큰 남자가 조용히 대답했다. "엘리너 부인 맞으시죠?"

"여기엔 그런 사람 없어요." 그녀가 말했다. "여기에 그런 사람 없다고요……." 그녀는 문을 닫으려고 했지만 그들은 그녀를 저지하며 방 안으로 밀고 들어왔다. 그녀는 더 이상 그들을 막아서려고 하지 않았다. 대신 몸을 돌려 작은 창가로 걸어가 고개를 숙이고 서서 손으로 의자 뒤쪽을 짚었다. "어떻게 날 찾았죠?" 그녀가 물었다.

아무런 대답이 없었다. 그녀는 고개를 돌려 남자들을 바라보았다. 그들은 두 발을 벌리고 서 있었다. 긴 침묵이 이어졌다. 그리고 그녀는 웃으려고 애썼다. 웃음소리가 마치 기침 소리처럼 막히는 듯 새어나왔다. "날 체포하러 온 건가요? 그 오랜 세월이 흐른 지금에서야?"

키가 큰 남자는 고개를 천천히 내저었다. "부인, 저희에겐 영장이 없습니다……."

다른 남자는 묵묵히 기다렸다. 바람이 건물 처마 주위에서 날카롭게 불더니, 갑자기 유리창에 빗방울이 부딪쳤다. 그녀는 고개를 저으며 지그시 입술을 깨물었다. 그리고 배와 목을 어루만졌다. 그녀의 손은 하얀 나비처럼 어둠 속에서도 창백하게 빛났다. "보면 모르겠어요? 당신네들은…… 당신들이 이곳에 하러 온 일을 할 수 없어요. 지금은 아니에요. 무슨 말인지 모르겠어요? 무슨 말인지 모른다고 해도 지금 그 이유를 말해 줄 수는 없어요……."

이어지는 침묵.

"그렇게는 안 될 것 같아요." 그녀는 말했다. 그녀는 슬쩍 미소를 지었다. "다음 세대가 이 글을 읽게 되었을 때, 믿지 않겠죠. 그네들은 절대로 믿지 않을 거예요……." 그녀는 방을 가로질러 가 등을 돌리고 섰다. 어느새 창문에서는 빗물이 흐르는 소리가 들렸다. 그 작은 소리는 마치 그녀의 치아가 부딪히는 소리 같았다. "생각했던 것보다 난 잘 살고 있어요. 물론 내가 바라던 만큼은 아니지만요. 두려워한다는 건 끔찍한 일이에요. 그건 마치 질병과 같아요. 쓰러지고 싶지만, 쓰러질 수 없는 것과 같죠. 당신은 절대로 이런 생활에 익숙해지지 못할 거예요. 이렇게 살다가는 매일매일 악화되고 말 테니까요. 그리고 어느 날 마침내 최악의 상태가 되겠죠. 만약 그런 일이 생기더라도 난 두려워하지 않을 줄 알았어요. 그런데 내가 틀렸더군요……."

그녀는 다시 창가로 갔다. 낯선 이들도 앞으로 움직였지만 조심스레 움직이느라 마루가 삐걱대지는 않았다. 그녀는 여관 마당을 내려다보며 서 있었다. 남자는 그녀가 떨고 있음을 알았다. 그녀는 계속 이야기했다. "비가 올 줄은 몰랐어요. 이런 건 우리가 상상할 수 없는 사소한 것들이죠. 비가 오지 않았더라면 좋았을 텐데……." 그녀는 탁자에 조심스레 유리잔을 내려놓았다. "그 누구도 '마지막으로 가장한 생각'을 믿지 않아요. 그렇지만 결국 누구나 확실히 알게 되는 것 같아요. 난 내가 수도 없이 죽게 해 달라고 기도한 사실을 기억하고 있어요. 외롭고 두려운 밤이면 그런 기도를 올렸어요. 정말 그랬다고요. 그렇지만 이제는 인생이 얼마나 멋진 것인지 알게 되었어요. 이렇게 매 순간 호흡할 수 있다는 것은…… 정말 소중한 것이죠."

문에 서 있던 남자가 초조하게 움직였다. 하지만 다른 남자가 손을 들어 올렸다. 엘리너가 반쯤 돌아서자 뺨에 흐르는 반짝이는 눈물이 보였다. "물론 어리석은 일이죠. 이렇게 당신들에게 애원해 봐야 무슨 소용 있겠어요. 하지만 보다시피 난 연약하다고요. 내게 애원할 기회가 생겨도 절대로 그렇게는 하지 않겠다고 맹세했었어요. 그런데 난 지금 이렇게 늘 애원하고 있어요. 그건 날 위한 게 아니에요. 나 자신을 위해서가 아니라고요." 그녀는 천천히 가녀린 숨을 내뱉었다. "이런 무릎으로는…… 아무튼 갈 수 없어요. 적어도 그럴 수 없다는 것 정도는 알 수 있을 만큼의 분별력은 남아 있어요."

그녀는 창문으로 몸을 돌렸다. "난 내가 꽤 괜찮은 인생을 살았다는 것을 기억하려고 애쓰고 있어요. 내가 받아야 할 만큼보다 훨씬 더 괜찮은 삶이었어요. 난 사랑을 배웠어요. 사랑은 풍요로우면서도 생소했어요. 한때 내 눈에 보이는 모든 땅이 내 것인 적도 있었어요. 높은 탑에 올라가서 보이는 저 산 너머까지, 그리고 저 바다 멀리까지가 모두 내 땅인 적도 있었다고요. 땅 한 조각, 풀 한 포기까지 전부 다 내 것이었죠. 그리고 내가 부르면 사람들이 달려왔어요. 날 시중드는 하인도 있었지요. 난 내가 하고 싶은 건 모두 다 다했어요. , 난 그들을 사랑했어요, 대단히요. 그리고 그중 몇몇은 날 사랑하기도 했었죠. 몇 명은 부상을 당했고, 또 몇 명은 죽임을 당했어요. 그리고 나머지 사람들은 모두 바람에 날아갔어요……."

"부인." 이방인이 거칠게 말했다. "이건 우리의 뜻과는 상관없는 일입니다."

"그렇군요." 그녀가 말했다. "그렇지만 당신의 신은 분노의 신이세요, 맞죠? 그분은 나의 신보다 훨씬 더 분노하고 계세요." 그녀는 침을 삼켰다. 그리고 손을 가슴 앞으로 가져와 천천히 주먹을 쥐었다. "나는…… 저주받았어요. 그렇지만 나는 당신을 불쌍하게 생각해요. 신께서 당신들의 영혼에 자비를 내리시기 바랍니다."

문가에 서 있던 남자가 침을 삼키며 입술을 축였다. 다른 남자는 고통에 잠긴 듯 얼굴을 일그러뜨린 채 몸을 돌렸다. 그는 천천히 손을 움직였다. 그리고 손바닥 안에서 미끄러지는 날카로운 칼날을 느꼈다.

존 포크너는 계단을 천천히 오른 후, 밖에서 가져온 상자를 놓고 그 위에 앉았다. 그는 문을 조용히 두드리고 또 두드렸다. 그는 기다리면서 점점 인상을 쓰기 시작했다. 그러다 손잡이를 가볍게 밀어 문을 살짝 열었다. 그는 처음에 등받이가 높은 의자에 앉아 있는 그녀를 보지 못했다. 그래서 그는 시야를 넓혔다. 그는 앞으로 달려가 그녀의 손을 잡으려고 했다. 그녀는 양손을 옆에 딱 붙이고 있었다. 그는 바닥에 떨어진 핏자국과 그녀가 그 위를 발로 질질 끌고 다닌 자국을 보았다. 그녀는 고개를 맥없이 돌렸다. 얼굴이 종이 가면 같았다. "이번에도……" 그녀는 속삭였다. "이번에도 찰스가 보냈군요……." 그녀는 두 손을 들어 올렸다. 그리고 어둠 속에서 빛나는 손바닥을 그에게 보여 주었다.

그는 무릎을 꿇은 채 치아 사이로 숨을 습습 들이마셨다. 잠시 뒤 고개를 들자 얼굴이 완전히 바뀌어 있었다. "누가 이랬죠, 아가씨?" 그가 거칠게 물었다. "다음번에 저들이 황무지를 건넌다면, 우리는 꼭 알고 있어야 합니다……."

그녀는 이상하게 번득거리는 눈 뒤쪽에서 광채를 내는 별을 바라보다가 그의 손목을 잡았다. 그리고 천천히 고통을 느꼈다. "아니에요, 존." 그녀가 말했다. "오래된 길은 죽었고, 복수는……. 나의 것이다, 라고 그분께서 말씀하셨습니다." 그녀는 고개를 의자 뒤로 젖힌 채 입을 벌렸다. 피가 치아 사이로 흘러내렸다. "가서…… 말을 가져오세요. 말요……. 빨리. 존, 제발……."

그는 잠시 눈을 아래로 깔고 서 있다가 달려가 그녀의 명령을 따랐다.

말 두 마리가 새벽의 차가운 빛 속에서 천천히 움직였다. 말 주위에는 날카로운 바람이 불며 말을 탄 이들의 망토를 잡아 뜯었다. 엘리너는 꽁꽁 얼어붙은 채 웅크리고 앉았다. 집사가 달려와 그녀를 말 위에 태워 주었다. 그는 바닥으로 내려와 그녀의 몸이 안장에서 기울어지면 그녀를 받쳐 주었다. 저 앞으로 몇 킬로미터 떨어진 곳에 철회색 빛을 받으며 서 있는 두 개의 언덕이 희미하게 보였다. 그곳에는 예전의 홀, 양각 장식, 작은 돌, 치아, 첨탑, 잘려 나간 손가락이 하늘을 찌르고 있었다. 그 주변에선 비가 내리고 하늘이 구름으로 뒤덮여 있었다. 그리고 그 위에는 낡고, 뻣뻣하고 색바랜 커다란 깃발들의 조각이 구겨져 있었다. 코발트색과 금빛이 도는 깃발들이었다.

그녀는 고통스럽게 숨을 몰아쉬었다. 그의 어깨를 손으로 쥐자 손가락이 살을 파고들었다. "저기를," 그녀가 흐릿하게 말했다. "저기를 보세요……. 그레이트 게이트가 부서졌어요. 당신이 나한테 그렇게 말했지만 난 그 말을 믿지 않았어요……." 그녀는 반쯤 보이는 주변의 광활한 황무지를 멍하니 돌아보았다. "여기가…… 바로 그곳이에요. 더는 못 가요, 더는……."

그는 그녀를 말에서 조심스레 끌어내려 목과 턱을 타고 흘러내리다가 말라붙은 피를 꼼꼼히 닦아 주었다. 그리고 그녀를 다시 말 위에 태운 후, 바람을 막아 주는 숲 속으로 자리를 옮겼다. 그녀는 큰 소리로 울면서 격렬하게 몸부림쳤다. 그 소리는 또 다시 축축한 공기를 찌른 후, 드넓고도 무딘 하늘 속으로 멀리 퍼지다가 사라져 버렸다. 말들은 발을 질질 끌고 귀를 늘어뜨렸다. 녀석들은 재갈을 신경질적으로 질경대며 콧방귀를 뀌더니 다시 풀이 베인 곳으로 되돌아갔다. 녀석들은 그 잎을 한참 동안 씹어 먹었다. 한참 후, 엘리너가 또 다시 숨을 헐떡이더니 몸이 뻣뻣해졌다. 그리고 숨을 거두었다.

왕실 기병대가 오후 늦게 도착했다. 그들은 숲 속에서 핏자국을 발견했고, 평화와 고통이 모두 담긴 한 여인의 얼굴을 발견했다.

그렇지만 집사는 사라지고 없었다.

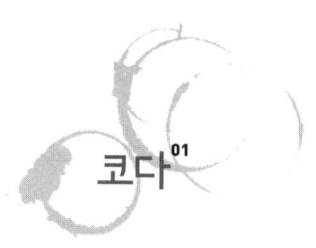

코다[01]

공식 관광 안내서

본머스와 스와니지 사이에는 거친 황무지 길이 나 있다. 이곳은 남으로는 영국 해협, 동으로는 풀 항구, 북으로는 굽이치는 프롬 강, 서로는 록퍼드 호수와 경계를 이룬다. 산 능선 하나가 퍼벡 섬을 가로지른다. 하나의 통로, 옛말로 '기트' 혹은 '거트'이라고 불리던 길은 산악 지대를 통과해 바다로 이어진다. 그 길을 따라가면 위대한 과거의 성이 서 있다. 무기를 써도 접근할 수 없고, 어떤 수단으로도 뚫고 갈 수 없었으며, 무력으로도 절대로 진압할 수 없었던 그 성은 진정한 하나의 '문'이었다. 코프 게이트는 영국 남서부 전역에서 가장 중요한 요새였다.

코프 게이트는 인근 마을에서 그 이름을 따왔는데, 원래는 거대한 공간이었다. 성은 옹기종기 모여 있는 집들이 내려다보이는 가파른 언덕 정상에 있다. 현재 언덕 옆에는 수풀과 묘목과 굵은 나무 몇몇이 웃자라 있다. 한때 축축한 도랑을 흐르던 개천은 지금도 그림자가 짙게 드리워 있다. 개천은 높은 둑 사이에서 조용히 회색빛으로 흐르고, 양쪽 둑에는 양치류가 날름거리는 푸른색 혀를 물속에 담그고 있다.

---
01 종결부. 남녀 둘이 춤을 추는 마지막 부분.

삼중으로 둘러싸인 안뜰 중 첫 번째 안뜰로 가려면 튼튼한 돌다리를 건너야 한다. 돌다리는 상당히 높으며, 토루를 반쯤 감싸며 흐르는 거대한 개천을 따라 펼쳐져 있다. 외보 건너편에는 거대한 홑겹 내리닫이 격자문이 달려 있었다. 격자문이 오르락내리락 했던 돌에 파인 홈은 사람의 팔만큼 깊어서 육안으로도 잘 보인다. 안으로 들어가 가장 낮은 공터의 잔디를 가로지르면 '순교자의 게이트'라고 잘못 알려진 두 번째 안뜰이 나온다. 이곳은 아들 에셀레드에게 이 땅의 왕좌를 무사히 물려주기 위해 엘프리다가 에드워드 왕자를 찌른 곳이라고 한다. 그러나 이 전설에는 안타까운 일이고 당시에 존재했던 아성이나 안뜰에도 마찬가지로 애석한 일이지만, 당시 이 언덕에는 사냥꾼의 숙소만 지어져 있었을 뿐이다. 순교자의 게이트는 교황 요한의 지뢰 때문에 파괴되었다고 전해진다. 거대한 탑이 길에서 십수 미터 아래로 푹 꺼지면서 언덕 아래로 미끄러져 내려갔지만, 그 토대는 아직도 고스란히 남아 그 모습을 간직하고 있다.

이 안쪽 문 위에는 위대한 아성의 잔재가 30미터 이상 솟아 있는데, 그 거대함과 힘이 위압적이다. 현재 두 개의 벽만 온전히 보존되어 있고, 세 번째 벽은 그 일부만 남아 있다. 높고 날렵한 방첨탑은 비에 닳았지만, 돌벽의 놀라운 결속력은 여전히 건재하다. 나머지는 모두 언덕 위로 무너져 내려 무더기로 쌓여 있다. 그중 몇몇은 높이가 6미터, 두께가 3미터를 넘는다. 그 사이의 굽이진 길을 따라가면 교회당의 잔재와 한때 이 성의 영주가 여러 명의 친구를 초대해 황소를 잡아 통째로 굽던 초대형 주방이 나온다. 가장 높은 곳에 가면 아직도 우뚝 솟아 있는 탑의 벽이 보인다. 그 벽에는 창문과 회랑, 계단의 흔적이 남아 있다. 그러나 오랜 세월 새들의 발자국을 말고는 그 어떤 발자국도 그 안을 디디지 않았다.

그는 호버페리를 타고 본머스에서 와서 모래 바람이 세차게 날리는 스터드랜드에 내렸다. 키가 크고 날렵하고 긴 턱에 바짝 깎은 짙은색 금발을 한 그는 색 바랜 타탄체크 바지와 셔츠 소매를 팔꿈치까지 접어 올리고 있었다. 한쪽 팔에 밝은색 방수 재킷을 들고, 등에는 커다란 캔버스 배낭을 멨다. 부리부리한 눈은 깊은 바다색이다. 그는 불안한 시선으로 주변을 훑으며 걸었다.

그는 두 개의 언덕 사이로 희미하게 산등성이가 보이자 그곳을 응시했다. 그는 놀란 듯 걸음을 멈추고, 그곳을 올려다보았다. 입술이 살짝 벌어지자 이 사이로 숨소리가 새어 나왔다. 그는 다시 그곳을 향해 걸어갔다. 그가 걸음을 걷자 땅과 잔해가 점점 자라나 하늘에 닿을 것만 같았다. 그는 다시 숨을 들이쉬다가 반짝이는 햇빛에 잠시 주춤했다. 곤충들이 시끄럽게 떠들어 대는 잔디로 덮인 둑에 앉아 담배를 태웠다. 바로 이때 읽으려고 그동안 준비해 온 것들이 있으나 아무것도 읽지 않았다.

그는 낡고 무질서하게 뻗어 나간 회색 빛 마을을 보았다. 갓 피어난 오렌지색 이끼로 뒤덮인 지붕들이 아기자기하게 모여 있었다. 집들은 여전히 위험이 닥치는 것을 경계하기 위해 망보듯 고요했다. 창문은 작아서 잘 보이지 않았고, 문은 외부의 공격을 막기 위해 길보다 높이 나 있다. 그 위로 흉측하고 일그러진 얼굴이 어렴풋이 보였다. 성은 왕관을 쓴 오래된 해골처럼 1000년의 분노가 스민 돌처럼 보였다. 성은 황무지와 태곳적부터 달랠 수 없는 바다를 품고 있었다.

그는 다시 꾸준히 걸었다. 그 거대한 모습에 충격을 받긴 했지만, 그의 마음은 아직도 완전히 준비되지 않은 것 같았다. 이곳이 그의 의식 속에 이미 존재하는 어떤 틈에 딱 맞아 떨어지는 것 같긴 했다. 그러나 그것은 어리석은 생각이다.

그는 풀이 무성하게 자란 뱃머리 같은 언덕에 도착했다. 길은 이 언덕을 둘둘 휘감으며 마을 광장까지 이어졌다. 그는 그 길을 따라 걸었다. 기억이 흙처럼 밀려오는 이상한 길 위에 서니 오히려 아무런 생각도 들지 않았다. 그 기억은 머리가 아니라 피와 뼈에 아로새겨진 것이었다. 그는 자신에게 화가 나기도 하고 놀라기도 해서 고개를 저었다. 그는 스스로에게 물었다. 대체 누가 단 한 번도 보지 못한 고향으로 돌아올 수 있단 말인가?

그는 천천히 걸었다. 버팀벽과 무너져 내린 연결 부위가 옆에 쌓여 있는 부서진 아치 길을 지나, 황야에서 불어오는 신선한 바람을 다시금 느낄 수 있는 곳으로 올라갔다. 그리고 위대한 아성에 앉아 살갗으로 전달되는 돌계단의 한기를 느꼈다. 그곳에서 내려다보니 풀 전력소의 리액터가 빛을 받아 은색으로 빛나고 있었다. 보랏빛 바다 연무 속에서 저 멀리 보이는 흰 점은 호퍼크라프트가 영국 해협을 넘나드는 곳임을 보여주었다.

그는 천천히 그 마크를 바라보았다. 바위에 깊게 새겨진 마크는 거의 그의 얼굴에 닿을 만한 높이에 있었다. 저 밑에서 웅성이는 관광객들의 목소리가 잠시 사라진 것 같았다. 그는 꿈을 꾸듯 마크로 다가갔다. 손으로 마크를 매만지며 몇 번이고 그 부드러운 표면을 쓰다듬었다. 마크는 지름이 거의 1미터에 가까웠다. 수수께끼 같은 그 마크의 원 안에는 여러 개의 삼각형과 직선으로 형상화된 게 모양이 그려져 있었다. 하늘의 구름이 그 위에 그림자를 드리우며 지나갔다. 새들은 날개를 펄럭이며 쩍쩍거렸다. 그 윤곽선은 발전소 리액터의 모양과 비슷했다. 그 모습을 보는 순간, 저 밑바닥에 박혀 있던 기억의 뿌리가 뒤흔들렸다. 그는 소리 내지 않고 입술을 움직였다. 무의식적으로 한 손을 목께로 가져가 셔츠 안에 차고 있는 금 목걸이의 펜던트를 매만졌다. 그가 늘 차고 다니는 그 펜던트는 바위에 그려진 마크를 고스란히 축소해 놓은 모양이었다.

그는 천천히 내려왔다. 안뜰을 지나 아래쪽 아성으로 내려간 다음, 아래쪽에서 쳐다보려고 몸을 돌렸다. 문득 이상한 기분에 사로잡혔다. 시간에 홀려 생각과 기억이 흔들리는 것처럼, 이 마크를 보자 저 멀리 그림자가 지는 듯 기괴하고 광활한 모습이 떠올랐다가 마음에 새겨 둘 새도 없이 빠르게 흩어졌다. 그리고 그 흔적 속에 차가움과 슬픔만이 남았다. 그것은 다시는 돌이킬 수 없을 만큼 멀리 가 버린, 사라지고 숨겨진 것들에 대한 슬픔이었다.

마을 소녀들은 심사하는 눈길로 노골적으로 그를 쳐다보며 지나갔다. 그녀들은 그가 누구인지 몰랐다. 그는 화창하고 뜨거운 태양 빛을 받으며 몸을 살짝 떨었다.

교회 마당이 보였다. 낡은 문을 밀어 젖히고 들어가자 문이 뒤에서 삐거덕거렸다. 그곳에 길게 웃자라 그늘을 드리운 주목의 가지와 잎을 이리저리 밀치며 걸어야 했다. 길게 자란 풀 위로 탁 트인 공간이 보였다. 그 위로 회색 십자가가 은은하게 빛나고 있었다. 지붕 너머로 어렴풋이 성벽이 보였다. 모노레일을 탄 사람들은 속삭이면서 백악층을 통과해 스터드랜드를 거쳐 바다로 갔다. 그는 한참 동안 앉아서 담배를 피우며 그 모습을 바라보았다. 보랏빛 술이 달린 잡목을 휘젓는 바람 때문에 아이들의 목소리가 벌레 소리처럼 들렸다. 그는 펜던트를 움켜쥐었다. 손가락에 맥박이 느껴져 제2의 심장처럼 펜던트가 고동치는 것 같았다. 그곳을 떠나기 전, 그는 마크를 다시 보았다. 창백하고 네모난 묘석에 끌로 새겨 놓은 눈처럼 보였다.

그는 성 입구 건너편에 큼지막하게 지어진 하얀 여관에서 맥주를 마셨다. 샌드위치와 치즈를 먹으면서 관광객들이 술집으로 모여드는 모습을 지켜보았다. 그곳이 문을 닫자 그는 자리를 떴다. 성은 여전히 햇볕을 받으며 뜨겁고 거대한 모습으로 기다리고 있었다.

언덕 옆쪽에는 아래로 작은 길이 나 있었다. 그 길은 아치를 이룬 풀숲과 나무 밑을 지나갔다. 축축한 시궁창을 따라 시원한 기운이 올라왔다. 가지 너머로 평평한 토루가 햇볕에 메말라 버린 비탈진 평야 위에 비스듬히 보였다. 그는 아무 길이나 택해 올라가기 시작했다. 그곳에 염소들이 매여 있었다. 거친 모노레일 소리가 묵직하게 깔리자 녀석들이 음매하는 소리가 부드럽게 들렸다.

언덕 위 높은 곳, 무너져 내린 성 외곽 밑에 나무 수풀 때문에 퀭한 그림자가 졌다. 석조물이 풀숲에서 불쑥 튀어나와 있었다. 그는 거기에 등을 대고 춤추는 나뭇잎 사이로 위쪽을 올려다보았다. 거대한 성벽이 언덕 허리 위로 희미하게 보였다.

여기가 바로 그곳이고, 지금이 바로 그때다.

그는 가져온 짐을 풀었다. 야위고 파리한 손가락으로 조심스레 짐을 풀었다. 그리고 단단한 묶여 있는 뭉치를 꺼내 한참 동안 봉인을 바라보았다. 밀랍에도 그 마크가 찍혀 있었다. 그는 봉인을 뜯고 뻣뻣한 종이를 살살 펼쳤다. 그는 자신이 무엇을 보게 될지 반쯤은 짐작할 수 있었다. 한 줄 한 줄 빼곡하면서도 깔끔하게 써 내려간 편지를 보니, 그가 아주 또렷이 기억하고 있는 필체였다. 그는 편지를 읽기 시작했다. 담뱃갑이 잔디 위로 떨어졌다.

저 멀리에서 웨어햄 로드를 따라 차들이 줄지어 서 있었다. 끝도 없이 조용히 서 있는 모습을 보니, 마치 벌 떼가 모여 있는 것 같았다. 서늘한 여름에 윙윙대는 소리가 특히 그랬다. 하늘에서 태양이 움직이자 나무 그림자가 흔들리며 움직이다가 길어졌다. 마을 사람들은 저 아래 길에서 웃으면서 지나갔다. 얼굴이 발그레한 남자들과 아이들, 흰 셔츠를 입은 소년들, 하늘거리는 밝은색 원피스를 입은 소녀들. 그는 천천히 편지를 넘기며 읽다가 간혹 케케묵은 스펠링 때문에 고민하기도 했고, 중간에 잠시 읽기를 멈추기도 했다. 마을에서 들려오는 소음, 부산스러움과 사람들의 말소리는 커졌다가 작아지더니 잠잠해졌다. 홍차 밭은 텅 비었고, 술집들은 하나씩 문을 열고 있었다. 그는 시간의 외곽에 자리 잡고 앉은 것 같았다. 태고의 바람이 불어오자 잔디가 스치듯 흔들렸다. 과거의 총 소리가 언덕에서 웅얼거렸다.

서쪽 하늘이 불타는 구리 방패처럼 보였다. 이제 이 유적지는 거칠고 붉게 퍼붓는 빛 속에서 반쯤 정신을 잃은 혼령처럼 보였다. 그림자가 계곡으로 기어 들어오자 황혼이 지며 어두워졌고, 길은 고요해졌다.

이제 마지막 봉투가 남았다. 역시 봉인되어 있었다. 그는 천천히 봉투를 뜯은 다음 편지를 살짝 기울여 읽기 시작했다.

사랑하는 존 보거라.

어쩌면 지금쯤이면 본 적도 없는 머나먼 이곳까지 내가 왜 널 보냈는지 그 이유를 조금은 알 것이라 생각한다. 전부는 아니더라도 조금은 알겠지. 왜냐하면 너나 나나 이해할 수 없는 부분이 많이 있기 때문이란다. 이제 내 말에 새겨들어라. 말은 사라져 먼지가 되고 또 먼지보다 더 작은 것이 되니, 내 목소리를 네 속에 잘 담아 두도록 해라. 그리고 그 목소리가 영원히 불어오는 바람의 목소리가 되도록 해라.

바로 여기가, 네가 읽은 대로, 그 이상한 '성의 반란'이 시작되어 끝난 곳이다. 자유라는 말을 쓰는 게 타당하다면, 바로 이곳에서 이 세상의 자유가 시작되었다. 이곳에서 위대한 기제비우스의 중세시대가 산산이 부서졌다. 그리고 그것을 잉태하고 영속시키고 꽃피운 교회도 쓰러졌다.

교회의 세력이 맹위를 떨쳤던 때 교회는 가장 해이했다. 이 성벽이 무너져 내린 지 채 10년도 되지 않아 뉴 월드 대륙의 식민지는 자력으로 로마에서 벗어나 자유를 얻었다. 서구 사회 전역에 불어 닥친 폭동은 '성의 반란' 시기에 씨 뿌려진 것이다. 오스트랄라시아가 사라졌고, 스칸디나비아의 대부분을 차지하던 네덜란드도 사라졌다. 찰스 국왕은 기회를 포착해 독일과의 마지막 전투에서 교황을 고립시킨 후 교회에서 탈퇴했다. 그래서 앵글랜드는 유혈 사태나 희생을 치르지 않고 다시 대영제국이 될 수 있었다. 내연 기관, 전기, 기타의 것들도 사용되기를 기다리고 있었다. 이들은 모두 로마가 금지시킨 것들이었다. 그래서 사람들은 그 기억을 떠올리며 침을 뱉고, 악랄하다며 교회를 욕했다. 몇 년간은 여전히 그럴 것이다.

　이제 이해해라, 존. 원한을 품지 말고 또렷이 보거라. 네가 태어나기 1000년 전 교회를 경악하게 만들었던 태곳적 신비를 읽도록 해라.

그는 시선을 편지에 고정한 채, 한 손으로 목에 차고 있는 펜던트를 매만졌다. 그리고 손가락으로 펜던트 아래 부분을 가렸다.
그곳에는 두 개의 화살이 있었다.
그는 손을 움직여 원의 위쪽을 가렸다.
화살이 두 개 더 있었다.

　두 개의 화살은 바깥을 가리키고 있고, 다른 두 개의 화살은 안을 가리키며 서로 마주보고 있다. 이것은 모든 발전의 끝을 의미한다. 몇 세기 전 우리가 처음으로 이 마크를 새길 때부터 그 사실을 알고 있었다. 분열 뒤에는 융합이 있는 법. 바로 이것이 교황청에서 그렇게 애써 막으려고 했던 발전이다.
　교회가 움직이는 방식은 은밀했고, 그 정책도 전혀 분명치 않았다. 너도 알다시피, 사제들은 전기를 허용하면 백성들이 원자에 관심을 갖게 되리라는 것을 알았다. 원자는 분열했다가 다시 융합된다. 한때 시간을 뛰어넘고 인간의 모든 기억을 뛰어넘는 곳에 굉장한 문명이 존재했다. 그곳에는 탄생, 죽음, 부활이 있었다. 정복, 개혁, 함대. 그리고 화재와 아마겟돈[02]. 바로 그 태곳적에도 우리는 이런 이름으로 알려져 있었다. 올드원, 요정, 언덕의 사람들. 그러나 우리는 지식을 잃지 않았다.

교회는 발전을 막을 수는 없으나 늦출 수는 있다는 사실을 알았다. 최소한 반세기만 늦추면, 인간이 진정한 이성의 수준에 조금 더 다다를 수 있는 시간을 벌 수 있으리라 생각했다. 그것은 교회가 이 세상에 준 선물이었다. 그것은 값을 매길 수 없는 것이었다. 그렇다면 교회가 억압했나? 교수형과 화형을 자행했나? 사실, 그렇기는 했다. 허나 벨젠[03] 같은 곳은 없었다. 부켄발트나 파스샹달 같은 수용소도 없었다.

너 스스로에게 물어라, 존. 대체 과학자들은 어디에서 왔을까? 의사와 사상가, 철학자 들은 어디에서 왔을까? 만약 로마가 금지시켰던 풍성한 지식을 이 세상에 쏟아붓지 않았더라면 어떻게 우리가 단 한 세기만에 중세에서 민주주의로 훌쩍 뛰어넘을 수 있었을까? 그들의 제국이 산산조각 나는 모습을 보자, 제국의 세력이 다했음을 깨닫자, 로마는 그들이 훔쳤던 사고를 모두 되돌려 주었다. 인간이 그것을 한 번 더 잘 써먹을 수 있었을지도 모를 시대가 되자 그들이 막고 있었던 지식을 모두 다 돌려주었다. 그것이 바로 교회의 위대한 비밀이다. 지식은 교회의 것이자 우리들의 것이었다. 이제 그것은 너의 것이니라. 잘 사용해라.

너를 언젠가 너만의 장소, 네가 태어난 이 섬으로 돌아가게 하는 것이 네 어머니의 바람이었다. 이를 위해 내가 너를 황무지로부터 데려왔다. 착하신 찰스 국왕의 군대로부터 데려왔다. 너를 새로운 나라로 데리고 가 부와 지식을 주었다. 이제 나는 너에게 이해력을 주려고 한다. 그 누구도 완성하지 못한 스스로에 대한 이해력을 주려고 한다. 그리고 이제

---

02 세계의 종말에 있을 선과 악의 결전장.
03 나치 수용소.

난 책임을 내려놓겠다. 네 나라 사람들과 우리나라 사람들과 네 곁에 모든 신이 함께하기를 바라노라.

그는 잔디 위에 편지를 천천히 내려놓았다. 그곳에 앉아 있으니 숨을 쉴 수가 없었다. 그는 손가락으로 펜던트를 계속 만지작거렸다. 저 위 언덕 너머로 성이 보였다. 밤이 다가오자 성은 더 멀리 있는 것처럼 보이고, 더 커 보였다. 이곳에는 도움받을 사람이 하나도 없었다. 그는 이 낯선 땅에서 이방인으로 새롭게 태어난 기분이 들었다.

한 소녀가 비탈길을 가로질러 조용히 다가오더니 자기를 알아보기를 기다리기라도 하듯 한참 쪼그리고 앉아 그를 기다렸다. 소녀는 꼼짝하지 않고 기다렸다. 검은 머리칼의 소녀는 밝은색 원피스를 입고 샌들을 신었다. 그녀는 인상을 쓰며 풀줄기를 이 사이에 끼고 놀았다.

"여기에 올라오시면 안 돼요." 그녀가 말했다. "오른쪽으로 가도 안 돼요. 해 지고 나서 성에 있으면 안 돼요. 저기 경고문에 붙어 있잖아요."

그는 갑자기 고개를 돌렸다. 그녀는 순간 그의 뺨에서 뭔가 반짝거리는 것을 본 듯했다. "아, 미안해요. 전 그게 아니라…… 괜찮으세요?" 그녀는 긴장한 듯 손을 잔디 위에 올려놓고 반쯤 몸을 틀고 앉았다.

그는 아직도 놀란 상태였다. "괜찮아요. 거기 있는 줄 몰랐어요. 이제 보이네요, 눈에 벌레가 들어가서요……."

그녀는 그의 걸걸한 목소리에 숨을 죽였다.

"어디 봐요." 그녀가 빨리 말했다. "어디, 좀 볼게요……." 그녀는 마술을 부리듯 원피스에서 손수건을 꺼냈다.

"괜찮습니다. 벌레가 씻겨 나갔나 봐요." 그는 손바닥으로 얼굴을 비볐다.

"괜찮아요?"

"그럼요, 괜찮아요, 저 때문에 놀랐죠? 거기 있는 줄 몰랐어요."

그녀는 그의 얼굴이 보이지 않자 그의 실루엣에게 말을 걸었다.

"미안해요." 소녀는 풀을 내려놓고 다른 풀줄기를 잡아당겼다. 그러고는 무릎을 꿇고 앉았다. "뉴 월드에서 오신 분이죠? 오늘 여기서 묵으실 거예요?" 그녀가 물었다.

"글쎄, 그러지 못할 것 같아요……." 그는 어깨를 으쓱했다. "여관에 방이 없더라고요. 돌아다니면서 다 물어봤거든요. 아마 다른 곳으로 가야 할 것 같아요."

"이미 너무 늦었는데…… 차 가지고 왔어요?" 소녀가 물었다.

"아니, 없는데요……."

그녀는 한쪽 발을 샌들 끈 속에 넣었다 뺐다 하면서 길 아래쪽을 바라보았다. "전 원래 이러고 놀아요. 제 맘대로 한다고 할까요. 신경 쓰이죠?"

"아니오."

그는 순간 그녀와 같이 있고 싶은 마음이 들었다. 이렇게 앉아서 이야기하다가 조용히 언덕 너머로 달이 떠오르는 것을 보고 싶었다.

"전 여기 자주 올라와요." 그녀가 말했다. "여긴 관광객들이 모두 빠져나가고 난 후가 제일 좋거든요. 성으로 들어가는 비밀 통로가 있어요. 어렸을 때 그 길을 발견했어요. 종종 성에 올라가 앉아 이게 다 내 것이라는 상상을 했어요. 그럼 그곳으로 예전처럼 사람들과 군인들이 모여 드는 것 같았어요. 보아하니 그쪽도 끔찍한 시간에 여기 올라왔군요. 제가 몇 시간 전부터 쭉 지켜봤거든요. 뭐하고 있었어요?"

"아무것도 안 했어요." 그가 말했다. "그냥 앉아만 있었어요. 생각하느라……."

"무슨 생각요?"

"사람들 생각요." 그는 간단히 말했다. "그리고 군인들 생각도요."

"재미있네요." 그녀가 말했다. "낯을 가리는 편이세요?"

"아니오, 어쩌면 그럴지도 몰라요. 너무 오랜만에 여기에 왔더니 어디로 가야 할지 모르겠어요."

"혼자 오셨어요?"

"네."

"전 뉴 월드 사람은 처음 봐요." 그녀가 말했다. "정확히 말하자면 처음 본 건 아니지만, 말해 본 건 처음이에요. 내 말이 우습죠?"

"아니에요."

그녀는 입술을 깨물었다. "그쪽이 묵을 만한 곳을 제가 알고 있어요. 만약 다른 데 갈 거 아니라면요. 여기서 묵으실 거예요?"

"네, 그러고 싶어요. 정말이에요."

"저희 아버지가 저 길 아래에서 술집을 하세요." 그녀가 말했다. "그래서 방이 제법 많아요." 그녀는 일어서면서 머리칼을 가볍게 쳐 냈다. "가서 알아볼게요. 아마 가능할 거예요. 가서 알아보고 다시 올 테니, 그동안 준비하고 계세요."

"네, 준비하고 있을게요." 그가 말했다.

그녀는 잔디 위를 꽉꽉 디디며 가벼운 발걸음으로 자리를 떴다. 그는 걸어가는 그녀의 다리 그림자를 보았다. 그녀가 길을 따라 뛰어 내려가자 발을 끄는 소리가 살짝 들렸다.

소녀는 그를 부드러운 목소리로 불렀다. "아마 제가 돌아왔을 때, 그쪽은 멀리 떠나고 없을 것 같아요."

그는 긴장한 채 편지의 끝 부분을 이해하려고 노력했다.

시간 속의 존재하는 만물은 그만의 장소와 때가 있는 법, 그래서 우리는 지금은 사라지고 없다. 하지만 너는 내 아들이기에 이곳의 아들이기도 하다. 너는 이 바위와 흙의 아들이며, 태양과 바람과 나무의 아들이다. 어떤 복장을 하든, 어떤 외모를 하든, 이들은 다 네 사람들이다.

존, 나는 너를 잘 안다. 네 심정도, 그 슬픔과 기쁨까지도 안단다. 너는 이 오래된 곳에서 죽음을 보았기에 분노가 사그라지지 않을 것이다. 하지만 받아들여라. 그리고 떠나가 버린 오래된 것들을 위해 슬픔을 느끼되, 새 것을 고수하며 발전시켜 나가라. 이단에 빠지지는 말렴. 폐허가 된 돌들을 너무 애석해하지 말거라.

존 팰코너
집사

그는 일어섰다. 천천히 편지를 돌돌 말아 꾸러미 안에 넣고 묶었다. 그리고 그 줄을 어깨에 메고 달랑달랑 흔들었다. 줄은 무릎까지 올라온 풀 위를 스쳤다. 이제 언덕 위로 깜깜한 밤이 거의 내려앉았다. 나무 그림자는 벨벳처럼 검었다. 그 위에 유적이 검푸른 저녁노을을 배경으로 낡루하게 서 있었다.

이제까지 보지 못한 무언가가 보였다. 차가운 녹색 램프처럼 그의 주변과 잔디 위 수풀과 나무에서 반딧불이 깜박이며 빛을 냈다. 한 마리를 잡아 손바닥에 올리자 신비로운 별처럼 가만히 반짝거렸다. 돌들은 비탈길에서도 꼼짝하지 않은 채 여전히 웅장한 위용을 자랑했다. 노르만 사람들은 오래전에 죽었다. 바람이 살짝 불자 풀숲이 하늘거렸다. 그는 아래로 내려가기 시작했다. 거친 길 위에서 발이 미끄러졌다.

향내를 풍기는 그림자처럼, 시냇가에서 소녀는 어둠 속에 가만히 앉아 남자를 기다리고 있었다. 그녀가 앞서서 걸어가자 남자는 동그랗게 말아 쥔 그녀의 손 안에서 뭔가가 반짝이는 것을 보았다. 그녀는 내려가는 길에 반딧불을 잡은 후, 마을 사람들이 봤더라면 그녀를 따라다닌다고 했을 녀석들을 데리고 갔다.